KB234935

나는 팬(Fan)이다

- 정명주 장편소설 -

나는 팬이다
Fan

초판 1쇄 인쇄 2011년 8월 25일
초판 1쇄 발행 2011년 9월 1일

지은이 정명주
편 집 하희숙
펴낸이 백승대
펴낸곳 매직하우스
디자인 출판iN 02-6014-7810

출판등록 2007년 9월 27일 제313-2007-000193
주소 서울시 마포구 서교동 393-5 화승리버텔 1005호
전화 02)323-8921
팩스 02)323-8920
이메일 magicsina@naver.com

ISBN 978-89-93342-24-6   03810

나는 팬이다
Fan

정명주 장편소설

Magic House
Open Your Thinking

나는 팬이다
Fan

프롤로그(prologue)

사랑의 방향, 그것은 참으로 잔인한 가상이었다. 하염없이 단 한 사람만을 지켜보아야 하는 한 사람과, 또 그 눈빛을 모른 채 하염없이 만인의 눈빛을 보아야 하는 한 사람. 그렇게 두 사람은 언제 끊어질지 모를 위험한 다리 위에서, 몹시도 힘겨울 줄타기를 이제 막 시작하려 한다.

아무 소리도 들리지 않는다. 너무나도 고요해 조금의 사색에라도 잠길라치면 상념이 곧 머리를 꿰뚫고 나와 온 방 안을 지휘할 듯 외로움이 뼈저리게 느껴지는 곳이다. 고독지옥(孤獨地獄). 사실 외로움과 우울증 이 두 가지 중 어떠한 감정이 사람의 마음을 더욱 슬프게 하는 것인지에 대해서는 명확하게 판단을 내릴 수가 없으나 두 가지의 감정이 이저리 뒤섞여 시계 초침조차 멈춰 버릴 수 있을 만큼 '비련의 영역'을 만들어 내는 것이 가능하다는 걸 바로 이 장소가 증명하고 있었다.

단, 이곳은 혹여 그대가 섣불리 예측할지 모르는 '무음 영역'만은 절대로 아니었다. 확인하고 싶다면, 잠시 호흡을 멈추어 보라. 사방을 둘러보며 눈알을 굴리던 것도 말이다. 이 순간 그대는 몸을 움직여서도, 침을 삼켜서도 안 된다. 마치 그대가 한 번쯤은 꿈꾸어보았던 투명인간이 되었다고 생각해보라. 얼마나 신이 나겠는가. 하지만, 투명인간이 되어

은행을 털거나 짝사랑하는 이성의 침실을 몰래 훔쳐보기 전 그대는 해야 할 일이 있다. 잠시만 호흡을 멈추고 눈꺼풀을 깜박하는 소리조차 죽인 채 기다려본다면 이내 알 수가 있을 것이다. 인내심이 없어 고민이라면 이 순간이 절호의 기회이리라. 무척이나 흥미로우면서 한편으로는 대책 없는 지루함에 괴로울 수도 있을 테지만, 기왕 이렇게 된 것 조금만 더 숨죽이고 상황을 주시하도록 하자.

'째…'

들리는가. 아마 그대가 두 다리를 고목처럼 땅바닥에 붙인 채 집중을 하여 귀를 기울이고 있었다면 더욱 쉬웠을 게다. 물론 창밖의 희미한 가로등이 비추는 자동차의 경적만큼이나 쉽게 들려지지는 않겠지만 조금 전보다는 수월할 것이리라 믿는다. 아니, 사실 그 소리는 그대의 생각보다 한결 더 크게 들려올 것이다. 과연 무슨 소리일까….

'째깍.'

이제 들리는가? 알 수 있겠는가? 그래, 바로 이 소리! 소리의 주인공은 다름 아닌 거실 진열대 한편에 놓인 조그만 장식용 탁상시계의 초침이었다. 자, 이제 그대의 신경을 이 초침으로 집중해보라. 초침의 째깍거리는 소리가 어쩌면 국가 차원의 기념행사 시작을 알리며 밤하늘을 화려하게 수놓는 화포처럼 그대의 귀청을 아주 따갑게 두드릴 것이다. 그런데 이 도시의 많고 많은 소리 중에 왜 하필 초침의 소리만이 그대와 나를 마중하여야만 했던 것일까? 아마도 그 정답은 이 장소에 있을 것이다.

색깔로 표현하자면 우울하지만 어쩌면 나름의 분위기가 가득할지 모르는 재색. 무채색이라 할 수 있겠다. 온전한 검정도 아닌, 그렇다고 또 온전한 재색도 아닌 조금은 검정 같아 보이는 짙은 재색의 명료한 기운이 물씬 풍기는 곳. 이 장소를 완벽한 재색의 공간으로 장식할 수 있게 도와준 도구는 다름 아닌 커튼이었다. 검정에 가깝긴 하지만 은빛깔이 감도는 은은한 재색 빛의 커튼. 거실의 한쪽 벽면을 통째로 전세(傳貰) 내고 들어선 이 커튼의 가운데가 약간 벌어진 틈을 타 도시의 불빛이 스멀스멀 기어들어 오고 있다. 덕분에 이곳은 조금이나마 검정의 기운을 벗어내고 애오라지 재색의 이름을 얻을 수 있었는 지도 모를 일이었다.

조금이라도 호흡하는 생물체가 살아간다고 믿기에는 너무나도 외로운 장소. 하지만 곳곳에 사람의 손길이 닿았을 법한 물건들도 눈에 띈다. 이를테면 거실과 주방 —아마도 명백한 구분이 없는 듯한— 사이의 와인 바를 장식한 싱싱한 생화, 현관의 맞은편 즉, 와인 바(wine bar)와 커튼이 가려져 있지 않은 벽면을 가득 채운, 티끌조차 찾아볼 수 없는 벽걸이 텔레비전의 광채, 역시 티끌 하나 허락하지 않고 텔레비전 옆을 지키는 최고급 크리스털로 만들어진 한 쌍의 물고기 조각상 등으로 말미암아 이곳엔 반드시 누군가가 존재할 것이라는 예측을 할 수가 있었다.

그렇게 될 일은 꼭 그렇게 되고야 만다는 세상의 가르침처럼 마침내 와인 바 오른편, 숨 막힐 듯 어두컴컴한 공간에 잿빛 그림자 하나가 불쑥 솟아오른다. 아마도 그곳은 방안이었고 누군가 방안에 쥐죽은 듯 있다가 슬며시 문을 열고 거실로 나온 것일 테다. 거실은 어떤 이유에서인지는 모르나 아까보다도 훨씬 더 어두워진 듯하다. 아마도 이 사람이 가진 본연의 우울한 기운 때문은 아니었을까? 그러나 확실치 않은, 단지 어쭙잖은 짐작일 뿐이었다면 이즈음에서 살포시 묻어두기로 하자.

그림자는 사람인지 동물인지 그 행색조차 불분명했으나 이 어둠 속에서 불조차 켜지 않고 느긋하게 걸어 나오는 그 — '그'인지 '그녀'인지는 도무지 알아볼 방법이 없으니 편의상 '그'라고 해두자. — 의 모습에서 아마도 이 집의 주인이라는 것에 대해서만은 의심의 여지는 추호도 두지 않아도 좋을 듯하다. 어찌하였든 그는 마치 무게가 전혀 나가지 않는 사람처럼 발걸음 소리 하나 없이 반대쪽 방문을 향해 걸어간다. 그리고 방문 앞에 도착하자 이번에는 방안에 마치 어느 나라의 공주가 동면이라도 취하는 듯, 그래서 절대 결례되지 않도록 조심스레 그리고 천천히 방문의 손잡이를 돌린다. 혹시 제 집이 아니었거나 우리의 예상처럼 제 집이었을지언정 그는 무척이나 조심스러운 성격의 소유자일지도 모른다. 다만 그의 본성에 대하여 가증스러운 상상의 나래를 계속 꽃피우는 것은 분명히 미지(未知)에 대한 무지(無知) 때문일 것이다. 우리는 그저 평상시 인생을 살듯, 방관자 혹은 관찰자로서만 존재하기로 하자. 그것이 가장 쉽고도 편한 길이라는 것은 그대도 나도 이미 잘 알고 있는 사실이지 않은가.

방금 열어본 방 역시 지독한 외로움의 냄새가 풍겨 나온다. 마치 어둠이 짙게 깔린 깊은 산 속의 이름 모를 동굴 같기도 하다. 하지만 다행히도 그가 들어오자마자 작은 창문 틈으로 불빛 몇 점이 스며들어와 아슴푸레 적막감을 위로해준다. 그는 작은 불빛을 의지해 구석으로 걸어간다. 구석에는 컴퓨터와 각종 주변기기가 즐비해 있는 것으로 보아 그 방은 아마 컴퓨터를 사용하기 위해 따로 만들어 놓은 방일 것이다. 그는 의자에 앉아 컴퓨터의 전원 버튼을 누른다. 최신식 컴퓨터임에도 워낙에 고독한 집안의 풍경 탓인지 '웅'하는 기계의 작동 음이 피난길 홀로 된 어린 아이의 처절한 절규로 변해 귓가에 들러붙는다.

컴퓨터 전원이 켜지자 그는 바탕 화면의 사진을 그윽하게 바라보다가 곧 인터넷 창을 연다. 그리고 '즐겨찾기' 목록 중 상단의 사이트에 접속한 후 아이디와 비밀번호를 입력한다. 컴퓨터 화면을 통해 그의 아이디가 'The Fan(더 팬)'이라는 것을 알 수가 있다. 그는 검색창에 '다니엘'이라는 단어를 입력한다. 엔터키를 누르는 순간 무수히 많은 자료가 일렬종대로 늘어선다. 그는 날짜 상 가장 최근임을 드러내는 자료 하나를 클릭한다. 자료의 제목은 바로 '5집 티저(teaser)영상'이었다. 그는 영상을 재생한다. 검은색 화면 상단에 흰색 글귀가 생겨났다가 사라진다.

「다니엘 5th 정규 앨범 Coming Soon….」

일렉트로니카(electronica) 사운드가 기반이 된 힙합 음악이 스피커를 타고 조그마하게 흘러나온다. 그는 근근이 기어 나오는 소리가 못마땅한지 스피커 음량을 최대한으로 키운다. 귀가 따가울 만큼 커진 음악소리는 온 방 안을 가득 메운다. 도둑고양이마저 잠이 들 만치 깊고 어두운 밤. 그는 옆집 혹은 아랫집에 사는 누군가가 밤잠을 설쳐 혹여나 내일 아침 출근 시간을 거스를지도 모른다는 생각 따위는 안중에도 없는 듯하다. 방음벽 설치와는 전혀 관계가 없는 방이었다면, 그는 분명히 이기적이 욕망에 사로잡힌 혹독한 난봉꾼임이 확연했을 것이다. 하지만 이웃이 신경질적으로 누를 인터폰 소리조차 들리지 않을 만한 환경에도 그는 조바심이 나 있기는커녕 오히려 정성껏 기도를 한 후 자비로운 예수님의 은총에 한껏 마음이 즐거워진 사람처럼 은은한 미소까지 머금은 채 영상에 빠져들고 있었다.

화면은 추상적인 영상이 점점 교차하면서 검게 변해가더니·곧 강하고 빠른 비트가 스피커를 통해 흘러나왔다. 잠시 후 화면은 온통 하얀색으로 뒤덮이고 한 남자가 모습을 드러낸다. 남자는 검은색 선글라스와 검은색 정장을 입고는 흘러나오는 비트에 몸을 맞춰 춤을 추기 시작한다. 큰 키와 긴 팔다리는 보는 사람으로 하여금 시선을 사로잡을 만큼 멋들어졌다. 그는 시선을 컴퓨터 영상에 고정한 채 팔을 뻗어 근처에 있던 담뱃갑으로 손을 뻗는다. 가득 차 있는 담뱃갑에서 한 개비를 꺼내어 입에 물고는 불을 붙인다. 길게 한 모금을 빨아 내뱉은 담배 연기는 그의 입술을 거쳐 화면 속 영상이 내뱉는 비트를 비집고 온 방 안을 새하얗게 물들이며 흐느적댄다.

영상은 이 분 정도 지속하다가 멈추었다. 영상이 멈추자 화면 속 남자는 사라졌다. 그는 불안한 표정으로 재빨리 손을 뻗어 다시 영상을 재생시켰다. 곧이어 음악이 흘러나왔고 남자는 또다시 미리 짜여 있을 순서대로 몸을 흔들었다. 이 분 정도가 지나고 또 영상이 멈추자 그는 거듭 재생 버튼을 눌렀다. 영상 안의 남자 또한 잠시도 쉬지 않았다. 아니, 미처 쉴 수가 없었을 것이다. 담뱃갑의 내용물이 채 반도 남지 않을 때까지 그는 화면 속 남자를 부르고 또 불렀기 때문이다.

영상 안의 비트와 춤을 거의 다 외울 무렵, 그의 손은 미세하게 떨리고 있었다. 그는 바들거리는 오른손을 왼손으로 꽉 부여잡더니 천천히 스크롤 바를 내렸다. 영상 아래는 댓글이 줄줄이 달렸는데 대략 그 숫자만 해도 오백여 개가 훨씬 넘을 듯했다.

(Let's go)　　　　　오빠, 짱 멋져요~ 이 시대의 진정한 완소남. ^^

(힘찬 외침)　　　　　다니엘, 선글라스 좀 봐, 간지 제대로 임. ㅋㅋ

(진실의 서)　　　　　노래면 노래, 춤이면 춤, 또 연기면 연기, …정말 못하는 게 없구
　　　　　　　　　　나. 다니엘, 진짜 멋지다! ㅠㅠ

(분홍 빛깔)　　　　　님들, 이번에 다니엘 님이 찍은 영화 보셨어요? 저 어저께 보고

왔는데 정말 심장이 멎는 줄 알았다니까요. ㅠㅠ 우리 다니엘 님 상반신 공개 장면에서 관객들 완전 쓰러짐! ㅋㅋ 아무튼 이번 영화 '강력 추천!'합니다. 꼭 보도록 하세요. ㅋㅋㅋ

(Never die)   ↑윗님 급 흥분모드. ㅋㅋㅋ 저는 영화 시사회에 갔었는데요, 그날 '관객과의 대화'에서 질문이 뽑혀 악수도 하고 사진도 찍었어요. 헤헤. ^^ 저 그날 이후로 떨려서 잠도 잘 못 잔답니다. 사진은 평생 가보로 물려줄 거예요.

(타락)   아…. 너무 부러워요. 저는 다니엘 실물만이라도 봤으면….

(네가 있기에)   222222. 염장질 제대로 하시네요. ㅠㅠ

(꿈속에서라도)   333333. 하하하. 부러우면 지는 거다. 부러우면 지는 거다. 부러우면 지는 거다. 부러우면 지는 거다. 부러우면 지는 거다. 하하하.

(Say love)   444444. 헉, 저는 벌써 졌네요. 님, 부러워요….

(White)   555555. 악수에 사진까지 찍다니요, 정말 부럽네요. ㅠㅠ

(꿈결)   그런데 다니엘 몸 더 좋아진 것 같아. 저번 4집 때 음반 표절시비 있더니 열 받아서 죽도록 운동만 했나? 근육 좀 봐. 곱상한 얼굴과 따로 놀잖아.

(have a dream)   ↑저기요, 윗님. 그거 표절 아니었거든요? 그냥 샘플링일 뿐이었단 말이에요! 잘 좀 알아보시고 말씀하시죠?

　그는 하얀 스크린 위에 쏟아 부은 깨알 같은 글씨를 하나하나 읽고 있었다. 무심한 표정에 어쩌면 심드렁해하는 것 같기도 했지만 그의 얼굴을 자세히 관찰해보니 오른쪽 입가가 살짝 올라가 있는 것이 눈빛엔 독한 광기(狂氣)마저 서려 있었다. 오래 보고 있자니, 마치 스탈링 요원

을 심문하는 한니발 렉터 박사처럼 상대로 하여금 숨조차 쉴 수 없게
옥죄일 것만 같았다. 그는 천천히 키보드 위에 손을 올려놓았다. 그리고
는 조금의 머뭇거림도 없이 하나의 문장을 써내려갔다.

「오늘도 나의 영혼은 그대의 환영에 불타오른다….」

그러나 문장을 모두 입력했음에도 불구하고 그는 엔터키를 누르지
않았다. 아니, 누르지 못했다는 말이 더 맞을 것 같다. 그는 그저 타자를
치던 그 동작, 그대로 죽은 듯이 멈춰 있을 뿐이었다. 조금 전의 성난 독
수리 같던 눈빛마저 초점을 잃었다. 과연 무엇이 그를 멈추게 했을까….
몇 초를 멍하니 있던 그는 갑자기 스크롤 바를 올리더니 다른 자료를
검색하기 시작했다. 얼마 지나지 않아 그는 '2010 다니엘 콘서트'라는
제목의 영상을 찾아 재생할 수 있었다. 영상 안의 남자는 엄청난 환성과
화려한 조명 아래 노래를 하며 춤을 추었다. 화면이 두드러지는 순간 남
자는 모니터를 향해 두 손가락으로 하트 모양을 그리며 한쪽 눈을 살짝
감았다가 뜨고서 입술을 동그랗게 모아 내밀었다. 환호성이 점점 더 커
졌고 박수갈채가 정점에 다다를 순간 모니터의 한쪽 부분이 검게 가리
어졌다. 바로 그였다. 정확하게 말하자면 화면을 어루만지는 그의 오른
손이었다. 그는 오른쪽 손가락이 마치 사막에서 홀로 지쳐 쓰러져가는
그의 식도이며 모니터의 남자가 오아시스라도 되는 양 그의 몸짓을 갈
구했다.
그는 화면을 보던 그 자세 그대로 굳어진 듯했다. 잠시 후 어깨를 몇
번 들썩이더니 곧이어 그의 허벅지 위로 무언가가 '툭' 하고 떨어졌다.
눈물이었다. 그의 반드러운 볼을 타고 흘러내린 눈물은 얼마 지나지 않

아 한여름 장마철의 작달비처럼 무수히도 쏟아졌다. 몇 분 후 '툭' 하는 소리는 더욱 크게 들려왔다. 이번에는 밤하늘이었다. 잿빛 하늘은 미리 약속이나 한 듯 박자를 맞춰가며 비를 쏟아내기 시작했다.

'어둠이 짙게 깔린 비 오는 이 길 속에 나는 걷고,

걷고 또 걸었지, 너를 찾아서….'

쏟아지는 빗줄기와 음악 소리는 묘하게 어울려 서로 의지한다.

'머리는 지웠대도 가슴이 재우질 못해, 마음은 비웠대도

심장이 보내질 못해…'

시간이 간다.

째깍, 또 째깍…. 그리고 째깍. 시간은 쉬지 않고 흘러간다. 그 누구도 알지 못한 사이에 이곳은 다시 '고독지옥'이 되었다. 영상 안의 남자는 여전히 노래를 부르며 춤을 추고 있다. 그 역시 자신 앞에 있는 사람이 누구인지, 얼마나 많은 사람이 자신을 보고 있는지는 전혀 알아채지 못한 채 여전히 다섯 명 남짓한 댄서와 손발을 맞추기에만 급급하다. 지금까지 화려함으로 무장했던 남자는 밤이 지나 새벽이 다가올 무렵까지 반복해서 춤을 추고 또 노래를 부른다. 아무도 봐주는 사람이 없어 무척이나 쓸쓸했을 허공을 향해서 말이다.

그렇다. 지금 여기, 바로 이 공간에 우리가 모르는 두 사람이 있다. 컴퓨터 영상 안에서 계속하여 춤을 추는 한 사람과, 그 영상을 바라보는 한 사람. 이 두 사람의 사랑의 방향이 느껴지는가? 아마 갓 초등학교에 입학한 어린 아이라 할지라도 어느 쪽으로 향한 화살표의 방향이 훨씬 더 크고 우세하리라 하는 정도는 쉽게 알아차릴 수 있을 것이다.

그런데 그 사랑의 방향, 그것은 참으로 잔인한 가상이었다. 하염없이 단 한 사람만을 지켜보아야 하는 한 사람과, 또 그 눈빛을 모른 채 하염없이 만인의 눈빛을 보아야 하는 한 사람. 그렇게 두 사람은 언제 끊어질지 모를 위험한 다리 위에서, 몹시도 힘겨울 줄타기를 이제 막 시작하려 한다.

현

오빠는 언제나 창작이라는 괴물을 상대로 힘든 작업을 하니까, 또 그게 바로 지치고 힘든 대중의 영혼을 달래주고자 하는 오빠의 희생이고 배려니까…. 그러니 이제는 우리가 보답할 차례 아닌가? 자신을 희생해 가면서까지 음악을 만들어주시는 다니엘 오빠를 위해서라도 우리 절대로 불법 음원 따위는 올리지도, 듣지도 말자!

유난히도 군중의 발걸음이 잦아지는 토요일 오후, 서울 명동의 횡단보도 앞. 깊은 바다 속에서 막 육지로 나온듯한 바다거북의 느린 발걸음처럼 도무지 움직일 줄을 모르는 저 많은 차량 사이를 종종걸음으로 헤쳐나가는 군중. 마치 비디오를 두 배로 빠르게 재생한 것처럼 재빠르게 움직이는 사람들 사이에 유독 그녀 하나만은 정지 상태인 듯 꼼짝하지 않았다. 범상치 않아 보이는 그녀. 그랬다, 그녀는 참으로 특이했다. 백사장의 무수히 많은 모래알 중에서도 유독 반짝거려 시선을 잡아두는 한 알의 모래알이 있는 것처럼 그녀 역시 바삐 지나가는 행인들로 하여금 꼭 한 번씩은 뒤돌아보게 하였다.

이십 대 초중반쯤으로 보이나 어떻게 보면 십 대 후반 같기도 했다. 샛노랗다 못해 몇 가닥의 끝은 하얗기까지 한 머리카락은 양 갈래로 묶인 채 그녀의 가슴패기를 훌쩍 넘겨 허리 아래에까지 다소곳이 늘어뜨려져 있었으며, 노란색의 머리카락을 더욱 강조하는 듯 핏기 없이 하얀 피부와 회색 빛깔의 눈동자에는 그녀 특유의 공허하면서도 매서운 기운들로 가득 차 있었다. 더군다나 그녀의 옷맵시, 즉 남자 치수의 헐렁한 검은색 후드 셔츠와 밀리터리 풍의 연갈색 바지, 그리고 백화점의 숙녀화 매장에서는 절대로 찾을 수 없을 것 같은 커다랗고 거무죽죽한 군화 등은 그녀가 결코 보통의 여성스런 취미를 가진 사람이 아니라는 것을 확연히 보여주는 듯했다.

그녀는 현재 횡단보도의 신호등에 기댄 채 반대편의 신호등을 쳐다보고 있었다. 아니, 노려보고 있었다. 그렇게밖에 보일 수 없는 것이, 그녀의 곱다란 외모와는 달리 눈에서 나오는 강렬한 기(氣)는 아름다운 자태를 지닌 여우가 산적같이 생긴 토끼를 사냥할 때의 눈빛, 그것과도 같았다. 사람의 시선이 한 번씩 꽂혔다가 사라지는 행태 따위는 신경도 쓰지 않는다는 듯 그녀는 자세를 유지한 채로 손가락 하나조차 까딱하지 않았다. 때마침 신호등의 시각장애인용 음향 신호기에서 소리가 흘러나왔다.

'따르릉, 따르르릉…'

녹색의 불빛만 기다리던 행인들은 모두 발걸음을 재촉했지만 노랑머리의 그녀는 아랑곳하지 않은 채 그녀만의 '정지' 상태를 고집했다. 행인들은 모두 한 번씩 그녀를 쳐다보았지만, 곧 아무렇지 않은 듯 바쁜 걸음을 재촉했다. 녹색 신호등의 깜박임이 거의 끝나갈 무렵, 그녀는 돌연 입을 열었다. 생뚱맞게도 그녀의 입에서 흘러나오는 소리는 바로 유행가 가사였다.

"쉽사리 사그라지는 맥주 거품처럼 당신을 향한 내 마음의 깊이도 금방 사라져 버렸으면 좋겠어요. 누구나 아주 어렸을 적 한 번 정도는 꿈꿔온, 파랑새를 좇는 일처럼…"

한창 부끄러움을 탈 나이일 것 같았지만, 뭐가 그리도 당당했던지 그녀는 눈도 한번 깜박이지 않았다. 오히려 행인의 시선이 꽂히자 그녀는 기다렸다는 듯 더욱 큰 목소리로 노래를 불러대기 시작했다.

"일생에 단 한 번도 일어날 수 없는, 한밤중의 달콤한 꿈속에서나 가능한, 바보 같은 사랑에 나 너무 깊이 빠져버렸네요. 그대는 너무 먼데. 너무 멀리 있는데…"

그녀 주위를 지나던 몇몇 사람은 발걸음을 멈추었다. 그리고 조금씩 그녀를 주목하기 시작했다. 그녀는 여전히 초연한 자세로 그것도 군중을 향해 힘껏 목청을 돋우고 있었다.

"가끔 보면 그댈 향한 내 사랑이 너무 커서 내가 한없이 가여울 때가 있어요. 그대는 너무 먼데. 너무 멀리 있는데…"

그녀의 노래 실력은 웬만한 가수의 뺨을 후려갈기고도 남았다. 군중 대다수는 그녀의 상식 밖의 행동에 대해 관심을 표명하기 시작했다.

"누구지? 뭐야, 길거리 오디션인가?"

"아니야, 분명히 방송국에서 촬영하고 있는 걸 거야"

군중은 더욱 호기심이 일었다. 독특한 품새와 예쁜 얼굴로 미루어 '혹 신인 가수나 연기자 지망생이 아닐까?'하는 예상을 하는 사람도 있었다. 그때였다. 지켜보던 한 청년이 그의 친구에게 말을 건넸다.

"저 여자, 혹시 정신이 좀 이상한 것 아닐까? 아무도 모르는 일이잖아, 혹시 옆 동네 정신병원에서 방금 탈출한 환자일지 말이야…"

목소리가 너무도 컸던 것일까, 순식간에 그들의 주위에는 고요한 적막이 흘렀다. 그리고 그녀의 노랫소리도 멈추었다. 청년은 방금 전 내뱉은 자신의 말이 실언이었다는 것을 깨닫기라도 한 모양으로 슬그머니 뒷걸음질을 치기 시작했다. 그러나 정작 당사자인 노랑머리의 그녀에게 선 아무런 반응도 기대할 수 없었다. 오히려 몇몇 군중만이 청년을 향해 시선을 돌릴 뿐이었다.

신호등의 빨간불처럼 도로 위의 차들은 열정적으로 달리고 있었고, 횡단보도에는 다시금 길을 건너고자 하는 사람들이 모여들고 있었다. 순간 그녀는 천천히 뒤를 돌아보았다. 그녀의 강렬하고도 매서운 눈빛이 주위를 둘러싼 수많은 인파를 순식간에 꿀 먹은 벙어리로 만드는 것 같았다. 그녀는 방금 자신을 영락없는 정신병자로 내몰려고 했던 젊은 청년을 포함한 수십 명의 사람을 한 번씩 쳐다보았다. 왠지 모르게 청년은 다짜고짜 줄행랑이라도 쳐야만 할 것 같았다. 그러나 그녀는 청년을 아랑곳하지 않은 채 고개를 숙여 커다란 바지 주머니에서 무언가를 주섬주섬 꺼내 들고 있었다. 온통 검은색으로 뒤덮인 어느 가수의 음반이었다. 그녀는 음반을 자신의 머리보다도 높게 들어 올리고는 수많은 군중을 향해 소리쳤다.

"아저씨, 아줌마들! 가수 '다니엘' 알지? 천상의 목소리를 지닌 다니엘, 모두 알 거야. 이 앨범은 작년에 발매되어 백만 장이 넘게 팔린 다니엘 오빠의 네 번째 정규 앨범인데, 아무튼 이건 됐고. 중요한 건, 내일이 바로 우리가 일 년을 기다려 온 오빠의 다섯 번째 앨범이 발매 되는 날이라는 거야! 이번 음반에는 총 스무 개의 곡이 들어 있고, 역시나 오빠가 전곡을 작사, 작곡, 프로듀싱까지 했다는 거! 아저씨, 아줌마들! 내일 발매될 앨범은 오빠가 피땀을 흘려 만든, 우리가 더없이 소중하게 지켜야 할 작품이라는 거 꼭 기억할 수 있지? 오빠는 언제나 창작이라는 괴물을 상대로 힘든 작업을 하니까, 또 그게 바로 지치고 힘든 대중의 영혼을 달래주고자 하는 오빠의 희생이고 배려니까…. 그러니 이제는 우리가 보답할 차례 아닌가? 자신을 희생해 가면서까지 음악을 만들어

주시는 다니엘 오빠를 위해서라도 우리 절대로 불법 음원 따위는 올리지도, 듣지도 말자! 그리고 여기 모인 아저씨, 아줌마들은 반드시, 내일 음반 상점에 들러서 오빠의 앨범 한 장씩을 사주리라 나는 믿어 의심치 않아. 물론 경제적으로 여력이 되는 아저씨, 아줌마라면 여러 장을 손에 쥐어도 상관없지만…!"

말을 마친 그녀는 호흡을 가다듬으며 군중을 둘러보았다. 군중은 한결같이 어리벙벙한 표정이었지만 대다수가 그녀의 말에 귀 기울이고 있었다. 그런 그들에게 그녀는 생긋방긋 웃음을 지어 보였다. 장천 냉랭하고 무심할 것 같던 그녀의 얼굴에 드디어 표정이 생겨난 것이다. 여전히 혼이 나가 있는 군중을 향하여 그녀는 다시금 큰소리로 외쳤다.

"한마디만 덧붙일게. 지금처럼 앞으로도 부디 다니엘 오빠의 음악을 많이 듣고 또 많이 사랑해주기를. 그럼 안녕!"

그녀의 얼굴은 이제 바랄 것이 없다는 듯 활짝 웃음꽃까지 머금고 있었다. 그러나 또다시 신호등의 안내 음성이 흘러나옴과 동시에 녹색 불빛이 점등되자 그녀는 덤덤하고도 냉소적인 예전의 분위기로 되돌아가고 있었다. 어느새 온몸에 시서늘한 기운이 그득해진 그녀는 뒤도 돌아보지 않은 채 횡단보도를 가로질러 길 건너편으로 뛰어가 버렸다.

군중은 멍멍한 표정을 지으며 그녀의 뒷모습을 바라볼 수밖에 없었다. 개중에는 어이없다는 표정으로 코웃음을 치는 사람도 있었으며 처음부터 별로 개의치 않았다는 듯 무신경하게 발걸음을 돌리는 사람도 있었다. 또한, 다니엘이란 가수의 앨범 홍보를 맡은 기획사 직원이 팬을 가장하여 홍보 차 길거리 이벤트를 하고 있을 거란 장황한 추측성 설명을 늘어놓는 사람도 있었다.

그중 가장 멍한 표정을 짓는 사람이 있었는데, 그 사람은 다름 아닌 그녀를 병자로 분류했던 바로 그 청년이었다. 청년은 그의 친구를 팔꿈치로 툭툭 쳤다. 친구는 힐끗 돌아보았다. 그러자 청년은 상기된 얼굴로 천천히 말을 이었다.

"거봐, 내가 뭐라 그랬어? 내 말이 맞지?"

그날 서울을 여유롭게 내리비추던 태양이 엇비스듬하게 제 낯빛을 감출 무렵, 그녀는 버스를 기다리고 있었다. 왼손에는 엠피스리 플레이어가, 오른손에는 아까의 검은색 음반이 들려진 채로 그녀는 버스정류장의 벤치에 앉아있었다. 그녀는 이어폰으로 흘러나오는 음악의 박자에 따라 가볍게 리듬을 맞추기도 하고 간간이 노래를 흥얼거리기도 했다.

얼마나 지났을까, 그녀는 갑자기 심각해진 얼굴로 엠피스리 플레이어를 유심히 들여다보았다. 엠피스리 플레이어를 한참 만지작거리던 그녀는 역정을 토해냈다.

"제길…, 죽어버렸잖아!"

마침 그때 만원 버스 한 대가 도착했고 그녀는 —그녀의 표현대로 이미 죽어버린 — 엠피스리 플레이어를 주머니에 넣고는 서둘러 버스에 올랐다. 퇴근 시간. 다 자란 콩나물시루처럼 발붙일 틈도 없이 꽉꽉 들어차 있는 버스 안. 그녀는 많은 인파를 헤치고 중앙으로 파고들어, '항공 객실 서비스 실무론'이라는 책을 든 여대생과 한눈에 보아도 값어치가 꽤 있어 보이는 명품 가방을 멘 아주머니의 뒤쪽에 서서 천정에 달린 손잡이의 흐름에 몸을 맡겼다.

버스에서는 잠시도 쉬지 않고 라디오의 시시껄렁한 잡담이 흘러나왔고, 다음 정류장을 알리는 안내 방송과 근처 상점의 광고 방송도 끊임없이 이어졌다. 맨 뒷좌석에 삼삼오오 흩어져 앉은 중학생의 볼멘소리와 출구 근처에 선 아가씨의 사치스런 수다, 휴대전화 통화에 열을 올리는 아저씨의 시끄러운 함성이 한데 어우러져 '노이즈(noise)'라는 제목의 음악을 만들었으면 좋겠다는 생각이 들었을 때, 느닷없이 버스가 급정거를 했다.

'끼익!'

귀청 따가운 소리와 함께 흥분한 버스 기사가 갑작스레 끼어든 택시 기사를 향해 거친 욕설을 퍼부어댔다.

"앗…."

동시에 노랑머리의 그녀가 인상을 찌푸리며 신음하고 있었다. 책을 든 여대생의 하이힐이 버스의 급정거에 놀라 뒤에 서 있던 그녀의 발등을 사정없이 짓눌렀던 것이다.

"어머, 죄송합니다. 괜찮으세요?"

여대생의 순박한 눈망울이 놀라움과 미안함으로 두 배나 커져 있었다. 그 옆에 있던 명품 가방을 지닌 아주머니도 그녀의 아픔에 동조하였던 듯 여대생을 원망의 눈초리로 흘겨보고 있었다. 노랑머리의 그녀는 여대생의 눈을 똑바로 쳐다보며 큰소리로 쏘아붙였다.

"이봐! 미안하다는 말 한 마디로 모든 잘못을 정갈하게 해결할 수 있을 줄로 아니?"

승객들의 시선이 그녀의 얼굴에 달라붙어 떠날 줄을 몰랐다. 기세당당해 보이는 그녀와는 달리 여대생은 몹시도 당황해 할 말마저 찾지 못했다. 결국 여대생은 양 볼이 빨개진 채로 살짝 미소를 지으며 거듭 사과했다.

"아…. 정, 정말…, 죄송합니다."

여대생의 사과에도 노랑머리의 그녀는 목소리를 한층 더 높였다.

"웃어? 넌 연장으로 사람 배때기 쑤시고도 배시시 웃으면서 사과만 하고 끝낼 거야? 난 세상에서 너 같은 애들이 제일 싫어. 가식적인 웃음으로 대충 때우려는 빠꿈이들. 잘못을 했으면 최소한 무릎 꿇고 울며 빌어야 할 것 아니야!"

여대생은 어찌해야 할 바를 몰랐다. 이 여자, 도무지 정상이 아닌 것 같았다. 괜히 더 큰 봉변을 당하기 전에 마음에 없는 사과로라도 어서 여자를 달래어 민망한 상황에서 벗어나고 싶었다. 진정 미안하지 않아서가 아니라, 정신이 불안한 한 여자 때문에 쥐구멍을 찾는 쥐의 신세가 되고 싶지는 않아서였다.

"정말 죄송합니다, 제가 진심으로 사과드릴게요. 죄송해요."

여대생은 고개를 푹 숙인 채 그녀에게 사과했다. 그러자 옆에서 지켜보던 아주머니가 명품 가방의 끈을 어깨에 끌어올리며 한마디를 거들었다.

"예쁜 아가씨, 웬만하면 참아요. 미안하다고 하잖아. 너무 그러면 이 학생이 얼마나 부끄럽겠어요. 서로 기분만 상하기 전에, 응?"

주위에서 그녀들을 지켜보고 있던 승객은 머지않아 큰 싸움이 벌어질 것이라는 예상을 했다. 하지만 상황은 도무지 의외였다. 노랑머리의 그녀가 갑자기 웃어젖히기 시작한 것이다.

"하하하, 맞아. 아줌마 말이 맞아. 내가 참을게. 그만할게."

여대생은 고개를 들고 휘둥그레진 눈으로 그녀를 쳐다보았다. 정말 정상이 아닌 게 확실했다.

"하하하, 오늘은 정말 좋은 날이어야 하거든. 왜냐하면 내가 일 년 동안 기다려왔던 날이 바로 하루 앞으로 다가왔으니까…. 이렇게 좋은 날에는 화내면 안 되는 거잖아? 하하하, 그러니 내가 기분 풀도록 할게."

버스 안의 승객은 모두 어이가 없다는 표정으로 그녀를 바라보았다. 그때 마침 버스가 정류소에 도착했고, 그녀는 버스에서 내리려는 듯 서둘러 출구로 향했다. 버스의 문이 막 닫히려는 순간 그녀는 버스 안의 승객을 둘러보며 소리쳤다.

"아저씨, 아줌마들, 내일이 무슨 날인지 궁금하지? 내일은 다니엘 오빠의 다섯 번째 앨범이 발매되는 날이야. 그리고 오늘은 내가 곧 새로운 엠피스리 플레이어를 사는 날이기도 하고. 모두 부럽지?"

그녀는 그렇게 외치고 나서 환한 표정으로 뛰어가기 시작했다.

버스 뒷좌석에 앉아있던 소녀들은 그녀를 가리키며 까르르 웃어댔고, 중년의 남자들 역시 실소를 금할 수 없었다. 미친 여자임이 분명하다고 생각했다. 오직 방금 봉변을 당할 뻔했던 그 여대생만이 언짢음을 숨길 수 없어 이를 악물고 있을 뿐이었다. 하지만, 좋지 않은 생각을 계속 머금고 있다면 종국에는 본인만 손해라는 것을 이미 알고 있었으므로 어서 빨리 저따위 여자는 잊어버려야지 하는 생각에 고개를 설레설레 흔들고 있을 무렵, 버스에서는 또 한 번의 귀청을 도려내는 비명이 새어나오고 있었다. 이번에는 명품 가방을 지닌 바로 그 아주머니의 입에서였다.

"아악! 도둑이야! 내 지갑을 도둑맞았어! 기사 양반, 버스 좀 멈춰줘요! 지갑을 찾아야 해!"

불행하게도 버스 기사의 달팽이관에 아주머니의 고함이 다다랐을 때에는 이미 그녀의 길고도 샛노란 머리카락이 승객의 시야에서 사라진 한참 후였다.

그녀는 유행가를 흥얼거리며 자신의 노랑머리를 오른쪽 손으로 매만지며 길을 걷고 있었다. 왼손에는 본인의 소유가 아님이 확실한 명품 지갑이 들려진 채로 말이다. 오늘은 여러모로 기분이 좋은 하루였다. 첫째, 수입이 좋았다. 만만다행 하게도 지갑 안의 내용물은 모조리 현금이었다. 그리하여 사망해버린 그녀의 엠피스리 플레이어를 대신할 최신형 엠피스리 플레이어가 곧 탄생할 것이다. 물론 그것 말고도 기분이 좋은 이유는 또 있었다. 둘째이자, 가장 중요한 이유이기도 했다. 그것은 바로 열여덟 시간 후에 있을 다니엘의 5집 쇼케이스(showcase)를 관람할 수 있게 되었다는 것이다.

그녀는 쇼케이스의 초대권을 얻고자 갖은 노력을 쏟아 부었다. 팬클럽에서의 초대권 추첨은 기본이었고, 현존하는 모든 음악 사이트의 이벤트에 참여했으며, 제발 쇼케이스를 관람할 수 있게 해달라고 매일같이 기도했다. 하지만 세인(世人)은 모른다. 그저 잘나가는 연예인의 얼굴 따위나 보려고 그런 쓸데없는 일에 힘을 뺀다고 여기겠지. 아니다, 다니엘은 얼굴만으로 먹고 사는 그런 흔한 연예인이 아니었다. 소위 그리스 로마신화처럼 한국에도 신화가 쓰인다면 그는 분명히 '음악의 신'이 될 만한 자격이 충분한 사람이었다. 그러한 다니엘이 새로운 음반을 내고, 더군다나 팬을 위한 쇼케이스까지 연다는데 그녀가 가만히 있을 수는 없었다. 다른 사람도 아닌, 바로 그녀의 '다니엘'이기 때문이었다.

그녀의 사랑이자 신앙인 다니엘. 그녀에게는 더할 나위 없이 소중한 사람이었지만 세인 중에는 그가 누군지, 무엇을 하는 사람인지조차 모르고 살아가는 사람도 있을 터였다. 아니, 사는 것이 바쁘다는 핑계로 다니엘은커녕 음악이라는 것을 일주일에 단 한 곡도 듣지 않는 사람도 셀 수가 없을 것이었다. 그들은 그들 나름대로 온갖 노력을 해가며 삶을 산다고 느낄지 모르지만 그녀는 다니엘의 팬으로서 인생을 허비하며 살아가는 자신보다, 다니엘의 음악 없이 흥성흥성 살아가는 그들이 오히려 비루한 청맹과니요, 우매한 무지렁이라 느껴질 뿐이었다.

이런저런 생각을 하다 보니 그녀는 벌써 번화가에 도착해 있었다. 일찌감치 그녀의 두둑한 주머니는 어서 빨리 새로운 엠피스리 플레이어를 탄생시키라며 난동을 부리고 있었다. 그녀 역시 서둘러 사고 싶은 마음이 굴뚝같았다. 하릴없이 다니엘의 음악을 듣지 못하는 지금의 찰나는 그녀에게 있어 독방에 갇힌 십 년의 시간과도 같았다. 하지만, 시중에 지지부레 널린 아무런 제품이나 사들인다고 해서 그녀의 한(恨)을 풀어낼 수는 없었다. 최대한 그의 음악을 화사하게 빛내어 줄 고급 엠피스리 플레이어가 필요했다. 그리하여 그녀는 규모가 큰 전자 대리점을 찾아다녔고, 마침내『전자마트』라는 대형 간판을 발견할 수 있었다. 그녀는 부리나케 달려갔다.

"정성을 다하겠습니다, 전자마트입니다!"

문이 열리자, 전자마트의 전 직원이 그녀를 향해 공손히 인사했다. 그녀는 매장에 들어서자마자 직원 따위는 눈에 들어오지도 않는다는 듯 곧장 엠피스리 플레이어 진열대 앞으로 향하며 말했다.

"요즘 제일 잘 나가는 걸로."

그녀는 진열대를 쓱 훑어보고는 다짜고짜 지갑을 내밀며 덧붙였다.

"비싸도 좋지만, 음질은 무조건 최고인 걸로."

"네, 잘 알았습니다."

삼십 대 초반의 점원은 신속하게 몇 가지의 재생기를 꺼내어 그녀 앞에 늘어놓았다.

"지금 보시는 기종은 인기가 많아 판매가 잘 되는 것 중의 하나이고요, 사실 요즘은 워낙에 제품이 잘 나와서 음질은 다들 비슷비슷할 겁니다.”

“정말?”

그녀는 믿을 수가 없다는 듯 눈을 동그랗게 떴다.

“그럼요, 보시는 제품 모두 올해 출시된 것이랍니다. 저장 용량도 충분하며 만일 모자랄 경우에는 외장 메모리를 통해 업그레이드가 가능하고요, 메모리 카드 또한 모든 종류가 호환되는 최신 기종임이 분명합니다.”

점원은 사람의 모양을 한 최신 로봇과도 같이, 숙련된 미소를 바탕으로 엠피스리 플레이어의 장점을 토씨하나 빠뜨리지 않고 줄줄이 외워댔다.

“그럼 이것들 모두 청음(聽音)이 가능해?”

“그럼요, 물론입니다. 제가 기꺼이 이어폰을 빌려 드리겠습니다.”

“그쪽 이어폰 성능을 어떻게 믿고? 그냥 내 이어폰으로 듣는 게 나을 것 같은데?”

점원은 직장에서 늘 ‘친절교육’을 받아왔기에 까다로운 고객 대처에는 무척이나 의연했다. 특히나 이렇게 까칠할 대로 까칠한 성격의 여성 고객 앞에서는 절대로 귀찮다는 표정을 드러내서는 안 된다. 항상 입가에 은은한 미소를 띠고는 손님이 원하는 것은 무엇이든 들어주어야 했다. 그것이 바로 ‘고객감동’을 실천하는 첫걸음이었으니까. 점원은 가슴팍에 달린 ‘친절사원’의 배지를 만지작거렸다.

그런 점원을 아랑곳조차 하지 않고 그녀는 자신의 이어폰을 각 엠피스리 플레이어에 번갈아 끼워 넣었다. 그녀는 몇 번이나 고개를 갸웃거려가며 심각한 표정으로 음악을 듣던 중 이윽고 입을 열었다.

“이런. 저장된 음악 표본이 워낙에 구린 탓에, 어떤 재생기의 음질이 더 좋은지는 도저히 판단할 수가 없는 걸?”

“그러세요? 그렇다면, 사내 컴퓨터에 대중가요가 몇 곡 있는데 그것을 재생기로 옮겨 드리겠습니다. 그럼 그 음악을 들어보시고서 판단하시면 되겠네요. 하하하.”

점원은 천성이 곰살궂고 싹싹했던 듯 전혀 귀찮은 내색 없이 웃어보였다.

“아저씨. 혹시, 그거 불법으로 다운 받은 거야?”

“네? 불, 불법 다운이요? 아⋯, 글쎄요. 음악 파일은 다른 직원이 다운 받은 것이라 확실하게는 잘⋯. 그런데 그게 무슨 문제가 되나요?”

그녀는 크게 한숨을 쉬며 인상을 썼다.

“이봐. 불법 다운은, 한 가수의⋯,”

계속되는 젊은 손님의 반말에도 점원은 싫은 내색 하나 없이 양손을 가지런히 한 후, 은은한 미소까지 지어 보이며 그녀의 말을 경청할 준비를 했다. 그녀는 그런 점원이 답답해 보이는 듯 다시 한숨을 쉬며 말했다.

“관두고⋯. 난 경로가 확실하지 않은, 즉 불법 다운이 예상되는 음악은 절대로 듣지 않거든? 그러니 이 음반의 음원을 재생기에 저장해 줘.”

그녀는 주머니에서 아까의 검은색 음반을 꺼내어 점원에게 내밀었다.

“아⋯. 네, 알았습니다. 그럼 손님께서 원하시는 대로 해 드리겠습니다.”

친절이 몸에 쇠굳은 점원은 여전히 공손한 태도로 그녀에게 음반을 받아가더니, 잠시 후 다시 엠피스리 플레이어를 내밀었다.

“저장해 드렸습니다. 한번 들어보세요.”

“저기, 먼저 내 음반부터?”

“아, 네. 죄송합니다. 여기에 있습니다.”

점원은 머쓱한 듯 머리를 긁적거리며 음반을 내밀었다. 그녀는 다시 진지한 표정으로 청음에 열을 올리는 듯하더니 갑자기 재생기를 뿌리치며 소리쳤다.

"난 말이야! 이 두 개가 마음에 드는데 무얼 골라야 할지 도무지 혼란스러워! 우선 이것은 중, 저음의 음질은 월등하지만 고음으로 올라갈 때마다 음질이 쪼개진다는 느낌을 받고, 이것은 고음의 음질은 훌륭한데 음량을 키울수록 중, 저음의 음질이 둔탁해지는 것 같아. 엠피스리 플레이어를 판매하는 기업은 도대체, 왜! 고루 좋은 음질을 만들어내지 못하는 거지? 소비자가 들이붓는 돈으로 그깟 기술 하나 못 만들어내나?"

홀근번쩍 쏘아붙이는 그녀의 질타에 점원은 머리를 긁적거리며 말했다.

"아…, 그건 말이죠. 이어폰에 따라 음질이 다르게 들릴 수도 있거든요. 번들 이어폰을 한번 사용해 보시지 않겠습니까? 번들 이어폰은 엠피스리 플레이어를 구매하시면 함께 들어가 있는 전용 이어폰을 말하는 것인데요, 모든 회사의 제품에 가장 알맞게 설치된 이어폰이므로 아마 음질이 배가될 것입니다."

그녀는 곧이어 점원이 건넨 하얀색 이어폰을 연결하고는 다시금 음악에 빠져들었다. 다행히 그녀의 입가에 은연한 미소가 번졌다.

"좋았어, 첫 번째 걸로 선택! 번들 이어폰으로 들으니 이게 좀 낫네. 역시 사람이든 물건이든 자기 몸에 익숙한 것이 최고인가 봐."

그녀는 모처럼 마음에 드는 물건을 골라 기분이 좋았는지 연방 싱글거리며 지갑을 꺼내었다.

"잘 선택하셨습니다. 저, 그런데 손님…."

점원은 혹 야살스러운 성격을 가진 고객의 기분을 상하게 할지도 모른다는 생각에 무척이나 조심스러운 태도로 말을 붙였다.

"응?"

그녀는 계산대에 현금 뭉치를 올려놓으며 대답했다.

"혹시 손님께서는 음악…, 하시는 분이신가요?"

점원의 눈길이 그녀의 노랑머리와 엠피스리 플레이어를 든 왼손에 번갈아가며 머무르고 있었다.

"내가…, 가수 같아 보여?"

"아, 네. 실례가 되었다면 죄송합니다. 저는 그저…, 손님께서 기계의 외형보다는 음질에 관심이 많으시고…. 또 음악을, 무척이나 소중히 생각하시는 것 같아…. 그리고 손님의 외모가…, 살짝 남다르셔서…."

점원은 그녀의 눈길을 살짝궁 피하며 더듬더듬 말을 이었다.

"아닌데. 나는 가수가 아니라…, 가수를 사랑하는 사람인데?"

"네?"

점원은 놀란 토끼가 벼랑 바위를 쳐다보듯 눈만 껌벅댔다. 그녀는 그러한 점원의 표정이 매우 우스꽝스러웠던지 고개를 뒤로 젖혀가며 깔깔대었다. 순간적으로 얼굴이 벌겋게 달아오른 점원을 뒤로하고 그녀는 엠피스리 플레이어와 지갑을 챙겨들며 당당하게 외쳤다.

"못 들었나 봐? 나는 한 가수를 사랑하는 사람일 뿐이라고!"

점원은 멍하니 출입문의 들목을 나서는 그녀의 뒷모습을 바라보고 있었다. 전자마트의 나머지 직원은 여전히 나란히 서서 그녀의 흩날리는 노랑머리를 향해 '감사합니다, 고객님. 행복한 하루 되십시오!'라는 인사말을 합창했지만, 그 점원만은 예외였다. 그는 그녀가 매장에서 더는 존재하지 않는다는 사실을 인지하자마자 돌변하고 있었던 것이다.

"미친년, 한마디로 지가 '빠순이'라는 거 아니야?"

점원은 그녀가 남기고 간 지폐를 세면서 본격적으로 꽁알거리기 시작했다.

"대가리에 피도 안 마른 년이 말끝마다 반말이야, 또 사가려면 대충 사갈 것이지 리핑(Ripping)까지 시키면서 사람을 개고생 시켜? 정 좋은 음질의 음악을 듣고 싶다면 집채만 한 고성능 오디오를 메고 다닐 것이지 엠피스리 플레이어는 왜 사고 지랄이야. 저녁 시간이기에 망정이었지 저따위 괴까다로운 년이 아침에 방문했다면 하루 종일 수사나웠을 게 분명해. 에이그! 누굴 탓해, 내가 이런 꼴 당하지 않으려면 당장 여기를 때려치우든가 해야지."

그는 헝겊을 꺼내어 진열 상품에 남긴 그녀의 무수한 지문을 신경질적으로 닦아내며 갖은 욕설을 퍼부었다. 마른 헝겊의 움직임이 재빨라질수록 점원의 가슴팍에 매달려 있는 '친절사원'의 배지도 세차게 끼우뚱거리고 있었다.

저물녘. 재게 태양을 삼킨 구름이 마침내 지지벌건, 핏빛 노을을 토해내고 있던 참이었다. 음악을 들으며 한참을 정처 없이 걷던 그녀의 시선을 유달리 사로잡는 무언가가 있었다. 그것은 번화가의 중앙을 지키는 어느 화장품 가게의 세움 간판이었는데, 그녀는 간판의 내용물을 곁눈질로 확인하던 순간 발바닥이 땅에 붙어 움직일 수 없는 기이한 현상을 체험하고 있었다. 바로 화장품 '이브(EVE)'를 광고하는 다니엘을, 실물과 똑같이 제작해 놓은 세움 간판 속 그의 미소가 그녀를 붙들고 있었기 때문이었다.

한참을 멍하니 서 있던 그녀의 공허한 두 눈이 서서히 번뜩이고 있었다. 그녀는 마치 오래전부터 사귀어온 친구를 길거리에서 우연히 발견했을 때와 같은 몸짓으로 성큼성큼 세움 간판 앞으로 걸어갔다. 그리고 이제껏 한 번도 볼 수 없었던 아주 사랑스러운 표정으로 그의 입술에 입을 맞추기 시작했다. 세인의 이목 따위는 안중에도 없는 듯 무사태평한 태도였다. 길거리를 지나던 수많은 행인은 그녀의 상식 밖의 행동에 혀를 내둘렀고 개중엔 휴대전화를 꺼내어 이 희귀한 광경을 동영상으로 남기려는 이도 있었다. 하지만, 그녀만은 행인의 시선도 시간의 흐름도 모두 잊은 채, 마냥 다니엘의 입술에 자신의 입술을 붙이고만 있을 뿐이었다. 세움 간판이 주는 차가운 촉감조차도 그의 체온이라 느끼는 듯 그녀는 평온한 자태로 무량억겁(無量億劫), 석고상처럼 굳어가기만을 바라는 것 같았다.

그때였다. 어디선가 아니꼽살스레 비웃는 소리가 들려오고 있었다.

"킥킥킥."

그녀는 그만 기분이 상한 듯 벽에서 얼굴을 떼어내고 웃음소리가 나는 쪽으로 얼굴을 돌렸다. 열두 서너 살로 보이는 소년이었다. 통통한 체격에 며칠이나 씻지 않은 듯 얼굴은 지저분했고, 옷 또한 언제 갈아입었는지 알 수 없을 정도로 괴죄죄한 몰골의 소년. 그녀는 어이가 없다는 듯 소년을 향해 내질렀다.

"뭐지?"

소년은 또 킥킥대며 말했다.

"미친년."

"뭐…, 뭐라고? 미…, 친년?"

그녀의 눈초리가 매섭게 변했다. 불같은 분노가 끓어오르는 것 같았다. 그녀는 소년이 서 있는 곳을 향해 걸음을 옮겼다. 그리고 조용히 소년의 귀에 속삭였다.

“뒈지고 싶냐?”

그러나 소년은 하나도 무섭지가 않은 듯 계속 이기죽대며 웃고 있었다. 그녀는 그러한 소년을 한참이나 노려보고는 다시 입을 열었다.

“이봐, 꼬맹이. 어리다고 함부로 나불대지 마. 다시는 그 입 놀리지 못하는 수가 있어.”

소년은 그녀의 협박에도 아랑곳하지 않고 계속 킥킥거렸다. 그녀는 다시 말했다.

“지금 내가 해야 할 일은, 썩 내키지는 않지만 특별히 너를 한번 봐주는 것이고 지금 네가 해야 할 일은, 그런 너의 수(數)에 감사하며 당장 집으로 돌아가 방구석에 콕 처박히는 거야. 내가 너를 고이 돌려보내는 이유는…, 몰라도 돼. 오직 네가 알아야 할 일은 다시는 내 눈앞에 띄지 않아야 한다는 것뿐이야. 내 말, 무슨 뜻인지 알아 처먹었니?”

그녀는 표독스럽게 눈을 희뜩이더니 곧 소년을 지나쳐 빠른 걸음으로 걷기 시작했다. 그런 그녀의 뒷모습을 보며 소년이 외쳤다.

“나 집 없어!”

그녀는 잠시 서서 한숨을 쉬더니 다시 걸었다. 소년은 그녀의 뒤를 따라가 팔을 잡아 흔들며 다시 말했다.

“나 집 없다니까! 같이 가!”

소년에게 한쪽 팔을 붙잡힌 그녀는 살짝 상기된 얼굴로 목소리를 조금 높여 말했다.

“놔.”

소년은 그녀의 팔을 잡고 마구 흔들어대었다.

“같이 가자고!”

소년의 어처구니없는 행동에 그녀는 기가 찬 듯 얼굴을 찡그리며 소리쳤다.

"미쳤어? 놓으란 말이야!"

소년은 여전히 그녀의 팔을 놓지 않은 채 계속 떼를 써댔다.

"같이 가, 같이 가잔 말이야! 나 진짜 갈 데가 없어!"

결국 그녀는 머리끝까지 화가 치밀어 올랐다. 이 아이는 분명히 변질자(變質者)임에 틀림이 없었다. 그렇지 않다면 처음 보는 사람에게 이토록 얼토당토않은 말로 매달릴 수는 없기 때문이다. 그녀는 한시라도 빨리 다니엘의 음악을 듣고만 싶었다. 그의 음악으로 하여금 언제나 고독한 자신의 마음을 위로받고 싶다는 생각뿐이었다. 그러려면 대책 없이 막무가내인 이 부랑아부터 떼어놓는 일이 급선무였다.

"이거 놓으라고, 이 거지 새끼야!"

그녀는 악청을 쓰며 소년을 힘껏 밀어버렸다.

"으악!"

소년은 그녀가 밀치는 힘으로 허공에 손을 크게 허우적거리더니 그만 뒤로 나동그라져 버렸다.

"휴…. 따라오기만 해봐. 혼쭐을 내어줄 테니."

그제야 잠잠해진 소년을 뒤로하고 발걸음을 옮기던 그녀의 귀에 '어, 어!' 하는 몇 가닥의 원성이 들려오고 있었다. 소리가 흘러나오는 곳은 다름 아닌 구경꾼의 입가였다. 그녀는 뒤를 돌아보았다. 넘어박힌 채 신음하는 소년의 왼쪽 눈에서 새빨간 피가 흥건히 번지고 있었다.

소년을 다치게 할 의도는 없었지만 그렇다고 해서 소년을 도와줄 수도 없었다. 아니, 도와주기 싫었다. 만일 그를 일으켜주기라도 한다면 다시 끈덕지게 달라붙을지도 몰랐기 때문이다. 그녀는 다시금 발걸음을 재촉하며 속으로 되뇌었다.

'제 혼자 넘어진걸. 제길, 그건 내 탓이 아니야!'

소년은 계속 바닥에 나뒹굴고 있었다. 몇몇 사람이 소년을 일으켜 세우며 그녀에게 원망의 눈초리를 던졌지만, 그녀는 모른 척했다. 오직 더 빨리 걷고자 다리에 기(氣)를 불어넣을 뿐이었다. 소년은 왼쪽 눈을 감아 쥔 채 황급히 그녀에게 외쳤다.

"나 거지 아니야!"

그녀는 잠시 멈칫했지만 급급히 발걸음을 놀렸다. 소년은 재차 소리쳤다.

"나 거지 아니라고!"

그녀는 양손으로 귀를 막는 시늉을 한 채 반달음질로 뛰기 시작했다. 그녀가 점점 멀어지자 소년은 다급하게 외쳤다.

"현!"

막 속력을 내려던 그녀는 돌연 뜀박질을 멈추었다. 전과 같이 발이 땅에 붙은 기이한 현상이었다. 하지만 상황은 천차만별이었다. 애타고 그립던 사람을 앞에 두었던 방금의 심정과는 달리, 지금은 송연함으로 모골이 자지러드는 것 같았다. '현'이라는 외침을 들은 그녀는 자리에서 꼼짝도 하지 않았지만 안색만은 서서히 변해가고 있었다. 소년은 그녀를 향해 다시금 외쳤다.

"현이 누나!"

그녀는 당황함을 감추지 못하고 뒤를 돌아보았다. 소년은 거듭 외치고 있었다.

"현…, 현이 누나…. 현이 누나!"

그녀는 떨리는 눈으로 소년을 치훑고 내리훑었다. 마침내 소년의 실체를 확인한 그녀 자신의 몸이 사시나무 떨듯 떨려온다는 것을 느꼈다. 그녀는 마른 입술에 침을 한번 묻히고는 입을 열었다.

"곰. 너, 곰이니?"

소년이 애달픈 표정으로 고개를 끄덕였다. 그가 고개를 끄덕일 때마다 눈 주위에서 피가 뿜어져 내렸다.

'현'이라고 불린 그녀는 소년을 데리고 병원으로 향했다. 의사에게 왼쪽 눈 윗부분이 찢어졌다는 진단을 받은 소년은 그 부위를 몇십 바늘 꿰매는 수술을 해야만 했다. 회복실의 침대 위에 누워있는 소년을 보며 현은 말했다.

"네가 곰이든, 곰이 아니든 나와는 관계가 없어. 그저 어린애니까…. 그리고 나 때문에 다쳤으니까. 혹여나 후탈이 생길까 봐서 병원에 데려온 것뿐이야. 이젠 치료도 받았으니 나는 그만 갈게. 그러니 너도 네 갈 길을 가."

현은 말을 마치고 자리에서 일어났다. 곰은 잘 떠지지 않는 눈으로 현을 바라보았다. 그리고 슬픔에 가득 찬 목소리로 말했다.

"또 나를 버리고 가는 거야?"

현은 거칠게 소리쳤다.

"난 널 버린 적 없어! 그리고 지금도 버리는 게 아니야, 너랑 나랑은 전혀 관계가 없어! 서로 모르는 사람일 뿐이라고!"

곰은 조용히 눈을 감으며 나지막하게 속삭였다.

"나는…, 아직도 그때를 기억해…."

다니엘

자신이 진정으로 원하는 것은, '힘들어하는 사람을 위로하는 혼이 담긴 음악'이라며 막무가내로 창작만을 고집했던 그의 열정과 따뜻한 심성, 그리고 격조 높은 인품에 대하여 대중은 열렬한 환호를 보냈고 결국 작년에 발매되었던 그의 네 번째 앨범은 발매 한 달이 채 되지 않아 백만 장을 훌쩍 넘기는 판매량을 기록하게 되었다.

서울시 강남구 압구정동에 위치한 오 층짜리 재색 건물. 건물의 입구에는 'Sky High(스카이하이)'라는 흑자체 활자가 선명하게 새겨진 채로 그 화려한 위용을 과시했다. 스카이하이 기획사는 직원이 이백여 명이나 되는 대규모 매니지먼트 회사였다. 대한민국에서 소위 '잘나가는 스타'로 군림하려면 스카이하이 기획사를 거쳐야 한다는 사실 정도는 키가 삼척밖에 되지 않는 어린아이도 다 아는 공공연한 정론(定論)이었다.

스카이하이이의 건물 입구는 몸집이 건장한 경호학과 출신의 보안 직원 두 명이 24시간 보초를 서며 왕래를 통제했다. 그들은 기획사 직원조차 본인의 지문 감식을 통하지 않고서는 건물 안으로 들어갈 수 없게끔 만들어 놓은 철저한 보안에 뼛속 깊도록 자부심을 느끼곤 했다. 스카이하이는 대한민국에서 내놓으라 하는 유명 가수와 탤런트, 영화배우가 소속되어 있는 곳이었기에 건물의 주위에는 늘 여러 무리의 팬들이 진을 치고 있었다. 그 때문에 외부인의 출입을 금하는 일은 그들에게 있어서 끼니를 때우는 것 이상의 중요한 생활이자 상부의 특명이기도 했던 것이다.

그러나 개미 새끼 한 마리도 나들지 못할 물샐틈없는 보안의 틈바구니에서도 유난히 허점을 드러내게 하는 외가닥의 목소리가 있었다. 바로 스카이하이 기획사의 실소유자, 박재현 이사가 그 주인공이었다. 오늘도 그의 목소리는 번쩍거리는 대리석의 벽을 타고 건물 곳곳을 쩌렁쩌렁하게 울리고 있었다.

"아니, 뭐라고! 이 자식아, 그걸 말이라고 해! 내일이 앨범 발매일인데, 엉? 쇼케이스는 어떻게 할 건데? 음악 프로그램 복귀 무대는? 맞춰봐야 할 것 아니야! 뭐? 이런 돌대가리를 봤나! 그 새끼를 그냥 내버려뒀다고? 뭐라고? 깨워도 안 일어나면, 둘러업고서라도 와야 할 것 아니야!"

전화기를 움켜쥔 그의 손아귀가 더는 분노를 참지 못하는 듯했다. 곧 전화기를 터뜨릴 것 같이 질러대는 쇳소리에 사무실 밖에 있던 직원들조차 귓구멍이 쑤셔오기 시작했다. 그는 아랑곳없이 연거푸 소리를 질러대고 있었다.

"야, 이 새끼야! 빨리 안 데리고 와? 너 십 분 내로 그 자식 안 데리고 오면 사무실 근처에 얼씬도 못할 줄 알아. 당장 해고야! 이, 개똥상놈아!"

그는 '쾅' 하는 소리와 함께 전화기를 부서져라 내려놓았다. 전화를 끊고 나서도 분을 삭이지 못한 듯 아예 전화기를 바닥에 던지고는 구둣발로 짓이겨버렸다. 그는 사무실 밖으로 나와 담배 한 개비를 빼어 물고는 홍보팀 새내기 직원인 최진경을 향해 소리를 쳤다.

"야! 미스 최, 너 빨리 자판기에 가서 커피 한잔 빼 와!"

"네? 커…, 커피요?"

"뭘 꾸물거리고 있어! 너도 이정석이랑 같이 잘리고 싶어?"

"아…, 네. 얼른 다녀오겠습니다."

최진경은 자리에서 벌떡 일어나 커피 자판기가 있는 휴게실로 향했다. 홍보팀으로 온 지는 한 달이 채 되지 않았지만, 일 년가량을 인기 가수의 막내 코디네이터로 근무한 경력의 소유자였다. 물론 정규직이 아닌 계약직 사원이었지만, 이 년을 근무하면 자연히 정규직으로 전환될 수 있다는 대한민국 법규에 그녀는 목숨을 걸 심산이었다. 법규는 언제든 바뀔 수 있다는 사실을 망각한 채로 말이다.

복도를 걸어가던 그녀는 자신도 모르게 혼잣말을 하고 있었다.

"미친 새끼, 요즘 세상이 어떤 세상인데 감히 여직원한테 커피 심부름을 시켜? 아, 짜증 나! 사무실에서 뻑 하면 담배 피우는 새끼도 저 새끼밖에는 없을 거다. 내가 진짜, 다른 곳에 취직하는 순간, 제일 먼저 저 새끼 면상에 사직서를 처발라놓고…. 그래, 그다음엔 저 새끼 책상에다 가래침이나 한 사발 뱉어 놓고 나와야지!"

최진경은 밀크 커피 버튼을 아무렇게나 눌러놓고 별의별 욕을 다하는 중이었다. 사실 이 회사에 입사하기 전까지 그녀는 욕이란 것은 '젠장'이 두 글자밖에는 몰랐다. 하지만 지금은 박 이사에게서 매일같이 들어먹은 욕으로 '욕 백과사전'을 내라면 족히 이십 권짜리 전집은 낼 수 있을 듯 싶었다.

"가만 있어보자…, 가래침이라?"

뜨뜻한 밀크 커피를 뽑아 든 최진경은 돌연 흐뭇한 미소를 짓기 시작했다. 그녀는 두리번거리며 좌우를 살피더니 마침 아무도 없는 틈을 타

커피에 '퉤!' 하고 침을 뱉었다.

"헤헤, 복수다. 너도 뜨거운 맛 좀 봐야지?"

그녀는 흡족해하며 다시금 복도를 지나 박재현 이사의 사무실 문을 두드렸다.

'똑똑.'

"들어와."

"이사님, 커피 여기 있습니다. 맛있게 드세요."

박재현 이사는 최진경을 위아래로 훑어보았다. 순간 최진경은 자신도 모르게 당혹스런 표정을 지으며 몸에 꼭 끼는 짧은 치마를 아래로 주섬주섬 끌어내렸다.

'이 자식, 둘밖에 없다고 이상한 짓 하기만 해봐, 내 당장 성희롱으로 고소할 테다!'

"이거, 무슨 커피냐?"

"네? 아…."

최진경은 망측한 상상에 도리어 제 낯빛이 붉어지고 있었다.

"무슨 생각하냐? 왜, 너 따위에게 넋이라도 뺏겼을까 봐? 아서라, 난 네 다리로 깍두기를 담근다 해도 맛볼 생각 전혀 없으니."

"뭐, 뭐라고요? 이사님. 말씀이 너무…,"

"시끄럽고, 이 커피가 무슨 커피냐고!"

"밀크…, 밀크 커피입니다."

"그걸 묻는 게 아니잖아! 뭘 넣은 커피냐고!"

"네…?"

최진경을 닮은 모래성은 박재현 이사의 기세를 담은 파도를 만나 금방이라도 무너질 것 같았다.

"그거, 너 다 처먹어."

"네? 아, 저…."

최진경은 무슨 말을 어떻게 해야 할지 몰랐다. 이런 상황의 대처 방안에 대해서는 그녀의 고등학교에서도, 대학교에서조차 가르쳐 준 적이 없었던 것이다.

"야, 이 자식아. 내가 모를 줄 알았냐? 감히 어디서 개개고 있어. 천하의 박재현 이사가 감히 너 따위에게 눈길이나 줄줄 알고? 흥, 웃기고 있네. 얼른 그거나 처먹고 여기다 사인이나 해!"

박재현 이사는 최진경을 향해 종이 한 장을 집어던졌다. 최진경은 떨리는 손으로 종이를 들었다. 종이의 상단에는 '계약해지서'라는 글귀가 적혀 있었다. 최진경은 그제야 입사 초기에 선임이 해주었던 충고가 생각이 났다.

'진경 씨, 박재현 이사 알지? 우락부락한 불곰같이 생긴 사람 말이야. 조심해야 돼. 그 사람 평판이 참 더러워. 호모(homo)라는 소문이 나돌 뿐 아니라, 건물 곳곳에 달린 CCTV를 직접 감시할 만큼 아무도 믿지 않는데. 방문객뿐 아니라, 직원까지도. 누구든 예외 없이…, 모두가 그 사람 손아귀 안이래….'

그로부터 정확하게 한 시간 삼십 분이 지났을 무렵, 최진경은 근처 피시방의 22번 자리에 앉아 구인 구직 사이트란 사이트에는 모조리 회원 가입을 하고 있었다.

같은 시각 스카이하이 기획사의 로드 매니저(road manager)인 이정석은 아직도 고민 삼매경이었다. 벌써 깨우기를 두 시간, 매일 이렇게 그분을 깨우는 것이 요즘 이정석의 가장 큰 고민이자 주된 임무였다. 예전

플라이(Fly)’ 기획사에서 개그맨 오삼덕의 로드 매니저로 근무하던 시절에는 이렇게 위축되거나 소심해지지는 않았는데…. 요즘엔 특히나 자신이 한심스럽다는 생각이 들 때가 잦아지곤 했다. 스카이하이 기획사라는 큰 벽도 벽이었거니와 지금 위층에서 곤히 주무시고 계시는 이분도 그에게는 과히 낯설고 물선 존재였다. 차라리 예전 회사로 갈까? 아니, 그때 회사를 나올 때 너무 시건방졌던 게 탈이라면 탈이다. 한 달 전 스카이하이 기획사로 간답시고 동네방네 떠들며 무척이나 우쭐해있었던 자신의 모습이 떠오르자 이정석은 후유하고 한숨을 내쉴 수밖에 없었다. 이 모든 게 본인 할 탓이라는 것을 깨닫던 순간 돌연 회의가 들기 시작했다.

‘휴…, 내가 지금 뭐 하는 짓이지….’

자고로 회사란 때려치우고 뒤돌아서는 순간 후회를 한다는 이야기가 영 틀린 말은 아닌 것 같았다. 틀린 말이기는커녕, 그 말이 바로 정석(定石)이었다.

때마침 휴대전화 속의 어린아이가 또랑또랑한 목소리로 귓바퀴에 인기척을 내었다.

‘한 시!’

이정석은 마른땀이 나기 시작했다.

‘늦어도 한 시 십 분까지는 가야 할 텐데….’

이정석이 깨워서 데려가야 할, 아니 모셔가야 할 고귀한 분은 지금 이층 큰방 침실에서 수면을 취하고 계신, 그 이름도 유명한 바로 ‘다니엘’이었다. 다니엘은 가수 겸 탤런트, 그리고 영화배우이자 시에프 스타로서 이젠 수식어마저 불필요한 그야말로 명실상부 대한민국 최고의 존재임에 틀림없었다. 그는 최근 국내 5대 기업 중 하나인 ‘C’ 사와의 광고 계약에서 또 한 번 '최고'라는 호칭의 당위성을 증명해낼 수 있었는데, 바로 화장품 '레이디(Lady)'의 첫 번째 타이틀인 '그녀를 부르는 향기'로 삼 개월에 이십억 원이라는 최고의 액수를 받아내었던 것이다. 그 높디높은 금액은 화장품 업계에서 최초이자 단연 최고의 몸값이었다. '역시 우리 다니엘!'이라는 그의 팬덤(Fandom)과는 달리 여러 언론 매체는 '몸값에 편승한 다니엘', 혹은 '연예인 몸값의 거품'이라는 다소 자극적인 제목으로 마구잡이 기사를 써댔고, 악플러 즉 악성 댓글자는 온라인에서 그를 향해 거침없는 욕설을 토해내기 시작했다. 하지만 그것도 잠시, 다니엘은 광고료의 1/3을 어려운 아이를 위해 모조리 기부했고 그러한 그의 멋진 모습에 흥특하기로 둘째가라면 서러울 대한민국의 악플러마저 감동하여 그에게 최고라는 단어를 주저 없이 선사해주기에 이르렀다.

이정석은 스물여덟 살인 자신과 동갑내기인 그가 처음에는 마냥 부럽기만 했다. 하지만, 이제는 아니다. 이 친구는 이정석과는 다른 세상을 살아가는 사람이었다. 이정석의 좌우명은 '신은 언제나 공평하다!'였는데 이 친구를 만나게 되면서부터 그 좌우명은 없애기로 했다. 그도 그럴 수밖에 없던 것이 다니엘은 너무도 완벽한 사람이었다. 186cm의 훤칠한 키, 관리를 받기는 하지만 선천적으로 타고나지 않으면 존재할 수 없을 것 같은 반들반들한 피부. 또 그 피부를 모조리 담은 주먹만 한 얼굴, 과장 좀 보태어 얼굴의 반을 차지한 눈의 크기. 그리고 딱 벌어진 어깨와 뭇 여성들을 설레게 하는 탄탄한 근육…. 그뿐이었으면 요즘의 연예인 사이에선 꽤 평범한 축이다. 워낙에 잘난 이가 많은 이 바닥에서 그를 더욱 돋보이게 하는 것은 다름 아닌 그의 배경이었다. 'S물산' 대표인 아버지와 'H자동차' 대표의 고명딸인 어머니, 그 둘 사이에서 태어난 외동아들, 다니엘.

　대기업의 명문가에서 총애를 받고 자란 그는 어릴 적부터 영재교육을 받은 탓에 열일곱 되던 해 이미 하버드대학 영어영문학과에 입학하였으며, 삼 년 만에 수석 졸업을 했다. 데뷔 이전부터 세간의 관심을 받아온 그가 본격적으로 음악 활동을 하게 된 것은 'D 커뮤니케이션 온라인 음악 경연 대회'였다. 그는 '혼(魂)'이라는 자작곡으로 대회의 으뜸상인 '대상'을 받게 되었고 그의 음악은 세인에게 알려지게 되었다. 그는 곧 이 기획사의 박재현 이사에게 스카우트되었으며, 기획사는 여론몰이의 일환으로'오직 음악으로 우뚝 선 다니엘', 알고 보니 재벌 2세, 천재 외아들!'이라는 기사를 뿌려대었고, 대한민국의 모든 스포트라이트를 그에게 집중시키게 하였다. 대중은 순식간에 그의 화려한 배경과 화사한 외모에 매료되어'팬(Fan)'을 자청했고, 폭발적인 인기를 발판으로 그는 더욱 정진하고 있었다.

　특히나 어머니께서 한때 배우로 활동하셨던 것이 어느 누리꾼에 의해 밝혀짐과 동시에 꽤 심오하고 무거운 주제를 담은 영화의 주연을 맡게 되었는데, 영화는 그해 최다 관객을 동원하였고 그는 배우로서도 크게 성공을 할 수가 있었다. 그럼에도 그는 단 한 번도 오만불손한 태도를 보이지 않았다. 항상 수익의 1/3을 자선단체에 기부할 뿐 아니라 틈날 때마다 겸손한 자세로 보육원이나 양로원에서 봉사했다.

　국내외 수많은 영화사로부터 구애를 받았음에도 자신이 진정으로 원하는 것은, '힘들어하는 사람을 위로하는 혼이 담긴 음악'이라며 막무가내로 창작만을 고집했던 그의 열정과 따뜻한 심성, 그리고 격조 높은 인품에 대하여 대중은 열렬한 환호를 보냈고 결국 작년에 발매되었던 그의 네 번째 앨범은 발매 한 달이 채 되지 않아 백만 장을 훌쩍 넘기는 판매량을 기록하게 되었다. 이는 오랫동안 대한민국 음반계를 옥죄던 '불황'이란 놈을 말끔히 해소하는 계기가 되었고 그의 이름 석 자는 '뉴욕 타임즈'지에 소개될 만큼 유명해졌다. 이제 그를 향한 대중의 사랑은 대한민국뿐 아니라 세계 곳곳에서 '광팬(狂 Fan)'이라는 명분으로 흘러넘치고 있었다.

그렇다! 다니엘은 진정 축복받은 사람이었다. 아니, 어쩌면 사람이 아닐는지도 몰랐다. 그는 이정석 같은 평범한 치에게는 도무지 찾아보려야 찾아볼 수 없는 예술적 재능을 무수히도 가졌고, 또 발휘하고 있었다. 이정석은 그토록 완벽한 사람이 자신의 옆에 나란히 서서 두 발로 저벅저벅 걸어 다닌다는 생각을 할 때면 세상이 참으로 불공평하다고 느낄 수밖에 없었다. 이정석의 한 달 월급은 백만 원이 조금 넘었지만, 다니엘은 백만 원이 조금 넘는 액수의 와인으로 피부 마사지를 하기도 했다.

자신의 월급 액수에까지 생각이 미치자 이정석 씨는 현실로 돌아오고 있었다. 자신도 그와 똑같은 '사람'임에도 불구하고 이렇듯 다른 인생을 살아간다는 것에 조금은 울적해지기도 했지만, 어쩌면 길이 역사에 남을만한 예술가를 바로 옆에서 돌볼 수 있다는 것만으로도 그는 행운아일지 몰랐다. 거리에는 다니엘의 실물을 보는 것이 소원이라는 사람으로 북새통을 이루고도 남았으니까…. 실상, 실물은 고사하고라도 텔레비전에 그가 잘 나오지 않는다고 해서 기획사의 홈페이지에 항의글을 올리는 사람이 수십만을 훌쩍 넘을 때도 허다했다. 그렇게 많은 사랑을 한 몸에 받는 다니엘이, 지금 위층 침실에서 수면을 취하고 있었다. 그리고 그러한 다니엘을 깨우는 것이 바로 이정석의 몫이었다. 이정석은 고민했다. 어서 깨워야만 한다. 하지만 도저히 용기가 나지 않는다. 순간

호랑이보다 사나운 박재현 이사의 얼굴이 떠올랐다. 온몸에 오한이 돋으려 한다. 연달아 그가 내뱉었던 말도 똑똑히 재생된다.

'깨워도 안 일어나면, 둘러업고서라도 와야 할 것 아니야!'

이정석은 서둘러 일어나 가방을 챙기고 이 층으로 향했다. 다니엘이 곤히 잠들어 있는 방문을 조심스레 열고 어둠을 가르며 외쳤다.

"다니엘씨, 실례가 안 된다면 제가 좀 둘러업어도 되겠습니까?"

그러나 여전히 가는 숨소리만이 어둠 속 대답을 대신할 뿐이었다.

"지이이잉."

스카이하이 기획사의 엘리베이터 문이 활짝 열렸다. 그 엘리베이터는 보통의 엘리베이터와는 판이하였다. 말인즉, 모양이나 상태가 다르다는 것을 의미함은 절대로 아니다. 엘리베이터는 기획사의 지하 주차장에서부터 이사 사무실이 있는 오 층까지 곧장 연결되었는데, 그렇다고 해서 방문객 모두를 태우는 똥갈보 같은 존재는 더더욱 아니었다. 그것은 소속 연예인 중 특 A급 연예인만이 이용한다는 소위 '비밀 통로' 같은 곳이었다. 그러므로 엘리베이터의 기계음이 들렸다는 것은, 다시 말하자면 특 A급 연예인이 몸소 사무실을 방문해주셨다는 추임새이기도 한 것이었다.

"야, 이정석. 죽을래? 다니엘을 지금 데리고 오면 어떻게 해!"

"죄…, 죄송합니다! 다니엘 씨가 너무 피곤해하셔서, 그만…."

작달막하고 비쩍 마른 체구에 극도로 소심한 성격까지 지닌 이정석이 엘리베이터에서 내리자마자 들리는 것은 박재현 이사의 욕지거리뿐이었다. 그러한 이정석의 뒤에는 언뜻 보기에도 키가 훤칠한 사내가 따라 내리고 있었는데, 그는 유명 상표가 새겨진 검은색 선글라스를 끼고 있어 얼굴을 잘 알아볼 수는 없었지만, 앞태에서 형용할 수 없을 정도의 광채가 뿜어져 나오는 것으로 보아 보통의 기를 가진 사람은 아닌 듯싶었다.

"이 자식들이…."

박재현 이사의 쇳소리가 점점 커지고 있었다.

"그만. 이제 왔으니 되었잖아요. 우리의 모든 잘못을 용서해준다고 약속해줘요."

그의 음색은 나지막하면서도 부드러웠다. 마치 줄리엣의 머릿결을 쓰다듬는 로미오처럼 청자(聽者)의 귓바퀴를 도근도근하게 만들 작정인가 보았다. 그의 목소리가 들리자마자 박재현 이사는 언제 그랬느냐는 듯 꿀꺽 화를 삼키고는 인자한 표정을 안면에 돋웠다. 평상시의 모습조차 화난 불곰 같던 박재현 이사를 단박에 '곰돌이 푸우(Winnie-the-Pooh)'로 만들어버린 그는, 역시나 다니엘이었다. 박재현 이사가 산불이라면 다니엘은 소방차임에 틀림이 없다는 생각을 하며 이정석은 멍하니 다니엘을 쳐다보고 있었다.

"이 자식이? 야, 이정석! 너 때문에 오늘 회의할 시간을 다 잡아먹었잖아! 회의는 둘째 치고, 너 지금 뭐 하고 있냐? 빨리 스케줄 안가? 이걸, 확!"

방금 전만 해도 인자한 미소를 짓던 박재현 이사는 핫바지 같은 이정석의 모습에 다시금 역정을 내기 시작했다. 자칫 잘못하면 그의 쇳소리가 하늘을 찌를 것 같았다.

"아…, 예! 금방 가겠습니다. 금방…."

"그럼 이제 우리는 어디부터 가야하나요?"

이마를 매만지며 검은색 가죽 소파에 몸을 누이는 다니엘의 목소리였다. 불곰에 상응하는 로미오의 따뜻함에 이정석의 귓구멍조차도 줄리엣화 되고 있었다.

"아, 예. 세 시 정각에 잡지사 '테라(terra)'와의 인터뷰가 있고요, 이후에는 내일 쇼케이스의 최종 점검이 있습니다. 또, 저녁에는 이사님과의 회의가 있고요, 그리고 그다음에는…."

"지겹네요. 우리 오 분만 쉬도록 해요."

다니엘은 눈을 감으며 소파에 몸을 깊게 묻었다.

"하아…. 너 지금 내일이 네 앨범의 발매일이라는 것은 알기나 하냐?"

박재현 이사가 담배를 빼어 물며 다니엘의 곁으로 왔다.

"알아요, 재현."

"그런데도 이 모양이야?"

"무슨 말이죠?"

"다른 가수 같았으면 벌써 며칠째 잠도 못 자며 초조해했을 거란 말이다. 그런데 너는 걱정도 안 돼? 홍보가 어떻게 되었나, 대중의 반응은 어떤가, 뭐 이런 걱정 정도는 당연히 해야 하는 것 아니냐?"

"홍보는 재현이 알아서 할 테고, 음악이 좋으면 그대들이 알아서 사주시겠죠. 나는 그저 만들뿐이에요. 만들어내는 것만으로도 지치거든요. 그러니 우리 조금만 쉬도록 해요."

"예약 주문이 삼십만 장밖에 들어오지 않았어. 4집 때는 예약만 오십만 장이 넘었다고! 이번 앨범이 얼마나 중요한데. 이봐, 너도 이제 중견 가수야. 언제까지 인기만 믿고 살 수 있을 것 같아? 너도 좀 열의를 보여야 하지 않아?"

박재현 이사는 신경질적으로 담뱃재를 털었다. 다니엘은 눈을 거슴츠레 뜨며 탁자 위에 발을 올려놓았다.

"그런 거 알아서 관리하는 게 회사의 의무이자…, 곧 재현의 권리가 아니었던가요? 그런 것도 하지 않으면서 나의 일부를 떼어갈 수는 없지 않나? 내 말이…, 진정 틀리는가요?"

"야, 너…!"

박재현 이사의 눈꺼풀이 파르르 떨렸다.

"그러니 잔말은 말아요. 자칫 잘못하면, 뉴욕으로 가서 평생 숨어버릴 수도 있어요. 나, 진심으로 말하는 거예요."

"허, 거참…."

시종일관 자분자분한 다니엘의 언행에 할 말을 잃은 박재현 이사는 애꿎은 담배 도막만을 짓이기고 있었다.

"혹시, 재현이 말 시켜서 오 분 까먹은 거 알고 있나요? 그럼, 나 지금부터 오 분 더 쉬도록 할게요."

다니엘은 고개를 돌리고는 소파에 몸을 더욱 깊게 파묻어 버렸다.

"다니엘…."

박재현 이사는 천천히 다니엘의 옆자리로 오더니 이제껏 들을 수 없던 인자한 목소리로 그에게 속삭였다.

"너까지 왜 이래. 나에겐 너밖에 없다는 걸 잘 알고 있잖아? 내 말 잘 들어야지."

"……"

다니엘은 아무런 대답을 하지 않았다.

"다니엘, 내가 항상 네 곁에 있잖아. 그러니까 너도 항상 내 곁에 있는 거야…. 약속할 수 있지?"

"……"

박재현 이사는 역시나 묵묵부답인 다니엘을 야릇한 눈길로 바라보더니 자신의 바른 손가락을 그의 입술에 갖다 대더니 눈을 감으며 들릴 듯 말듯 속삭였다.

"너는 줄곧 나와 함께 해야 해!"

순간 묘한 분위기를 눈치 챈 이정석은 아무 말이나 다급하게 지르고 보아야겠다는 생각이 들었다.

"인터뷰…! 맞습니다! 지금 바로 인터뷰 가야 합니다."

박재현 이사는 표정을 일그러뜨리며 이정석을 힐긋 노려보았다.

"넌 닥치고 있어."

이정석은 요 침 먹은 지네처럼 입을 다물 수밖에는 없었지만, 왠지 모를 수치감에 얼굴이 화끈거려 옴을 느꼈다.

박재현 이사는 그러한 이정석 따위는 안중에도 없다는 듯 여전히 눈을 감은 다니엘을 그윽하게 바라보았다. 반질반질하고 매끄러운 다니엘의 우윳빛 피부가 박 이사의 마음을 호리는 듯했다. 다니엘의 이마에 반쯤 걸친 머리칼을 옆으로 넘기자 우윳빛보다 더 뽀얀 이마가 박 이사를 맞이했다. 해사하게 드러난 이마에는 여드름 자국조차 하나 없다. 이 녀석, 남들 다 겪는 사춘기도 겪지 않았던 건가. 그 무엇을 주어도 아깝지 않을 나의 진귀품.

창문 틈새로 들어오는 가을바람 한 자락이 다니엘의 갈색 머리칼을 스치자 향기로운 샴푸 향이 박 이사의 코끝을 간질였다. 은은한 가을 자락에 취했는지, 방순한 그의 향내에 취했는지…. 박재현 이사는 도무지 눈을 뜰 수가 없었다.

"지이이잉."

또다시 비밀 통로의 추임새가 들려왔다. 투박한 기계음이 들리고 얼마 지나지 않아 문이 열렸다. 다니엘이 내렸던 바로 그곳은 또 한 번의 광채를 발하고 있었다. 두어 사람이 박 이사에게 인사를 하며 엘리베이터를 내렸건만, 그중 단연 눈에 띄는 여성이 있었다. 그녀는 바로 '제니'였다.

"안녕하세요? 이사님."

은으로 만든 쟁반에 옥구슬을 또르르 굴린다 하더라도 이러한 목소리가 나올 수는 없을 것이다. 제니는 목소리 하나로 일약 스타덤에 올랐던 사람이었으니까. 그녀의 목소리는 과히 '신이 주신 축복'이라 해도 과언이 아니었다. 팔 년 전 조그마한 기획사의 연습생으로 있던 시절, 그녀는 어느 유명한 교복 회사의 광고 오디션을 볼 수가 있었는데, 그녀가 부른 머라이어 캐리(Mariah Carey)의 '히어로(hero)'는 광고주를 단박에 매료시켜 버렸다. 이후, 시에프 속에서 율동에 맞추어 노래를 부르는 이 어여쁘고 깜찍한 소녀로부터 또래는 애틋한 감정을 키웠고, 덕분에 그녀는 진짜 히어로가 될 수 있었던 것이다. 그녀의 인기에 힘입어 교복 회사가 엄청난 매출의 상승효과를 누렸다는 것은 당연지사, 그로 말미암아 그녀의 몸값 또한 수직상승 제트기인 양 솟구쳐 올랐다.

기회를 틈탄 기획사에서는 이듬해 네 명의 어린 연습생을 포함한 5인조 여성 그룹, '안겔루스(angelus)'를 첫선 보이기에 이르렀다. 16세부터 19세까지의 소녀로 구성된 '안겔루스'는 청순한 외모와는 달리, 관능적인 몸짓과 율동으로 남성들을 유혹했다. 십 대 소년은 물론 사십 대 중년까지 폭발적인 관심을 보였다. 그녀 또한 연습생 시절 피눈물 나도록 갈고닦은 춤 솜씨로 다섯 소녀 중 단연 최고의 인기를 누렸다.

그녀는 사 년 남짓, 가수로서 활동을 하다가 결국 기획사와의 의견 충

돌로 인해 지금의 스카이하이 기획사로 옮기게 되었으나, 한동안 키워준 은혜를 저버린'배신의 대명사'라는 타이틀이 따라다니기도 했다. 하지만 스카이하이 기획사는 막강한 재정과 철저한 매니지먼트 시스템으로 그러한 오명을 말끔히 씻어주었다. 그에 관한 일등 공신은 뭐니 뭐니 해도 다니엘이었다. 그녀는 다니엘의 프로듀싱으로 말미암아 재작년 공식 솔로 앨범으로 다시 한 번 국내 여가수의 정상을 꿰찰 수가 있게 되었던 것이다. 현재 다니엘이 프로듀싱 한 EP앨범* '폴 인 러브(Fall in love)'까지 대성공을 거둔 그녀는 부동의 1위 자리를 지키며 다니엘 못지않은 인기를 누릴 수가 있었다. 물론 그녀의 앨범을 프로듀싱 한 다니엘 역시 최고의 작사, 작곡 실력을 증명한 셈이기도 했다.

"어머? 오라버니도 있었네?"

제니는 전혀 몰랐다는 듯 눈을 동그랗게 뜨며 다니엘에게로 다가갔다. 그러나 그는 여전히 눈을 감은 채 꼼짝도 하지 않았다. 제니는 개의치 않고 여전히 상냥한 어투로 그에게 말했다.

"오라버니, 내일 쇼케이스지? 제니도 초대해주는 거야?"

박재현 이사는 당황하며 제니에게 소리쳤다.

"초대는 개뿔, 내일이 네 화보 촬영이야! 너는 거기에나 신경 써!"

"후후. 아이, 이사님. 왜 화를 내시고 그러세요?"

제니는 박 이사를 향해 생긋 웃어 보이며 애교스러운 눈웃음을 지었다.

"우리 오라버니가 쇼케이스를 한다는데 제니가 안 가볼 수가 있나요? 모르는 사이도 아닌데…. 그렇지 않아요, 오라버니?"

---

* 'Extended Play Album'의 약자로, 비교적 짧은 앨범을 뜻함. 쉽게 말해서 '미니앨범'

제니의 오른손이 다니엘의 어깨에 닿으려는 순간 박재현 이사는 얼른 제니의 손을 가로채며 급작스레 이정석을 다그쳤다.

"얘 이제 나가봐야 해. 야! 이정석! 뭐해? 인터뷰 있다며, 얼른 안 가?"

"아, 예!"

멍하니 서서 제니의 붉은 입술의 궤적만 쫓던 이정석은 갑작스런 불호령을 받아들일 수밖에 없었다. 그는 붉게 물든 얼굴로 주섬주섬 소지품을 챙겼다. 그를 본 제니는 결국 볼멘소리로 박재현 이사에게 대거리를 할 참이었다.

"이사님! 왜 그래요, 항상? 오라버니랑 이야기도 못 하게 하고. 기왕에 만났으니 인사 정도는 나누어야…."

제니의 말이 끝나기도 전에 순간 소파에서 몸을 일으킨 다니엘이 조용히 입을 열었다.

"휴…. 그대들의 목청에 나 도저히 쉴 수가 없군요."

다니엘의 음성에 제니는 온 얼굴에 웃음꽃을 만발하고는 그에게로 다가갔다.

"오라버니! 너무 오랜만이야. 그런데 요즘 왜 전화를 안 받아요? 혹시 애인이라도 생긴 거…."

"그래, 그래. 빨리 가! 회의는 저녁에 하도록 하고."

박 이사는 자신을 흘겨보는 제니의 눈빛을 뒤로하고 엘리베이터 안으로 다니엘을 황급히 밀어 넣었다. 엘리베이터의 문이 닫히기 직전, 박 이사는 단호한 목소리로 말했다.

"잘해! 드디어 내일이다. 오전에 방송사에 심의를 넣었으니, 이제 준비는 끝난 거다. 쇼케이스와 첫 방송만 무사히 치르면 되는 거야. 알았지?”

다니엘은 잠시 머뭇거리다가 박재현 이사의 귓가에 무어가를 속삭였
다. 박재현 이사가 무어라고 대답하기도 전에 엘리베이터의 문은 닫히
고 말았다. 지하 주차장을 향해 내려가는 엘리베이터 층수의 불빛을 보
며 박재현 이사는 투덜거렸다.

“저 자식은 만날 집에 처박혀 자고도 피곤하다네. 젠장, 잠 귀신이라
도 붙은 겐가?”

선물

열정적인 아름다움. 그러한 수식어는 오직 다니엘을 위해서만 존재했다. 아름답다는 네 글자가 완벽하게 부분집합이 될 수 있는 전체집합은 오직 다니엘 한 사람밖에는 없다.

'봄의 교향악이 울려 퍼지는….'

귀에 익은 맑은 음성이 들리는 듯했다.

소녀는 기분이 매우 좋았다.

뜰 앞 화단에는 갖가지 꽃이 만발했다.

장미, 진달래, 수선화, 반지꽃.

그리고 소녀가 가장 좋아하는 할미꽃까지….

소녀는 할미꽃이 가장 좋았다.

홀로된 소녀에게 할미꽃은 언제나 꽃향내 가득한 할머니였다.

'너는 내 할머니 꽃이야.'

소녀는 하얀 이를 드러내며 까르르 웃었다.

하얀 나비 한 마리가 살포시 발등에 내렸다.

소녀는 나비를 잡으려 손을 내밀었다.

나비는 폴짝 날아올라 소녀의 뒤쪽으로 나풀나풀 사라져갔다.

‘거기 서, 나비야!’

소녀는 나비를 따라 깡충깡충 뛰어갔다.

철퍼덕!

소녀는 그만 회색 돌부리에 발이 걸려 고꾸라지고 말았다.

‘으앙!’ 소녀는 목 놓아 울었다.

넘어진 고통보다 저 멀리 도망가는 나비를 잡을 수 없는 슬픔에 그지없이 아파져 왔다.

‘으앙, 나비야!’

소녀는 더욱 구슬프게 울어대었다.

그때였다.

‘뚝 그치지 못해!’

검은 그림자가 소녀의 몸을 깔아뭉개고 있었다.

소녀는 넘어진 채로 위를 올려보았다.

커다란 덩치의 중년 여자가 섬뜩하게 웃고 있었다.

‘너, 내가 울지 말랬지? 한 번만 더 울면 혼난댔지?’

알 수 없는 공포가 소녀의 몸을 감싸왔다.

소녀는 눈물범벅의 얼굴로 여자에게 고했다.

‘제가 잘못했어요.’

여자는 여전히 웃는 얼굴로 매몰차게 소리쳤다.

‘이미 늦었어. 너는 매를 맞아야 해.’

소녀는 너무도 무서운 나머지 엉엉 소리치며 매달리기 시작했다.

‘잘못했어요! 선생님, 잘못했어요! 다시는 안 그럴게요.’

여자는 두 눈을 희번덕거리더니 소녀의 머리채를 잡으며 말했다.

‘또 우는구나. 역시 너는 맞아야 정신을 차리지?’

소녀는 여자에게 머리채를 잡힌 채 질질 끌려가고 있었다.

울며불며 애원하는 소녀의 양쪽 무릎에는 피가 배어 나오고 있었다.

바닥의 모래알을 물들이는 지지벌건 무릎을 본 여자는 소녀에게 말했다.

'맞기 싫으면 무릎 꿇고 운동장 다섯 바퀴를 기어.'

강다짐으로 명령을 내리는 여자의 표정은 자못 드밝기까지 했다.

소녀는 사시나무 떨듯 온몸을 바르르 거리며 여자에게 빌었다.

'잘못했어요. 다시는 울지 않을게요. 선생님, 한번만 용서해주세요.'

여자는 소녀의 따귀를 철써덕 후려갈겼다.

소녀의 코와 입에서는 짙붉은 피가 흘러내렸지만, 소녀는 울지 않았다.

여자는 이윽고 독사눈을 뜨더니 표독스럽게 소리쳤다.

'어린 것이 이제는 울지도 않아? 나를 무시하겠다는 거지? 좋아, 네가 아프다고 봐달라며 피눈물을 흘릴 때까지 때려주지, 어서 따라와!'

소녀는 결국 비명을 지르고 말았다.

'아아아악!'

"아아아악!"

현은 비명을 지르며 잠에서 깨어났다. 베개며 시트가 온통 땀으로 흥건했다. 아마도 악몽을 꾸었나 보다. 현은 얼굴이 따가워 옴을 느꼈다. 두 손으로 양 볼을 어루만져 보았다. 눈물이었다. 이미 말라붙어 딱딱하게 굳어버린 눈물…. 내리 두 시간을 소리 내어 울었던 듯 목이 칼칼해져 왔다. 시원한 물이 필요했다. 현은 침대에서 내려와 부엌으로 향했다. 순간, 무언가가 '턱' 하고 발에 걸렸다. 물컹한 느낌이다. 혹시, 이건 사람? 알 수 없는 두려움에 소름이 끼쳐왔다. 홀로 산 지 벌써 칠 년이란 시간이 지났는데. 도대체…, 이건 뭐지?

현은 발소리를 죽이고 부엌으로 향했다. 불안감은 때론 이성을 지배하기도 했다. 바로 본능이란 이름으로…. 그래, 이건 본능이야. 나를 지키기 위한 본능. 현은 망설임 없이 서랍을 열어 길쭉하고 날카로운 식도(食刀)를 빼들었다. 그리고 조심스레 벽을 더듬어 거실의 전등 스위치를 켰다. 번쩍, 번쩍, 번쩍, 화르륵! 그리고…, 하릴없는 비명이 현의 입에서 나지막하게 새어 나오고 있었다.

"아…!"

환하게 불이 켜진 거실에는 현의 신음과 함께 투실한 소년이 바닥에 꿈질거리고 있는 것이었다.

"음냐, 음냐. 드르렁, 드르렁!"

마치 제집인 양 쿨쿨대기까지 하며 꽃잠을 자는 소년. 바로 자신을 따라왔던 그 소년이었다. 그랬지, 내가 이 아이를 데리고 왔었지. 현은 소년을 물끄러미 바라보았다. 소년의 이름은 '곰'이었다. 본명은 아무도 몰랐다. 그저 곰같이 검고 뚱뚱해서 모두들 곰이라고 불렀다. 그것이 전부였다. 스쳐 지나간 원생 중 하나였을 뿐, 그 외에는 기억나는 것이 없었다. 설령, 기억이 난다 하더라도 더는 떠올리고 싶지 않았다. 그녀에게 있어 현재가 아닌 모든 것은 무가치했으니까.

현은 그날 다친 곰을 매정하게 내버려두고 올 수는 없었다. 왜냐하면, 어린 아이를 다치게 하는 것은 가장 큰 죄악의 하나였으니까. 현은 천장에 붙여 놓은 다니엘의 대형 브로마이드를 올려다보았다. 그리고 속삭였다.

'그래서 당신이 좋아….'

현이 그에게 처음으로 호감을 느꼈던 날은 보육원에서 봉사하는 그의 모습을 텔레비전 화면으로 보았던 날이었다. 그때, 자신도 모르는 강한 통증이 온몸에 휘몰아치는 것을 느꼈다. 하지만 결코 아프거나 쓰라리지는 않았다. 오히려 100℃가 넘는 감동의 온탕에 그대로 뛰어든 것만 같았다. 현은 자신의 살가죽이 들러붙는다는 것도 잊은 채 곧 그를 향해 빠져들고 있었다. 그곳은 곧 늪이었다. 시간이 갈수록 점점 더 깊게 빨아들이고 있었다. 그러나 싫지만은 않았다. 아니, 더욱더 빨려 들어가고만 싶었다. 그의 따스한 손길이 아이의 얼굴을 어루만지면 현의 굳은 얼굴에도 살포시 미소가 생겼고, 그가 홀로 사는 노인을 위해 기부를 할 때면 자신의 깊은 상처조차도 보듬어지고 있었다. 간혹 그의 웃음소리가 가까이 들리기라도 하는 날에는 마치 다섯 번의 전과(前科)조차도 모조리 사라지는 듯한 착각을 느꼈다.

현은 다니엘의 늪에 빠지고 난 뒤로 그의 대형 브로마이드를 구해 자신의 침실 천장에 붙여놓았다. 그리고 잠들기 직전까지 다니엘과 대화를 나누었다. 그렇게 잠이 든 날은 이상하게도 악몽을 꾸지 않았다. 모름지기 다니엘은 현의 영혼까지도 구원해 준 것이다. 현은 브로마이드를 올려다보며 말했다.

"오빠, 드디어 내일이네요. 내가 응원할게요."

천장에서 가만히 그녀를 지켜보고 있던 다니엘이 순간 미소를 띠는 듯했다.

"아이, 썅! 놀래라!"

막 잠에서 깨어난 곰이 이불을 걷어차며 거친 욕설을 내뱉었다.

"으스름달밤에 칼은 왜 들고 설쳐? 너 정녕 미친 게냐? 아니면 나를 진짜로 죽일 셈이었어? 것도 아니면, 공포 영화라도 찍고 있었던 게지?"

현은 민망해진 얼굴로 얼른 식도를 등 뒤로 감추었다. 그러자 곰은 재미있다는 듯 킥킥거리며 현의 시선이 머물던 곳을 쳐다보았다.

"아, 이제 알았다! 공포 영화가 아니라, 애정 영화였군? 너 연예인 좋아하잖아. 킥킥. 다니엘인가, 캐러멜인가. 맞지? 으하하하!"

곰의 비웃음에도 표정 하나 변하지 않은 현은 짐짓 안연한 태도로 말했다.

"까불지 말고 깼으면 어서 나가. 하도 불쌍해서 재워준 것뿐이니까."

곰은 아직도 반창고가 붙어 있는 자신의 왼쪽 눈을 매만지며 현에게 쏘아붙였다.

"젠장, 아직도 쓰라리네! 이게 다 네 탓이잖아. 책임은 져야 할 것 아니야?"

현의 눈초리가 매섭게 변했다.

"뭐? 책임?"

곰은 현의 말에 신경조차 쓰지 않고 냉장고를 열어 뒤적뒤적하고 있었다.

"그래, 책임. 책임의 대가로 우선은, 뭐 먹을 것 좀 없나?"

현은 곰의 행동을 어처구니없다는 듯 바라보다가 고개를 돌려 노트북의 전원을 켰다. 바탕 화면에는 다니엘이 현을 향해 윙크하고 있었다.

"이 집구석엔 도통 먹을 게 없네. 야, 현! 나 자장면 좀 사주라."

"지금이 도대체 몇 신데 자장면 타령이야? 그리고 꼬맹이. 너 날 언제 봤다고 반말이지? 누나라는 단어는 못 배워 처먹었냐?"

"방금 '언제 봤다고'라고 했어? 와, 이거 섭섭한데? 현! 자꾸 이러기야? 벌써 다 잊어버렸어? 옛날에 우리 같이 노래도 부르고…,"

"됐어! 그만…."

“참, 나…. 왜 말을 못하게 해. 같이 노래 부르면서….”

현은 곰을 향해 물통을 집어던지며 고래고래 소리를 질렀다.

“닥쳐! 닥치고 나가란 말이야!”

“으악! 아이고, 아이고, 아야! 눈에 맞았어!”

왼쪽 눈을 감아 쥔 채 자지러지는 곰을 보며 현은 다급하여 어쩔 줄을 몰라 했다.

“꼬맹이, 너 괜찮은 거야?”

눈을 감싸고 바닥을 기던 곰은 슬쩍 현을 올려다보더니 곧 능글맞은 표정을 지었다.

“자장면 사주면 좀 괜찮아질 것도 같은데.”

현은 한참이나 곰을 노려보다가 배를 한번 걷어차고는 다시 노트북으로 향했다. 나 죽는다며 떼굴떼굴 구르는 곰의 엄살에도, 다니엘의 윙크는 해맑기가 그지없었다.

“라면이네? 먹어도 되지? 안 된다는 말은 하지 마. 손해배상책임. 뭔 말인지 알지?”

현은 잇따라 한숨을 쉬며 인터넷 창을 열었다. 그리고 연이어 터져 나오는 그녀의 소소한 비명.

‘앗…!’

싱크대를 뒤적거리던 곰이 달려와 현을 살폈다.

“왜? 북한이 서울에 폭탄이라도 발사했냐?”

마우스를 쥔 현의 손이 덜덜 떨리고 있었다. 컴퓨터의 화면에는 대형 인터넷 포털사이트의 실시간 검색어가 줄줄이 떠올라와 있었다.

“뭔 일인데? 엥? ‘다니엘 5집 음원 유출?’ 혹, 너 이것 때문에 그러냐? 나, 참 어이가 없어서. 음원이 유출되든 말든 그게 너랑 무슨 상관인데?

어차피 발매되면 서로서로 공유하며 들을 것을. 하여튼 별 쓰잘머리 없는 일에 얼어 죽을 열정은…"

곰의 말은 귓등으로도 들리지 않았다. 현은 떨리는 손을 부여잡고 가장 최근의 기사를 클릭하고 있었다.

대한민국의 영화배우이자 가수인 다니엘의 5집 앨범이 발매되기도 전에 불법으로 음원이 유출되는 사건이 발생했다. 앨범 발매 D-1일인 1일 저녁에 한 유명 포털사이트의 블로그와 카페를 통해 수록곡 전곡이 공개되어 비상이 걸렸다.

이에 소속사의 관계자 측은 "앨범 활동을 위해 1일 오전 방송사 심의를 위한 음반 몇 장을 제외하고는 혹시나 사전 음원 유출을 위해 철통 보안을 해왔었다."라며 "심의를 넣은 지 몇 시간 만에 앨범의 수록곡 전곡이 사전 유출이 되어 어이가 없고 당황이 된다."라고 전했다.

이어 '최초 유포자를 포함해 불법 음원이 공개되어 유포, 공유된 사이트에 대해 가능한 모든 민·형사상의 법적 책임을 물을 것.'이라며 '절대로 그냥 넘어가지 않고 끝까지 책임 추궁 및 그에 합당한 법적 책임을 묻겠다.'라고 강경한 견해를 밝혔다. 또한, 2일 음반 발매와 함께 쇼케이스를 앞둔 다니엘은 이번 사건으로 커다란 충격을 받은 것으로 알려졌다.

기사를 읽던 현은 주먹으로 노트북을 쾅 내리치며 냅다 소리를 질렀다.

"안 돼!"

"아이고, 깜짝이야! 그렇게 내리쳐서 노트북이 부서지겠어? 더 힘을 줘서 내리갈겨야지!"

곰의 빈정거림에도 현은 얼굴색조차 변하지 않고 혼잣말을 했다.

"음원 유출…. 우리 오빠, 지금쯤 얼마나 괴로워하고 있을까….”

"야, 그게 도대체 너랑 무슨 상관인 건데? 걔네 홍보하려고 일부러 그러는 거야.”

현은 심각한 얼굴로 고민에 빠졌다. 어떻게 해야 좋을까, 어떻게 하는 것이 옳은 일일까. 잠시간의 생각 후 현이 택한 행동은 바로『다니엘 5집 음원』이라는 문장으로 검색되는 모든 개인 블로그와 카페의 글을 찾아 해당 홈페이지에 신고 글을 올리는 것이었다. 일단 행동 지침이 정해지자 마우스를 잡은 손이 바삐 움직이기 시작했다.

"이봐, 현. 네가 아무리 그래 봤자 실질적으로는 어느 누구도 저런 사람에게 벌을 주지 않아. 네가 하는 짓은 단지 헛수고일 뿐이라고.”

"헛수고일지라 하더라도 관계없어. 이렇게라도 오빠에게 힘이 되어주고 싶은걸….”

"참나, 단단히 미쳤군.”

곰은 하릴없다는 듯 어깨를 한번 들썩였다. 현은 자신도 모르게 빨개진 눈시울을 훔쳐가며 오로지 불법 음원만을 찾아 헤매었다.

'내가 하는 이 행동을 아마도 오빠는 모르겠지만, 분명히 작은 도움 정도는 될 거야…. 아무렴. 되고말고.'

곰의 말마따나 현의 무지한 노력에도 불법 음원의 유통자는 크게 곤욕을 치러지는 못할 것이다. 신고가 들어가면 하릴없이 커뮤니티 측에서 보내는 삭제 메일 정도가 고작이겠지. 신고자 자신이 저작권자가 아니었기에 어쩌면 현의 노력은 금방 사라져버릴 물거품일지도 몰랐다. 하지만 현은 외롭지 않았다. 온라인에서 그를 지키는 사람은 이제 현, 혼자가 아니었기 때문이다. 인터넷의 기사를 본 오십만 명에 육박하는 팬클럽 회원은 누가 먼저랄 것도 없이 현의 행동에 동참했다. 아니, 어쩌면 그들의 행동에 현이 동참했는지 모른다. 중요한 것은 팬들이 한마음으로 울분을 토해내기 시작했다는 것이다.

눈알이 따갑고 눈두덩이 욱신욱신 쑤셔왔다. 불법 음원 탓에 어젯밤 잠을 한숨도 못 잔 까닭이었다. 현은 양손으로 연방 눈꺼풀을 비벼대며 길을 걷고 있었다. 속이 메스껍고 부대낀다. 가만히 생각해보니, 어제 낮부터 아무것도 먹지 않았다. 그러나 무엇을 먹어야겠다는 생각 또한 들지 않았다. 현의 머릿속엔 오로지 다니엘의 쇼케이스를 관람하는 것 외에 다른 생각은 없는 듯 했다.

"현! 우리 저기서 뭐 좀 먹고 가지 않을래?"

곰이었다. 곰은 어느새 챙겨 들었는지 라면 한 봉지를 들고는 현의 뒤를 졸래졸래 따라오고 있었다.

"꼬맹이, 넌 왜 따라오지?"

현은 벌컥 역정을 내었다.

"네가 오늘은 또 어떤 미친 짓을 하려나 구경 좀 하게."

생라면을 오도독 오도독 씹어대며 능글맞게 웃어 보이는 곰을 보며 현은 어떠한 협박도 이 아이에게는 통하지 않을 것 같다는 생각이 들었다. 결국 현은 발걸음을 최대한으로 재빠르게 놀리는 것만이 화를 삭이는 최고의 수단일 것이라는 결론을 내렸다.

쇼케이스가 열릴 장소가 점점 가까워 올수록 마음이 초조해져 왔다. 과연 다니엘의 신곡은 어떠할 것인가. 이번엔 얼마만큼 나를 감동시키실 작정인가. 아니, 무사히 쇼케이스를 관람할 수 있기는 한 것일까. 마른하늘에 날벼락이라도 떨어져 건물이 붕괴한다면, 그래서 다니엘의 얼굴도 보지 못한 채 터덜터덜 빈 걸음으로 돌아서야 한다면…. 별의별 생각이 현의 머릿속을 침투하고 있었다.

그래, 그냥 무사히만 볼 수 있었으면 좋겠다. 굳이 가까이에서 보지 못하더라도, 그 사람이 자신의 모습을 영영 보지 못하는 한이 있더라도, 그저 별 탈 없이 평안하게만 우리의 시간이 흘렀으면 좋겠다. 수많은 기자와 대중이 지켜보는 가운데 그 누구의 입방아에도 내리지 않게끔 아무런 실수 없이, 또 될 수만 있다면 모두의 기립 박수를 받으며 완벽하게 행사를 마쳤으면 좋겠다. 하지만 바람대로 쇼케이스가 무사히 진행된다면 아마도 하나둘씩 욕심이 생겨나겠지. 웬만하면 조금 더 예쁜 모습으로, 그의 머릿속에 영원히 아름답게 각인되었으면 하고 바라고 또 바라마지 않겠지. 사람의 욕심은 한정이 없으니까, 가까이 느껴지면 느껴질수록 그를 향한 바람의 크기도 커져만 갈 테니까….

다니엘의 모습을 떠올리면 떠올릴수록 심장이 빠르게 요동쳐 왔다. 현은 불안감을 감추려고 커다란 바지 주머니에 손을 넣었다. 그러자 앙상한 종이의 촉감이 오른손에 고스란히 전해져 왔다. 맞아, 그러고 보니 오빠에게 편지를 썼었지. 현은 편지를 꺼내 들었다. 밤새도록 불법 음원을 신고하고 아침 해를 맞이할 무렵 그에게 썼던 편지. 과연 이 편지가 다니엘의 두 손에 전해질 수 있을까. 매니저의 협조 아래 편지와 선물이 모두 전달된다 하더라도 늘 시간에 쫓기는 그가 읽어보시기나 할까. 시간이 있다손 치더라도 매일같이 쏟아지는 찬사와 비판의 종잇조각을 정녕 편한 마음으로 안아볼 수는 있으실 것인가. 그에게 있어 팬레터란 신용카드 청구서의 무게보다도 무거울지 모르는데….

여차여차하더라도 이 편지만은 꼭 오빠에게 전해졌으면 좋겠다. 왜냐하면, 이것이 곧 자신의 마음이었으니까. 사실 현은 이 편지에 자신을 모두 담지는 못했다. 그를 향한 현의 마음은 저 푸릇한 태평양보다도 더욱 컸기에 세상에 아무리 큰 편지지가 있다고 한들 마음을 모두 담지는 못할 것이다. 그저 자신의 마음 극히 일부분이라도 그가 보아주었으면 했을 뿐 다른 바람은 없었다. 그러나 아무리 생각해보아도 달랑 이 편지만을 전해주기에는 무리가 있을 듯싶었다. 십 대 소녀라면 작은 종이에 '사랑해요.' 한마디를 적어주어도 귀엽게 보일 테지만 이미 성인인 현에게는 그런 것이 허용되지 않았다. 현은 아무리 청렴결백한 사람이라 해도 물질에 현혹되는 것이 사람의 진정(眞情)이라고 믿었다. 물론 다니엘이 그런 약삭빠른 사람이라고 생각하는 것은 절대로 아니었다. 그저 현, 자신이 그랬으니까. 그렇게 배워왔고 또 그렇게 살아왔으니까. 세상은 마음만으로 살아갈 수 있는 몽환이 아니란 것을 깨달음과 동시에 비싸거나 튀는 선물만이 기억의 저장고에서 살아남을 수 있다는 정론에 현은 심한 동질을 느끼고 있었다.

하지만, 어떠한 선물을 하는 것이 좋을까. 쇼케이스가 채 한 시간도 남지 않았기에 숱한 고민에 할애하기에는 시간이 촉박했다. 며칠 전부터 머리를 싸매었지만, 책, 인형, 향수, 화장품, 음식, 옷 등 선물로 줄 수 있는 것은 이미 해다 바쳤기 때문에 더는 참신한 구상을 떠올릴 수도 없었다. 물론 어제같이 수입이 좋은 날에는 고가의 가전제품을 바칠 수도 있었겠지만 이번만큼은 소용이 없었다. 그것은 이미 5집 발매를 기념한 팬클럽의 여러 팬덤에서 준비를 했고, 그들과 같은 선물을 한다는 것은 팬 문화의 불문율에 매우 어긋나는 행동이었다. 더욱이 큰 이유인즉 오늘같이 많은 팬이 모이는 날엔 그런 자질구레한 선물 말고 아주 특별해 보이는 선물을 주고 싶은 욕심이 더 크게 작용했을 터였다.

감당할 수 없는 다리의 속도에 덜컥 겁까지 났을 무렵, 현은 길가의 어느 꽃집 앞에서 멈추었다. 빨갛고 노란 꽃 뭉치가 인도를 장식하고 있었다. 다니엘의 온화한 미소만큼이나 아름답게 만발한 빨간색 장미꽃…. 그래, 저거면 좋겠구나. 장미의 붉은색 역시도 현을 끌어당기고 있었다. 부디 나를 대신하여 그 사람의 품에 안기렴.

"아줌마, 장미꽃 한 다발. 비싸도 좋지만, 무조건 제일 싱싱한 걸로."

"그래요, 무슨 색깔로 드릴까요? 빨간색?"

"선물할 건데…."

"장미는 색깔에 따라 꽃말도 천지차이에요. 노란색 장미는 질투를 의미하고, 파란색 장미는 불가능을 의미하죠. 보아하니 연인에게 줄 꽃을 고르나 본데…. 그럼 저기 저 분홍 장미는 어때요? 분홍색 장미는 행복한 사랑을 의미하기 때문에 누구에게나 인기가 있죠. 그리고…,"

"연인…! 아줌마, 방금 뭐라고? 연인?"

현은 곧 멱살이라도 잡을 듯 사납게 돌변하였다. 마치 비쩍 마른 하이에나가 얼룩말의 넓적다리를 집어 문 듯 독살스러운 기세였지만 희한하게도 어투는 완곡했으며 눈빛 또한 애처로울 정도로 먹먹했다. 아주머니는 살짝 주춤거리더니 슬쩍 현의 눈치를 살피며 조심스레 말했다.

"아니 왜 그래, 연인에게 줄 선물이 아니었나 봐요? 하얀 장미…. 그래, 하얀색 장미는 어때요? 존경을 뜻하는 하얀 장미는…."

"아니야! 연인에게 줄 거야. 나의 연인에게…."

활짝 핀 백합 같은 얼굴엔 분홍색 꽃물마저 번지고 있었다.

"킥킥. 연인 좋아하시네."

출입문에 삐뚤게 기대어 서 있던 곰이 라면 봉지를 입에 탈탈 털어 넣으며 빈정대었다.

"연인은 무슨, 얼어 죽을 연인이야. 그렇게 따지면 그 자식의 연인은 뭐…, 몇 만 명쯤 되겠네? 제길, 구라를 쳐도 정도껏 쳐야지.”

“닥치지 못해, 꼬맹이? 그 입 다 찢어버리는 수가 있어!”

아주머니는 나이에 걸맞지 않게 상스러운 말을 내뱉는 소년과 그런 소년에게 훈계는커녕, 도리어 눈을 시뻘겋게 뜨고 맞장구치는 여자가 조금 이상하다는 생각이 들었는지 둘을 번갈아가며 쳐다보았다. 현은 여전히 도끼눈을 뜨고 곰을 노려보았지만 곰은 전혀 주눅 들지 않고 오히려 득의연한 태도로 왼쪽을 가리키며 말했다.

“조따위 촌스런 색깔보다는 차라리 저런 게 더 낫지 않아?”

곰의 손길을 따라간 현의 시야에는 유독 검붉은 빛깔의 장미가 만개해있었다. 왠지 모르게 검불그스름한 색채가 고통이 끝까지 차오른 줄기의 핏물같이 느껴졌다. 현은 붉은 장미에서 시선을 떼지 못한 채 입을 열었다.

“빨간색 장미꽃의 꽃말은…?”

“아름다움을 나타내지요. 저거야 뭐 꽃 선물의 기본 중 기본이 아니겠어요?”

아름다움이라는 단어를 듣자마자 현은 무대 위의 다니엘이 떠올랐다. 열정적인 아름다움. 그러한 수식어는 오직 다니엘을 위해서만 존재했다. 아름답다는 네 글자가 완벽하게 부분집합이 될 수 있는 전체집합은 오직 다니엘 한 사람밖에는 없다.

“좋았어, 빨간색 장미로 선택!”

현은 빨간색 장미꽃을 한 아름 안고선 길을 걷고 있었다. 치렁치렁한 노랑머리에 빨간색 장미꽃을 안은 그녀의 모습은 누가 봐도 독특한 행색임이 틀림없었다.

“너 그거 진짜 다니엘 줄 거야?”

“응.”

“어떻게 전해주려고 그래?”

“어떻게든.”

“만약에 못 주면?”

“내 사전에 ‘못’ 한다는 것은 없어. 세상일은 모두 마음먹기에 달렸으니까. 나는 꼭 줄 수 있을 거라고 믿어.”

“킥킥. 얼어 죽을 자신감이군. 나는 ‘못 준다!’에 백만 원 걸지.”

현은 갑작스레 멈추어 서더니 진지한 얼굴로 물었다.

“백만 원?”

곰이 대답했다.

“그래 백만 원. 못 믿겠어?”

현은 곰을 빤히 쳐다보며 말했다.

“꼬맹이. 백만 원 지금 있냐? 그럼 그거 나 줄 수 있어?”

떨떠름한 표정의 곰은 오물쪼물하며 말했다.

“아…, 지금은 없어. 그런데 만약 네가 진짜로 다니엘에게 그 꽃을 전해준다면야 훔쳐서라도 줄게. 그까짓 백만 원쯤이야 쉽게 벌 수 있지.”

현은 곰을 향해 코웃음을 치더니 다시 발걸음을 놀렸다.

“그럼 그렇지, 꼬맹이 주제에 무슨….”

곰은 현을 올려다보며 물었다.

“그런데 현, 백만 원은 왜 갑자기 필요한 거야? 너 솜씨 좋잖아. 벌어 놓은 것도 많을 텐데…. 백만 원은 갑자기 왜?”

“장미꽃만 주기가 무안해서.”

“야! 장미꽃도 얼마나 비싼 건데! 그거로는 성에 안 찬다는 거야? 백만 원으로 또 뭘 사려고?"

"그냥 주게."

"뭐? 그냥 준다고? 너, 미쳤어?"

"숱한 팬의 선물 사이에 튀려면 그 정도쯤이야."

곰은 현을 유심히 쳐다보며 심각한 투로 중얼거렸다.

"미친 게 확실해…. 이건 정신병이야. 그것도 심각한."

"다른 사람의 보잘것없는 선물 가운데 장미꽃에 꽂혀 있는 백만 원짜리 수표 한 장. 그 정도면 오빠가 나를 확실히 기억하지 않을까?"

"네가 아무리 미쳐 날뛰어도 그는 너를 기억하지 않아."

"아니야!"

아니라고 말하는 현의 표정은 사뭇 진중해 보였다. 그녀는 무표정한 얼굴로 잠시간 생각에 잠기더니 곧 강경한 태도로 다시 말했다.

"오빠는 나를 꼭 기억하게 될 거야."

굳게 입술을 앙다문 현을 보며 곰 역시도 입을 내리다물 수밖에 없었다. 그들은 그 이후로도 쭉 아무 말도 없이 그저 걷기만 했다. 십오 분 정도를 걸어가자 마침내 그들 앞에 큰 극장 건물이 나타났다.

"꼬맹이 넌 들어갈 수 없어. 초대권이 있어야만 입장할 수 있는 걸. 그러니 그만 가."

"에이. 그게 뭐야. 보고 싶으면 그냥 보는 거지. 쇼케이스가 무슨 영화 관람도 아니고…. 그냥 몰래 좀 들어가면 안 되나?"

"말 같지도 않은 소리. 저기 줄을 서 있는 무리가 네 눈엔 보이지도 않니?"

"어디, 어디?"

사실이었다. 극장 앞에는 사람들이 길게 줄을 서 있었는데 어림잡아

백여 명은 족히 넘을 듯싶었다.

"모두 다니엘의 팬이지. 모르긴 몰라도 꼭두새벽부터 줄을 서 있었을 걸?"

"그런데 너는 왜 아침부터 가지 않았는데?"

"봐, 장소가 극장이야. 굳이 아침부터 기다리지 않아도 장소가 협소하니까 뒷좌석에서도 멀지 않게 볼 수가 있어. 물론 선착순으로 앞번호를 배부하겠지만, 운에 따라서는 뒷자리이더라도 오히려 더 좋은 자리일 수 있다는 거야."

"역시 넌 다니엘에 관련된 것에 대해서는 모르는 게 없구나?"

"당연한 거 아닌가? 누구 남자인데…."

현은 피식 웃으며 다시 말했다.

"아무튼, 가! 오랜만에 만났지만 별로 안 반가웠다. 어디서든 잘살든지 말든지 알아서 해, 그럼 안녕!"

곰은 당황한 듯 현을 불렀다.

"현, 현!"

현은 곰의 외침을 뒤로하고 줄의 맨 뒷자락을 향해 뛰어갔다.

"현! 나 여기서 기다릴게! 끝나고 꼭 나 찾아야 해!"

곰은 계속 현을 향해 외쳐대었다. 곰의 외침에 길게 줄을 서 있던 군중의 시선이 자연스레 현으로 향했다. 노란색의 긴 생머리를 나풀거리며 빨간색 장미꽃을 한 아름 든 현은 아랑곳하지 않고 유유히 걸어가 줄의 맨 끝 자락에 섰다.

군중의 수군거리는 소리가 들려왔다.

"저 장미꽃 다니엘 줄 건가 봐. 우리도 선물을 준비할 걸 그랬나."

"그러게 말이다. 그런데 혹시 저 여자 어디서 많이 본 것 같지 않니?"

“맞아, 맞아. 그러고 보니 저번 콘서트랑 영화시사회 때에도 본 것 같아. 다니엘의 광팬인가 보던데? 그런데 저 여자 말이야, 스타일이 무지하게 독특하다. 나라면 조금 창피할 것도 같은데…. 자신은 안 쪽팔리나?”

현을 향해 호기심 어린 시선을 보내오는 사람도 있었고 손가락질을 하는 사람도 있었다. 하지만 현은 어떠한 수군거림에도 신경을 쓰지 않았다. 현이 지금 이 자리에 있는 것은 팬을 보기 위해서가 아니라 다니엘을 보기 위함이었으니까.

극장은 생각보다 넓었다. 현은 다니엘을 만날 때엔 유난히도 운이 따른다는 믿음에 다시 한 번 확신하게 되었다. 그럴 수밖에 없는 것이 비교적 늦은 시간에 도착했는데도 생각보다 훨씬 좋은 좌석을 차지하게 된 것이다. 당첨 사실을 확인하고 순차적으로 나누어 주는 좌석 번호였기에 간혹 앞자리이더라도 방송사 기자의 카메라에 무대가 가려져 시야를 잘 확보할 수 없는 악운(惡運)을 경험하는 팬도 상당수였을 테지만, 현은 그러한 것을 모두 알기라도 했다는 듯 유유자적 본인의 좌석을 향해 걸어갔다. 통로의 맨 오른쪽 자리. 현은 회심의 미소를 지었다. 이 자리라면 충분히 다니엘에게 자신의 얼굴을 내비칠 수 있었다. 현은 장미꽃을 무릎에 얹은 채 조용히 자리에 앉아 쇼케이스의 시작만을 기다렸다.

막이 올라가기 십 분 전. 서서히 긴장되기 시작했다. 숨쉬기가 부담스러울 정도로 심장이 마구 방망이질을 해대었다. 아직 조명이 채 꺼지지도 않았는데도 무대 위, 그 밖에는 아무것도 보이지가 않았다. 떨림, 기대, 그리고 내 사람. 떨림도 나에게 있고 기대도 나에게 있다. 하지만, 그는 없다. 그 사람은 지금 나를 버리고 여러 사람과 함께 쓸데없는 농담에 시간을 허비하고 있을지도 모른다. 아니면, 신곡의 안무를 떠올리거나 각종 인터뷰에 대한 대답을 준비하고 있을지도 모른다. 그러나 머지않아 올 것이다. 좋은 음악과 좋은 이야기를 들려주려고 노력할 것이다. 보고 싶다. 어서 빨리 다니엘의 따뜻한 미소를 느끼고 싶다. 현의 머리 끝에서 발끝까지의 모든 세포가 그를 불러오라는 명령을 내리고 있었다. 하지만 도저히 현은 그럴 수가 없었다. 선택권은 현에게 없는 것이다. 오직 하염없이 그리워하고 기다릴 뿐, 다른 어떠한 행동은 절대 취할 수가 없었던 것이다.

쇼케이스

대중은 그저 다니엘의 신보가 궁금하여 불법 음원 따위를 다운받아 듣겠지만 나는 팬이다. 나는 그를, 그리고 그의 음악을 사랑하는 유일한 팬으로서 그의 영혼을 단 한 구절도 흘려듣지 않을 것이다.

"자, 이제 오 분 전이다. 다니엘, 잘해."

"재현, 하나만 솔직하게 대답해 줄래요?"

박 이사의 눈을 똑바로 쳐다보며 질문을 던지는 다니엘의 태도가 오늘따라 쌀쌀했다.

"뭐…, 뭘 말이야?"

박 이사는 엉거주춤한 자세로 맞받아쳤다.

"그거, 재현의 계획은 아니죠?"

"뭘, 뭘 계획해?"

박 이사는 더듬거리며 목소리를 한층 높여 대꾸했다. 목소리를 높았지만, 다니엘의 눈을 맞추지는 못했다.

"음원 유출이요. 재현의 계획은 진정 아닌 거죠?"

"야! 너 장난해? 그따위를 질문이라고 하는 게냐?"

박 이사는 눈썹을 치켜세우며 다니엘에게 소리를 질러대었지만, 여전히 고개를 떨어뜨리고 근처의 애먼 서류 뭉치들만을 뒤적거렸다.

그때, 문을 열고 들어온 제작진이 소리쳤다.

"시작합니다! 지금 내려가시면 돼요."

대기실의 출입구로 향하기 전 다니엘은 박재현 이사의 귀에 대고 낮은 목소리로 말했다.

"만일…, 만일 말이에요. 홍보랍시고, 내 음악으로 장난하는 치가 내 주위에 있다면요. 그게 만일 재현일지라 할지라도…. 나, 그를 진정…. 진정으로, 죽여 버릴 거예요. 그것도 가리가리 찢어서…."

박재현 이사가 눈을 짓부릅뜨며 다니엘에게 소리쳤다.

"야! 너 지금 나를 의심하는 거야! 엉?"

다니엘은 온화한 미소를 지으며 다시금 그에게 속삭였다.

"그리고 그 다음엔…. 으깨고 갈아서, 꿀꺽꿀꺽 마셔 버릴 거예요. 우리가 좋아하는 와인과 함께…. 눈깔은 파서 아작아작 씹어 삼켜야지, 그게 만일 재현일지라 해도…."

다니엘은 박 이사의 볼을 몇 번인가 쓰다듬더니 곧 문을 박차며 대기실을 나섰다. 남겨진 박 이사는 담뱃갑에서 담배를 한 개비 빼어 물며 중얼거렸다.

"저…. 저, 사이코 같은 자식!"

시계가 두 시 정각을 가리켰을 때 드디어 극장 내의 조명이 모두 꺼졌다.

'와 아아!'

곳곳에서 관람객의 함성이 터져 나왔다. 심장이 더욱 크게 요동쳤다. 현은 두 주먹을 꽉 쥐었다. 일 초가 백만 년같이 느껴졌다. 그렇게 고대하던 다니엘의 다섯 번째 음반을 드디어 만날 수가 있게 되었다고 생각하니 설레는 마음이 극에 달하고 있었다. 긴장감을 표할 길이 없던 현은 애꿎은 손톱만 물어뜯고 있었다. '마음을 편하게 가져, 긴장할 것 없잖아. 이 자리에 앉아 있는 것만으로도 너는 선택받은 사람이지 않니?' 무릎 위의 장미꽃이 말을 건네는 듯했다. 그래, 나는 선택받은 사람이야. 잠시 후면 그를 볼 수가 있잖아. 사실 현의 생각대로 이 극장 안에서 무대를 기다리는 백여 명의 팬은 모두 선택받은 사람일지도 몰랐다. 그를 보고 싶어 하는 수십만의 팬은 오려야 올 수도 없었으니 말이다. 그들은 어쩌면 쇼케이스에 관련된 기사가 나오기만을 목이 빠지게 기다리는지도 모른다. 현은 갑자기 벙어리가 예장을 받은 것만큼이나 싱글벙글하기 시작했다. 이벤트의 당첨자만이 손에 쥘 수 있는 이 초대권조차도 자신이 진정 행운아임을 증명하는 명백한 자료였음이 분명했다.

무대 근처에서 사회자로 보이는 중년의 남성이 대본을 만지작거리고 있었다. 곧 쇼케이스가 시작될 때맞춤에 짙은 향수냄새를 흩날리는, 체구가 날씬한 여자가 현의 곁을 스쳐 지났다. 여자는 검은색 모자를 쓰고 있었고 조명 또한 모두 꺼진 상태라 얼굴을 알아볼 수는 없었지만, 무척이나 해사한 생김새의 소유자인 듯했다. 그녀의 뒤로 덩치가 큰 남자 두 명이 동행했고 그들은 통로의 계단을 지나쳐 좌석의 맨 앞에 나란히 앉았다.

'뭐지…? 제작진인가?'

무언가 썩 좋지 않은, 그렇다고 나쁘다고 할 수도 없는 미심쩍은 예감이 현의 뇌리에 횡행해오기 시작했다. 현은 알 수 없는 찜찜한 느낌에 계속해서 그녀의 뒤통수를 노려보고 있었다. 그러던 중 뒷자리에 앉은 소녀 두 명이 나누는 대화가 무심중에 들려왔다.

"야, 봤어, 봤어? 저 여자, 제니야, 제니!"

"아 진짜? 사인, 받을까? 지금 사인해달라고 그러면 안 되겠지? 우와, 그럼 사진이나 찍어야겠다."

"지금 사인이 문제가 아니잖아! 대체 제니가 여긴 왜 온 거래? 자기 쇼케이스도 아니면서…. 혹시 다니엘이랑 사귀는 거 아니야? 정말 그런 거 아니야?"

"참나, 둘이 같은 소속사잖아! 너는 팬이라면서 그런 것도 몰라? 제니 이번 음반 프로듀싱 해준 게 고마워서 격려 차 온 거겠지."

"그렇겠지? 둘이 아무 사이도 아니겠지?"

"그럼, 다니엘이 저번 인터뷰에서 여자 친구 없다고 했으니까 절대로 아무 사이 아닐 거야. 헤헤, 사진이나 찍어야겠다."

소녀는 연방 제니의 뒷모습을 향해 카메라가 달린 휴대전화의 버튼을 눌러대었다. 하지만 조용히 그들의 대화를 듣던 현은 장미꽃 다발 속에서 꽃 한 송이를 빼내고 있었다. 저 여자, 왠지 모르게 기분이 나빴다. 아무리 같은 소속사의 연예인이라고 하더라도…. 무언가가 미심쩍었다. 현은 여자의 뒤통수를 계속 주시하며 꽃잎을 하나둘씩 뜯어내었다. 장미꽃에서 시체 썩는 냄새가 나는 것만 같았다. 현은 제발 그녀가 눈앞에서 사라졌으면 좋겠다고 생각하며 뜯어낸 장미꽃의 이파리를 손톱으로 짓이기고 있었다.

순간 '두둥' 하는 음악 소리와 함께 대형 스크린을 가리고 있던 막이 스르르 벗겨졌다.

'꺄아아악!'

사람들은 흥분을 감추지 못하고 비명을 질러대었다. 깜깜한 어둠 속

에서 대형 스크린이 환하게 밝아왔다. 『다니엘 5집 타이틀 '집착'』이라
는 문구와 함께 스크린에는 뮤직비디오가 나왔다. 다니엘의 5집 티저
영상에서 이미 보았던 화면들이었다. 그리고 곧이어 검은색 선글라스
와 검은색 정장을 입은 다니엘의 모습이 영상에서 나타났다. 사람들의
환호성이 더욱 커졌다. 마침내 강한 비트와 경쾌한 멜로디가 합쳐지더니
화면 속의 다니엘이 노래를 부르기 시작했다. 장내는 곧 조용해졌다. 사
람들은 모두 영상 안의 다니엘의 입술에 집중하기 시작했다.

　그러나 현은 집중할 수가 없었다. 자꾸만 눈물이 나오려 했다. 바로 저
거구나, 바로 저거였어. 다니엘이 그렇게 힘들어하며 밤잠을 설쳐 만들
었다던 음악이 바로 저거였다. 눈물을 흘리지 않으려고 애를 써보았지
만, 눈물샘은 어김없이 약해빠진 눈꺼풀을 비비적거렸다. 그래, 흘러라,
흘러. 이까짓 눈물 따위에 신경을 빼앗겨 처음 공개하는 그의 음악을 흘
려보내고 싶지는 않았다. 현은 흘러나오는 멜로디와 가사 하나하나를
귀에 새겨 넣고 싶었다. 대중은 그저 다니엘의 신보가 궁금하여 불법 음
원 따위를 다운받아 듣겠지만 나는 팬이다. 나는 그를, 그리고 그의 음
악을 사랑하는 유일한 팬으로서 그의 영혼을 단 한 구절도 흘려듣지 않
을 것이다. 음악이 들려오면 들려올수록 저렇게 훌륭한 음악을 만들고
자 그는 얼마나 괴로워했을까 라는 생각에 눈물은 도저히 멈추어지지
가 않았다. 머리를 쥐어뜯으며 작곡에 몰두하는 그의 모습이 현의 머릿
속에 선연해왔다. 그 사람의 고통스러웠던 시간을 달래주는 방법은 오
직 그의 음악을 온몸 구석구석에 새겨두는 방법밖에는 없을 것이다. 그
것이 팬으로서 할 수 있는 최선의 답례였을 테니까…. 무수히 떨어진 눈
물이 현의 옷깃을 흥건히 적실 때쯤 뮤직비디오는 모두 끝이 났고 무대
위로 사회자가 올라왔다.

“안녕하세요! 여러분. 다니엘의 다섯 번째 정규 앨범 쇼케이스의 사회를 맡은 작곡가 강진성입니다, 반갑습니다!”

“와 아아!”

관객석의 박수갈채가 또다시 극장 안을 가득 메웠다.

“자, 여러분 오늘 너무나도 많이 기다리셨을 텐데, 먼저 여러분이 오랫동안 기다려왔던 그분을 한번 모셔볼까요? 자, 가수 다니엘 씨를 모십니다! 어서 나오세요!”

“아…!”

현의 심장이 금방이라도 목구멍을 치고 튀어나올 듯했다. 그런 현을 아는지 모르는지 다니엘은 느긋한 미소를 지으며 유유히 걸어 나오고 있었다. 그는 분명히 검은색 정장을 입고 있었지만 머리끝에서 발끝까지 후광이 비추어 마치 백색 정장을 입은 듯 환하게 빛나고 있었다. 현은 자신도 모르게 입을 틀어막았다. 비명이 새어 나올 것만 같았다. 사회자에게 마이크를 받아든 다니엘은 수줍은 미소를 지으며 입을 열었다.

“안녕하세요? 다니엘입니다. 많이 기다리셨죠? 나도…, 그대들. 많이 보고 싶었어요.”

“꺄아아악!”

관객들의 함성이 극에 다다라 있었다.

그는 너무도 아름다웠다. 큰 키와 작은 얼굴. 부드러운 목소리, 수줍어하는 표정까지도. 세상의 어떤 언어로든 형용이 모자랄 그런 사람이었다. 곱다란 얼굴로 일일이 팬과 시선을 맞추는 다니엘의 매력 앞에서 관객의 함성은 더더욱 커져만 갔다. 울렁증이 되어버린 그리움을 드디어 게워낼 순간, 눈을 깜박이는 시간조차 아까웠다. 본능에 충실할 수밖에 없는 인간임을 원망하며, 현은 최대한 눈을 부릅뜨려고 애썼다. 아아, 저 완벽한 형상은 분명히 하늘에서 내려온 천사의 모습일 거야. 눈이 점점 따가워 왔지만 저렇게 곱디고운 다니엘을 영원토록 두 눈에 모셔둘 수만 있다면 이까짓 눈알쯤이야 사라져도 관계가 없다고 느끼고 있었다.

"자, 다니엘 씨 정말 반갑습니다. 다니엘 씨의 인기는 여전하군요. 팬여러분의 함성이 정말 큰데요, 우선 다니엘 씨를 오래 기다려준 팬 분들을 향해 인사 한 말씀 하시죠."

"음반 너무 늦게 냈다고 나 원망하는 그대, 혹시 있나요? 이제껏 나의 행보를 불평하는 그대, 혹시 있나요? 새로운 신인 가수에 잠시 한 눈 팔고 있는 그대, 혹시 있나요? 그렇다면, 그대들. 이제 나에게로 와요. 난 언제나 그대들을 믿고 있었어요. 그대들도 나를 믿어주었죠? 그리고 앞으로도 영원히 믿을 수 있죠?"

"꺄아아악!"

관객들은 연방 환호했다. 개중에는 눈물을 흘리는 이들도 부지기수였다.

"하하하, 역시 다니엘 씨입니다. 그럼 이번 음반에 대해서도 한 말씀 들어볼까요? 방금 뮤직비디오를 보았는데 타이틀 곡이 '집착'이군요. 어떠한 내용인가요?"

"정규 5집의 앨범 명은 '데쓰(Death)' 즉, '죽음'입니다. 이번 앨범 작업을 하면서 죽음에 대해서 많은 생각을 하게 되었어요. 우리는 모두 죽음을 두려워하지만 죽음이란 것은 피할 수도, 도망을 칠 수도 없는 일이기에 하릴없이 받아들이곤 하죠. 세상에서 가장 큰 두려움이라는 이름으로요…. 저는 죽음과 사랑을 동일시하게 바라보았습니다. 사람으로서 이 세상에 존재하며 두렵지만 또 받아들이지 않을 수가 없는 그것. 사랑 또한 절대로 피할 수 없죠. 도망치고 싶어도 어느새 마음에 들어와 자리를 잡은 이후로는 절대로 떠날 수도 도망을 칠 수도 없잖아요. 이번 타이틀곡은 바로 그러한 사람의 이야기입니다. 도망가고 싶어 떠나지만, 어느새 그 사랑에 속박되어 버릴 수도 돌이킬 수도 없이 오직 사랑할 수밖에 없는, 그래서 하릴없이 그 사랑에 집착할 수밖에 없는 사람의 이야기…. 그대들, 혹시 제 말이 너무 어려웠나요?”

“관객 모두 고개를 끄덕이시는 걸로 봐서 다 이해하신 것 같네요. 하하하, 다니엘 씨 음악적으로 성숙하신 것이 느껴지는데요, 이번 음반 역시도 모든 곡을 다니엘 씨가 작사, 작곡하신 것으로 알고 있는데, 혹시 이 ‘집착’이라는 곡도 다니엘 씨가 직접 작사를 하신 게 맞나요?”

“그럼요, 곡을 만드는 것이 나의 의무이자 권리니까요.”

“저도 작곡가이기 때문에 느끼는 거지만, 거의 모든 음악인이 작업할 때에는 본인의 경험을 토대하는 경우가 많거든요. 혹시 다니엘 씨도 그러한 ‘집착’에 가까운 사랑을 해보신 건지가 궁금하네요.”

“와 아아아!”

관객들이 기대에 찬 눈빛으로 환호성을 보냈다. 개중에는 ‘안돼요!’라고 외치는 관객도 있었다.

“경험을 해보지도 않고 이런 가사가 나올 수는 없지 않은가요? 하지만 걱정 말아요. 제 이야기는 아니니까요. 누군가를 집착에 가까울 정도로 사랑하고 있는 동료가 제 곁에 한 명 있거든요. 집착의 가사는 바로 그 동료의 사랑 이야기예요.”

“네, 그렇군요. 자, 그럼 혹시 기자 분 중에 다니엘 씨에게 질문하실 분이 계신가요?”

몇몇 기자들이 손을 들었다.

“안녕하세요? 『뮤직 코리아』입니다. 다니엘 씨는 지금 한국에서뿐 아니라 세계적으로도 유명한 월드 스타인데, 그러한 다니엘 씨가 쇼케이스의 장소로 경쟁 가수보다는 오히려 작은 규모의 공연장을 택한 이유가 있을까요?”

“음, 월드 스타라는 단어는 저에겐 너무나도 과분한 단어이지 않은가요? 사실 그대들이 제가 월드 스타라느니 세계적인 가수라느니 하는 훌륭한 수식어를 덧붙여 주시는데요, 저는 그런 소리를 듣기에 아직 많이 모자란다고 생각해요. 더 큰 공연장을 쇼케이스의 장소로 선택한다면 좀 더 많은 그대들을 만날 수 있는 것이 기정사실이겠지만, 쇼케이스란 그저 음반을 처음 소개하는 자리일 뿐이니 나머지 소통은 추후에 있을 제 콘서트에서 그대들과 함께 즐기고 싶습니다.”

“네, 좋습니다. 그럼 다음 분….”

“안녕하세요? 잡지사 『테라』의 최세길 기자입니다. 방금, 타이틀곡 ‘집착’의 가사는 다니엘 씨 동료의 사랑을 소재로 삼으셨다고 하셨는데, 그럼 현재 다니엘 씨는 애인이 없으시다는 소리이신가요? 혹시 숨겨둔 애인이 있지는 않으신가요?”

“와 아아, 오빠! 말씀해주세요!”

관객의 입에서는 기자에 대한 야유와 대답을 향한 기대가 동시에 터져 나왔다. 다니엘은 잔잔한 미소와 함께 망설임 없이 대답했다.

“사실 처음 공개하는 거지만, 저 애인 있어요.”

“꺄아아악!”

관객들은 너나 할 것도 없이 한꺼번에 비명을 질러대었다. 현은 아랫입술을 꼭 깨물었다. 비릿한 피의 향기가 코끝을 적셔왔다. 하지만 비릿한 피의 쓴맛도 쓰라려 오는 마음의 고통에는 비할 바가 못 되었다.

"정말 애인이 있나요? 그게 누구죠?"

최세길 기자는 눈빛을 빛내며 재차 물었다. 다니엘은 옅은 보조개를 피우며 재그시 웃었다.

"제 애인, 바로 여기 이렇게 앉아들 계시잖아요. 나의 그대들."

"꺄아아악!"

다니엘의 말 한마디에 관객은 울고 웃었다. 현은 이제 어찌할 도리가 없었다. 저 사람은, 정말이지 미워하려야 미워할 수가 없는 사람이었다. 그리고 그보다 비록 돌차간이었을지언정 그를 미워할 뻔했던 자신이 너무나도 역겨웠다. 그 사람이 사랑하는 사람이 있든 없든 모두 사랑하고 이해해주어야 했을 자신이 그를 원망하려던 것을 용서할 수가 없었다. 그래, 저 사람은 그 누구의 소유물도 아니다. 나 역시 '팬'으로만 존재할 뿐이다. 절대, '집착'이 되어서는 안 된다.

다니엘은 환성을 보내는 관객을 향해 그윽한 눈빛을 보내며 계속 말을 이었다.

"저는 항상 그대들을 저의 '애인'이라고 생각해요. '애인'은 '사랑하는 사람'을 뜻하잖아요? 당연히 저의 '애인'은 그대들, 우리 팬임이 분명한 거죠."

관객은 물론이고 여자 제작진과 여기자까지도 다니엘의 온화한 미소에 매료될 뿐이었다. 다니엘은 관객의 눈을 한 명, 한 명 정성스레 맞추어가며 이야기했다.

"사실 어제 굉장히 불미스러운 사건이 일어났어요. 새 앨범의 음원이 온라인상에 불법으로 유출된 거죠. 누구의 잘잘못이라고 따지기 전에 많은 상처를 받을 수밖에 없었어요. 참으로 힘들게, 그리고 온 정성을 다하여 만든 앨범이라 우리 그대들이 가장 먼저 들었으면 하는 바람이었거든요. 한참을 상심하고 있었을 때 놀라운 일이 일어났어요. 온라인 상에 모이신 그대들이 힘을 모아 함께 불법 음원을 신고하고 계신 거였어요. 정말이지….”

“아…!”

현은 다시 오른손으로 입을 막을 수밖에 없었다. 감동의 비명이 새어 나올 뻔했기 때문이다. 알고 있었다. 다니엘은 모든 것을 알고 있었던 것이다. 그렇다면, 밤이 새도록 현이 불법 음원을 막고자 정성을 기울였다는 것 역시도 그는 알고 있었다는 말이다. 다시금 눈물이 나오려 했다. 가슴 속에 따뜻한 무언가가 솟구쳐 올랐다. 그게 무엇인지는 몰랐지만 제발 눈물만은 아니었으면…. 다니엘에게 우는 모습을 보여주고 싶지는 않았다. 만일 자신이 운다면 여리디여린 다니엘 역시 따라 울지도 몰랐다. 현은 그런 다니엘을 위해서라면 목숨이라도 내놓을 각오를 다지고 있었다. 다니엘 역시 흥분을 감출 수가 없었던지 목소리가 살짝 떨려오고 있었다.

“정말이지…, 나, 그대들이 최고라고 생각해요! 여기에 오신 그대들은 물론이고 각종 영상으로 제 이야기를 접하신 그대들도 있으실 거예요. 모두에게 감사의 인사를 전할게요. 불법 음원 유출로 말미암아 가슴이 아프기도 했지만, 여전히 저를 아껴주시고 사랑해주시는 많은 그대들이 있다는 사실만으로도 행복한 순간이었어요. 제가 알기에는 우리 그대들, 음반이 정식으로 발매될 때까지는 제 음악을 불법으로 듣지 않으려고 눈을 감고 귀를 막았다고 해요. 오늘 제 정규 5집 음반은 모두 그대들의 것입니다. 소중한 저의 영혼이 담긴 음악, 그대들에게 선사하고 싶어요. 이젠 마음껏 듣기로 해요! 내 애인들아, 정말로 사랑한다!”

“꺄아아악!”

극장은 관객의 함성으로 터져나갈 듯했다. 그의 말 마디마디를 놓칠세라 바쁘게 손가락을 놀리며 노트북을 두들겨대던 기자들 또한 미소를 지었다. 하지만, 질문을 던졌던 최세길 기자는 무슨 이유였던지, 묘하게 굳은 표정으로 눈썹만을 꿈틀거리고 있었다.

그리고 웃지 않은 또 한 사람, 그녀는 바로 현이었다. 현은 도저히 웃음이 나지 않았다. 웃음은커녕, 움직일 수조차 없었다. 다니엘의 마지막 이야기. '내 애인들아, 정말로 사랑한다.'라는 말을 들은 순간 현은 숨이 막혀왔던 것이다. 다니엘은 분명히 자신을 바라보며 이야기했다. 이 많은 사람 중에 오직 자신만을 보았다. 이제껏 딴 곳만을 쳐다보다가, 오직 사랑한다는 이야기에 자신, 현과 눈을 마주치고 이야기했던 것이다. 착각이 아니었다. 그는 드디어 그의 진심을 현에게 전달해주었던 것이다!

"자, 그럼 혹시 관객 분 중에 다니엘 씨에게 질문하실 분이 있으시면 손을 들어주세요!"

"와 아아, 저요! 저요!"

수많은 소녀가 너도나도 손을 흔들었다.

"자 그럼 맨 앞에 교복을 입은 친구, 어서 다니엘 씨에게 질문하세요."

"다니엘 오빠는 이상형이 어떻게 돼요?"

"하하하, 이상형이요?"

다니엘이 너털웃음을 터뜨렸다. 그의 웃는 표정이 너무도 천진난만하여 관객은 아마 아기 천사가 달콤한 아이스크림을 먹을 때면 저런 표정을 지을지도 모른다는 상상을 하고 있었다. 그들은 일절 다니엘의 얼굴에서 눈을 떼지 못하였다.

하지만, 그 순간도 현은 생각하고 있었다.

'질문이 저게 뭐야, 저런 것은 일반 인터뷰 기사에서도 알 수가 있잖아! 쇼케이스의 공식적인 질문이면 수많은 사람이 보는 기사로 나갈 텐데…. 생각이 있다면 조금이라도 오빠의 음반에 홍보될 수 있는 질문을 해야지, 저런 바보 같으니라고!'

다니엘은 질문한 소녀를 바라보며 다정한 말투로 이야기했다.

"이상형 같은 건 따로 없는 걸요. 어릴 때는 예쁘고 착한, 뭐 이렇게 구체적으로 정해두었었는데 이젠 딱히 이상형이라기보다 좋아하는 사람이 이상형이 되는 거 아닌가요?"

"에이, 그거 너무나도 천편일률적인 방송용 멘트가 아닌가요? 하하. 다니엘 씨도 솔직히 예쁜 여자 좋아할 거 아닙니까?"

사회자가 짓궂은 표정을 지으며 질문했지만 다니엘은 손을 가로저으며 대답했다.

"정말 아니랍니다. 예쁘기만 하다고 다 좋은 건 아니겠죠. 음…. 바라는 것이 하나 있다면, 예술을 진정 사랑하는 그대였으면 좋겠어요. 문학과 음악, 영화와 미술 등을 함께 보고 느끼고 이야기할 수 있는 그대라면 진정 바랄 게 없을 것 같아요. 그런 그대가 언젠가는 꼭 나타나주시겠죠?"

"아, 그렇군요. 하지만 다니엘 씨가 워낙 스캔들이 없는 분이고, 사생활도 깨끗하시니까 혹시 남자를 사귀는 게 아닌가 하는 소문이 돌아요, 하하하….'

갑자기 극장 안의 분위기가 싸늘해졌다. 사회자는 순간 주위의 눈치를 살피고는 자신의 말이 실수였다는 것을 깨닫기라도 했던지 얼른 말을 돌렸다.

"아…. 저, 혹시 다른 팬 분 중에서 질문 있으신 분, 얼른 손들어 주세요!"

순간 현은 자신의 손이 무의식적으로 올라감을 느낄 수 있었다.

"네, 그럼 중간에 계신 숙녀 분께 마이크 넘겨 드릴게요."

사회자는 현을 가리키며 제작진에게 마이크를 전했다. 장내의 모든 이목이 현으로 집중되었다. 자연스레 사회자와 다니엘의 시선도 현으로 향했다. 현의 심장이 다시금 요동치고 있었다. 그의 얼굴이 가슴에 선연히 새겨짐과 동시에 그의 눈빛은 이마를 관통하는 것만 같았다. 마이크가 서서히 현의 곁으로 다가왔다. 무슨 말을 어떻게 하지? 이 상황을 어떻게 대처해야 하나? 다니엘이라는 오롯한 마수에 빠져 손을 들고 말았지만 어떠한 질문을 할 것인가에 대해서는 생각한 적도, 생각할 수도 없던 현이었다. 머릿속이 텅 비어가고 있었다. 무수한 사람들의 시선 따위는 반사되었고 오직 다니엘, 그의 눈빛만이 각인될 뿐이었다. 또한, 그 눈빛에 현의 온몸이 타들어가는 것만 같았다.

"저, 저기…. 화장실은 어디…?"

"와하하하!"

정말 바보 같은 질문이었다. 장내의 관객은 물론이고 기자까지 웃음보가 터지고 말았다.

"으하하하, 화장실이래!"

장내의 사람은 모두 배를 잡고 자지러졌다. 분위기를 눈치 챈 사회자가 말했다.

"우리 팬 분이 어색한 분위기를 만회하고자 개그를 하신 거군요. 정말 재미있으신 팬 분이십니다. 이 질문에도 대답을 해야 하나요? 하하하."

현은 그제야 집채만 한 바윗덩이가 자신의 정수리에 떨어졌다는 사실을 깨닫게 되었다. 비로소 부끄러움이 느껴졌다. 도대체 다니엘이 자신을 보고 무슨 생각을 할 것인가. 여리고 예술적인 감성이 풍부한 그는 자신을 보고 난 왜 저런 바보 같은 사람을 팬으로 두는지에 대한 자책을 할지도 모르는 일이었다.

'아….'

현은 자신이 너무나도 비참하게 느껴졌다. 수많은 사람이 자신을 보며 비웃는 것 같았다. 현은 고개를 푹 숙인 채 처량하기 짝이 없는 자신을 어떻게든 죽여 버리고 싶은 마음뿐이었다.

"저의 팬 분 정말 귀엽지 않나요?"

응? 지금 이 목소리는 다니엘의 목소리인데…. 현은 고개를 살짝 들었다. 다니엘이 마이크를 잡고 말을 하고 있었다.

"보세요, 저의 팬은 저를 닮아서 유머감각도 최고거든요."

다니엘이 현의 편을 들어주고 있었다. 혹시나 부끄러워 혼자 괴로움에 몸서리를 치지나 않을까, 그는 현의 편을 들어주는 것이다.

"와 아아…."

관객은 다니엘이 여성 팬을 옹호한다는 사실만으로도 부러움과 시샘의 환호성을 내질렀다. '다니엘….' 현은 애써 입 모양으로 다니엘을 불렀다. 크게 부르고도 싶었지만 부를 수가 없었다. 가슴 속에 응어리진 그간의 사랑과 애증이 함축되어 지금 다니엘의 이름을 부른다면 장내에 울려 퍼지는 목소리와 함께 자신의 이성도 무대 위로 뛰어 올라가 그의 품에 안길지도 몰랐다. 당연히 그럴 용기쯤은 있었겠지만 이건 용기로 해결되는 문제가 아니었다. 방해할 수는 없다. 다니엘의 5집 앨범이 처음으로 공개되는 석상(席上)에서 헤살을 부릴 수는 없었던 것이다. 만일 자신이 그러한 행동으로 다니엘의 행사에 물의를 끼친다면 그것은 스스로가 결단코 용서할 수 없는 처사일 터였다.

그보다도 현을 움직일 수 없게 만드는 것은 수십 초간 계속해서 다른 곳에 시선을 주지 않고 오직 현, 한 명만을 뚫어지게 바라보는 다니엘의 눈빛이었다. 현은 또다시 온몸이 뜨거워져 녹아내리는 것만 같았다. 아주 어릴 적에 보육원에서 초콜릿을 만든 적이 있었는데 그때 그 초콜릿도 이렇게 녹아내렸었다. 뜨거운 물 안에 통에 든 초콜릿을 넣었는데 그 초콜릿은 물이 뜨거워지자마자 흐물흐물 녹아내려 나중에는 끈적끈적한 갈색 물이 되고야 만 것이다. 아마 지금의 현도 그 초콜릿처럼 곧 녹아 사라져버리고 말 거라는 생각이 들었다. 현은 눈을 크게 떴다. 조금이라도 다니엘의 눈빛을 담고 싶었다. 기억하고 싶었다. 훗날 다니엘을 이 세상에서는 더는 보지 못하는 한이 있더라도, 그를 조금이나마 기억할 수 있게 말이다. 세상에 영원한 것은 아무것도 없을 테지만 지금 이 눈빛 하나만은 영원했으면 했다.

"자, 그럼 마지막으로 다니엘 씨의 5집 타이틀인 '집착'의 무대를 보여주시죠!"

사회자의 힘찬 소개말과 함께 강렬한 비트가 흘러나왔다.

어둠이 짙게 깔린 비 오는 이 길 속에 나는 걷고, 걷고 또 걸었지, 너를 찾아서.

깊은 밤, 고요하고도 적막한, 그 한 가운데서 문득 들려오던 너의 목소리.

지운 난, 소유하지도 떨치지도 못할, 늪 한 가운데서 절대 헤어나지 못할 너의 그림자.

내 느린 발걸음은 오늘도 너를 좇는다.

머리는 지웠대도 가슴이 재우질 못해, 마음은 비웠대도 심장이 보내질 못해….

세상에 힘겹게 잘린 너 없는 내 날개에 그리움이란 홀로 과거 속에 남은 어리석은 현재란 미련의 집착들.

아니, 그것은 서슬 퍼런 집념들….

불면증이야말로 스스로를 고초에 빠트리는 최선의 방법.

끊임없이 사육의 채찍질을 퍼붓는 자신(自身)의 피의자는 바로 나.

우울병의 극대화. 하지만, 절대 포기할 수 없는 나의 꿈, 그리고 너.

알고 있니? 네가 무심히도 걷어찬, 넌 기억조차 없는 돌부리.

그 돌부리가 꿈꾸는 인생의 도착지가 바로 너란 걸.

"수고했다."

박재현 이사가 다니엘의 머리를 쓰다듬었다.

"다니엘 씨, 다음에는 기자와의 인터뷰가 있으니 준비되시면 곧바로 자리를 이동해주시기 바랍니다."

코디네이터는 다니엘의 이마에 송골송골 맺힌 땀을 분첩으로 찍어 누르며 다니엘을 소파에 앉혔다. 다니엘은 눈을 살짝 감으며 이정석 에게 말했다.

"정석. 난 지금 커피가 그리워요."

"커, 커피요? 네, 알겠습니다."

이정석은 이리저리 주위를 헤매며 커피 자판기를 찾다가, 결국 머리를 긁적이며 말했다.

"저, 그런데 자판기가 없는데요? 태워 드릴까요?"

"야, 이 자식아! 다니엘은 '브랜드 커피'밖에 안 먹는다는 것을 아직도 몰라?"

박재현 이사의 쇳소리가 또다시 이정석을 움찔하게 하였다.

"죄, 죄송합니다. 금방…, 사오도록 하겠습니다."

"너 혹시라도 커피에 설탕 같은 거 타려면 그따위는 꿈도 꾸지 마. 설마 다니엘이 단것을 싫어한다는 사실까지 모른다고 할 건 아니겠지?"

"네, 네. 잘 알겠습니다."

이정석은 얼른 대기실을 빠져나왔다. 매일같이 듣는 박재현 이사의 호통 소리에 얼이 다 빠질 것 같았다. 안 그래도 소심한 성격이 박재현 이사 때문에 훨씬 더 소심해져 가고 있다는 생각이 들었다.

"재현. 우리는 좋은 말로 해도 충분히 다 알아들어요."

다니엘의 한마디에 박재현 이사는 입을 꾹 다물고 말았다. 그때 대기실의 문이 활짝 열렸다.

"안녕, 오라버니?"

순간 무대 조명이라도 비추어지는 듯 대기실이 환해졌다.

"야, 제니. 네가 여기 웬일이야?"

"어머, 이사님. 뭐 못 올 곳이라도 왔나요? 우리 다니엘 오라버니 쇼케이스인데 당연히 제니가 와봐야죠."

"내 말은, 그게 아니라…. 너 오늘 화보 촬영은 어쩌고…."

제니는 박재현 이사를 무시하고 다니엘에게 다가가 손을 잡으며 말했다.

"오라버니, 쇼케이스 잘 봤어요. 너무 멋지던데?"

다니엘은 제니의 손을 뿌리치며 자리에서 일어났다.

"인터뷰 시작할까요? 너무 오래 기다리게 하면 기사를 좋게 써주지 않을지도 모르지 않겠어요?"

"그래, 하하하. 다니엘, 그럼 지금 바로 인터뷰 시작하지. 하하하."

박재현 이사는 뭐가 그리도 좋은지 연방 쩌렁쩌렁하게 웃어젖히며 다니엘을 뒷문으로 안내했다.

"오라버니! 너무한 것 아니야?"

다니엘은 그제야 제니를 쳐다보았다.

"보는 사람도 많은데 내가 뭐가 되냐고! 나, 제니야. 제니가 오라버니를 보러 여기까지 왔는데, 자꾸 모르는 척 하기야?"

박재현 이사는 제니에게 무어라 소리를 치려 몸을 움직였다. 그때 다니엘은 박 이사를 저지하며 제니에게 말했다.

"나중에 전화해요."

제니는 얼굴에 함박웃음을 머금고 대답했다.

"진짜? 알았어. 오라버니, 그럼 꼭 내 전화 기다려야 해요!"

박재현 이사는 다니엘의 등을 밀어젖히며 그의 귓가에 속삭였다.

"둘이 사고라도 쳐봐, 어떻게 되는지…."

"하…. 그나저나 커피는 도대체 어디에 가서 사야 한다는 말인가."

이정석은 중얼거리며 계단을 올라가고 있었다. 남들은 직장에서 '선배님'이라는 소리를 들으며 '후배놈'의 군기를 잡을 이 나이에, 동갑인 '다니엘 님'의 커피 심부름이나 하다니 인생이 썩 재미없다고만 느껴졌다. 그때 막내 코디네이터가 밖으로 막 나가려는 이정석의 옷깃을 붙잡았다.

"저기요, 정석 씨."

"네?"

"커피 전문점까지 가지 마시고요, 밖에 나가면 다니엘 팬들이 모여 있을 거거든요? 선물을 많이 들고 있을 텐데, 그거 그냥 다 모아오시면 돼요. 그리고 선물 중에는 다니엘이 즐기는 브랜드의 커피도 있을 거니까 그거 바로 가져다주시면 아마 좋아할 거예요.”

“아…, 그렇군요. 감사합니다. 하지만, 선물 중에 커피가 있을지는 확실치 않을 텐데….”

처음에는 그렇게 생각했다. 그런데 웬걸? 그녀의 말은 정확했다! 팬의 선물은 다니엘의 이름이 크게 적힌 플래카드에서부터 형형색색으로 포장한 각종 상자까지 다양했을 뿐더러 그중 가장 많은 선물이 바로 커피였던 것이다.

“꺅! 매니저 오빠다! 오빠! 우리 다니엘 오빠 언제 나와요?”

“매니저 오빠, 이거 꼭 우리 다니엘 오빠한테 전해주셔야 해요!”

“오빠, 제 이름은 정미예요, 정미! 우리 오빠에게 정미가 준거라고 말씀해주세요!”

소녀들의 아우성에 이정석의 귀가 다 얼얼해져 오고 있었다.

“알았어요, 알았어. 꼭 전해줄게요.”

“저기요. 오빠, 이건 되게 비싼 선물이거든요? 이것도 꼭 다니엘 오빠에게 전해주세요.”

체크무늬의 교복을 입은 소녀가 빨간색 포장지로 두른 조그마한 선물을 내밀며 말했다.

“네, 네. 알겠어요. 선물 모두 다니엘 씨에게 잘 전달해 줄 테니까 걱정하지 말아요.”

“꺄아아! 매니저 오빠 정말 최고예요! 감사합니다!”

이정석은 기뻐하는 소녀들을 보니 마치 자신의 팬을 본 양 마음이 흐뭇했다. 비록 자신을 보러 온 팬은 아니었지만 늘 자신과 함께하는 가수의 팬인 만큼 곧 자신의 팬일지도 모른다는 생각에서였다. 이정석은 선물을 바리바리 싸들고서 다시 대기실로 내려왔다. 올라올 때는 몰랐는데 내려갈 때는 계단이 꽤 가파른 것 같았다. 계단을 살피며 조심스럽게 내려가던 이정석은 그만 선물 꾸러미를 떨어뜨리고 말았다.

"아이고, 참…. 꼭 하는 짓마다 실수 하나씩을 달고 사네."

이정석은 혀를 끌끌 차며 다시 선물들을 모았다. 그중 유독 눈에 띄는 것이 있었다. '오빠, 이건 되게 비싼 선물이거든요.' 아까 체크무늬 교복을 입은 소녀가 건넨 물건이었다. 이정석은 궁금증이 만개했다. '살짝 한번 뜯어볼까?' 그래, 뜯어서 내용물이 무언지만 살펴보고 다시 붙여놓으면 되지 않느냔 말이다. 이정석은 조심스레 포장을 뜯기 시작했다.

"아니, 이럴 수가…!"

이정석은 놀라지 않을 수가 없었다. 포장 안의 내용물은 바로 고가의 시계였다. 대략 삼백만 원에서 오백만 원 가까이한다는 고가의 명품 시계. 이 시계는 이정석도 무척이나 갖고 싶었지만 워낙에 비싼 가격 때문에 항상 망설임에 그치고 말았던 물건이었다.

"그 소녀가, 혹시 재벌 3세쯤 되었단 말인가?"

이정석은 의문에 휩싸였다. 아무리 잘사는 집안의 막내 딸내미였다손 치더라도 저렇게 고가의 선물은 받는 사람조차 부담스러울 터였다.

'그럼 네가 대신 가져!'

이정석의 마음속 악마가 속삭였다. 아니, 생각해보건대 악마가 아닐지도 몰랐다. 선물을 주고 싶어 하는 소녀의 마음과 선물을 받고서 부담스러워 할 다니엘의 마음을 둘 다 만족하게 해주는 길은, 네가 희생하는 방법밖에는 없을 거라는 천사의 소리일 수도 있었다. 이정석은 주위를 두리번거리며 살폈다. 혹시나 CCTV가 자신을 찍고 있다면 무척이나 곤란할 터였다. 다행히도 이 건물에는 CCTV 같은 것은 없는 듯했다. 이정석은 얼른 시계를 안주머니에 넣었다. 그리고 포장지도 꾸깃꾸깃 구겨서 바지 주머니에 쑤셔 넣었다. 이것은 분명히 자신의 욕심 때문에 벌인 일이 아니었다. 어디까지나 가수와 팬의 사이를 더욱 돈독하게 하려는 매니저인 자신의 봉사 정신일 뿐이었다. 그런데 말이다…. 오늘따라 인생이 참으로 재미있다고 느껴지는 것은 도대체 왜였을까?

팬

그대가 있건 없건 사람의 발걸음은 번쩍이는 클럽의 조명처럼 수도 없이 움직일 테다. 점점 폐인이 되어감을 느끼지만 어쩔 수 없다. 그대 없이 온전한 삶보다 그대 있는 피폐한 삶이 더욱 값어치 있게만 느껴지니까. 아마 그대도 그럴 테지? 아마 그대도 팬이 있어 삶이 더욱 행복하다고 느끼겠지?

쇼케이스는 성공적으로 끝이 났다. 현은 밖으로 나오자마자 그의 이동수단인 밴 차량을 찾고자 직원 출입구를 향했다. 그러나 차량의 주위는 이미 많은 팬들로 둘러싸여 있었다. 차량은 색깔마저 주인을 닮았는지 눈이 부시도록 하얀색이었다. 게다가 차번호는 1004. 그를 닮은 색깔, 그를 닮은 숫자…. 다니엘은 과히 사물마저 인정한 진정한 천사였나 보다. 현은 무리의 맨 뒤쪽에 다소곳이 서서 그를 기다렸지만, 현에게 보내는 다른 팬들의 시선은 냉담하기 그지없었다.

"저 여자, 아까 머저리 같은 질문을 했던 그 여자 맞지?"

"맞아. 화장실이 어디냐는 질문 따위를 하는 어리보기가 어디 있어? 내가 다 쪽팔려서 원."

현은 아무런 미동 없이 그들의 대화를 듣고 있었다. 지루한 기다림이 약 사십여 분을 지나고 있었을 때, 마침내 주차장 출입구의 앞쪽에서 '와' 하는 환호성이 들려왔다. 드디어 다니엘이 나온 것이다. 다니엘은 여러 명의 경호원과 매니저의 보호를 받으며 빠르게 걸어 나왔다. 많은 군중이 모여 자칫 위험할 수도 있는 상황이었지만, 하얀 얼굴에 움푹 팬 보조개에서 그만의 여유를 볼 수가 있었다. 건장한 경호원이 다니엘을 익숙하게 밴에 태워 넣었다. 다니엘은 마지막으로 밴의 문을 닫기 전에 팬의 무리를 향해 소리쳤다.

"그대들아, 사랑해!"

"꺄아아악! 오빠, 우리도 사랑해요!"

"사랑해요, 오빠!"

'오빠, 오빠, 오빠⋯.' 미처 입을 떼지 못하는 현을 대신해 애처롭게 시들어가던 장미꽃만이 다니엘을 부르고 있었다. 그런 장미를 위해서라도 그를 쉽게 놓칠 수는 없다는 생각이 들었다. 현은 조금 전까지 구슬퍼 보이던 눈빛을 모두 지우고, 순식간에 예전의 사나운 얼굴빛으로 돌아가고 있었다.

"모두 비켜!"

현은 급작스레 밴을 향해 돌진했다. 현에 의해 옆으로 밀려난 팬들은 아우성을 질러대었지만 원체 남들의 시선 따위엔 관심이 없던 그녀였다. 주위의 수군거림과 욕설을 모두 막론하며 무작정 앞으로 밀치고 나가던 현은 드디어 밴을 만질 수가 있었다. 그러나 세 명의 소녀가 밴의 창문을 두드리고 있었다. 현은 장미를 품에 안은 채 무지막지한 힘으로 소녀들을 밀어제쳤다.

"아악!"

소녀들은 현에게 밀려 땅바닥에 굴러 나자빠졌다. 현은 밀려난 소녀들을 발로 굴려버리고 밴의 창문을 쾅쾅 두드렸다. 팬의 무리에서 어떤 일이 일어나고 있는지도 모르는 채 밴은 시동을 걸고 있었다. 현은 창문을 더욱 세게 두드렸다. 그때, 차량이 멈추고 조수석의 창문이 스르르 내려갔다. 현은 '헉!' 하고 놀랐다. 다니엘이 조수석에 앉아 미소를 지으며 현을 내려다보는 것이었다. 현은 또다시 다니엘의 마수에 걸려 녹아내리기 전에 얼른 장미꽃을 주어야겠다고 생각했다. 현은 창문 안으로 장미꽃을 밀어 넣으며 소리쳤다.

"오빠, 여기요! 장미꽃이에요! 오늘 쇼케이스 성공적으로 마치신 거 진심으로 축하해요!"

"고마워요."

다니엘은 여전히 미소를 지은 채 현의 꽃을 받아들고는 오른손을 흔들어 주었다. 그리고 밴은 다시 출발했다. 환호를 지르는 팬을 뒤로하고 현은 밴을 따라 달리기 시작했다. 나머지 팬들도 마찬가지였다. 무리는 다니엘의 밴을 따라잡지 못할 것을 알면서도 마지막까지 밴을 따라 뛰고 또 뛰었다. 밴이 도로로 진입하여 더욱 속도를 낼 때까지 뛰던 현은 순간 멈추어 서더니 돌연 큰 소리로 외쳤다.

"사랑해요!"

그러나 미처 밴을 따라잡지 못한 현의 목소리가 무심하게 대기 속으로 사라지는 것처럼 밴 역시도 시야에서 사라질 뿐이었다. 그의 채취가 시야에서 모두 사라지자 현은 뒤를 돌아 무거운 발걸음으로 터덕터덕 걸어왔다. 현의 근처에 있던 다니엘의 팬은 모두 후담을 늘어놓기에 바빴다.

"야! 봤어, 봤어? 오빠가 마지막에 나한테 손 흔들어 준 거!"

"아니야, 나한테 흔들어 준거야, 나한테!"

"아니라니까, 날 본 거야! 날! 분명히 오빠는 나를 보고 손을 흔들었다고!"

하지만 후담을 늘어놓기는커녕 현을 향해 무서운 눈빛으로 달려오는 이들이 있었다. 아까 현에게 밀려 사정없이 뒤로 나가떨어진 세 명의 소녀였다.

“이봐요, 당신 뭐예요? 밀었으면 미안하다고 사과해야 하는 것 아니에요?”

“맞아요! 난 그쪽한테 밀려서 살갗이 다 까졌다고요! 어떻게 하실 거예요?”

현은 아무 말 없이 소녀들을 한 번씩 쳐다보고는 다시 공허한 눈빛으로 그들을 지나쳐 팬이 모여 있는 곳을 향해 걸었다.

“아니, 뭐 저런 여자가 다 있어? 진짜 웃긴 여자네. 야! 오늘의 운수에 먹구름이 끼어 있다더니, 정말로 재수가 없긴 없는 날인가 보다. 저딴 년을 다 만나는 걸 보니….”

현은 여전히 소녀들을 개의치 않고 삼삼오오 제각각 모여 후일담을 늘어놓는 무리로 갔다. 여전히 다니엘이 자신에게 손을 흔들어준 것이라며 옥신각신하는 무리의 앞에 서서 그들을 불러 세웠다.

“어이, 너희들.”

“네? 우…, 우리요?”

“그래, 너희.”

그녀들은 꽤 어려보이는 여자가 다짜고짜 반말로, 그것도 아주 공격적인 태도로 말을 걸자 무릇 불쾌감이 몰려왔다.

“저기…. 그런데, 누구신데 초면에 반말이죠?”

“관두고, 지금부터 똑똑히 들어둬. 재방송은 없으니까.”

“네?”

그녀들은 어이없다는 표정으로 현을 쳐다보았다.

"방금 오빠가 손을 흔든 것은 너희를 향한 것이 아니야. 주인공은 바로 나였어. 그러니 다시 한 번 더 그따위 헛소리를 지껄이면 내가 용서하지 않아."

그리고 현은 묵묵히 돌아서더니 방금 전 욕지거리를 늘어놓던 세 명의 소녀를 향해 여전히 냉소적인 태도로 말했다.

"그리고 너희 세 명. 너흰 간혹 인생에 짙은 먹구름이 낄 때가 있다고 생각하지? 이봐, 내 인생은 언제나 흐릿한 잿빛이야. 그러니 조심해. 늘 재색을 안고 사는 사람은 시야가 어두워 앞뒤를 가리지 않게 마련이니까…."

현은 강렬한 눈빛으로 몇 초간 그들을 쏘아보고는 뒤를 돌아 걸어갔다. 기분 나쁜 독설을 들은 무리마저도 현이 뿜어내는 아우라(Aura)에 기가 눌려 그만 가는 길을 터주고야 말았다. 모두 이상하다는 눈빛으로 뒷모습을 쳐다보기는 했지만 아무도 가타부타 시비를 거는 이는 없었다. 공허하면서도 묘하게 독이 오른 현의 눈빛에 모두들 기가 죽었기 때문이었다.

현은 무작정 걸었다. 마음 같아서는 밴을 따라 끝까지 뛰어가고 싶었지만, 현의 두 다리는 절대로 기적을 일으켜주지는 않을 셈이었다. 그를 태운 밴은 지금쯤 어디를 향해 달리고 있을까. 기획사, 작업실, 혹은 다른 스케줄? 정녕 그것도 아니라면 베일에 싸여 아무도 알지 못하는 그의 집이 정답일까. 오늘따라 엄청나게 후각이 예민한 사냥개가 되고 싶었다. 그래서 다니엘의 향기를 따라 그가 가는 곳을 주야장천 따라다니고만 싶었다.

아까부터 발걸음이 계속 무거웠다. 어젯밤 한숨도 자지 못하고 모아

두기만 했던 피곤이 이제야 몰려오고 있었던 탓일까. 그러나 정신은 평상시보다도 더욱 새맑았다. 한 끼도 먹지 못했던 뱃속엔 이미 위액이 거꾸로 솟구치는지 위장이 콕콕 쑤셔대었다. 그래도 배는 고프지 않았다. 아니, 먹고 싶다는 생각도 여전히 들지 않았다. 그저 심란할 뿐이었다.

사실 이 모든 상황은 현에게 익숙한 일이었다. 그를 보고 돌아오는 발걸음은 늘 괴로웠다. 순간은 순간일 뿐 영원일 수 없으니까. 그를 볼 수 있던 그날은 그래도 참을만했다. 그의 환영이 계속 떠올라주기 때문이다. 그리고 다음 날도 그리 나쁘지는 않았다. 문제는 그 다음 날부터이다. 왜일까. 그의 환영이 더는 떠올라주지 않아서? 천만에, 그 반대였다. 그의 아름다운 환영에 죽고 싶을 만큼 벗어날 수 없었기 때문이었다. 기억은 늘 이기적이라 나쁜 일보다는 좋은 일만을 저장해준다. 그를 보고 난 후 허탈하고 공허한 이 모든 기억은 잊히고 좋고 행복한 기억만이 저장된 채 찾아 헤매고 또 헤맬 것이기 때문이다. 그리고 그 다음 날이면, 아마 찾던 곳을 또 헤매고 헤매던 곳을 또 찾아다니겠지….

원점이다. 그를 향한 사랑은 여전히 제자리걸음이다. 애타는 마음과는 달리 세상 또한 변함없이 돌아간다. 그대가 있건 없건 사람의 발걸음은 번쩍이는 클럽의 조명처럼 수도 없이 움직일 테다. 점점 폐인이 되어감을 느끼지만 어쩔 수 없다. 그대 없이 온전한 삶보다 그대 있는 피폐한 삶이 더욱 값어치 있게만 느껴지니까. 아마 그대도 그럴 테지? 아마 그대도 팬이 있어 삶이 더욱 행복하다고 느끼겠지?

다니엘의 생각을 하자 지난번 자신을 쳐다보던 그의 눈빛이 떠올랐다. 전 세계 수많은 팬을 거느리는 그의 눈동자가 분명히 자신을 바라보고 있었다. 그뿐 아니라, '저의 팬 분 정말 귀엽지 않나요?', '봐요, 저의 팬은 저를 닮아서 유머감각도 최고거든요.'라고 역성까지 들어주었다.

현은 또다시 숨 쉬는 것이 고통스러웠다. 물론, 이 고통은 감격의 산물이었다. 자신이 그에게 장미꽃을 선물했듯 고통은 다니엘이 자신에게만 수여해 준 최고의 보답이었을 것이다.

다시 한 번 떠올렸다. 그는 '저의 팬 분'이라고 했다. 분명히 자신을 '팬'이라고 인정한 것이다. 이제 현은 그의 팬, 그의 사람, 그의 여자였다. 왈칵하고 눈물이 쏟아지려 했다. 태어나서 단 한 번도 자신은 누구에게 소속되었던 적이 없었다. 남들은 모두 다 가진 그 부모란 존재에게도 자신은 소속되어 있지 않았다. 한데 다니엘은 그런 자신을 소속시켜 준 것이다. 그것도 그렇게나 수많은 대중의 사랑을 한몸에 받는 사람이 말이다.

더는 걸어갈 힘도 남아있지 않았다. 어찌 된 것이 다니엘을 생각하면 할수록 다리에 힘이 풀려왔다. 위장을 찌르는 아픔도 커져만 갔다. 현은 그만 길바닥에 주저앉고 말았다. 초가을이었지만 아직 오후의 햇볕은 따스했기에 시멘트 바닥도 그리 차갑지만은 않았다. 그대로 드러누워 잠들고만 싶었다. 그래, 조금만 쉬자. 조금만 누웠다 가면 그리 힘들지는 않을 것이다. 현은 앉은 그 자세 그대로 길바닥에 등을 대고 누웠다.

"아, 편하다."

오랜만에 하늘을 보는 것 같았다. 햇살에 눈이 부셔왔지만 따갑지는 않았다. 날씨마저 참으로 오묘했다. 무척이나 따사로운 햇살에 반하여 바람은 차가웠다. 춥지도 않고 덥지도 않은 '가을'이란 계절이 마음에 들었다. 다니엘도 가을을 좋아한다고 했다. 그래서인지 더더욱 가을이 좋아지고 있었는지 모른다. 다니엘이 좋아하는 것이라면 현도 마냥 좋았다. 왠지 오늘은 태양을 똑바로 바라보고 싶었다. 꼭 그래야 할 만한 이유는 없었지만, 태양을 똑바로 바라볼 수 있다면 다음에 다시 그를 마주친다 해도 아까처럼 떨지 않고 바라볼 수 있을 것만 같았다. 그러나 태양을 마주 보는 일은 어렵기만 했다. 아무리 보려고 노력을 해도 쉽게 보이지 않았다. 보려고 하면 할수록 오히려 검게 그 자취를 감추고만 있었다. 거칠게 손에 쥘 수도, 포근히 안아볼 수도 없는 태양은 아마 애당초 보려 해도 볼 수가 없는 존재인지도 몰랐다. 점점 지쳐가고 있었다. 현에게 태양은 너무나도 멀었다. 그만 눈이 시려와 꼭 감을 수밖에 없었다. 그러자 방금까지 계속 보려고 노력했던 태양이 아련히 보여 오고 있었다. 두 눈을 감았음에도 태양은 현의 인중 위에 두둥실 떠있다는 것을 느낄 수가 있었다. 이미 태양은 뇌리 속에 깊이 각인되었던 것이다. 달아날 수 없었다. 도망칠 수도 없었다. 현은 이미 태양에게서 속박되어 있었던 것이다.

"너, 또 또라이 짓이냐?"

감았던 눈을 떴다. 태양이 있던 자리에 곰의 시커먼 얼굴이 있었다.

"꼬맹이, 아직도 안 갔어?"

현은 아릿한 두 눈을 비비며 자리에서 일어났다.

"현, 너는 이제 양아치에서 노숙자로 전업한 거냐?"

"어린놈의 자식이 말버릇이 그따위면 어디 가서 맞아 죽는다. 누구에게라도 빌붙어 살려면 그 고약한 말버릇이나 고쳐."

"잔소리는 그만, 너 그 다니엘인가 가가멜인가 하는 녀석은 잘 보고 왔냐?"

현은 곰의 볼을 꼬집어 당기며 말했다.

"이게 감히 누구보고 그 자식이래? 너보다 족히 열댓 살은 많은 분이야. 한 번만 더 그따위로 입을 놀렸다간, 이 볼따구니를 확!"

"아악! 알았어, 알았다고! 아파! 이것 좀 놓고 얘기해!"

현은 곰을 살짝 노려보며 볼을 꼬집던 손을 놓았다.

"그나저나, 왜 안가냐? 꼬맹이, 너 혹시 내 스토커냐?"

"스토커는 아니고, 그냥 수호천사라고 해두지."

"쿡쿡. 수호천사? 지지리 궁상맞은 악마라면 인정."

"야, 그래도 악마는 너무했다. 내가 악마는 아니지! 너 옛날에 그 선생한테 막 맞고 그럴 때…."

"이 자식이, 내가 그 이야기 하지 말랬지!"

현은 치솟는 불기둥같이 성질을 내었다.

"아, 맞다! 히히. 깜박했다. 근데 지금 어디 가는 거야? 배 안 고파? 밥 안 먹어?"

현은 곰을 잠시 쏘아보다가 빠른 걸음으로 마구 걸었다.

"같이 좀 가자, 현!"

현은 급히 걷다가 인상을 쓰며 뒤를 확 돌아보았다.

"아…. 히히. 알았어, 알았어. 정정할게. '같이 좀 가자, 예쁜 현아!'이제 됐지? 히히히."

한강은 늘 한결같았다. 때로는 고요하지만 때로는 성질을 낼 때도 있었다. 그러나 제가 성질이 난다고 해서 파도를 일으키며 화를 내는 바다보다는 천 번 만 번 나았다.

곰은 컵라면을 자신의 무릎 위로 끌어놓으며 현에게 말했다.

"야, 너 그런데 한강에는 갑자기 왜 온 거냐?"

"바다가 보고 싶어서."

"병신. 그러면 바다를 가야지 왜 한강으로 온 건데?"

"바다는 멀잖아."

"그렇다고 여기가 바다냐? 여긴 강이야, 강."

현은 곰을 노려보며 말했다.

"컵라면 먹기 싫으냐? 빼앗을까?"

"히히. 아니야, 아니야. 근데 너 왕 치사하다. 먹는 것 가지고는 우리 그러지 좀 말자."

"어이, 꼬맹이. 근데 너 왜 자꾸 나한테 '너'라 그래? 너 몇 살이야?"

"나? 열세 살."

"호적에 잉크도 안 마른 녀석이 어디다 대고 너래? 꼬맹이, 내가 그렇게도 우습냐?"

"우습기는, 내가 배운 게 없잖으냐? 그래서 이 모양이니까 그냥 예쁜 네가 이해해라."

"관두고, 이제부터 나한테 반말하지 마."

"야, 야! 라면 분다. 현, 너도 빨리 먹어!"

"'야'라고 하지 말라니까?"

"아, 알았어. 라면 퉁퉁 불면 그때 가서 먹을래? 어서 먹으라니까."

"됐어, 배 안 고파."

"그럼 왜 두 개 샀는데?"

"배고파서…."

곰은 어이가 없다는 눈빛으로 현을 바라보더니 곧 나무젓가락을 뜯어 라면을 휘휘 젓기 시작했다.

"그런데 현. 너 아까부터 좀 이상해. 다니엘이랑 무슨 일 있었냐? 너한테 청혼이라도 했어?"

"응…."

"뭐? 킥킥. 또 시작이군. 왜, 아까는 애인이라더니, 이젠 또 부부라도 된 거냐?”

“오빠가 나더러 ‘귀엽다’라고 했어.”

“킥킥. 완전히 미쳤군, 미쳤어.”

곰은 연방 킥킥대며 뜨거운 라면을 훅훅 불어 입에 넣기 시작했다.

“진짜야. 나에게 ‘귀여운 팬’이라고 했어. 그리고 수많은 팬을 두고 오직 나에게만 인사를 했다고, 이렇게.”

현은 오른손을 좌우로 흔들거렸다.

곰은 허겁지겁 라면을 입에 넣다 말고 현을 힐끔 쳐다보며 말했다.

“그거 다 쇼야. 팬 관리 하려는 연예인의 쇼. 그들은 진심이 아니라고.”

현은 나지막한 소리로 말했다.

“아니야. 다른 사람은 몰라도 다니엘이 하는 말과 몸짓은 절대로 쇼가 아니야. 모두가 그의 진심인 거야.”

“이봐, 그게 쇼인지 쇼가 아닌지는 그 자리에 없던 나조차 다 알 수가 있겠다. 그거 진짜 쇼야, 이 바보야. 연예인들 방송에 나와서 하는 이야기는 백 퍼센트가 다 구라라고! 그게 다 ‘이미지 관리’라는 거야. 모두 자기 먹고살려고 이미지 관리하는 거라고! 이 바보야. 너는 나이를 그만큼 처먹고도 그런 걸 모르냐?”

현은 곰이 따지듯 묻는 말에도 의외로 화를 내지 않고 침착하게 말을 이었다.

“남들은 연예인이 모두 겉과 속의 이미지가 다른 이중적인 삶을 살고 있다고, 당신이 아는 그의 모습이 진짜가 아니라고 말을 하지만 그건 잘못된 거야. 한 사람을 오래 사랑하다 보면 어느 정도 그 사람의 참모습이 나에게 비치는 것을 느껴. 비록 방송이란 허울에 가려져 그의 참모습 또한 숨길 수밖에 없는 길을 택하기도 하지만 많이 인내하고 기다린다면 방송이란 껍데기를 벗겨 낸 채 내면의 모습도 어느 정도는 눈치 챌수도 있게 된다는 말이지.”

현은 자못 진지한 표정으로 계속 말을 이어나갔다.

“물론 브라운관의 거짓된 모습에 현혹되어 그들의 아름다움만을 쫓는 팬도 허다하겠지. 어느 길을 가느냐도 온전히 팬의 몫이야. 연예인이라는 장미꽃, 바로 그 매혹적인 향내에 취해 가지를 손아귀에 움켜쥐면 가시에 찔려 피가 배어 나오는 것조차 잊고선 검붉은 색채에 매료되고 말아. 그래선 안 돼. 장미는 절대로 손에 잡아선 안 되는 거야. 오로지 그 향기의 아름다움만을 느껴야 하는 법이지. 만일 지독스런 집착으로 줄기를 꺾어 가시를 떼어내고 가지를 손질해 장미의 대가리만 화병에 꽂아둔다고 생각을 해봐. 그 장미가 며칠을 살아갈 수가 있겠니. 물론 화병 안에 설탕이나 아스피린을 넣어두는 방법으로 좀 더 오래 살릴 수는 있다고 쳐. 하지만 줄기가 꺾인 장미는 이미 생명을 잃은 지도 몰라. 생각을 해봐. 넌 네 몸뚱이가 다 잘리고서 온갖 의학 기계로 생명을 연장해가는 것이 진정 살아있다고 할 수 있는 일인가를. 장미를 오랫동안 보고 싶다면 그의 외면적인 모습을 소유하려 해서는 안 돼. 장미가 뿜어내는 아름다운 향기, 오직 장미만이 가지는 그 매혹적인 향내를 맡으며 그가 잘 자랄 수 있게 칭찬해 주는 일밖에는 없어. 그래야 오랜 시간 건강하게 모습을 유지하며 사랑받을 수가 있는 거야. 그게 바로 팬의 역할이지. 진정한 팬은 그 사람이 원하는 모든 일을 잘해 나갈 수 있게, 전력을 기울여 자신의 역량을 펼칠 수 있게, 그저 지켜봐 주고 응원을 해주는 것이야. 하지만, 대중은 간혹 잊고는 하지. 마치 자신이 그에게 다가가면 다가갈수록 그 역시도 나에게 올 것이라는, 헛된 상상에 빠지곤 해.

그럼, 자신의 마음만 다친다는 것을 모르고 말이야…"

현은 말을 마치고 고개를 떨어뜨렸다. 곰은 현의 말이 끝나기를 기다렸다가 조심스럽게 물었다.

"그럼…. 현은, 다니엘을 그저 바라만 보고 지켜만 보는 거야? 그런 거야?"

현은 고개를 숙인 채로 어깨를 바르르 떨었다.

"현, 우는 거야?"

"쿡쿡…. 아니, 웃는 거야."

"아, 놀랐잖아. 우는 줄 알고…. 말해봐. 현은 다니엘을 그저 꺾지 않은, 살아있는 장미로만 지켜볼 수가 있다는 거야?"

"쿡쿡. 참으로 이율배반(二律背反)적이지? 항상 말은 그럴듯한데 행동은 전혀 달라. 나도 이론은 명확하게 인지하지만, 실상은 안 그래. 장미를 꺾으면 금방 시든다는 것쯤은 누구나 알고 있지만, 거리의 상점에서는 장미 나무는 팔지 않아. 모두들 아름다운 장미의 대가리만 원할 뿐이니까. 손질된 장미의 깨끗하고 아름다운 모습만을 원하지. 아마 어린 팬들도 알고 있을 거야. 연예인도 사람이라는 것을. 하지만 실제론 그들을 사람이라고 잘 생각하지 못해. 사람이기 전에 연예인이라는 '종족'으로 분류하고는 하지. 감정도 생각도 모두 그들의 것이 아닌 대중의 것이라고 오해를 하곤 한다. 그래서 길거리에서 우연히 만나면 함부로 대하기도 하고, 조그만 말실수에 싸잡아 욕하기도 해. 만약 그것이 대중의 일이었다면 그렇게 막 대하지 않을 일도 연예인이라는 감투만 쓰면 죽을죄가 되기도 한다는 거지. 지나가다가 일반인의 엉덩이를 만지면 그건 성범죄이지만 연예인에게는 이야기가 달라져. 누가 그들을 만져도 그들은 아무 말도 못하는 거야. 왜냐하면 그들은 사람이 아닌 종족이니까…. 별스럽지 않니? 일반인이 음주운전을 하면 그저 징역이나 벌금형에 처하고 말 일도, 연예인이라면 세상 사람의 지탄을 다 받으며 몇 년을 숨어 지내는 일이 허다해. 과연 그게 공평한 일일까? 소위 높으신 양반 중에는 전과자도 태반인데 정말 세상의 비난을 받아야 하는 치에는 한량없이 관대하면서 대중에게 즐거움을 주려는 치에는 조건 없는 희생을 강요한다는 것이 과연 올바른 일인 걸까? 물론 대중은 알아. 진실로 옳은 게 무엇인지. 하지만, 이미 만만해진 거야. 만만하므로 작은 실수에도 매섭게 다그치는 거야. 그들의 실수에는 엄격하지만, 또 그들이 예쁘고 멋져 보일 때는 한정 없는 사랑을 줄 수도 있는 것이 바로 대중이지. 열쇠는 그들이 쥐고 있어. 어렵지 않아. 대중이 원하는 건 단순해. 대리만족. 그들이 예쁘고 멋지면 자신도 그런 사람이 된 듯 착각에 빠지고, 그래서 더욱 환호하고 빠져들고…. 때론 지친 삶에 활력소가 될 수도 있지 않겠니? 그러니 그들도 대중을 잘 이용하고, 대중도 그들을 잘 이용하면 되는 거야. 물론 그 정도가 지나치면 곧 마약이 되는 거지. 스스로 자제한다면야 문제가 없겠지만, 이미 중독된 사람들은 그들을 갖고 싶어 해. 수단과 방법을 가리지 않지. 자신이 중독되었다는 것을 알고 난 후에는 이미 늦은 거야. 도저히 벗어날 수가 없게 되면 그제야 느끼는 거지. 나는 지금 장미꽃의 지독한 마수에 걸려 있구나 하고. 그들에게는 꽃의 뿌리고, 가시고, 이론 따윈 소용이 없어졌을 거야. 그저 무엇이 되었든 그에 관련된 모든 것을 '갖고 싶을'뿐일 테니까. 바로 지금의 나처럼 말이야….”

곰은 입을 헤 벌린 채 현의 말을 경청하고 있었다.

“그런데 내가 지금 꼬맹이를 상대로 무슨 말을 하는 거지? 왜 이래? 오빠를 보고 났더니 진정 이상해졌나 봐. 그나저나 말을 많이 했더니 배

가 고프네? 나도 좀 먹어야지. 이미 퉁퉁 불었겠다. 어? 그런데 라면이
어디에 있지? 분명히 여기에 뒀는데….”
　“히히. 그거 내가 다 먹었어.”
　“뭐?”
　“라면 다 불어 터질까 봐서. 히히히.”

스캔들

당연히 오라버니의 모든 것을 이해하고 사랑해주겠죠. 세상에는 다니엘의 음악으로 상처를 치유 받는 사람이 얼마나 많은데. 그들은 모두 오라버니를 가슴깊이 이해하고 또 진심으로 사랑하고 있을 거예요. 바로 나, 제니처럼 말이죠.

무언가가 수상했다. 알 수 없는 매캐한 냄새가 코끝을 간질였으나 그것이 무엇인지는 도무지 알 길이 없었다. 다시금 곱씹어 보았으나 여전히 수상한 생각은 가실 줄을 몰랐다. 아무리 생각해보아도 수상한 무언의 벌레는 온몸 여기저기를 기어다니며 생각의 굴레마저 좀먹고 있었다. 최세길 기자는 자신도 모르게 이곳저곳을 벅벅 긁어대었다. '그래, 최세길. 네 생각이 맞아!' 분명히 이것은 이성이 아닌 본능의 소리였다. 그렇기에 더더욱 수상하다는 것이었다. 본능이 꿈틀댄다는 것. 이것은 또한 최악의 상황임이 분명했다. 만일 이 이야기를 편집장에게 건넨다면 돌아오는 말을 한가지였을 터였다. '장난쳐? 가서 물증을 잡아오란 말이다, 물증을!' 그렇다. 지금의 문제는 한마디로 온데간데없는 물증에 쓰잘머리 없는 심증만이 존재한다는 것에 있었다.

잡지사 『테라』의 연예부 최세길 기자는 그날, 즉 다니엘의 쇼케이스가 있던 날부터 지속하여 오던 찜찜한 생각들을 지울 수가 없었다. 그는 분명히 쇼케이스의 가장 앞자리에서 공연을 관람하던 톱스타 제니를 보았다. 제니는 검은색 모자를 쓰는 등 나름의 변장을 하곤 어둠을 틈타 재빨리 착석했지만 최세길 기자의 칼날 같은 시선을 벗어날 수는 없었다. 물론 당연히 그럴 수 있는 일이었다. 같은 기획사 출신의 두 톱스타이니만큼 절친한 사이일 수 있었고, 또한 서로 쇼케이스를 관람할 만큼 그들의 우정을 과시할 수도 있었다.

하지만, 최세길 기자의 촉각은 절대로 그 정도에 그치는 사이일 뿐이라고 말하지 않았다. 그들은 다른 무언가가 있었다. 제니는 그전 다니엘의 영화 시사회 때도 나타났었다. 그때도 그녀는 검은색 선글라스를 끼고 얼굴을 무장한 채 무대를 관람했었다. 시사회에는 다른 유명 연예인도 많았다. 영화배우 김수경, 탤런트 권지영, 가수 진주희, 모델 최고은 등 내놓으라 하는 유명 여자 연예인이 무수히 초대를 받았던 것이다. 그러나 유독 제니만은 의심이 갔다. 제니는 그날 스케줄이 있었다. 그것도 다름 아닌, 자신의 회사 『테라』와의 인터뷰였다. 한데 제니는 급작스럽게 인터뷰를 취소하더니 돌연 잠적을 하였다. 기획사에서는 '과로와 스트레스로 말미암아 응급실을 갔으나 심각한 상황은 아니니 곧바로 퇴원을 했고, 당분간 몸조리를 해야 하므로 죄송하지만, 인터뷰는 추후로 미룰 것을 요청한다.'고 전해왔다. 또한 기획사의 부탁으로 그 일을 기사화하지는 않았지만, 그들의 말이 사실이었다면 그녀는 같은 시간 자신의 침대 위에 다소곳이 누워 요양하고 있어야 했던 것이다. 그런데 아프다는 거짓말까지 동원해 인터뷰를 무산하고 시사회장을 찾았던 그녀의 행동은 도대체 무엇을 뜻한 것일까?

수상한 것은 그뿐만이 아니었다. 최세길 기자가 알아본 바로는 다니엘의 쇼케이스가 열리던 그날 역시 그녀는 화보 촬영이 있었다고 했다.

보통 화보 촬영은 아침부터 저녁까지 종일 스케줄을 잡는데 촬영 전 관리하는 시간까지 합친다면 다른 스케줄은 도저히 잡을 엄두가 나지 않았을 터였다. 더군다나 다른 기획사도 아니고, 완벽한 매니지먼트 시스템을 갖췄기로 유명한 스카이하이 소속이었다. 그런 그녀가, 굳이 자신의 빡빡한 스케줄을 쪼개어가면서까지 다니엘의 쇼케이스를 관람할 수밖에 없었던 이유는 도대체 무엇이었을까. 우정? 친분? 아니다. 도저히 그딴 증거로는 최세길 기사의 날이 선 '촉'을 돌릴 수 없었다. 자신의 상상력을 스스로 얼마나 신뢰할 수 있는지에 대해서는 의문이었지만, 마치 제니가 최세길 기자에게, '나는 다니엘과 보통 사이가 아니니 어서 빨리 이 내용을 기사화하라.'라며 무언의 교서(敎書)를 보내는 것만 같은 느낌은 지울 수가 없었다. 그리고 이것은 연예부 기자로서 구미가 당길만한 희소식의 징조가 분명했다.

만일, 잘만 캐낸다면 최세길 기자는 십 년 연예부 생활의 가장 큰 특종을 잡을 수 있을 것이다. 그러나 아직은 부족했다. 최세길 기자의 날카로운 촉각만큼이나 명백한 증거는 찾을 수가 없었다. 오늘부터 잠복해볼까? 하지만 원체 사생활이 깨끗하기로 소문이 난 다니엘의 꼬리를 과연 잡을 수가 있을 것인가. 워낙에 깔끔한 그 남자에게서는 단 한 번도 나이트클럽에서 부킹을 하다가 사고를 쳤다는 따위의 불결한 소문도 들을 수가 없었다. 혹, 그가 남자를 사귀는 것 아닌가 하는 풍문도 공공연히 나돌았다. 사실 기자들 사이에서 쉬쉬대는 이야기였지만, 스카이하이 기획사 대표인 박재현 이사와 다니엘이 그렇고 그런 사이라는 이야기도 흘러나오곤 했다. 워낙에 큰 기획사였기에 아무도 건드리지 못할 뿐이었다. 뭐, 사실 그들에게 받아먹는 게 많다는 이유가 더 컸겠지만 말이다.

"그래. 뜬소문이든 아니든 이번 기회에 박살내고야 말겠어!"

최세길 기자는 주먹을 꽉 쥐었다. 그래, 야코죽지 말자. 누가 뭐래도 연예계에서는 기자가 대세(大勢)다. 어느 연예인이고 간에 기자에게 잘 못 걸리면 살아남지 못한다. 대한민국에서 가장 잘 나간다는 다니엘. 이 제 드디어 그의 차례가 왔다. 제발, 건수만 잡혀다오. 누가 알 텐가? 기획 사에서 한몫 단단히 챙겨줄지. 하지만 굳이 그게 아니라도 좋았다. 기자 의 명성에 이로우면 이로웠지, 절대로 해가 되지는 않을 테니까 말이다.

"여보세요? 다니엘 오라버니, 전화는 왜 하라고 한 거예요? 후후. 혹 시, 제니가 보고 싶어서?"

"제니…."

"말해요, 오라버니."

"시간 되면, 우리 집에 좀 와주지 않겠어요?"

"네? 오라버니, 집?"

"곤란…, 한가요?"

"아니야, 오라버니! 금방 갈 수 있어요! 그런데…. 정말, 감동이야. 오 라버니가 드디어 제니에게 마음을 열었구나…. 지금 갈게, 조그만 기다 려요."

「찰칵, 찰칵」

"좋았어! 내 예감은 역시 일발필중(一發必中)이로군 그래."

최세길 기자는 연방 카메라의 셔터를 눌러대었다. 저 집은 분명히 다 니엘의 집임이 분명했다. 제니의 차가 입고될 때 열린 주차장의 틈으로 소소하게 안착해 있던 블랙 엔초 페라리가 최세길 기사의 눈에 포착된 것이다. 블랙 페라리는 다니엘이 대중의 눈을 피해 몰래 끌고 다닌다던 그의 애기(愛騎)였다. 다니엘의 잦은 거주지 이동 탓에 본집을 도저히 찾지 못한 최세길 기자의 최후 방법은 바로 제니를 감시하는 것이었다. 그는 다니엘과의 미심쩍은 관계를 밝혀낼 만한 증거를 찾아 온종일 제니의 뒤를 밟던 중, 어느 외관이 훌륭한 저택의 주차장에 차량을 입고시키는 제니의 모습을 포착할 수가 있었고 또한 그 장면을 최신형 디지털 일안 반사식 카메라에 담을 수도 있었던 것이다. 이 정도면 증거자료로써는 충분했다. 최세길 기자는 자신에게 특종을 주기 위해 하늘마저 돕고 있다는 착각에 사로잡혀 있었다.

"다니엘, 기다려라. 내가 너의 비밀을 세상에 낱낱이 고하여 주마, 으하하하!"

"오라버니, 제니가 왔어요!"

아무런 대답이 없었다. 그는 정원의 풍경이 고스란히 보이는 흔들의자에 앉아 클래식 음악을 듣고 있었지만, 아무런 말소리도 들을 수 없었다. 화려하지만 고풍스러운 분위기의 오디오 앰프에서는 '비발디의 사계 바이올린 협주곡' 중 '겨울'의 제1악장이 흘러나왔고, 덕분에 거실에는 한겨울의 호숫가처럼 희뿌연 고독경(孤獨境)의 안개만이 자욱했다.

또한, 모두가 검정이었다. 넓은 바닥을 그득히 장식한 양탄자의 자긍심도, 수줍게 모여진 커튼의 강박감도, 전신사진이 걸린 액틀의 늠름함도, 심지어는 그가 앉아있는 흔들의자조차도 이기적인 검은색이었다. 덕분에 진열대의 가장자리에 놓인 크리스털 소재의 물고기 모양 조각상만이 유독 여미한 듯 보였다.

스산한 갈바람에 슬쩍슬쩍 커튼이 흩날리는 모습마저 음산한 실내의 장식과 동화가 되었고, 하염없이 창밖을 바라보던 그의 뒷모습은 더욱 적적하게만 느껴졌다. 을씨년스런 분위기에 한동안 움찔했던 제니는 이윽고 그가 자살한 것은 아닐까 하는 망령된 생각마저 들었다. 정원을 바라보는 모습 그대로 꼼짝 않는 그가 혹 시체가 된 이후일지도 모른다는 망상이 발끝에 스멀거리던 순간, 그녀는 얼른 뛰어가 그의 어깨에 손을 얹었다.

"오라버니?"

최세길 기자는 삼십 분째 시계 바늘만 보고 있었다. 발길을 돌릴까, 아니면 제니가 나올 때까지 기다릴까. 당장이라도 회사에 돌아가 자신의 업적을 편집장에게 자랑하고 싶었지만, 혹시라도 둘이 함께 개인 차량에 올라타는 대박 특종을 잡진 않을까 하는 기대감에 발을 뗄 수가 없었던 것이다. '그래, 기회는 자주 오지 않아. 오기 전에 낚아채야 하는 법이지… 최세길 기자는 날이 새도록 잠복할 마음을 다지고 담배 하나를 빼물었을 때, 크게 요동쳐 오는 소리의 파장을 감지했다. 바로 문소리였다.

제니는 화가 난 채로 현관문을 쾅 닫고 나왔다. 쾅하는 소리는 생각보다 크게 울려 퍼졌다. 그녀는 혹시라도 그 소리가 다니엘의 귀에까지 들린 것은 아닐까 하는 생각에 걱정도 되었지만, 자신의 금이 간 자존심보다 중요한 문제는 아니라고 생각했다. 오히려 더 큰 소리가 울렸어야 치미는 화에 대한 조금의 위로라도 되어주었을 것이다.

그녀는 일 년 전 어느 대기업의 회장 아들과 잠자리를 했다는 이유만으로, 사귀던 영화배우 A군에게 버림받았을 때만큼 기분이 나빴다. '이해는 해도 인정은 못 한다.'라는 것이 결별의 이유였다. 하지만 나쁜 기분의 본의는 그에게 퇴짜를 맞았다는 사실이 아니었다. '인정은 못 한다.'라는 그의 옹골찬 한마디 때문이었다. 인정할 수 없다는 그 말은 정말이지 납득할 수가 없었다. 그녀뿐 아니라 많은 여자 연예인이 재벌가와 연계를 맺는 것은 기정사실. 또한 그것은 여자 연예인에게만 국한된 일도 아니었다. 허우대 멀쩡한 남자 연예인도 돈 많은 사모님을 통해 그들의 욕구와 욕망을 채우기도 한다. 친하게 지내는 연예인 친구 중에는 그 일을 부업으로 생각하는 치도 적지 않았다. 눈치가 빠른 그들의 몇몇 팬 역시 있을 수 있는 일이라며 받아들일 정도였으니 스스로 생각하는 죄와 벌의 차이는 얼마나 되었을까. 그런데도 영화배우 A군만은 그녀를 인정하지 않았다. 나이가 어려서 그랬을까. 아니면 워낙에 마음이 순수한 이유였던 것일까. 그런 것은 아무래도 좋았다. 어차피 깨끗한 척해봤자 돈 떨어지면 그 역시 여느 사모님을 찾는 승냥이가 될 것이 뻔했으니. 아니, 승냥이가 되기 전 그녀들이 먼저 먹잇감 들고 찾아올 것이 분명했을 테니까….

하지만 다니엘은 달랐다. 진심이었다. 그따위 감정으로 비교할 수 있는 바가 아니었다. 하늘을 우러러 한 점의 부끄럼도 없을 만큼 순정을 다했다. 태어나서 처음으로 사랑을 얻고자 천하의 제니가 매달린 것이다. 대한민국 모든 남자가 사랑하는 인기 가수 제니, 가는 곳이 어디인들 환호하는 제니, 잘나가는 연예인에서부터 억대 연봉을 받는 변호사, 혹은 스폰서가 되어 주겠다는 재벌의 후계자까지도 번호표를 받으며 기다려야 할 제니. 그런데 감히 그런 자신을 마다해?

제니는 서둘러 자신의 차에 올라 시동을 걸고 저택의 대문을 빠져나왔다. 그러나 마땅히 가고 싶은 곳은 없었다. 제니는 높은 저택의 담장 옆에 차를 붙이고 운전석의 자리를 뒤로 눕혔다. 생각에 잠기려던 찰나, 그녀는 선글라스를 꺼내어 얼굴을 덮어썼다. 그리고 다시 뒤로 누웠다. 그녀에게 있어 심상(心像)은 생명이었다.

'제니를 좋아해요….' 다니엘은 길게 내려온 앞머리를 쓸어 올리며 말했었다. 그의 머리카락이 한 올 한 올 움직일 때마다 은은한 향수냄새가 제니의 코를 심방했다. 그와 눈을 맞추고 싶었지만, 그의 시선은 먼 서녘 하늘에 있을 뿐이었다. 그의 눈동자는 심연(深淵)이었다. 한번 빠지면 헤어 나올 수 없을 만큼의 깊은 연못 같았다. 그에게 취할 것 같다는 생각이 듬쑥 올라올 무렵, 그는 다시 입을 열었다. '좋아해요, 동료로서. 하지만, 사랑하는 건 아니에요. 난 앞으로도 여자를 사랑하는 일 따위는 없을 거예요.'

혹, 눈치 채지 못한 사이에 어떠한 실수라도 한 것일까? 그녀는 간절한 눈빛으로 그를 쳐다보았다. 거짓의 사재(渣滓) 따위는 눈곱만큼도 찾아볼 수가 없었다. '제니는 나의 음악을 좋아하나요?' 그녀는 큰 눈망울에 눈물이 갈쌍갈쌍 맺힌 채 고개를 끄덕였다. '나는 꼭 제니가 원하는 것을 해주고 싶어요.' '그…. 그 말은….' '제니를, 그리고 나의 그대들을 위해, 평생토록 좋은 음악을 만들어 줄게요. 약속해요.' 그리고 그는 두 눈을 감으며 은은한 미소를 지었다. 제니는 의식이 마비된 표정을 짓고 멍하니 서 있었다. 거실에서는 수도 없이 반복되던 비발디의 '겨울'이 또 한 번 끝을 맺었다. 광적인 침묵 끝에 작디작아 들리지도 않을 만큼의 가녀린 작동 소리와 함께 오디오에서는 다시 '겨울'의 차가운 바람이 빠르게 휘몰아치고 있었다.

덮어 쓴 선글라스 사이로 눈물이 비집고 내렸다. 어릴 적부터 집안 형편이 좋지 않았기 때문이었을까. 어린 나이에도 그녀는 돈을 벌고 싶다는 생각뿐이었다. 그런 그녀의 눈에 비친 것은 바로 텔레비전 속 연예인. 어린 그녀는 가장 많은 돈을 버는 직업이 바로 연예인일 것으로 생각했다. 그리고 그녀는 각종 기획사에 오디션을 보러 다니기 시작했다. 어느 무명 기획사의 오디션에 합격하던 순간, 그녀는 알 수 있었다. 학교에서의 성적은 시험 점수였지만 사회에서의 성적은 외모 점수였다는 것을…. 그녀는 가난의 먹이사슬을 끊고자 피나는 연습생 시절을 보내야만했다. 하늘도 스스로 돕는 자를 돕는다는 말이 명언은 명언이었나 보다. 마침내 그녀는 어느 교복 회사의 광고 오디션에 합격할 수가 있었다. 사실, 지금에서야 하는 말이지만 그 오디션은 조금 남달랐다. 관계자가 앞에 있고 자신이 무대 위에 올라 실력을 뽐내는 여타의 실기 시험과는 다르게 치러진 것이 분명했다. 아, 그렇다고 해서 가무(歌舞)를 선보이지 않았다는 이야기는 물론 아니다. 무대가 좀 달랐을 뿐이지. 성인들이 드나드는 술집의 룸이 무대라면 무대였고, 그들에게 바치는 트로트가 노래라면 노래였고, 관계자와의 블루스가 춤이라면 춤이었으니까….

그녀는 너무나도 어린 나이에 데뷔한 탓에 남들보다 훨씬 더 빠른 속도로 세파의 풍파를 배워갔다. 술도, 담배도, 남자도…. 그녀에게는 모두 만만한 존재가 될 수밖에 없었다. 매일같이 마시던 술과 함께 여러 부류의 남자를 안주로 곁들였고, 몇몇 성격이 개차반이 같은 놈을 제외한 나머지는 기꺼이 그녀의 스폰서가 되어주었다. 그녀의 성공 뒤에는 스폰서의 뒷배라는 든든한 받침이 있었다. 물론 대중은 몰랐다. 아니, 모른 척했을 것이다. 그렇기 때문에 그들에겐 아무런 죄가 없었다. 청소년기의 환경이나 마땅한 권리 따위에는 관심도 없이 그저 안겔루스라는 이름의 가려한 외모를 가진 다섯 명의 소녀가 흔드는 관능적인 몸매에 취할 뿐이었다. 그렇지 않아도 연염한 그녀들이 화면을 방패삼아 대중에게 안파까지 던지니, 그들은 유혹을 당한 것일 뿐 아무런 벌도 받지 않음이 마땅한 일이었다. 왜, 그런 말이 있지 않은가? 산삼보다 좋은 고삼. 마냥 어린 여자를 좋아하는 것은 나이도 불문, 성별도 불문이었다. 하물며 고삼보다 어린 열여섯 살 소녀가 젖가슴을 생잡이로 흔들어대고 있었으니 그 모습이 어찌 어여쁘지 않을 수가 있었단 말인가. 그들은 모두가 한마음이 되어 한정 없는 사랑을 퍼부어주지 아니할 수가 없었던 것이다.

인기도 좋고 남자도 좋았지만, 지속적으로 그녀의 관심을 붙잡은 것은 역시 돈이었다. 스카이하이 기획사로 옮긴 것은 '기획사와의 잦은 의견 충돌과 대립.'이었다고 기사가 나갔으나 그 말인즉슨, '스카이하이 기획사가 거의 백배에 가까운 계약금을 제시'했다는 것으로 알 만한 사람들은 모두가 아는 이야기였다. 하지만 그보다 더욱 중요한 이유가 있었다. 이제껏 가져온 그녀의 비밀, 바로 다니엘이었다. 바라고 바라마지않던 그와 한솥엣밥을 먹을 수 있다는데, 그 황홀한 러브콜을 덥석 잡지 않을 수가 없었다.

물론 그 때문에 힘든 시간을 보낸 적도 있었다. 기획사를 이전하던 중 각종 스캔들과 성형 사실 등 그녀가 숨겨왔던 사건, 사고들이 봇물처럼 쏟아져 나온 것이다. 범인은 바로 예전 기획사였다. 이제껏 가족처럼 뒤를 봐주던 회사 식구가 '괘씸죄'를 뒤집어씌운 것이다. 언제는 자신이 무슨 짓을 해도 병풍처럼 굳건히 지켜주더니, 기획사를 옮긴다고 하자 성난 벌떼처럼 공격하는 통에 그녀는 마음고생을 적잖이 할 수밖에 없었다. 그중 가장 타격을 받은 것은 성형 논란이었다. 예쁘게만 보였던 소녀의 얼굴이 모조리 인조인간의 형상이었다니, 이건 명백한 배신이라며 대중은 질타를 보냈다. 그녀는 자신의 미니 홈페이지를 도배한 대중의 악성 댓글을 보며 며칠을 멍하니 지낼 수밖에 없었다. 그들의 악성 댓글대로라면 그녀는 당장 꺼져야만 했고, 죽어야만 했다. 그냥 죽어서도 안 되고 강간에, 윤간까지 당하고서 껍데기가 벗겨진 채로 한강에 빠져야만 했다. 아니, 한강물 더러워진다고 산에 가서 묻히라하는 이도 있었다. 그녀는 극심한 우울병을 앓으며 몇 달을 고심한 끝에 결국 자신의 미니 홈페이지에 글을 썼다.

사실, 다들 쉬쉬거리지만, 연예인의 성형 수술은 거의 100%입니다. 아니, 200%죠. 굳이 수술이 아니더라도 예뻐지기 위한 각종 시술까지 포함한다고 치면, 거의 1,000%에 가깝습니다. 당연한 거예요. 만일, 꾸미지 않는 사람이 이 바닥에 있다면 그는 필시 본분을 망각한 자가 틀림없습니다. 평범한 회사원이 승진하기 위하여 토익 학원에 다니며 꾸준히 영어 공부를 하는 것과 연예인이 아름다워지기 위하여 꾸준히 성형외과를 찾는 것. 그 두 가지의 차이점은 도대체 무엇이라고 생각합니까? 만일 얼굴에 투자할 노력으로 노래나 연기에 열을 쏟아 부으라고 말하는 치가 있다면, 나는 감히 그에게 말하고 싶습니다. 그럼 당신은 상사에게 꼬리나 흔들어대며 회사원의 본분을 다할 것이지, 왜 쓸데없는 곳에 열정을 쏟아 붓느냐고 말이죠. 과연 토익 점수가 승진 심사 이외에 써먹을 데가 있느냐고 말입니다. 부디 자신에게 솔직해져 보세요. 쉽게 가는 길을 두고 구태여 어렵게 돌아갈 필요는 없지 않습니까. 내 말에 정녕 동의를 못하겠다면 당신은 그냥 원칙 지키며 사세요. 나는 새치기하며 살 테니까. 누가 더 빨리 정상의 자리에 서는지 내기할래요? 과정 따윈 중요치 않아요. 결과물의 승패, 그것만이 중요할 뿐입니다. 인생은 오직 결과로만 판단되니까….

하지만, 결국 올리지는 못했다. 당시만 해도 휴대전화뿐 아니라 미니홈페이지 관리까지 스카이하이 기획사에서 도맡아 했었는데 박재현 이사라는 놈이 그런 글을 올리도록 가만 내버려둘 인간이 아니었다. 박 이사는 높은 계약금만큼이나 그녀의 일거수일투족을 감시했는데, 그런 그를 믿을 수밖에 없었던 것이 그는 매니지먼트업계에서는 소위 '미다스의 손'으로 통하는 거물이었기 때문이었다. 어차피 계약금도 받았겠다, 모든 것은 회사에서 알아서 하겠지, 하는 마음으로 모든 것을 일임했다.

시간이 흐르고 대중의 관심이 소원해진 틈을 타 기획사에서는 그녀의 첫 솔로 앨범으로 다니엘이라는 수단을 써보자는 의견을 제시했다. 물론 그녀로서는 사양할 하등의 이유가 없었다. 그녀는 여전히 회사를 의지하고 있었기에 앨범의 성공은 물론이었거니와 작업을 빙자한 다니엘과의 친분을 쌓을 좋은 기회가 될 것이라 믿었다. 하지만 다니엘은 프로듀싱을 맡으면서도 그녀를 달가워하는 눈치가 아니었다. 항상 차갑고 서슬 퍼런 분위기만을 풍겼다. 그때는 그저 쑥스럽고 바끄러운 마음에 그런 줄로만 알았는데 아니었다. 그는 시간이 지나도 친해지고 싶은 생각이 없는 것처럼 보였다. 그녀는 그런 다니엘 때문에 항상 냉가슴을 앓았다. 더욱이 박재현 이사는 항상 그녀에게 자신은 다니엘과는 피를 나눈 혈육보다 가까운 존재이며, 떨어져 있으면 시름시름 앓아눕기까지 한다고 말하고 다녔기에 질투심으로 쓰라린 속은 시간이 지날수록 더더욱 문드러져만 갔다.

그러다 우연히 다니엘에게서 속내를 들을 기회가 생겼다. 스카이하이의 A급 연예인이 참석한 간부 회식 자리에서 다니엘은 말했다. 스스로 노력하지 않는 이들을 세상에서 제일 증오한다고. 노력이 없는 사람에게 행운이 돌아간다는 것이야말로 가장 큰 죄악이라고…. 그녀는 상처를 받았다. 마치 자신에게 들으라는 듯 비아냥대고 있었다. 그녀는 이후 코피가 나도록 연습하고 또 연습을 했다. 최고의 노래로, 최고의 춤으로, 무대에 서서 다니엘과 어깨를 견주고 싶었다. 노력은 역시 배반하지 않았다. 그녀는 진정 뒷배가 아닌 노력만으로 1위에 오를 수가 있었다. 하지만 직후 진실을 들을 수 있었다. 당시 다니엘의 언사는 그저 아무런 생각 없이 내뱉은 말이었을 뿐, 그녀에게 소원하게 대했던 것 역시 단지 음악 작업을 함에서 신경이 곤두섰을 뿐이라고. 그러나 관계없었다. 본 마음이든 거짓 마음이든 어쨌거나 그의 충고를 바탕으로 그녀는 월등히 나아진 실력을 갖출 수가 있었고, 결국은 가요계 최고의 여가수로 자리 잡을 수 있었던 것이다.

어렸을 적 노상 그녀를 따라다녔던 빈티도 모두 예도옛날의 이야기였다. 지금 그녀의 오른손에는 '황금'이, 머리 위에는 '대중의 사랑'이 놓여 있었다. 그녀는 지금 천하를 호령할 수도 있었다. 그래, 아무리 생각을 거듭해보아도 자신을 싫어할 하등의 이유가 없었다. 세상의 어느 남자가 이렇듯 예쁘고 몸매도 좋으며 돈도 많은 여자를 마다하겠는가? 다니엘도 자신이 싫지는 않을 것이다. 아니, 오히려 마음속으로는 좋아할지도 몰랐다. 단지 연예인이기 때문에 그의 마음을 솔직히 표명할 수가 없는 것일지도…. 그래, 그는 분명히 여자 친구가 없는 듯했다. 그리고 아까 말을 꺼내기 전, 장천(長川) 쓰잘머리 없는 팬에 관한 이야기만 해대었던 것으로 미루어 짐작하건대 대중의 시선이 차가워질까 봐서 그는 솔직한 자신의 마음을 열지 못하는 것인지도 몰랐다. 혹은, 그 변태 호모 같은 박 이사가 자신과 엮이지 않도록 중간에서 수를 쓰고 있는지도 몰랐다. 사실 다니엘은 자신에게 마음이 있는데 썩어 문드러질 이사 따위의 눈치를 보는 것인지는 모르는 일이었다. 그렇다면 도와주어야만 했다. 자신의 생각이 맞는다면 그가 솔직한 마음을 열 수 있도록 어떠한 어려움이라도 무릅쓰고 도와주어야만 했다. 어떻게 도와주어야 할까, 과연 어떠한 방법이 그의 마음을 열어줄 수가 있을까.

그런데…. 왠지 아까부터 찝찝한 냄새가 번쩍거리며 풍겨온다. 누군가가 뚫어지게 쳐다보는 듯 불쾌한 기분이다. 혹시 아까부터 주차된 저 와인 빛깔의 차량인가? 순간 또 한 차례 번쩍인다. 누군가가 자신을 몰래 촬영하는 것 같았다. 그녀는 짙은 선글라스를 낀 채로 차에서 내렸다. 안 그래도 심란한 터인데 누가 볼 테면 보라지. 어차피 한번 사는 인생, 겁날 것이 무에 있겠는가? 뚜렷한 이유는 없었지만 오늘따라 그녀는 세상이 하나도 두렵지가 않다고 느껴졌다.

앗! 돌연 그녀가 차에서 내린다. 그리고 내 차를 향해 걸어온다. 이것 참, 내가 기자인 것을 알면 적잖이 당황할 텐데, 뭐라고 둘러대어야 하나. 그냥 그녀의 팬인 척할까? 당신이 아주 좋아서 사진을 찍어대었다고 말하면 아무런 일도 없이 지나쳐갈까? 그러하더라도 어차피 내가 기자라는 사실을 그녀도 곧 알게 될 텐데…. 뭐, 그렇다면 하는 수 없지. 나도 믿는 것이 있으니 두려울 것도 없다. 매니저도 없이 그녀가 손수 차를 몰고 다니엘의 집까지 행차한 것을 보면 둘은 절대로 흔한 동료 사이는 아니었을 터. 그러니 내가 기자라는 것을 밝힌다고 하더라도 그녀 역시 별다른 조처를 하지는 못할 것이다.

그런데 그녀의 행동이 조금 수상쩍다. 그녀처럼 유명한 연예인이 내가 사진을 찍어댔다고 따질 것은 아닐 테고, 만일 다른 이유라도 있는 거라면? 대략 밤이 외롭다거나 하는…. 하하, 내가 지금 무슨 생각을 하고 있는 거지? 그래, 정신 차리자! 나는 대한민국의 연예부 기자다. 무슨 일이 있더라도 밀어붙이자!

“저기요, 당신 누구죠? 누군데 아까부터 나를 찍어대는 거죠?”

“아! 하하하. 이거 실례가 많았습니다. 저는 잡지사『테라』의 ‘최세길’ 기자라고 합니다.”

최세길 기자는 제니에게 자신의 명함을 건네었다. 그러나 제니는 눈 길조차 주지 않고 표독스러운 말투로 쏘아붙였다.

“그러세요? 그런데 당신은 왜 여기 숨어서 저를 찍어대죠? 이번에는 저에 대해 도대체 어떠한 터무니없는 기사를 써내려고 그러시는 건가 요?”

“글쎄요, 물론 저는 제니 씨에 대해서도 궁금하지만 지금은 다니엘 씨 에 대해서 취재를 하는 중이거든요, 다니엘 씨의 청춘사업에 관하여 말 이죠. 그래서 딱히 제니 씨에게는 드릴 말씀이 없네요. 아, 아니군요? 다 니엘 씨의 청춘사업에 투자하시는 분이 바로 제니 씨가 되실 수도 있는 일이니 전혀 관계가 없다고 단정 지을 수는 없겠군요. 하하하.”

“이봐요. 그 말인즉슨, 지금 당신이 나와 다니엘 오라버니를 의심이라 도 하고 있다는 말씀이신가요?”

“물론입니다. 저는 아까 당신이 다니엘 씨의 집에 들어가는 것부터 지 금 제 앞에서 이야기하는 모습까지 모조리 카메라에 담을 수가 있었거 든요.”

최세길 기자는 의기양양한 듯 뻥그레 웃으며 들고 있던 카메라를 흔 들어 보였다. 그 모습을 본 제니는 어처구니가 없다는 듯 실소를 터뜨리 며 말했다.

"나 참, 어이가 없군요. 그렇다면, 이제 기자님의 얼토당토않은 기사 덕분에 다니엘 오라버니와 저는 세간의 관심을 끄는 열애설로 가십난에 실려 숱한 날을 누리꾼의 입방아에 올라야만 하는 거로군요?"

"그런 것은 아닙니다. 아직 기사화를 시킬 생각은 없으니까요. 왜냐하면, 저는 이제부터 더 많은 증거를 모아야 한답니다. 명백하지 않은 증거와 함께 자신의 아둔한 예각(豫覺)만을 믿고 기사를 쓰는 기자들과 저는 확연히 다릅니다. 저는 틀림이 없는, 그래서 당신들이 빠져나갈 수 없을 만한 확증을 갖출 때까지는 절대로 기사를 쓰지 않을 겁니다. 물론 지금 이 상황도 확실한 증거가 될지는 아무도 모르는 일이지만요."

"우리가 빠져나갈 수 없을 만한 확증이요? 혹시 그 말을 우리가 빠져나갈 수 있도록 당신이 무언가 현실적인 대가를 바라고 있다는 것으로 해석해도 될까요?"

"하하하, 상당히 직설적이시네요. 아니라고는 하지 않겠습니다. 물론 그러한 것을 제가 전혀 바라지 않는다고는 할 수 없겠지만, 분명히 말해둘 것은 저는 어떠한 현실적인 상징보다는 이번 열애설로 말미암아 유명세의 발판을 마련하고 싶다는 것뿐이죠. 이 열애설이라면 충분히 제가 승진할 기회를 잡을지도 모르는 일이니까요."

"후후. 당신, 참 재미있는 사람이로군요?"

"그렇게 생각해주신다면 감사합니다. 혹시라도 모르니 제 명함을 받아두시죠. 만일 제가 빠른 승진을 할 수 있도록 도움을 주시고 싶으시다면 지체하지 마시고 이곳으로 연락을 주시면 됩니다. 물론 이 명함은 쓰레기통으로 던져질 가능성이 크지만 말이죠."

"잘 아시네요. 그렇게 원하신다니 곧바로 쓰레기통으로 던져 드리도록 하죠. 기사를 쓰시든, 마시든 그쪽 마음대로 하세요. 그따위 협박은 저에게 통하지 않으니까요. 그럼 전 바빠서 이만. 나는 조심히 갈 테니, 댁은 제발 위험하게 가세요."

제니는 조소 섞인 인사말로 최세길 기자에게 면박을 준 뒤 자신의 차에 올라탔다.

'뭐 저런 희한한 기자가 다 있지? 하긴 뭐, 계속되는 경기 불황 탓에 실업자가 점점 늘어난다니…. 직장에서 안 잘리고 살아남기 위해서라면 뭔 짓이든 못하겠어?' 제니는 최세길 기자의 명함을 잠시간 바라보다가 곧 핸드백에 쑤셔 넣었다. 오늘은 술이나 한잔하고 싶었다. 그녀는 차량에 시동을 걸었다. 서녘 하늘에 저녁놀이 검붉게 드리웠다. 그래, 아까 오라버니도 저 서녘 하늘을 바라보고 있었어. 과연 그곳에는 무엇이 있었던 것일까? 그녀는 잠시간 하늘을 쳐다보다가 곧 고개를 설레설레 흔들고는 서둘러 압구정에 있는 자신의 단골 바를 향해 차를 몰기 시작했다.

'하하하. 제니! 이제 시작일 뿐이다. 너희 둘, 내가 끝까지 캐내어 줄 테다.'

최세길 기자는 그녀가 떠난 직후 담배 한 개비를 꺼내어 불을 붙였다. 왠지 신께서 자신의 손을 들어줄 것만 같은 착각이, 착각이 아닌 예감으로, 예감이 아닌 지각으로 점점 더 가깝게 다가오고 있었다.

정말 시체일수도 있다고 생각했다, 아까는. 하지만 아니었다. 온기. 그래, 그에게는 온기가 있었던 것이다. '오라버니? 오라버니 뭐해요? 죽은 줄 알았잖아요.' 제니는 잠시간 머릿속을 의이스레 만들었던 낯부끄러운 생각을 무마시키고자 억지웃음을 지으며 그에게 다가갔다. '그대는 그대의 팬에 대해 어떻게 생각하죠?' 처음으로 그가 한 질문이었다. 제니는 고심초사했다. 도대체 어떤 말을 해야 이 사람이 흡족할 수 있을까. 제니의 대답을 듣기도 전에 다니엘은 다시 말했다. '난 말이에요, 가끔…. 가끔, 그들이 무서워요.' 다니엘은 무척이나 신중한 태도로 한마디, 한마디를 조심스럽게 내뱉었다. '그게 무슨 말이에요, 스토커라도 생긴 건가요? 혹시, 예전에 현관 앞에 혈서를 써 붙여 놓고 도망갔다는 그 애가, 아직도 따라다녀요?' '아니, 그런 것은 아니지만….' '그런데 왜 그래요. 갑자기 팬에 대해서는 왜 묻는 것이며, 또 왜 무섭다는 거죠?' '그냥…, 무서워요.' '그냥? 아무런 이유도 없이?' 그리고 다니엘은 잠시 말을 끊었다. 그는 시선을 아래로 떨어뜨리고는 한동안 무언가를 신중하게 생각하는 듯 공허한 눈빛을 보이다 다시금 하늘을 올려다보며 말했다. '나는 그대들에게서…, 남과는 다른 공포심을 느껴요. 나에게는…, 그대들이 마치 구름 같아요.' '응? 구름? 왜 구름 같다고 생각하는 건데요?' 그녀는 여전히 상냥한 얼굴로 그의 말을 경청했다. 이 순간, 오직 진지한 모습만이 그에게 호감을 줄 수 있다고 생각했기 때문이었다. '나의 팬…, 나의 그대들은 바로 저 구름이에요. 언제나 커다란 환호성을 보내 주죠. 나는 자주 나 자신에게 비관을 하곤 하지만 어느새 그대들의 환호성이 귓가에 들리는 순간, 그대들이 만들어 낸 환상에 두 눈이 가리어진 채 하염없이 둥둥 떠오르고 있어요. 언제나 두렵죠. 마치 곧 깨져버릴 환상 같아서. 언젠가는 그 무형의 구름의 아래가 뚫려 정처 없이 밑바닥으로 곤두박질 칠 것만 같아서…. 그렇기에 때론 그대들이 미울 때도 많죠. 차라리 구름에 올라타지 않았으면 해요. 그렇다면, 지금의 이런 공포는 느끼지 않아도 되니까. 하늘에 떠있기에 느낄 수 있는 공포심이 나에게는 하릴없는 불안감으로 작용한답니다. 두려워요, 언젠가는 그들이 태운 구름에서 영원히 추락하고 말 것 같아서…’ ‘설마…, 그럴 리가 있을까요. 아니야. 절대로 그럴 일은 없어요. 오라버니는 영원히 구름 위에 서서 하늘을 지배할 거예요. 오라버니에게는 실력과 재능이 있잖아요?’ ‘제니도 그렇게 생각하는 건가요? 그렇지 않아요. 제니의 생각이 틀렸어요. 지금의 나는 절대로 영원할 수가 없어요. 인간인걸요. 하지만 나의 그대들은 내가 영원할 것이라 믿죠. 그리고 지금의 제니와 같이 그들 또한 나의 실력과 재능을 믿는다고 말하죠. 사실 나는 재능이 없어요. 그저 좋아하고, 늘 해왔던 것을 하는 것뿐이에요. 그런데도 그대들은 나에게 한없이 바라고만 있어요. 나는 그렇게 많은 것을 해줄 수가 없는데…. 나 또한 비루한 실력을 저소하고 경멸하는 약해빠진 인간일 뿐인데. 그대들은 내가 그들과 다를 바가 없는 인간에 불과하다는 것을 잊고는 해요. 내가 만드는 음악은 항상 훌륭하기를 바라고, 내가 작업하는 모든 성과물이 그들의 바람보다 훨씬 높은 값어치를 자랑하길 원하죠.’ 제니는 웃음기를 거두고 흔들의자에서 내린 후 다니엘의 옆으로 가 무릎을 꿇어앉았다. ‘오라버니, 뭘 그렇게 심각하게 생각을 해요? 팬은 오라버니를 사랑하고 응원하는 존재예요. 그들이 원하는 것은 단지 오라버니가 하고 싶은 음악을 잘할 수 있고, 또 그렇게 만든 음악을 영원히 사랑해 주는 자신의 모습이에요. 그러니 오라버니는 하고 싶은 음악만 열심히 하면 돼요. 아마도 오라버니의 팬이 바라는 것은 그것밖에 없을 테야. 지금 무진장 잘하고 있잖아요. 지금처럼만 하면 돼요. 그러니 너무 깊게 생각하지는 마….’ ‘글쎄, 과연 그럴까요. 그것이 끝인 걸까요. 영원히 그대들의 그림자에 갇혀 살지 않아도 될까요. 그러나 그대들은 나를 어디까지 이해해 줄 수 있을까요. 나를 영원히 사랑한다고 말하는 그대들이 과연 나의 어디까지를 알고 있으며 나의 어디까지를 사랑한다고 말할 수 있을까요.' '당연히 오라버니의 모든 것을 이해하고 사랑해주겠죠. 세상에는 다니엘의 음악으로 상처를 치유 받는 사람이 얼마나 많은데. 그들은 모두 오라버니를 가슴깊이 이해하고 또 진심으로 사랑하고 있을 거예요. 바로 나, 제니처럼 말이죠.'

이상한 기분이 들었다. 마시면 마실수록, '블랙 러시안(black russian)'은 달게만 느껴졌다. 분명히 이 칵테일 바에 들어와 처음 블랙 러시안을 입술에 대었을 때는 세상에서 가장 쓰디쓴 맛이었는데…. 한잔, 두잔 거듭 할수록 블랙 러시안은 달금한 설탕물 같을 뿐이었다. 그러나 단맛이 강해질수록 그녀의 마음은 쓴 알약을 씹어 삼킨 듯 아려오기 시작했다.

'제니는 말이죠, 오라버니의 첫 번째 팬이었어요….'
사실이었다. 그녀는 데뷔전부터 다니엘의 열렬한 팬이었다. 아마도 그는 몰랐겠지만, 그가 데뷔를 하고 얼마 지나지 않아 팬클럽에서 십시일반 돈을 모아 깜짝 생일 파티를 해준 적이 있었는데, 그가 환하게 웃으며 불었던 케이크의 촛불조차도 그녀가 손수 꽂았던 것이었다. 물론 그일 말고도 그 사람에 관한 그녀의 추억은 많았다. 단지 그의 기억이 증명해내지 못할 뿐. 그렇다고 해서 구질구질하게 늘어놓을 수는 없었다. 지금의 그녀는 예전의 순수한 소녀 팬이 아니었으니까. 풍선을 들고 따라다니던 그 시절은 이미 지났다. 그녀 또한 다니엘 못지않게 엄청난 수익을 올리는 대형 가수임이 분명했다. '안겔루스로 데뷔하기 전 힘들었던 연습생 시절을 무사히 이겨낼 수 있었던 것도 바로 오라버니 덕분이었어요. 오직 오라버니와 한 무대에 서고 싶다는 이유로 버텨내었던 거야. 이 모든 사실을 여태껏 비밀로 할 수밖에 없었던 것은 오라버니가 나를 부담스러워 할지도 모른다는 생각에서였어요. 하지만, 이제는 아니야. 나…. 이제는 팬이 아닌 한 여자로서 오라버니를 지켜주고 싶어. 그래도 되는 거죠?' 그는 한 치의 망설임도 없이 대답했다. '제니를 좋아해요…, 동료로서. 하지만, 사랑하는 건 아니에요. 난 앞으로도 여자를 사랑하는 일 따위는 없을 거예요.'

"블랙 러시안 한잔 더 주세요."

슬슬 혀가 꼬부라지고 있었다. 취기가 얼큰하게 올라왔다. "따르릉!" 전화벨이 울린다. 매니저였다. 건조무미한 벨 소리만 들어도 알 수 있었다. 짜증이 몰아쳤다. '내가 지금 이따위 전화나 받아야 하느냔 말이다!' 그녀는 신경질적으로 휴대전화의 전원을 꺼버렸다.

그녀는 테이블에 얼굴을 묻고 말았다. 마치 다니엘이 자신을 업신여기는 것 같은 기분이 다랍게만 느껴졌다. 견딜 수가 없었다. 그가 자신을 거들떠보지 않는다는 사실보다, 자신에게 굽실거리는 남자는 하나같이 눈에 차지 않고 그 콧대 높은 다니엘 때문에 괴로워하는 자신을 더욱 용납할 수 없었다. 자신을 여왕처럼 모시고 떠받들어주는 수많은 남자가 이 사실을 안다면 아마 다니엘을 고꾸라뜨릴지도 모를 일이었다. 마음 같아서는 여기에서 그만두고 싶었다. 더 좋은 남자를 만날 수도 있었기에 쓸데없는 고민 따위는 접어두고 싶었다. 그에 관한 모든 기억을 깨끗하게 잊고 다시 시작하고 싶었다. 그러나 쉽게 단념이 되지 않을 것 같았다. 도대체 얼마나 잘난 것을 숨기기에 자신 같이 멋진 여자를 마다했는지 알고 싶었고, 그 사람이 자신에게 오게 된다면 보기 좋게 차버릴 것이라 다짐했다. 그렇게라도 자신의 매력이 얼마나 대단한 것인지를 보여주고 싶었다. 순간의 상처는 그녀를 점점 악마로 만들어가고 있었다.

복수라도 좋았다. 이제 그녀에게 다니엘은 이성이 아니었다. 본능만으로 움직이는 짐승이 되어버린다 해도 쟁취하고만 싶은 집착으로 변모해 갔다.

그녀는 상체를 발딱 일으키고는 급하게 가방 속을 이리저리 뒤적였다. 그리고는 곧 하나의 명함을 꺼내 들었다. 그녀는 블랙 러시안을 입안 그득 머금으며 한동안 명함을 노려보고 있었다. 잠시 후, 그녀는 휴대전화의 전원을 켠 후 명함에 적힌 번호를 꼭꼭 눌렀다.

"여보세요? '테라'의 최세길 기자인가요? 나 제니예요. 지금 당신에게 할 말이 있어요. 혹시 이쪽으로 오실 수 있나요? 아니요, 꼭 지금이어야만 해요. 어쩌면 나 지금…, 당신이 그렇게도 원해 마지않던 대박 기사를 선물해 줄지도 모르니까…"

팬 사인회

오빠는 뮤지션이야. 연예인이 아니라고! 다만 대중이 오빠를 연예인으로만 인식하겠다면 나는, 오직 나만은 오빠에게 신이라는 표제를 주겠어! 그래서 절대로 상처받지 않고 힘들지 않게 그 사람만의 음악을 할 수 있도록 끝까지 응원하겠어!

"내 이름을 걸고 장담하건대 분명히 오빠는 내가 선물한 장미꽃을 받고는 무척이나 행복한 표정을 지었을 것이고, 곧이어 그 안의 편지를 발견하고는 처음부터 끝까지 꼼꼼히 읽고선 보다 더욱 행복한 표정을 지었을 거야."

"글쎄, 그렇게 바쁘다는 사람이 편지 나부랭이 따위를 읽을 시간이 과연 있을까? 아마…, 시간이 없다는 핑계로 네 편지는 안 읽어 봤을 걸."

"아니야! 오빠는 내 편지를 읽었어. 확실해. 오빠는 팬들의 정성이 담긴 편지는 자신의 보물 제1호라고 말했어. 그러니 내 편지를 읽었음이 분명하다고!"

"글쎄다. 아니야, 아니야. 도저히 네 말은 설득력이 없어. 그 정도로 인기도 많고 팬도 많은 사람이 네 편지를 그렇게 정성스러운 눈길로 읽어 봤다는 게 말이나 되냐? 참나, 좀 가당한 소리를 해라. 그는 절대로 네 편지 따위는 쳐다보지도 않았을 거야.”

“읽어봤다니까! 분명히 읽었어, 읽었다고! 틀림없이 내 편지를 읽고는 나의 사랑에 감복한 나머지, 잠시 후 있을 팬 사인회에서 내 얼굴을 보자마자 나를 꼭 끌어안을지도 몰라. 편지 잘 읽었다면서 눈물 흘릴지도 모른다고!”

“감복은 무슨. 그따위 상상이나 하는 네 얼굴의 볼때기가 더 감복숭 같다! 섣불리 상상하지 마! 그러다가 그 사람이 너를 못 알아보기라도 하면 어쩌려고 그러냐? 그는 네 편지를 절대로 읽지 않았어. 이름은커녕 얼굴도 기억하지 못할 거야. 이건 내가 장담하는 바야. 나도 확신해!”

“야! 꼬맹이. 너 계속 내 옆에서 그따위로 깝작거리고 있을 테냐? 사람 짜증나게 하지 말고 얼른 가!”

“킥킥. 화났냐? 농담 좀 해본 거로…. 킥킥. 아니다, 아니야. 그래 읽어봤어! 그는 분명히 네 편지를 읽어봤을 거라고! …해줄 게.”

현은 눈을 가늘게 뜨고 곰을 살짝 흘겨보았다. 곰은 이러한 현의 반응을 소불개의 하고 계속해서 말했다.

“그래, 좋아! 현. 설마 그가 네 편지를 읽어봤다고 쳐! 그렇게 치잔 말이야. 근데 넌 뭘 믿고 그렇게 확신을 하는 거냐? 그가 네 편지를 읽는 것을 직접 본 것도 아니지 않으냐는 말이다.”

“아까 말했잖아! 팬의 정성이 담긴 편지가 바로 보물 제1호라고…. 그래서 팬의 편지는 하나도 빠짐없이 다 읽는다고, 오빠가 말했단 말이야. 그것도 흘려 하는 말이 아니라, 저번 잡지 인터뷰에서….”

“참나! 야, 그건 또 다 이미지 관…,”

현은 얼른 곰의 말을 낚아채었다.

“야, 너 또 이미지 관리니 어쩌니 그딴 소리 해대기나 해봐. 그놈의 면상을 확 그어버릴 테니까!"

"와, 무섭기도 해라. 킥킥….”

곰은 이기죽대며 현을 놀렸다. 현은 그런 곰을 가만히 쳐다보다가 돌차간에 왼손으로 곰의 머리칼을 움켜쥐고는 오른손으로 주머니에서 반짝거리는 면도칼을 꺼내어 곰의 얼굴에 가져다 대었다.

"가만있어 봐…. 내가 예쁘게 회를 떠줄 테니까. 그 대신 너 울면 돼지는 거야, 알았지?"

"현!"

불쌍한 양 눈을 치켜뜬 곰은 다급하게 현을 부르고 나서 그녀가 자신을 째려보자 다 죽어가는 목소리로 말했다.

"내가 잘못 했어…, 깝죽거리지 않을게. 용서해줘."

"진정이냐? 그렇다면 이제부터 누나라고 불러."

"알았어, 누나. 이제 누나라고 부를게. 그러니 이것 좀 놔주라."

현은 머리채를 쥐고 있던 손을 풀었지만, 오른손에는 여전히 면도칼이 들려 있었다.

"한번 봐줬으니 다시는 까불지 말 것. 아무리 어린 꼬맹이라도 용서하지 않을 테니까."

"그 말…. 조금 무섭게 들린다?"

"무섭게 들려도 어쩔 수 없어. 진실이니까. 난 세상 물건 중에 필이 가장 좋아. 날이 잘 선 나만의 필. 가끔은 이 반짝이고 세밀한 필로 세상의 모든 추악한 얼굴들을 도려내고 싶어."

"그 추악한 것이 바로 사람…, 이라 할지라도?"

"물론이지. 후보 1위가 바로 사람인걸. 사람의 마음만큼 추악한 게 또 어디 있지? 될 수만 있다면 인귀(人鬼)를 모조리 붙잡아 더럽고 흉악한 부분을 싹 도려내고 싶어.”

“너…. 가끔 말할 때 보면 되게 잔인하게 느껴지는 거 알아?”

“이 자식이! 누나로 부르랬지! 그 입 꿰매버린다?”

“아, 알았어, 알았어! 그러니 제발 그 필 좀 휘두르지 마. 여자가 왜 그리 거치냐?”

“여자가? 왜, 이게 남자만의 소유물이기라도 하다던? 그딴 이론은 어디서 배웠지? 누구한테 들었느냐고? 가서 데리고 와! 확, 그어버릴 테니까. 뭐해, 안 데려오고? 얼른?”

“그래, 내가 잘못했다. 참 잘 나셨네요. 어휴, 내가 말을 말아야지….”

한숨을 내쉬는 곰의 입 주위에 하얀 구름이 맺혔다. 그리고 그것을 보는 둘 사이에는 잠시간의 정적이 흘렀다.

“씨발, 졸라게 춥다.”

“그러게 내가 따뜻하게 입고 오랬지?”

현은 손을 호호 불며 말했다.

“노력이 없으면 결과도 없는 법. 물론 세상에는 가상한 노력 없이도 얻을 수 있는 것들이 많지만 그러한 것들은 아무런 의미도 없지. 땀을 흘린 만큼 얻고자 하는 것의 가치도 높아지는 법이니까.”

“젠장, 그걸 모르는 사람이 어디 있냐? 지금 나는 이 짓이 땀을 흘릴 만큼의 가치가 있는 것이냐는 사실에 대해서 의문을 품는 거란 말이다!”

“그건 너에게나 그렇지. 적어도 나에게는 지금 이 순간이 땀을 흘릴 만큼, 아니 그보다 더욱 크나큰 가치가 있다는 것을 알기에 행하는 거야. 인생의 가치는 상대적인 거니까…. 안 그러냐?”

“야, 난 지금 땀은 고사하고 손가락 발가락이 다 얼어붙을 지경이다.

다니엘을 보기 전에 내가 다 얼어 죽을 것 같다고!”

“그거야 따라온 네 사정이고. 나는 내복을 두 개나 껴입어서 그런지, 그런대로 살 만해. 아무튼 그건 그렇고, 오빠가 나를 확실히 기억해주겠지? 하아…. 이거 오늘 너무 기대되는데?”

“대체 뭘 믿고 그렇게 확신을 하는 거냐니까?”

“그야, 쇼케이스 때 내가 질문도 했고, 그리고 오빠가 나를 바라도 보았고, 또 오빠가 나에게 말도 건네었고, 또…. 내가 오빠에게 장미꽃도 건넸고, 또 오빠가 인사도 해주었고, 그리고 그 편지도 오빠가 봤다면….”

현의 얼굴이 연붉게 달아올랐다.

“그 사람 팬이 얼마나 많은데 설마….”

곰은 몸을 움츠러뜨리며 속살거렸다.

“아니야, 기억해! 오빠는 분명히 나를 기억할 거야.”

“하긴, 너 이름은 절대 기억 못 하고, 아마 머리 노란 미친년으로는 기억하겠다. 킥킥.”

“아, 근데 이 자식이 아까부터 자꾸만…!”

“이히히! 농담이야, 농담. 그런데 현, 내가 아까부터 골똘히 생각해봤는데 아무리 좋게 생각하려 해도 이 상황은 정말 너무한 것 같아.”

“뭐가?”

아무런 감정의 요동도 없어 보이는 현을 향해 곰이 몸을 발딱 일으키며 자신의 손목시계를 보이며 소리쳤다.

“‘뭐가’라니? 팬 사인회가 열리는 시간이 저녁 일곱 시인데 지금은 새벽 세 시잖아! 이거 정말 너무 한 것 같다고 생각하지 않아?”

“야, 꼬맹이. 오빠가 무슨 동네잔치에서 노래 부르는 옆집 아저씨인 줄 아냐? 우리 오빠는 세계적인 스타야, 스타라고! 당연히 이 시간에 와서 기다려야지. 그게 인지상정이야!"

"아, 그래. 그를 보기 위해 일찍 오는 것은 좋은데, 내 말은 지나치게 일찍 왔다는 거지. 주위를 좀 둘러봐, 팬은커녕 지나가는 개미 새끼 한 마리도 없잖아!"

사실 곰의 말이 옳긴 했다. 아까부터 티격태격하던 그들의 앞에는 술에 취해 비틀거리는 몇몇 행인을 제하고는 정말 벌레 한 마리도 없었던 것이다.

"좀…. 그런가? 내가 약간 일찍 나온 건가?"

현은 멋쩍은 듯 머리를 긁적거렸다.

"내 생각에는 '약간' 일찍 나온 게 아니라, '무지', '한참'을 일찍 나온 것 같아."

"야! 그래도 이게 오빠에 대한 예의야, 예의. 오빠 같은 톱스타를 만나려면 이 정도 각오는 하고 와야지. 아니, 그런데 다른 팬들은 왜 아직 오지 않는 거야? 이거, 이거! 원, 우리 팬들, 마음가짐이 애당초 글러 먹은 게로군!"

현은 호기를 보이며 연방 길거리에다 큰소리를 쳐대었다. 그때였다. 어두운 길 끝에서 소녀들로 보이는 한 무리가 재잘대며 걸어오고 있었다. 소녀들의 손에는 각각 돗자리로 보이는 은색 물체와 각종 비닐봉지가 손에 들려 있었다. 아마도 다니엘의 팬들이 맞는다면 새벽의 기나긴 외로움을 함께할 주전부리 거리를 싸들고 온 것이겠지. 후후. 이제 슬슬 오빠의 해바라기가 몰려오는구나. 현은 왠지 모를 묘한 충일감에 반웃음조차 금할 길이 없었다.

"저기요, 언니! 혹시 다니엘 팬 사인회 때문에 여기에 줄 서신 것 맞죠?"

"응."

"우와! 되게 빨리 오셨네요? 몇 시에 오셨어요?"

"세 시."

"와, 정말 대단하세요. 우리는, 우리가 가장 일찍 도착할 것으로 생각했는데…. 참, 이것 좀 같이 드세요. 혹시라도 배고플까 봐 오는 길에 사온 거예요. 언니도 함께 드세요."

"고마워."

현은 참으로 다행이라 여겼다. 군음식 따위가 반가웠던 것이 아니라 앞으로 열여섯 시간은 족히 기다려야 할 텐데, 만일 주변의 일행이 싸가지가 없다거나 성격이 가납사니였다면 열여섯 시간이 무척이나 괴로울 터였다. 다행히도 이 소녀들은 그런 요소에는 포함되지 않는듯했다. 적어도 말투나 행동이 지랄 같아서 자신의 신경을 건드릴 위험 요소는 없는 아이들일 듯싶었다.

'휴, 그래…. 어디를 가더라도 사람의 소리가 가장 시끄러운 법이지.'

현은 혼잣말을 하며 양 귀에 이어폰을 꽂았다. 어느새 곰은 바닥에 웅크리고 잠이 들어 있었다. 현은 곰의 머리털을 쓰다듬으며 자신도 고개를 무릎에 묻고는 잠을 청했다. 차라리 잠이라도 자는 편이 나을지 몰랐다. 물론 행인의 시선 따위엔 전혀 신경 쓰지 않는 그녀였지만, 강남 대로변에 그것도 사람의 왕래가 잦은 레코드 가게 앞에서 새벽부터 지나가는 행인과의 눈싸움에 쓸데없는 힘을 낭비하기는 싫었던 것이다.

그 사람을 떠올리고 있었다. 그러한 행동은 잠이 들기 전 유일한 버릇이었다. 지금도 그의 꿈을 꾸고 싶었다. 현실에서 허락지 않는 사랑이라면 꿈에서라도 제발 그를 보고 만지고 싶었다. 그리하여 그가 그녀의 꿈에 방문하게 되는 날이면 굳이 행복한 꿈이 아니었다 할지라도 감사했다. 예전에는 굳이 그 사람의 꿈을 꾸게 해달라고 기도를 드리며 잠이 들었지만, 이제는 기도나 바람 등의 거추장스러운 절차 따위도 필요 없었다. 밥을 먹고 텔레비전을 보고 길거리를 걸어 다니는 일상화된 삶의 편린에도 그는 함께 해주었으니까. 매상 분신처럼 그녀를 따라다니던 그였기에 아무런 생각 없이 피곤함에 지쳐 저절로 잠이 드는 순간마저도 일체 분신은 늘 그녀와 함께 했던 것이다. 그로 하여금 그녀는 혹, 자신의 바람이 아닌 그의 영혼이 자처했던 일은 아니었을까 하는 음모론마저 들기 시작했다. 그도 그럴 것이 그의 영혼은 그녀가 그런 생각을 할 수밖에 없을 정도로 꿈에 있어서는 과히 능동적이었던 것이다.

제이슨일 때도 있었고, 프레디일 때도 있었다. 하지만 잔인한 제이슨이든, 흉측한 프레디든 그러한 것은 중요치가 않았다. 다만 그 사람이 뇌리에 방문했다는 것, 껍데기가 아닌 영혼의 날실 일부분일지라도 함께 할 수 있었다는 것, 그것만이 기억될 뿐이었다. 꿈을 깨고 나면 기억 속에 제이슨과 프레디는 온데간데없었다. 아무리 무서운 영화라 할지라도 주인공이 다니엘일 수만 있었다면 곧 사랑스러운 잭 도슨의 기억으로 뒤바뀌었던 것이다.

혹하고 입김을 내뱉었다. 입김의 모양이 자신의 심장을 닮았다. 하트에 가까운 모양이며, 그리움에 시허예진 색깔마저도 닮아 있었다. '나의 심장에 오빠가 살고 있듯, 이 입김에도 그가 살고 있겠네?' 그녀는 못내 사라지는 입김마저도 붙잡고 싶었다. 추운 공기 속으로 허무하게 사라질 바에야 조금이라도 따뜻한 외투 안으로 보내주고 싶었다. 한데 그 사

람이 사라진다는 생각이 드는 것은 왜였을까? 불길한 마음조차도 뱉어
내고 싶었다. 하지만 그럴 수는 없다. 그 사람이 마음속에 사는 한 혹시
라도 '조각'일지 모를 그의 영혼을 가벼이 내뱉을 수는 없었던 것이다.
그러나 숨이 가빠왔다. 점점 심장이 조여 오고 있었다. 그가 그녀의 마
음속에서 탈출을 시도하는지도 모른다는 생각에 그녀는 한숨을 쉬었
다. 그러자 입에서 훅하고 사람의 팔 한 조각이 튀어나왔다. 놀라움과
안타까움이 뒤섞인 채로 다시 한숨을 쉬었다. 이번에는 사람의 머리가
튀어나왔다. 두 눈이 마주쳤다. 그녀의 한숨에서 탄생한 사람은 바로 헐
벗은 다니엘이었다. 놀란 그녀는 왝왝하며 그를 마저 토해내었다. 토할
때마다 살이 찢기는 아픔에 검붉은 핏덩어리까지 쏟아져 나왔지만, 다
니엘은 온화하게 웃으며 유유히 빠져나오고 있었다. 내장이 올랑거렸지
만 참을 수밖에 없었다. 멈췄다간 그가 다칠지도 몰라서였다. 다니엘의
모든 것을 다 토해내었다고 생각됐을 때, 그녀는 가까스로 고개를 들어
올려보았다. 그녀의 눈앞에 온전한 다니엘이 서 있었다. 헐벗었던 그는
지금 화려한 스타가 되어 그녀를 내려다보고 있었다. 지금 이 공간에는
그 사람과 그녀, 둘뿐이었다. 그녀는 손을 내밀었다. 그러나 그는 화사하
게 웃으며 옅어져 갔다. 가지 말라고, 가지 말라고…, 그녀는 소리를 질렀
지만 굳게 잠긴 자물쇠처럼 입이 열리지 않았다. 그녀는 입을 떼어내고
자 온몸에 힘을 주었다. 그러나 그녀의 후두(喉頭)에서는 처절한 외침
대신 우악스런 욕지기만 치밀 뿐이었다.

"헉!"
꿈이었다. 이 짧은 시간에 꿈을 꾸고 말았다. 그것도 불길한 꿈을….
아니, 사실은 꿈이 아니라 다니엘이었다. 그녀는 다니엘을 꾼 것이다. '그

래, 꿈이 아닐 거야. 내 안의 악마가 나를 시험한 것이야. 내가 자꾸만 무서워하고, 자신이 없어 하는 바람에 마음속 악마가 시험하고 있었던 거야. 오빠! 내 안의 악마가 오빠를 보지 못할 거래요. 오빠가 이 나쁜 악마를 좀 없애 주세요.' 그러나 심장 속의 다니엘은 아무런 말이 없었다. 차디찬 갈바람 한줄기가 그녀의 노란 머리카락을 흩날렸다. 발가락 끝이 오그라지듯 그녀의 맘도 얼어붙고 있었다.

　가을 새벽의 한기가 뼛속까지 스며들고 있었다. 이럴 줄 알았으면 더욱 두꺼운 옷을 골라 입고 나오는 것인데…. 곰, 이 녀석은 이제 아예 드르렁드르렁 코까지 골며 잠을 잔다. 그렇게 춥다고 난리를 치더니만 아마도 이 녀석은 길거리 생활이 천성인가 보다. 손목시계의 바늘은 아직도 새벽 다섯 시 오십 분에 머무르고 있었다. 따뜻한 아랫목에 누워서 텔레비전을 볼 때는 잘만 흐르더니, 춥고 배가 고플 때는 오 분이 오백만 년 같다. 이렇게 시간이 안 가는데 무슨 수로 저녁 일곱 시까지 그를 기다릴 것인가. 앞이 까마득했지만, 이 모든 불가능도 가능하게끔 하여야 한다. 다니엘이기 때문에…. 오직 다니엘이기에 가능한 것들이었다. 이 세상의 그 누구라 할지라도 이 기다림을 나만큼이나 대신할 수는 없을 것이다….

　시계의 바늘이 정오를 넘어서자 따뜻한 햇볕과 함께 군중도 모여들기 시작했다. 그들은 모두 다니엘을 만나겠다는 일념 하에 갖가지 선물들을 한 꾸러미씩 안고 줄을 서 있었다. 그들은 모두 자신이 아는 다니엘의 모습을 하나둘씩 펼쳐놓으며 오늘 있을 사인회의 풍경을 미리 예측하고 있었다. 현은 그들의 목소리에 저절로 귀를 기울이고 있었다.

　"다니엘은 오늘 아마도 사진을 찍자고 하면 흔쾌히 허락을 해줄뿐더러 멋진 자세까지 잡아줄 거야.”

“글쎄? 다니엘은 허락한다고 해도 매니저가 제지하지 않을까? 원래 스카이하이 기획사는 소속 연예인의 초상권에 민감하기로 유명하잖아. 저번에 기사를 보니 잡지에 그들의 허락 없이 사진을 실었다고 잡지사와 사진작가로 하여금 소송을 걸었다고 하던데?”

“정말? 그런 일이 있었어?”

“어머, 애는. 다니엘의 팬이라면서 그러한 일도 몰랐니? 아마 오늘도 사진을 찍게 하지는 않을 거야. 물론 우리 다니엘 오빠의 뜻이 아니라 기획사의 뜻이겠지만.”

“그럼, 당연하지. 다니엘은 자신의 팬을 하늘처럼 떠받드는 사람인데 팬이 원하는 일은 아마 다 해주고자 노력할걸?”

“맞아, 맞아! 저번 4집 사인회에서 어떤 팬이 즉석에서 노래를 불러 달라고 했더니 다니엘이 갑자기 일어서서는 노래를 불러줬다지 뭐야? 모르긴 몰라도 연예인 중에 우리 다니엘이 팬 서비스 하나는 최고지.”

“그래. 그래서 내가 다니엘에게 이렇게 빠진 것인지도 몰라. 그런데 자꾸만 그의 이야기를 하다 보니까 어서 그 사람이 보고 싶어진다. 오늘따라 시간은 왜 이렇게 더디기만 하는 걸까?”

그들의 대화를 듣고 있던 현은 자신도 모르게 헛웃음을 지었다.

“참나, 어이가 없군.”

비몽사몽간에 눈을 비비고 있던 곰이 하품을 하며 현에게 물었다.

“하암, 또 왜 그래?”

“쟤네들의 이야기가 웃기잖아.”

“뭐가? 사진 어쩌고저쩌고하는 거?”

“아니. 그다음 이야기 말이야.”

현은 고개를 떨어뜨리며 말했다.

"그다음 이야기가 너무 웃겨. 그의 팬 서비스가 좋아서 빠졌다는 말이…."

"야, 그게 뭐 어떠냐? 그럴 수도 있지. 연예인이 팬에게 잘해주면 당연히 팬의 처지에서는 그 사람이 더욱 좋아지게 되고…, 뭐 다 그런 거 아니냐?"

"아니? 난 그렇지 않았어. 나는 적어도, 어떠한 계산적인 이유를 붙여서 오빠를 좋아하지는 않았다는 말이야. 그렇다면, 만일 그 이유가 사라지기라도 한다면, 오빠를 싫어해야 하는 거니? 아니잖아, 적어도 팬이라면 조금은 힘들더라도 아가페(agapē)를 실천해야 하는 거라고."

"야. 미쳤냐? 아가페? 그럼, 팬이 신이고 그는 인간이냐? 뭐, 그를 위해서라면 팬이 십자가라도 짊어져야 한다는 말이야? 착각하지 마, 그는 그저 광대일 뿐이야. 대중을 즐겁게 해주려고 살아가는 광대. 단지 자신을 응원해주는 팬의 박수에 고마워하며 그들의 에너지를 원동력으로 살아가는 광대에 불과하다고."

"아니야! 오빠는 나에게 있어서는 신과 똑같은 존재야!"

현은 그만 소리를 지르고 말았다. 주변에 있던 사람들의 시선이 모두 그들에게 쏠리고 말았다. 곰은 당황해서 현을 말렸다.

"야, 현! 좀 조용히 해봐. 다 쳐다보잖아. 쪽팔리게…."

그러나 현은 눈도 깜박하지 않고 곰에게 계속 쏘아붙였다.

"나는 될 수만 있다면 오빠를 신으로 만들고 싶어! 신으로 만들어서라도 오빠가 세상의 어떠한 아픔도, 고통도 느끼지 않고 사람을 위한 음악을 만들어내는 그러한 신으로 만들고 싶다고! 하지만 그는 사람이야. 광대도, 신도 아닌 그저 사람일 뿐이라고! 그래서 그는 우리처럼 사소한 고통에도 앓고 슬퍼하고 울기도 하는…, 그러한 사람일 뿐이란 말이야. 나는 그게 싫어. 그게 너무 싫어서 미칠 것만 같아! 만날 음악 작업을 하며 자신만의 고독지옥에서 괴로워하고, 또 머리를 뜯어가며 창작의 고통에 몸부림쳐봤자 대중은 그저 광대로 폄하하기만 할 뿐, 대중이 원하는 것처럼 호화 쇼에 나와 엉뚱한 짓을 하여 사람을 웃겨야만 세상의 망각에서 벗어나질 수 있다면 오빠는 아마 연예인이 되지 않았을 거야! 오빠는 뮤지션이야. 연예인이 아니라고! 다만 대중이 오빠를 연예인으로만 인식하겠다면 나는, 오직 나만은 오빠에게 신이라는 표제를 주겠어! 그래서 절대로 상처받지 않고 힘들지 않게 그 사람만의 음악을 할 수 있도록 끝까지 응원하겠어!"

현은 군중 앞에서 거의 악을 쓰다시피 자신의 주장을 피력했다. 그리고 군중은 조용히 그녀의 말을 경청했다. 현은 극도의 흥분 상태였던지 얼굴이 시뻘게진 채로 헉헉거리며 자리에 주저앉고 말았다. 사람의 틈바귀에 있던 한 소녀가 나지막하게 말했다.

"옳으신 말씀이에요.

바로 함께 새벽을 보냈던 그 소녀였다. 그러자 그 옆에 서 있던 여자도 그녀를 거들었다.

"맞아요. 우리는 팬으로서 아무런 조건 없이 그를 응원해야만 해요."

사람들은 네오내오없이 그녀를 지지했다.

"맞아요, 맞아!"

현은 얼굴에 웃음기를 어리며 고개를 숙였다. 그러자 군중은 박수로 그녀의 염치를 달래어 주기 시작했다. 방금까지도 삭막하고 건조했던 길거리가 군중의 박수와 환호로 무척이나 환해지고 있었다.

곰은 눈을 동그랗게 뜨고는 현과 군중을 번갈아 쳐다보았다. 연이어 그는 혼잣말을 종알거렸다.

"씨발, 이건 뭐 팬클럽이 아니라…, 완전히 사이비 종교 집단이구먼?"

오후 두 시 삼십 분. 구름의 왕림에 의해 햇볕이 사라지고 있었다. 햇볕을 숨기고 날씨가 쌀쌀해지는 것까지는 군말 없이 받아들이겠지만, 제발 칼바람만은 사양하면 안 되겠느냐며 부탁하던 순간, 이미 주위는 삼백여 명에 달하는 팬이 길거리를 가득 메운 상황임을 인지할 수 있었다. 현은 그리도 정중히 부탁을 했건만 더욱 앙칼진 성깔의 바람이 자신의 양 볼을 엇베고 있을 때, 비로소 대자연은 심술꾸러기라는 단정을 내릴 수가 있었다.

그때였다. 그들의 앞에 정식의 복장을 한 하야말끔하게 생긴 어느 사내가 나타났다. 그는 손가락으로 군중을 헤아리더니 크게 소리를 쳤다.

"자, 세 시 정각부터 다니엘 씨의 팬 사인회 대기 번호표를 나누어 드리겠습니다. 번호표는 일찍 줄을 서신 순서대로 다니엘 씨의 5집 시디를 구매하시는 분의 한에서 배부할 예정이니 손님 여러분께서는 질서정연하게 줄을 서주시기 바랍니다."

"꺅! 드디어 번호표를 배부한다!"

군중은 환호성을 질렀다. 현은 곰에게 귀엣말을 했다.

"이것 봐, 꼬맹이…. 번호표 1번은 나야."

곰은 현의 얼굴을 밀쳐내며 짜증 섞인 목소리로 말했다.

"아, 누가 뭐래? 나는 그딴 사인, 줘도 안 받아!"

현은 너털웃음을 치며 곰의 머리를 콕 쥐어박았다. 살포시 이맛살을 찡그리던 곰의 머리 너머로 다시금 햇살이 고개를 내밀었고 손목시계의 큰바늘은 세 시를 가리켰다.

"오빠 5집…."

음반 매장의 여직원은 현의 말이 끝나기도 전에 무서운 속도로 시디를 꺼내며 말했다.

"11,300원이요. 번호표는 1번입니다."

빙글빙글 웃음을 지으며 매장을 나오는 현에게 곰이 물었다.

"너 예전에 시디 사지 않았냐?"

"물론. 그것도 예약 구매로!"

강한 어조로 당당하게 느낌표를 찍는 현의 언행에 곰은 언뜻 이해가 가지 않는다는 듯 고개를 갸우뚱했다.

"근데 그걸 또 산 거야?"

"그럼. 오빠를 만나기 위해서라면 시디 열 개 아니 백 개라도 살 수가 있어."

곰은 바로 고개를 끄덕거렸다.

"그래. 역시 너답다. 그 종교, 참 멋지단 말이야… 사이비 교주여 영원하여라!"

"응? 못 들었어. 뭐라고?"

"아니야, 아무것도."

"방금 내 욕했지? 빨리 다시 말해봐. 뭐라 그랬어?"

"음. 그게 그렇게도 궁금하냐? 그럼 아이스크림 사줘. 아주 신랄하게 말해줄 테니까."

그들은 아이스크림콘을 하나씩 들고 큰 도로가 보이는 공원의 벤치에 앉았다.

"휴…. 그래, 어차피 할 일도 없으니 사인회 전까지 이렇게 시간이나 때우도록 하자."

현은 군화를 벗어 던지고 벤치에 양반 다리를 하고 앉았다.

"그럼 우리 여기서 네 시간을 기다려야 하는 거야?"

곰은 툴툴거리며 아이스크림콘의 껍질을 벗겼다.

"아니, 세 시간만 기다리면 돼."

"엥? 사인회는 일곱 시라며? 지금이 세 시인데? 그럼 네 시간…. 맞잖아! 학교 안 다닌다고 나를 바보로 아는 거야? 이래 뵈어도 계산엔 빠르다고!"

"누가 뭐래? 적어도 한 시간 전에는 가서 기다려야 할 것 아니야! 대기번호 1번이 바로 나인데!"

현은 히죽 웃으며 번호표를 살랑살랑 흔들었다. 손바닥만 한 번호표에는 검은색 돋움체로 숫자 1이 커다랗게 쓰여 있었다.

"아이고, 네. 네, 누님! 어련하시겠습니까."

"하하하, 그래. 계속 누님이라고 불러라. 듣기 좋구나. 근데 꼬맹이, 너…."

"왜요, 누님?"

곰은 열심히 아이스콘을 혀로 핥으며 건성으로 대답했다. 현은 그런 곰을 향해 자못 심각한 표정으로 물었다.

"너, 학교는 왜 가지 않지?"

"에이, 아이스크림 맛 떨어지게…. 그런 건 왜 물어? 보내줄 것도 아니면서…."

현은 곰의 어깨에 손을 올리며 재차 물었다.

"보육원에서는 언제 나온 거지?"

곰은 현의 손을 뿌리치며 신경질이 섞인 목소리로 소리쳤다.

"야! 너도 말 안 하면서 나라고 말해야 하냐? 우리 서로 사생활에 대해서는 간섭하지 말자고!"

"이 자식이, 말 안 할래? 그리고 예전부터 궁금했는데, 네 얼굴에 얽족얽족 얽은 이 흉터들은 도대체 뭐지? 얼른 말해봐."

곰은 아이스콘을 내려놓고 한참을 뜸들이다가 입을 열었다.

"현이 도망치고 나서 한…, 사 년 정도는 나도 참고 살았어. 물론, 몇 번 도망치기는 했지만…. 그런데 나와 봤자 마땅히 갈 데도 없더라고. 결국, 다시 돌아갈 수밖에는. 그래서…. 젠장, 그래서 그 망할 년의 계속되는 매질을 사 년 동안 꿋꿋하게 참았다는 거 아니냐. 흉터는 그때 생긴 거야. 그런데 한번은, 선생이 던지는 화병을 잘못 맞아 그만 코뼈가 부러지고 만 거야. 그때 결심을 할 수밖에 없었지. 그대로 살다가는 정말 죽을지도 몰랐으니까…. 몇 번을 가출하면서 친해진 형이 하나 있었는데, 보육원을 뛰쳐나와 그 형을 찾아갔어. 형이 삼촌을 소개해주더라고. 알지? 앵벌이 대장 삼촌. 그래서 한, 삼 년 정도 삼촌 밑에서 일을 했는데…. 참나, 그 형들도 만만치 않더라고. 수입이 없는 날에는 복날에 개 패듯 하는데, 형님들의 집단 폭력에는 도무지…. 아무리 맞는데 이골이 나있던 나로서도 당해낼 재간이 없겠더라고. 그래서 결국 거기에서도 도망을 친 거야. 그 후로 이곳저곳을 옮겨 다니며 또 한 일 년을 살았지. 그러다가, 너를 만난 거야. 나는…. 진심이지, 처음 보자마자 딱 알아봤었는데…. 현은 나 정말 몰라봤어?"

현은 고개를 끄덕이며 낮게 읊조렸다.

"미안해. 그런 너를 모르는 척해서…."

곰은 현의 등을 두드리며 씩 웃었다.

"괜찮아, 나는 절대로 세상과의 싸움에서 지지 않아. 오히려 아픈 기억이 이 바닥 유망주로 만들어 주었으니까. 이봐, 너만 프리랜서가 아니야. 나도 나름 잘나가는 프리랜서라고. 히히, 근데 자꾸 프리랜서, 프리랜서 하니까 우리 진짜 좀 성공한 사람처럼 보이지 않냐? 히히히.”

현은 겸연쩍게 피식 웃고 말았다.

“그래, 웃어! 웃는 자에게 복이 온다는 말 알지? 그러니까 웃어! 넌 예나 지금이나 웃는 모습이 더 보기 좋으니까….”

현은 아릿한 표정으로 곰의 머리를 쓰다듬으며 다시 말했다.

“예전의 내 모습을 기억해?”

곰은 환하게 미소 지으며 말했다.

“난 아직도 그때를 기억한다니까?”

곰의 말에 현 역시 웃으며 소리쳤다.

“에이, 거짓말. 네 나이가 몇인데 그때를 다 기억 하냐?”

곰은 녹아내린 아이스콘을 다시 들고는 말했다.

“너, 옛날에도 그렇게 노랑머리를 좋아하더니…. 결국 샛노래졌더라? 잘 어울린다. 지금 무지하게 예뻐.”

“그런 걸…, 다 기억해? 넌….”

“왜, 감격했냐? 히히. 뭘 그런 걸 가지고 감격하고 그러냐?”

“아니, 감격한 게 아니라…. 역시, 넌…. 옛날부터…. 눈이 좀 높았어. 후후…, 자식. 어린 나이에 나 같은 미모를 알아보다니 말이야.”

“젠장, 욕 한번 제대로 나오려고 하네.”

오후 다섯 시 오십 분.

“이제 됐다! 곰, 출발하자!”

“오케이. 근데 너 괜찮기는 한 거냐?”

"응, 당연하지. 왜? 네 눈엔 내가 괜찮지 않아 보이기라도 한다는 거?"

"괜찮다고? 진짜? 이거 원, 코미디도 아니고…. 괜찮다는 사람이 맨발로 가냐?"

그녀는 자신의 발을 내려다보았다. 사실이었다. 그녀는 얼른 벤치로 뛰어가 군화를 신으며 부끄러운 듯 곰의 시선을 회피했다.

"정신머리 좀 붙잡아! 그러다가 다니엘 앞에서 또 헛소리한다? 쪽팔린다고 또 길바닥에 드러눕고 그럼, 이젠 정말 모른척할 거야."

"이봐, 내가 언제 헛소리를 했다고 그러냐? 그리고 길바닥에 눕든 말든 꼬맹이는 상관하지 말라고."

"상관하지 마? 참나. 누가 누구한테 할 말을? 알겠어. 현, 네 일에 상관 안 하겠지만, 지금 이렇게 입씨름하고 있을 때는 아닐 텐데. 시간은 지금도 자꾸만 흘러가고 있거든요?"

"아 맞다! 사인회! 야, 꼬맹이…."

"아, 왜?"

"무조건…, 뛰어!"

오 분 후 그들은 사인회가 열릴 장소에 헉헉거리며 도착했다. 거기에는 이미 많은 팬이 뒤끓고 있었다. 그들은 기대와 흥분에 못 이겨 잡담으로 가슴을 진정시키려는 듯 자못 수다스러웠다.

"아, 떨린다."

곰은 현의 말은 흘려들으며 자신의 옆에 서 있던 아가씨의 반쯤 열린 가방에만 시선을 고정했다. 가방의 틈으로 분홍색의 지갑이 두툼한 모양으로 입맛을 돋우고 있었다.

"야, 누님이 지금 많이 떨린다고."

"그래서? 그게 나랑 무슨 상관인데. 피차간에 상관하지 말자던 사람이 누구였더라?"

"젠장, 떨려서 미치겠다. 그런데 주위는 왜 이리 시끄럽지? 안 그래도 심장이 두근거리는 판에 머리까지 방망이질하려고 그래!"

호들갑을 떨며 부산스러워하는 현을 향해 곰이 한심스러운 눈길을 보내며 말했다.

"인간아, 너나 좀 조용해 해봐. 내가 다 집중이 안 된다!"

여섯 시 십오 분이 되자 행사 관계자는 줄을 세우기 시작했다. 현은 대기 번호 1번이었기 때문에 그들 중 첫 번째로 가슴이 조마조마하고 눈앞이 아찔했다.

"자, 여기가 1번이에요?"

"으응…."

대답을 하는 현의 목소리가 덜덜 떨리고 있었다.

"이분 뒤로 한 줄로 죽, 줄을 서주세요! 번호표가 없으신 분은 사인을 받으실 수가 없습니다. 그러니 모두 번호표를 꺼내시고 질서 있게 줄을 서주시기를 부탁합니다. 빨리 질서를 잡으셔야 다니엘 씨가 오셔서 원활하게 사인회를 진행할 수가 있어요. 그러니 여러분이 협조를 잘 해주셔야 합니다."

곧 다니엘을 볼 것이라 생각을 하니 또다시 속이 메스꺼워 왔다. 두근두근 방망이질 쳐대는 소리가 점점 더 크게 들려왔다. 곧 심장이 폭발할지도 몰랐다. 갈비뼈가 그녀의 심장과 나머지 장기들을 꽉 잡아주고 있었기에 망정이지 만일 그것이 아니었다면 심장은 아마 제멋대로 내장을 헤엄쳐 다니고 말 것이었다. 흥분한 마음을 겨우 달래던 심장은 이윽고 그의 네 개의 방을 리모델링하려고 준비하기에까지 이르렀다.

시간은 일곱 시 정각. 경호원이 매장의 입구에서 그를 맞을 준비를 한다. 그들은 군중을 막아서며 자꾸만 뒤로 가라고 소리를 친다. 드디어 손가락 마디마디에도 힘이 풀리려 한다. 겨우 몸 전체를 의지하는 두 다리조차 믿음직스럽지 못하다고 느껴진다. 이제 곧 도착할 것이다. 오빠가 타고 다니는 밴은 오늘도 여전히 깨끗하고 맑은 하얀색일까? 나의 천사는 지금쯤 어디 있을까? 과연 어느 방향에서 올 것인가? 두 눈을 들어 사방을 살피고 싶었지만, 도저히 그럴 용기가 나지 않았다. 아까까지 멀쩡했던 정신이 슬슬 혼미해져 오기 시작했다.

현은 곰에게 말했다.

"야…, 꼬맹이. 나 지금 너무 떨려서 숨이 막혀와. 이럴 땐 어떻게 해야 하지?"

곰은 왼쪽 입가를 올리며 현에게 농담조로 말했다.

"숨 쉬지 말고 그냥 뒈지시던가!"

현은 곰의 뒷덜미를 세게 잡아채며 말했다.

"죽을래?"

"왜 그래? 그냥 농담이야, 농담. 기분 풀어. 기분 풀고 사인 잘 받고 와. 알았지? 난 근처에서 기다리고 있을게."

"그럼, 너. 이제껏 기다려놓고 오빠의 얼굴은 보지 않을 거야?"

"내가 미쳤냐? 그딴 후레자식의 얼굴을 보게? 나도 바쁜 몸이라고. 머리 빈 애들 한눈팔 시간에 나는 할 일이 아주 많은 사람이야."

현을 남겨둔 채 뒤를 돌아 걸어가는 곰의 주머니에는 분홍색의 지갑이 숨어 있었고 얼굴에는 아주 작은 쓸쓸함이 비치고 있었다.

다니엘이 도착했다는 소리와 함께 행사 관계자는 분주하게 뛰어다니며 소리쳤다.

"자, 이제 1번부터 5번까지 다섯 명이 입장하겠습니다! 뒤에도 순서대로 다섯 명씩 줄 맞춰주세요."

드디어 입장이었다. 과연 다니엘은 자신을 보고 어떤 표정을 지을까? 혹 너무도 반가워하며 먼저 인사를 해오지는 않을까? 다니엘이 큰 소리로 자신의 이름을 불러준다면 과연 어떠한 표정을 지어야 하는 것일까…. 아무리 하여도 알 수가 없었다. 다니엘의 체취가 점점 가까워진다고 느껴지자, 현의 머릿속은 이미 텅 비어갔기 때문이다. 현은 관계자의 손에 이끌려 음반 매장으로 안내되었다.

저 멀리에 다니엘이 앉아있었다. 세상에서 가장 아름다운 나의 사람. 그리도 손에 잡히지 않았던 사람이 내가 손을 내밀면 닿을 수 있을 만큼 가까이에 있는 것이다. 현은 경호원의 감시 아래 다니엘에게 한걸음, 한걸음 다가갔다. 그에게 다가서는 발걸음을 한발자국씩 떼어낼 때마다 마치 자신이 태양을 마주한 색색의 아이스크림처럼 느껴졌다. 그래서 저 사람 앞에 똑바로 서게 되면 껍질도 남지 않고 녹아내릴 것만 같았다. 다니엘의 깊고도 따스한 눈이 현을 바라보고 있었다. 현은 자신도 모르는 무의식적 끌림에 따라 손을 내밀고 말았다. 다니엘은 백색의 웃음을 지으며 현의 손을 잡아주었다. 그의 하얗고 가녀린 손과 현의 손이 맞닿았을 때 그녀는 비로소 느낄 수 있었다. 영원히, 죽는 그 순간까지 사랑하고 말 것이라는 것을….

"안녕하세요?"

다니엘의 맑고 청아한 목소리가 음반 매장에 곳곳에 울려 퍼졌다. 아마도 그의 목소리는 음반 매장의 진열대를 장식한 갖가지 음반에 살포시 내려앉았을 테고 그들, 내놓으라 하는 유명 뮤지션의 음반들조차도 다니엘의 나지막한 목소리에 반해 절대로 나를 떠나지 말라며 소리칠 것이다.

"아…. 안녕…, 하세요?"

부탁하건대 이 순간이 제발 영원일 지어라! 현은 다니엘의 5집 시디를 내밀었다. 무언가 더 이야기 하고 싶었다. 다니엘, 당신을 사랑한다고. 다니엘, 당신의 5집 음반이 발매되기도 전에 불법 음원이 유출되는 것을 막으려고 밤을 새워 당신의 고통을 잠재워주었다고. 다니엘, 당신의 예전 콘서트부터 최근의 쇼케이스까지 많은 공연을 우린 함께 했었다고, 나 당신 덕분에 좋은 꿈을 꾸고 있다고, 당신 덕분에 새로워진 삶을 살고 있다고. 다니엘, 나 당신을 위해서라면 어떠한 일이라도 망설임 없이 할 수가 있다고. 다니엘, 당신은 내 전부라고…. 그러니 죽는 그 순간까지 사랑하겠다고…, 말하고 싶었다. 대화의 욕구가 마음속 깊은 곳에서 용암이 불타오르는 것처럼 활활 끓어오르고 있었다. 하지만 입이 떨어지지 않았다. 솟구쳐 오르는 용암보다 더 단단하게 굳은 입이라는 지각이, 변동을 일으키기를 바랄 뿐이었다. 아마도 다니엘 앞에서는 어떠한 자연현상이나 천재지변도 일으킬 수 없을 것 같았다. 단언하건대, 다니엘. 그는 진정한 천사였다.

다니엘은 자신의 사인을 멋들어지게 했다. 그리고 사인 아래에 문구를 써넣었다.

'꿈은, 이루어진다!'

현은 다니엘의 사인을 물끄러미 바라보았다. 그만 눈물이 나려 했다. 꿈은 이루어진다. 다니엘이 자신에게 꿈은 이루어진다고 했다. 현은 잠시간 자신의 꿈이 대통령이라 할지라도 이룰 수 있을 것이라는 생각이 들었다. 다니엘이 하명하였기에 이루어야만 하는 꿈의 의무 같은 것 말이었다.

"그대, 성함이 어떻게 되죠?"

다니엘이 은은한 미소를 잃지 않은 채 현에게 물었다.

"네?"

현은 눈을 동그랗게 뜨며 되물었다.

"사인 받으시는 그대의 성함이?"

현은 순간 거대한 쇠뭉치로 뒤통수를 얻어맞은 듯 충격에 빠졌다.

"내 이름이요? 오빠, 내 이름을 몰라요? 정말 내 이름을 모르는 거예요?"

당황한 다니엘의 얼굴이 커다래진 현의 동공에 모두 담겨졌다.

"오빠! 지금 내 이름을 모른다고 했어요? 왜요? 왜요? 왜, 내 이름을 몰라요?"

"저기…."

다니엘의 얼굴에 웃음기가 사라졌고 이를 본 이정석이 서둘러 다음 사람을 불렀다.

"다음 분, 빨리 사인 받으세요."

이정석이 근처의 경호원들에게 눈치를 주자 경호원 두 명이 현을 제지하기 위해 다가왔다.

"잠깐, 잠깐만요. 오빠, 오빠! 정말 내 이름을 모른다는 거예요? 왜요, 왜요? 그 장미꽃 기억나지 않아요? 쇼케이스 때 분명히 나를 봤잖아요. 그랬잖아요! 그런데 왜 몰라요? 왜 내 이름을 몰라요? 진실로 내 편지를 보지 못했나요?"

경호원이 현의 팔을 잡았다.

"아가씨, 왜 이래요? 그만 나가요!"

현이 소리를 질렀다.

"놔! 이거 놓으라니까! 오빠, 오빠! 정말 내 이름을 몰라요? 정말 모르는 거예요? 나 알잖아요, 나를 봤잖아요! 나에게 말도 건넸잖아요! 그런데 왜 나를 몰라요? 일부러 모르는 척하는 거죠? 그렇죠, 오빠!"

굳은 표정으로 현의 외침을 듣고만 있던 다니엘은 다시금 여유롭고 평안한 표정을 찾고선 대답했다.

"미안해요. 내가 잠시 이름을 잊어버렸나 봐요. 다음에는 꼭 기억할게요. 그리고 이 시디는 가져가야죠."

다니엘은 시디를 집어서 건네주려 했고 그 시디가 현의 손에 닿기도 전에 경호원이 가로채어 현에게 쥐여 주며 거칠게 밖으로 끌어당겼다. 현은 경호원에게 두 팔을 잡혔음에도 계속하여 다니엘에게 외쳤다.

"오빠, 오빠! 사실은 나 기억하고 있었던 거죠? 잠시 잊어버렸을 뿐인 거죠? 그렇죠? 다음에는 기억해줄 거죠! 정말이죠? 이제 다시는 잊지 않을 거죠…."

현은 계속 경호원에게 끌려가면서도 외쳐대었다. 하지만 더는 그의 입에서 들려오는 말은 없었다. 단지 다음 팬에게 미소를 지으며 사인을 해주는 그의 옆모습만이 뇌리에 박힐 뿐이었다.

다니엘에게 사인을 받고자 길게 줄을 서 있던 팬의 수가 점차 감소해 나가는 것을 현은 마냥 지켜볼 수밖에 없었다. 그리고는 생각에 잠겼다. 이럴 수는 없다. 정말 이럴 수는 없었다. 진기가 다 빠져 쓰러질 것만 같았다. 하늘이 무너진다. 실제로 하늘이 무너졌다고 해도 이렇게 애연하지는 않았을 것이다. 아니, 하늘은 없다. 그녀의 마음속 하늘은 이미 산산조각이 난 채로 사라지고 있었다. 하늘 조각이 불타오른다. 마지막 조각의 잉걸덩이가 그녀를 쪼갠다. 실실거리며 너는 팬일 뿐이라고 말한다. 맞다. 남들과 같다. 자신도 하릴없는 팬일 뿐이었다. 팬 1, 팬 2, 팬 3…, 팬 80, 팬 81, 팬 83, 그리고 마지막 팬 344…. 그렇게 자신도 다니엘의 손짓 하나 표정 하나에 울고 웃는 팬 중의 한 명이었던 것이다. 특별할 줄 알았는데…, 다른 수십만의 팬 중에서도 자신만은 그를 진심으로 사랑하는 몇 안 되는 팬인 줄로만 알았는데…. 외롭다거나 힘이 들 때 기대고 싶어 하는 그의 극소수의 팬 중의 하나인 줄 알았다.

하지만, 그것이 그녀만의 착각이었다는 것을 현은 오늘 미미하게나마 느끼고 있었다. 길거리에 가득한 그의 팬의 무리에 자신은 일부였다. 다니엘에게 있어 자신은 '현'이 아닌, '팬'으로서 존재할 뿐이었다. 그저 팬이라…. 허탈했다. 사인 받고 싶어서 새벽 세 시부터 추위를 이겨낸 채 기다림을 지속한 유별난 팬, 이름을 모른다고 가수의 앞에서 난동을 피운 이상한 팬, 이렇게 사람이 많은 곳에서 사인 시디를 들고 눈물을 줄줄 흘리는 광기 어린 팬…. 아마 다니엘에게 자신은 그렇게 기억이 될 뿐이었다. 아니, 어쩌면 그렇게라도 기억되지 못할 수도 있었다. 오늘 사인을 받을 삼백사십사 명의 팬, 아마 사인회를 마친 다니엘은 영원히 그들을 기억하지 못할 것이다. 그녀 역시 그들에게 묻혀 잠시간의 우발 사건으로 끝나버릴 것이다. 사인회라는 행사가 모두 끝이 나고 밴으로 돌아간 다음, 하얀색 밴이 시동을 걸 때부터 그의 망각은 시작된다. 끝끝내 그는 오늘의 추억을 기억 저편에 묻어둔 채로 삶을 지속해나갈 것이다.

마구잡이로 물건을 집어던지며 화를 내고 싶었다. 내가 이제껏 당신의 공연을 얼마나 많이 다녔었는데! 그곳에서 얼마나 큰 목소리로 당신을 응원했는데! 당신이 안 보이는 곳에서도 매일 밤 당신을 위해 기도하고 당신을 그리며 잠을 청했는데! 며칠 밤을 새워 당신에게 편지를 쓰고 얼마나 많은 돈을 들여 당신을 위한 선물을 사 보냈는데…. 어떻게 당신이 나를 모를 수가 있어? 적어도 나를 보면 '아! 바로 그대였군요!'라며 안아주지는 못할망정, 뭐? '성함이 어떻게 되세요?'라니…. 어떻게 내 눈을 그리도 똑바로 바라보면서 이름을 물을 수가 있단 말인가. 정말 오빠가 맞아? 나의 오빠가 어떻게 이름도 모를 수가 있지? 바로 며칠 전, 쇼케이스 때 오빠의 입으로 말했잖아. 나를 보고, 정말 귀엽지 않으냐고 말했었잖아. 어떻게 그걸 잊어? 당신, 나를 보고 손도 흔들어 주었잖아. 저런 허섭스레기 같은 애들 말고. 당신은 분명히 나를 향해 손을 흔들었잖아. 당신, 거짓말쟁이. 미워, 미워, 미워! 정말로 밉단 말이야!

하지만 현은 소리칠 수 없었다. 다니엘이 마지막에 했던 이야기가 자꾸만 머릿속에 맴돌았기 때문이다. '다음에는 꼭 기억할게요.' 다음에는, 다음에는 꼭 기억할게요. 그래…. 다음에는 꼭 기억할 것이다. 다니엘, 그 사람이…. 다음을 말한 것이다. 현과의 다음을 말이다. 이번에는 기억을 못 해서 너무도 미안하지만, 다음에 꼭 다시 만나자는 이야기를 하고 싶었던 것이다. 다음에도. 너는 역시 나의 팬으로 머물러 있어야 한다, 그 말이었던 것이다. 여전히 이 지독한 기다림은 끝을 보일 기미를 나타내지 않았다. 차라리 다시는 나타나지 말라고, 썩 꺼지라고 말을 했다면…. 그랬다면 이러한 기다림을 다시 반복하지 않을 수도 있었을 텐데….

현은 눈물을 흘리며 걷다가 팬 사인회 장소에서 얼마 떨어지지 않은 벤치에 곰이 누워 있는 것을 보았다. 현은 그의 옆자리에 앉았다. 상의의 앞섶은 이미 눈물범벅이 되어 있었다. 편안한 자세로 누운 채 코를 골며 잠들어 있던 곰을 보자 더욱 눈물이 쏟아졌다. 세상이 미웠다. 그리고 그러한 세상에 자신과 곰을 던져 넣은 연놈들도 미워서 견딜 수가

없었다. 배신이라는 단어만큼이나 연놈들이 싫었다. 배신이라는 단어에
는 역한 냄새가 스며들어 있었다. 어릴 적 자신의 부모가 핏덩어리였던
자신을 배신했듯이, 그 역겨운 기억의 파편이 다시금 반복될 것만 같았
다. 참을 수가 없었다. 다니엘조차 그러한 배신의 덩어리에 끼얹힐까봐
두려웠다. 다니엘만은 떼어내고 싶었다. 다니엘같이 고귀한 존재만은 그
런 시답잖고 하찮은 존재와 동일시시킬 수는 없었던 것이다.

"하아암, 언제 왔냐? 사인은 잘 받았냐?"

막 잠에서 깨어난 곰이 눈을 비비던 순간 그녀 또한 같이 눈을 비비
며 눈물 자국을 없애고 있었다.

"그가 너를 알아보디? 기억하디? 반갑다고 안기라도 해주디?"

현은 눈물을 다 닦고는 곰의 반대쪽 허공을 계속 두리번거리며 딴 생
각에 잠긴 척을 해대었다. 왠지 이 자식 앞에서는 우는 모습을 보이고
싶지 않았던 것이다.

"야, 너 혹시 울었냐? 응? 어라, 진짜 운 것 같은데?"

곰은 무언가 이상한 낌새를 알아채고 현의 곁으로 다가와 현의 얼굴
을 살폈다.

"어, 진짜 울었네. 왜? 다니엘의 너한테 결혼이라도 하자 그러디? 그래
서 감격이라도 받은 거냐?"

곰이 자꾸만 뚫어지라 쳐다보자 현은 또다시 눈물이 왈칵 쏟아졌다.

"어라, 또 우네? 야, 너 같은 철면피도 눈물은 참 많을 수도 있는 모양
이다. 근데, 왜 우냐? 다니엘이 너 모른대? 기억 못 하디? 너보고 못생겼
다고 저리 가라 그래? 좀 뜯어고치고 오라고 욕하고 그러디?"

곰의 우스꽝스러운 농담에 현은 피식 웃음이 났다.

"야. 너 울다가 웃으면…. 시집 못 가는 거 알지? 너 나중에 다니엘이

랑 결혼했는데 다니엘이 너 울다가 웃은 거 알고…, 도망가면 어쩔래?”

현은 소리죽여 참아오던 웃음이 크게 터져 나왔다.

“하하하, 크크큭….”

곰은 현을 유심히 바라보며 말했다.

“너 지금 진짜 웃긴 거 알고 있냐? 눈에서는 눈물이 흐르는데 입은 웃고 있어. 정말 신기하다. 사진이라도 찍어놓고 싶은데? 이거 인터넷에 올리면 너 금방 유명 인사 되겠다.”

현은 그런 곰을 살짝 흘겨보았지만, 입가에는 자조적인 웃음이 감돌았고 눈에서는 하염없는 눈물이 흘러내렸다.

두 시간 정도가 지났을까 팬 사인회가 있던 장소에서 군중의 비명이 연이어 터져 나왔다. 곰이 말했다.

“어? 그 자식 사인회 다 끝나고 이제 슬슬 나가나 본데?”

오늘은 왠지 그 사람이 나가는 것을 보기가 싫었다. 오늘만은 그의 모습을 보지 않았으면 했다. 그러나 그렇게 생각하는 것은 오직 이성일 뿐이었다. 언제나 본능은 이성과는 달리 반응했다. 머릿속엔 그 사람에 대한 미움과 원망만이 가득했지만, 몸은 벌써 그의 곁으로 달려가고 있었다. 이 순간엔 정말이지 올림픽의 육상 종목에라도 출전할 수 있을 것만 같았다. 현은 이를 꽉 깨물고 그를 향해 내달렸다.

마지막 모습이라도 보고 싶었다. 과연, ‘마지막’ 모습이 될 수 있을지는 의문이었지만 보고 싶었다. 그 말밖에는 달리 표현할 말이 없을 것 같았다. 가슴이 찢어지도록 미웠지만 무사히 잘 가는 그의 뒷모습이라도 눈에 담아야만 했다. 현은 다니엘의 뒷모습이라도 보고자 노란색의 긴 머리를 흩날렸고, 곰은 그러한 현의 뒷모습을 그저 무심히 바라볼 뿐이었다.

소녀들의 함성이 쏟아져 나오는 기점에는 하얀색 밴이 서서히 시동을 걸고 있었다. 경호원의 제지로 밴은 가까스로 큰길을 빠져나오고 있었다. 현은 하염없이 밴을 바라보았다. 큰소리로 욕이라도 뱉고 싶었지만 차마 그에게 좋지 않은 말 따위는 입 밖에 낼 수가 없었다. 그녀는 언제나 그 사람의 소리 없는 팬이어야 하고 언제까지나 그 사람의 뒤에서 숨죽여 흐느껴야 하는 바보 같은 팬일 뿐이었으니까. 그녀는 또다시 가슴이 쓰라려 울었다. 단 한 번도 그대에게 화풀이할 수 없었다. 그러나 과연 그러한 게 사랑인 걸까. 두렵기만 했다. 아마 죽을 때까지 이렇게 살 수밖에 없을 것만 같았다. 어쩌면 죽고 나서도 해방될 수 없을지도 몰랐다. 어제까지는 이러한 삶도 행복이라 느꼈다. 아니, 이렇게 살고 싶어 최대한 미친 듯 발악한 지도 모른다. 하지만 오늘은 아니었다. 다니엘만 바라보는 해바라기 같은 현의 삶도 점점 지쳐가는 듯했다. 과연 얼마나 버틸 수가 있을지는 그녀 자신도 알 수가 없었다. 다만 짐작할 수 있던 사실은 바로 내일, 자신도 모르게 또다시 다니엘을 찾아 헤맬 거라는 진실이었다.

연인

언젠가부터 나의 사랑은 일방통행이 되어가고 있었다. 인지할 수 없을 만큼 서서히 변해가고 있었다. 진정으로 하고 싶던 일마저 포기해가며 물심양면 그를 도왔던 나인데…. 그에 대한 보답으로 그 사람은 변해갔다. 음반이 나오고 인기를 얻을수록 그는 카멜레온처럼 변색(變色)했지만 그가 카멜레온이 되어간다는 이유만으로 도저히 사랑하는 사람을 변색(辨色)할 수는 없었던 것이다.

"보고 싶다. 그때는 왜 몰랐을까. 그대 나에게 얼마나 큰 힘이 되어 주는 사람이었는지. 바보같이 왜 나는 다 지난 후에야 후회라는 단어를 끼적이는 것일까…."

"아…."

모닝콜이 울린다. 벌써 아침인 건가. 유독 오늘 아침은 왜 이렇게 일어나기가 힘이 드는 것일까. 눈을 뜨는 게 힘들다는 것은 필시 지금 두 눈이 통통 부어 있다는 증거였다. 어젯밤 늦은 시간까지 그의 전화를 기다리며 평상시보다 와인을 조금 과하게 마셨던 탓일까, 아니면 휴대전화의 모닝콜을 하필이면 그대의 슬픈 노래로 설정해놓은 탓에 꿈길의 막바지에서조차 구슬프게 울고 말았던 탓일까…. 아무래도 후자인 듯싶다. 나 역시 다른 사람처럼 휴대전화의 아침 인사만은 밝은 노래로 설정하고 싶었지만, 이 노래는 사랑하는 나의 연인이 나만을 위해 만들어준 노래였기에 슬플지언정 매일 아침 듣지 않으면 온종일 개운하지가 않았다. 얼굴을 자주 볼 수 없는 나의 연인이었기에 전화상으로만 만나는 그것만으로도 삶의 활력소가 되면 되었지 절대로 짐이 되지 않는다. 다행스럽게도 이제는 매일 아침, 이 노래를 들으며 깨는 것이 익숙해졌다. 나를 위해 만든 내 연인의 음악…. 비록 나의 연인은 내가 보고 싶을 때 깜냥으로 만날 수 있는 사람은 아니었지만, 그의 이성과 감성이 수시로 나를 불러준다는 것에 일단 감사의 기도를 드리며 살아가기로 한다.

무거운 눈꺼풀을 힘겹게 들어 올리자 침대 옆 테이블 위에 놓인 그 사람과의 사진이 나를 반긴다. 나의 연인…. 지금도 이이가 사랑스러운 눈길로 나를 바라본다. 당신이 있기에 나는 진정으로 행복할 수 있다….

아침 다섯 시 삼십 분. 이제는 일어나야만 한다. 침대에서 몸을 일으켜 화장대 앞으로 갔다. 순백의 실크 잠옷 위로 눈은 몹시도 붓고 얼굴이 푸석거렸지만 찰랑거리는 머리카락만은 여전히 결이 고왔다. 커다란 브러시를 들고 천천히 머리카락을 빗겨 내렸다. 하루의 일과를 시작하기 전 가장 먼저 하는 일은 바로 이렇게 머리카락을 빗는 일이었다. '윤기가 나는 그대의 검은 머리카락을 사랑해….' 그 사람은 입버릇처럼 속삭임을 되풀이했다. 나의 모든 것을 좋아하는 그였지만 유독 긴 머리카락에 집착하는 그이기도 했다. 그는 잠들기 전 항상 나의 머리를 빗겨주며 말했다. '이건…. 영원토록 나의 것이야.' 그는 내가 먼저 죽으면 나의 머리카락을 잘라 한 올씩 삼킬 것이라고 했다. 또한, 그 사람이 먼저 죽는다면 그의 머리카락을 잘라 영원히 간직해 달라고도 했다. 타인이 듣기에는 섬뜩한 소리일지 모르나 나는 이해할 수 있었다. 그는 진심으로 나의 영혼까지 사랑하고 싶었던 것이다. 그리고 나 역시 그 사람의 영혼, 그 이상을 사랑해주기를 원했다. 이 세상에서 그의 진심을 이해할 수 있는 사람은 오직 나밖에는 없었다. 그 사실을, 나는 믿었고 그의 믿음 역시 나와 함께 했다.

나는 단 한 올도 뭉친 머리카락이 없을 때까지 머리를 빗고 또 빗었다. 헝클어진 마음이 꽤 잠잠해졌다고 느꼈을 때 머리를 올려 묶고는 화장실로 향했다. 분홍색 세수용 헤어밴드를 머리에 두르고 칫솔에 치약을 묻혔다. 자꾸만 하품이 나왔다. 그래도 다행인 것은 예전보다 일찍 일어나는 것에 능히 익숙해졌다는 것이다. 모두가 그 사람 덕분이었다. 그는 오래전부터 내가 규칙적으로 생활하기를 종용해왔다. 규칙적이라는 것은, 불규칙한 생활 습관에 찌든 당신의 인생에 거는 반동(反動)이었을 테다. '나와의 대타협(大妥協)을 시도하는 거니?' 나의 질문에 그는 대답했다. '아니, 그런 것은 아니야. 다만, 그대가 진정 건강했으면 한다는 거야. 왜냐하면, 내가 그렇게 살지를 못하니까….' 고독이 가득했던 그의 미소는 항상 나를 슬픔의 강물로 떠밀고 있었다. 나는 강물에 빠지지 않으려고 억지 미소를 지으며 그에게 말했다. '대중에게 바른 생활의 대명사로 인식된 당신의 입에서 그런 비관적인 말이 나와도 되는 거야?' 그러자 그는 입술을 깨물더니 더욱 고독한 얼굴을 하고는 말했다. '대중이 생각하는 나와, 실상에 존재하는 나는 너무도 달라. 대중은 내가 아주 부지런하고 꾸준한 사람일 것이라 착각하지. 보통의 사람은 하루를 둘로 쪼개어 반나절은 잠을 자고 반나절은 일하지만 나는 아니야. 나는 나흘을 둘로 쪼개어 이틀은 잠을 자고, 나머지 이틀은 일을 해. 정말이야. 한번 볼래?' 나는 그의 우스꽝스런 답변에 코웃음을 쳤다. '설마. 당신, 지금 나를 놀리는 거지?' 그러나…. 모든 것은 참말이었다. 그는 간혹 작업 중에 겨울잠을 자곤 했다. 말 그대로 겨울잠이었다. 어떨 때는 꼬박 삼 일하도고 반나절을 넘게 잤던 적도 있었다. 화장실도 가지 않고 밥도 먹지 않았다. 사 일째가 되려던 무렵, 나는 혹시 그가 죽은 것은 아닐까 싶어 콕콕 찔러보았는데 그러한 나의 움직임에 눈을 비비며 깨어난 그는 홀쭉한 얼굴로 나에게 말을 건넸다. '자, 이제는 내가 얼마나 게으른 사람인지 잘 알겠지?' 나는 스스로 말문을 막을 수밖에 없었다.

게으른 사람이라…. 후후. 아니, 틀렸다. 그는 지독한 사람이면 지독한 사람이었지 절대로 게으른 사람이 될 수는 없었다. 삼일을 잠들어 있던 그 사람은 마치 동면을 취하고 일어난 박쥐처럼 두 시간을 내리 먹기만 했다. 그리고서 그는 할 일이 있다며 곧장 작업실로 돌아가 꼬박 닷새를 쉬지 않고 일했다. 그리고 초닷샛날을 지나던 어느 날 밤, 그가 기나긴 휴식을 취하고자 또 침실로 들어가게 되었다는 이야기를, 나는 그의 매니저를 통해 드디어 들을 수가 있었다.

세수를 하려고 보니 평상시보다 얼굴이 퉁퉁 부어 있었다. 나는 그만 헤어밴드를 벗고 실크 잠옷과 속옷마저 벗은 채로 샤워기를 틀었다. 덥지도 차지도 않은 매지근한 물줄기였지만 물탱크라는 쇼생크 교도소를 빠져나오고자 배수관과 혈투를 벌였고, 결국 탈출에 성공한 그들의 만세 소리가 거센 물살과 함께 세상으로 뿜어져 나오고 있었다. 나는 그들을 얼굴로서 영접했다. 친절에 감복한 그들의 열정은 이유를 불문하고 내 얼굴을 안마하기에 이른다. 스스로 얼굴을 문대기가 귀찮아 그들의 자유를 이용해 먹은 나야말로 진정 게으른 사람이었다. 그래, 나의 연인은 절대로 게으른 사람이 아니었다.

물이 점점 차가워졌다. 수도꼭지를 빨간색 방향으로 돌렸다가 잠시 생각을 다잡고는 파란색 방향으로 돌렸다. 파란색의 명령으로 흘러내리는 물은 마치 얼음장과도 같아서 물줄기를 톡톡 두드리면 쩡쩡하는 소리가 날 것만 같았다. 실오라기 하나 걸치지 않은 알몸이 되어 샤워기의 차고도 거센 물살을 마주하려니 어찌 된 감정인지 서러움이 밀려왔다.
서러워도 하릴없었다. 나는 게으른 사람이었으니까…. 삶이 그렇게 만
들었다. 내 삶의 방향이 게으름을 사육하고 있었다. 나는 그에게 단 한
번도 먹이를 주지 않았건만, 그는 잘만 커갔다. 명문대의 영어영문학과
를 졸업하고 특A급 항공사에 입사한 후 오 년 동안 국제선의 객실 승무
원이었던 나에게 그는 끊임없이 근무지의 변경을 종용했다. 하지만 나
의 대답은 한결같았다. '안 돼. 아무리 그것이 당신의 소망일지라도 객실
승무원은 오랜 나의 꿈이었어. 그러니 그것만은 절대로 안 돼!' 안 되는
것이 존재하리라는 것, 그것은 나의 오만과 편견이었다. 이 세상에 '절대
로' 안 되는 것은 없었다. 모든 것은 마음먹기에 달린 것이었다, 그의 말
에 의하면.

그는 누구도 꺾을 수 없을 것 같던 나의 꿈을 유연하게 휘어놓은 유일
(唯一)이었다. 어릴 적부터 소중하게 간직해오던 꿈도 포기하고 '지상직
(Ground Staff)'으로 근무지를 변경했던 삼 년 전 그날, 그는 나에게 속
삭였다. '고마워, 썬. 나는 그대가 종국에는 내 뜻을 따라와 줄 거란 걸
믿고 있었어. 드디어 한시름 놓겠구나. 장시간의, 불규칙한 비행 때문에
항시 위장병을 달고 살던 그대로 말미암아, 걱정과 불안, 그리고 짜증과
위태로움을 주고받았는데 이젠 그럴 필요가 없겠어. 그대를 사랑하면서
거친 장애물 하나를 제거한 것 같아 나는 행복해. 그대가 포기한 인생
에 대하여 후회할 여력조차 없도록 내가 온 힘을 들일게.' 그의 다정함
에 새로이 반한 나는 굿나잇 키스로 대답을 대신해주었다.

그의 선택은 언제나 탁월했다. 덕분에 내가 느낀 만족감도 상당한 수
준의 반열에 오를 수 있었다. 아침잠이 많아 이른 출근이 부담스러웠던
나에게 근무지의 변경은 확실히 고혹적인 결과였다. 또한, 그의 말대로

만성 위염이라는 고질병을 떼어내는 절호의 기회가 되어주기도 했다. 꿈을 잃은 것? 물론 은미(隱微)한 꿈을 좇는 일이란 누구도 상상할 수 없을 만큼 고된 노력의 연속이었기에 승무원이 되기 위한 나의 정성의 무게는 더 말할 필요도 없었을 것이다. 그러나 꼭 높은 산을 정복해야만 등산을 하는 것은 아니었다. 낮은 산을 올라도, 높은 산을 오르다 중도에 포기해도, 등산임에는 틀림이 없었다. 바람직하게 생각을 돌릴 수 있었던 것 역시도 그를 향한 애정 덕분이었다. 억겁의 시간, 쌓아온 애정을 시험하게 하였던 새로운 직업관 덕분에 예전 그가 음악 방송에서 1위를 했을 때 하릴없이 옥토버페스트(Oktoberfest)에 머무르며 도수가 높은 맥주에 취해 그의 영광을 축하해줄 필요도 없었고, 그가 창작의 고통에 밤을 지새울 때 맨리 비치(Manly Beach)에서 파도를 폴짝 거리는 동영상을 보내줄 필요도 없었다. 그가 몸살감기를 앓으며 고열로 신음할 때 더는 트라팔가 광장(Trafalgar Square)을 얼빠진 표정으로 배회하지 않아도 좋았던 것이다. 물론, 예전에 받던 보수와 지금의 보수가 조금 차이 나기는 했지만 야포 따위가 절대로 훼방꾼이 될 수는 없었다. 사랑하는 내 남자의 손이 언제나 닿을 수 있는 곳에 근무한다는 사실은 내 남자에게도, 나에게도 완벽한 즐거움으로 남을 수 있었기에 말이다.

나는 샤워를 마치고 커다란 수건으로 몸을 감싸고서 다시 방으로 돌아왔다. 그리고 휴대전화를 집어 익숙한 열한 개의 번호를 눌렀다. 음악 작업을 하기에는 청천대낮보다는 야밤삼경이 좋다며 그는 주로 밤에 작업을 한다. 아침 해가 떠오를 때까지 작업을 하며 나의 전화를 기다리다가 수화기에서 내 목소리가 들려오는 순간 그제야 안심을 하고 휴식을 취하고는 했다. 그렇기에 나는 삼 년을 하루같이 그에게 나의 평안한 목소리를 들려주어 아침을 잠재웠던 것이다.

"따르릉, 따르릉."

신호음이 울린다. 그이의 연결음은 항상 이 소리였다. 수많은 팬이 전화번호를 알아내고자 애를 쓰는 통에 한 달에 한 번꼴로 휴대전화가 바뀌었던 그였으니, 당연지사 통화 연결음을 설정할 수 없었던 이유도 있었을 것이다. 하지만 우선순위는 사실 다른 이유였다. 바로 습관처럼 말하던 그의 지론 때문이었다. '당신에게 전화할 때마다 대기 시간에 갑갑해하는 사람이 있을 거야. 그들에게 잠깐이라도 아름다운 음악을 들려주고 싶지는 않아?' 연결음이 없다고 핀잔을 주려던 나에게 그는 입술을 뽀로통하게 내밀며 말했다. '통화 연결음? 내가 듣는 것도 아니잖아. 남이 듣는 것을 왜 내 돈을 내고 설정해야 한다는 거지? 생판 모르는 사람일 수도 있는데 그를 위해서 나의 경제를 희생하라는 말이야? 싫어. 그들은 나에게 어떠한 도움도 줄 수 없을지도 모르는데, 나는 그들의 대기 시간을 위해서 희생의 탈을 쓰며 투자를 하라니…. 너무 억울한 일이잖아!' 나는 주체할 수 없을 정도로 많은 돈을 버는 그 남자가 고작 한 달에 몇백 원이 아까워 통화 연결음을 설정하지 않는다는 사실이 너무도 귀엽게 느껴졌다. 너털웃음을 참지 못하고 그만 그의 왼쪽 볼을 살짝 꼬집고 말았던 나에게, '아야! 아프단 말이야!' 하며 새치름하게 볼을 문지르던 그의 모습이 생각나, 나는 전화기의 버튼을 누르다 말고 박소를 하고 말았다.

'그대, 아침부터 왜 그렇게 웃어대지? 무슨 재미있는 일이라도 있는 거야?'

다정한 그의 목소리가 수화기를 통과하여 귓바퀴를 산책한다.

"후후. 아니야, 아무것도."

'뭔데 그래. 재미있는 일이 있으면 나에게도 말을 해줘야 하는 것 아 닌가? 자꾸 혼자 웃을 테야? 같이 좀 웃자.'

"후후. 아무것도 아니래도. 갑자기 옛날에 당신과 함께 했던 일들이 생각나 웃음이 난 것뿐이야."

'그래? 아침부터 즐거운 생각을 하는 것을 보니 그대의 오늘 하루는 꽤 재미있을 것 같아. 이제 출근이지? 잘 다녀와. 그대에게 좋은 일들만 있기를 기도할게.'

"고마워. 당신에게도 분명히 좋은 일들만 있을 거야. 그런데 당신, 목 소리가 왜 그래? 많이 가라앉은 것 같아. 어제도 밤새 작업한 거니? 힘 들어서 어떻게 해…. 조금 쉬어가면서 하면 안 될까? 잠도 못 자고 괴로 워했을 당신을 생각하면 나…, 마음이 너무 아파."

'휴…. 내가 항상 그렇지. 음악 하는 사람이 별수 있나? 짧은 시간에 정해진 곡을 만들어내려면 밤샘 정도는 불가피하지. 그러나 너무 걱정 하지는 마. 어쨌든 내가 선택한 일이잖아. 힘들고 어려워도 내가 먼저 손 을 들이밀었으니 죽더라도 후회는 하지 않을 거야. 그런데도 정 내가 걱 정된다면…. 오늘 만날까? 아니, 오늘 만나자. 보고 싶다.'

"나도…. 나도 당신이 많이 보고 싶어. 오후 스케줄이 끝나면 바로 집 으로 와. 기다릴게."

'알았어. 밤에 보자. 전화할게…. 사랑해, 썬.'

"후후. 나도 사랑해, 다니엘."

우리의 대화다. 이랬어야…, 했다! 그래, 이랬어야만 했다. 우리는 바 로 이렇게 대화해야 만했다…! 정녕코 이러한 대화가 정상적인 연인의 대화법이었으니까. 하지만, 지금은 아니다. 지금의 그는 나의 전화를 받지 않는다. 언제부터일까. 도대체 언제부터 그의 마음이 싸늘해졌던 것일까. 정확한 시일은 알 수가 없다. 아니, 도통 기억마저 나지를 않는다.

언젠가부터 나의 사랑은 일방통행이 되어가고 있었다. 인지할 수 없을 만큼 서서히 변해가고 있었다. 진정으로 하고 싶던 일마저 포기해가며 물심양면 그를 도왔던 나인데…. 그에 대한 보답으로 그 사람은 변해갔다. 음반이 나오고 인기를 얻을수록 그는 카멜레온처럼 변색(變色)했지만 그가 카멜레온이 되어간다는 이유만으로 도저히 사랑하는 사람을 변색(辨色)할 수는 없었던 것이다.

간혹 스스로 질문했다. 그에게 너무 많은 것을 바란 게 아니냐고. 글쎄…. 하늘에 맹세하건대, 아무것도 바라지 않았다. 대자본가의 아드님이라는 사실을 숨기며 나를 만날 때에도 나는 그 사람을 사랑했고, 유명세를 타고 각종 시에프에 출현할 때에도 변함없이 그 사람을 사랑했다. 나의 사랑은 단 한 번도 변하지 않았다. 내 지고지순한 순정은 억척만겁을 무지렁이같이 그 사람만을 바라보았다. 주말의 아침마다 부모님이 쥐여 주시던 '사'자 붙은 직업의 명함이 내 손에 늘비했지만 나는 오직 그 사람의 이름만 쳐다보았다. 인기도, 돈도 아닌 그 사람이었으니까. 그는 단지 내가 사랑하는 사람이었으니까. 나에게는 그가 필요했었고, 그 또한 내가 있어야 했었으니까….

"따르릉, 따르릉."

신호음이 거의 끝나간다. 예전에는 나의 벨 소리만 따로 지정을 해놓았는지 신호음을 절대로 세 번을 넘기지 않던 사람이었다. 그 사람은 '당신, 모든 전화를 항상 이렇게 벨만 울리면 받는 거야?'라고 묻는 나에게, ‘아니, 그대의 전화니까 빨리 받는 거야…’라며 다정미를 풍기던 사람이었다.

“연결이 되지 않아 음성 사서함으로 연결됩니다. 음성 녹음은 일 번…,”

그는 오늘도 전화를 받지 않았다. 카멜레온이 된 이후로 그는 열 번 전화하면 한 번이나 두 번꼴로만 전화를 받고는 했다. 하지만, 괜찮다. 그와 연애를 한 세월도 벌써 횟수로는 구 년째. 구 년이란 이야기는 절대로 만만한 소설이 아니었다. 긴 시간 우리는 자주 싸웠을 뿐 아니라 자주 용서도 했다. 덕분에 서로를 용서하는 법 또한 우리는 너무도 잘 알고 있었다.

그 사람은 예술가의 기질을 천성으로 타고난 사람이었다. 그는 항상 눈물을 흘리며 외롭다 말했고, 자주 고독을 즐기며 방탕한 생활을 했다. 그리고 지나칠 정도로 매사에 민감했고, 남에게 구속받는 것을 병적으로 싫어했다. 또한, 감성이 뛰어나 예술에 심취하는 속도가 남들보다 무척이나 빨랐다. 속도도 빨랐지만 정도도 깊었다. 하루는 ‘반지의 제왕’을 염독하더니 스미골의 생이 불쌍하다며 근 일주일 동안 눈물을 흘렸다. 보다 못한 내가 영화 스파이더맨을 추천했고 그는 그 영화를 보고는 슈퍼맨과 배트맨과 스파이더맨이 싸우면 도대체 누가 이길 것인가에 대해 진지하게 고민을 하면서 술을 마셨다. 술에 취해 약 서른 시간을 자고 일어난 그는 괴로운 표정을 짓고는 이렇게 말하는 것이었다. ‘나 아무리 생각해도 누가 가장 셀 것인가에 대한 결론은 도저히 내리지를 못하겠어. 그러나 한 가지 분명한 것은, 셋 중에 이성에게 가장 인기가 많은 이는 배트맨인 것이 확실해. 왜냐하면 그는 돈이 아주 많거든.’

나는 그를 이해했다. 이해하는 사람은 알 수 있었다. 그는 마음이 살포시 녹은 날에는 스파이더맨이 아니라 에일리언이나 프레데터마저도 사랑해 줄 수 있는 사람이었지만, 마음을 꽁꽁 닫은 날에는 슈퍼맨이든, 배트맨이든, 스파이더맨이든 사랑은커녕, 그에게 어떠한 도움의 손길도 건넬 수 없다는 것을 말이다. 날고 기는 것으로 이 바닥에 꽤 소문이 자자한 영웅 열 명이 와서 공중제비를 넘는다고 해도 그가 홀로 세상을 등지고 앉아있을 때 그를 구원해 줄 서사적 영웅은 아무도 없었다. 그에게는 영웅이 필요하지 않았다. 슈퍼맨의 망토도, 배트맨의 자동차도, 스파이더맨의 거미줄도 그에게는 모조리 허구였다. 그리고 그는 슬퍼했다. 슬프면 슬플수록 그는 더욱 어깨를 움츠렸다.

나는 그제야 비로소 느낄 수가 있었다. 그 사람에게 진정 필요한 것은 영웅의 강한 손길이 아니었다. 그는 철저하게 혼자 힘들어하고 싶어 했다. 그리고 그는 그러한 힘겨움에 익숙했다. 그에게 필요한 것은 오직 따뜻한 담요 한 장일 뿐이었다. 그래서 나는 그에게 담요를 선물하기로 마음을 먹었다. 그는 내가 선물한 마음의 담요를 덮고는 간혹 세상을 망각했다. 그리고 그 담요를 보트 삼아 바다를 횡단하기도 했으며, 마음이 내킬 때는 태양을 방문해 흑점을 떼어오기도 했다. 그가 등을 돌리고 세상과 단절할 때면 나는 그가 마음껏 미칠 수 있도록 내버려 두었던 것이다.

그는 항상 고맙다고 했다. 외로움에 미치고 싶을 때 더더욱 미치광이가 될 수 있도록 자신을 방치해 주어서 말할 수 없을 만큼 나에게 감사하다고 했다. 그리고 나는 그런 그를 존중했다. 그러한 그의 괴벽을 모두 존중해 주었기에 톱스타임에도 구 년을 변함없이 떠나지 않고 나를 사랑해주는 것이다. 떠나지 않는 것이 아니다. 그도 이제는 떠날 수가 없을 것이다. 그러니 더욱 그를 이해하고 기다려야만 한다. 그는 지금도 담요를 뒤집어쓰고 우주를 비행하고 있을지도 모르기 때문이다. 그곳은 거대한 목성일 수도 있고, 외로운 명왕성일 수도 있다. 혹은, 머나먼 VV 시퍼이 A까지 여행하고 있기 때문에 종전보다 많은 시간이 걸리는지도 모른다. 하지만 기다림의 끝에는 분명히 그가 있을 것이다. 언제가 될지는 모르겠지만, 그는 나에게 돌아올 것이다. 구 년을 그렇게 지내왔다. 나는 그를 기다렸고, 그는 여지없이 내 옆자리에 안착했다. 아마 이번에도 그 사실은 틀림이 없을 것이다. 그는 해맑게 웃으며 소행성 B-612에서 가져온 장미꽃 한 송이를 안겨줄지도 모른다. 그럼 나는 '나를 오래 기다리게 한 당신이 미워.'라는 원망 대신에, '당신이 장미꽃을 가져오면 어린 왕자는 어떻게 하니?'라며 드맑게 웃을 것이고, 그는 아마도 이렇게 화답할 것이다. '괜찮아, 내가 바로 어린 왕자니까….' 우리는 그렇게 서로 얼굴을 바라보며 한바탕 웃음으로 기나긴 고독을 끝낼 것이다.

연염한 어린 왕자와 가려한 장미가 아니꼽살스러웠던지, 여우 한 마리가 쫓아와서는 큰 소리로 적구독설을 퍼붓는다. '따르릉, 따르릉!'

"따르릉, 따르릉!"

상상의 나래가 도를 넘어선다. 다시, 따르릉, 따르릉. 그래, 이제 포기할 때도 되었다. 따르릉, 따르릉….

몇 번을 시도해도 받지 않는 전화. 결국, 화산은 폭발했다. 나는 벽을 향해 휴대전화를 던지고자 했다. 손과 팔에 최대한 힘을 주고 던지려던 바로 전순간, 나는 생각을 바꾸어 푹신한 침대에 툭 하고 떨어뜨릴 뿐이었다. 혹여나 딱딱한 벽에 휴대전화를 던졌다가 불운하게도 산산조각이 난 이후에 그의 전화가 걸려오면 어쩌지 하는 생각을 하고 말았던 것이다. 나는 침대에 떨어진 휴대전화를 집어 들었다. 하릴없는 행색에 절로 헛웃음이 나온다.

다시 화장대로 향했다. 고급 원목의 화장대 위에는 유명 수입 브랜드의 화장품이 즐비하다. 시계를 보았다. 여섯 시 사십오 분. 출근 시간은 9시였다. 거울을 보았다. 영 꺼림칙했다. 나는 서둘러 화장을 하기 시작했다. 화장 솜에 스킨로션을 몇 방울 떨어뜨리고는 사색(死色)을 닦아내었다. 한데 시선이 자꾸만 한쪽으로 간다. 화장대 한쪽 편에 다소곳이 앉아 있는 그 사람의 사진. 바로 나의 다니엘.

아니지. 나의 다니엘이 아니라, 만인의 다니엘이다. 이제 그는 감히 홀로 소유할 수 없는 경지에 올라선 사람이었으니. 연인이지만 가질 수 없는, 아니 가진다는 동사(動詞)조차도 무색할 만큼 많은 사람에게 사랑을 받는 나의 연인이었다. 그의 옆에는 늘 엄청난 팬이 함께했다. 그의 팬은 그 사람을 위해서라면 물불을 가리지 않았다. 그것이 설령 그가 사랑하는 사람일지라도 말이다. 그리고 그 역시도 팬을 참으로 아꼈다. 나에게는 간혹 사드 후작의 전공(專攻) 그 이상을 요구하면서도 그의 팬 앞에서는 각도기의 한쪽 극에서 나머지 극처럼 순식간에 변하기도 했다. 그리고는 웃었다. 그의 웃음을 먹고 사는 그들의 팬도 그를 따라 또 웃었다. 나의 연인과 그의 팬을 볼 때면 그저 둘 다 미친 것 같았다. 그들은 서로에게 미쳐서 헤어 나오지 않았다. 그런 팬조차 모르는 것이 하나 있었는데, 그것은 바로 웃음과 몸을 팔고 꽃값을 받는 노는계집처럼 그 역시도 음악과 영혼을 팔아 놀음차를 받아먹고 사는 사람일 뿐이라는 것이다.

만인에게 사랑을 갈구하며 돈을 버는, 창녀보다 불순할지 모를 나의 연인이여! 하지만, 여기 이곳에서만큼은 그는 순수했다. 순수하고도 순결한 연인이었으며, 사랑하는 '내 것'이었다. 그리고 지금 화장을 끝내고

긴 생머리를 빗는 나. 내 이름은 썬. 썬과 다니엘. 우리 둘은 정말이지 영원하리라 믿었다.

일곱 시 삼십 분. 오늘도 아침 식사를 챙겨 먹을 여유는 없을 것 같았다. 나는 얼른 건넌방으로 향했다. 건넌방은 나의 옷으로만 가득 차있는 공간이었다. 물론 한쪽 벽면의 1/3 정도는 그의 옷이 자리했지만 말이다. 나는 가장 눈에 띄며 또한 정갈해 보이는 검은색 정장 한 벌을 꺼내어 들고 서둘러 나오려던 찰나, 겹겹이 쌓인 옷의 틈바귀 사이로 하얀색 원피스가 눈에 들어오고 있었다. 검은색 단추가 달린 하얀색 미니 원피스. 이 옷은 절대로 잊힐 수가 없을 것이다. 어떻게 잊을 수가 있겠는가? 감히 우리의 첫 번째 추억을….

대학을 졸업하고 이듬해 항공사의 공채에 합격한 나는 연수를 마치고 정식 출근을 앞두고 있었다. 친구들은 뒤늦은 입사 축하 파티를 해 주겠다며 그리 유명하지 않은 클럽으로 나를 안내했다. 태어나서 클럽이라는 곳을 처음으로 방문하는 나였기에 아무런 생각 없이 껴입었던 하얀색 미니 원피스. 나는 하얀색 원피스가 각색각양의 불빛에 비치면 그렇게 환하게 빛이 날 수 있다는 것을 처음 알게 되었다. 클럽에 들어서자마자 성난 음악은 쿵쿵거리며 잡아먹을 듯 달려들었고, 친구들에게 이끌려 디제이의 근처에서 어색한 몸짓을 하고 있던 나에게 디제이를 보조하며 분위기를 띄우던 빡빡머리 사내는 주야장천 추파를 던지고 있었다. 이리저리 민망스러웠던 나의 상황을 아는지 모르는지 디제이는 레코드판만을 신나게 문지르고 있었고, 디제이에 의해 음악이 바뀌자 무대의 샛문으로 키가 훤칠한 남자가 마이크를 들고 나왔다. 클럽 안의 사람들은 그를 보자 갑자기 환호성을 지르기 시작했다. '저 사람이

이 클럽에서 제일 잘 나가는 언더그라운드 가수야.' 귀엣말로 속삭이는 친구의 말소리조차 곧이 알아들을 수가 없을 정도로 그때의 열기는 대단했다. 그는 한참을 혼자서 영어와 한국어를 섞은 랩(rap)을 했다. 아마도 힙합 가수인 듯했다. 피곤하기도 했고 평상시 들고 뛰는 음악을 좋아하지 않았던 터라 그만 집에 가야겠다고 마음을 먹었다. 무대 뒤로 빠지고자 등을 돌리던 순간, 어언간 내 팔은 빡빡머리 보조 디제이의 손에 잡혀 있었다. '어머? 왜 이래요?' 나는 튀어나올 만큼 눈을 크게 뜨고는 빡빡머리의 손아귀에서 벗어나려고 힘을 주었지만, 그는 빙글빙글 웃으며 나를 무대 위로 끌어올렸다. 처음 겪어보는 클럽 문화에 어쩔 줄 몰라 하던 나를, 재미삼아 무대로 끌어올린 빡빡머리의 억센 손에 나는 그만 눈물이 그렁그렁한 눈으로 친구들을 쳐다보았다. 하지만, 그들은 오히려 재미있어하며 상황을 즐길 뿐이었다. 두려움과 민망함에 까딱 잘못하면 주저앉아 울지도 모른다는 생각을 했을 때, 바로 그 키가 훤칠한 사내가 내 앞으로 온 것이다. 그는 내 눈을 똑바로 쳐다보며 말했다. '미성년자니?' 나는 유독 까맣고 선명하며 커다란 그의 눈동자에 홀린 듯 나도 모르게 입을 열었다. '아닌…, 데요?' 그는 관객의 시선을 받으면서도 계속해서 물었다. '그럼, 몇 살?' 그를 거역할만한 이유를 찾을 수 없던 나는 순순히 대답했다. '스물…, 스물다섯….' 내 대답을 듣자마자 그는 해맑게 웃었다. '스물다섯 살? 그럼, 우리 오늘부터 친구 할까?' 그렇게 시작했던 그와의 첫 만남. 그리고 나는 뒤늦게 인연의 비밀을 알게 되었다. 모든 건 클럽에 입장할 때부터 나를 눈여겨보았던 그의 계획이었다는 것을. 그리고 빡빡머리 보조 디제이는 그의 둘도 없는 친구였다는 것을. 그리고 가장 중요한 사실은…, 무대에서 자연스레 플로우를 타며 '평화!'를 외치던 그의 나이는 겨우 스무 살에 불과했다는 것을….

비록 우리는 언더그라운드 가수와 직장 초년생과의 서툰 만남이었지만 남들이 그렇게 평범한 사랑을 하듯 우리도 처음에는 다를 것이 없었다. 나는 직장 생활의 첫 걸음마를 성공적으로 떼고자 누구보다도 열심히 일했고, 그는 여전히 유명하지 않은 클럽을 전전하며 공연을 했다. 간혹 공연이 없을 때면 라이브 카페에서 서빙을 하기도 했지만 그는 절대로 음악이라는 꿈의 시야에서 벗어나지는 않았다. 비록 남들이 보기에 그의 미래는 흐릿한 흑백영화였을지 몰라도 영혼만은 선명하게 빛나고 있었다. 그는 자신의 음악으로 나의 귀를 막고 세상의 소음으로부터 보호해주고자 노력했다. 나는 그의 소중한 연인이었다. 또한, 평범한 통화를 하고 평범한 영화를 보고 평범한 요리를 먹는 평범한 연인이었다. 물론 그가 유명해지기 전까지는 말이다.

나는 하얀색 원피스에서 시선을 거두고선 검은색 정장을 걸쳤다. 화장을 서둘렀던 탓인지 시간이 조금 남았다. 부엌으로 갔다. 토스트 기계에 빵 한 조각을 넣고 냉장고에서 오렌지 주스를 꺼내었다. 졸졸졸, 유리잔에 자황색(赭黃色) 시냇물이 흐른다. '썬, 좋은 기회가 생겼어.' 그 사람이 말했었다. 나는 그의 말을 흘려들으며 디브이디(DVD)를 시청하고 있었다. '썬, 이번엔 정말로 좋은 기회라니까?' 나는 졸린 눈을 비비며 그에게 물었다. '도대체 뭔데 그러니?' 그는 식탁에 앉은 채로 오렌지 주스를 한 모금 들이키고는 말했다. 'D 커뮤니케이션에서 음악 경연 대회를 연다고 해. 거기에 내가 신청해보는 것은 어떨까?' 나는 아무 말도 않은 채 다시 디브이디로 시선을 돌렸다. '이봐, 썬! 무슨 말이라도 좀 해봐. 어쩌면 내 음악을 세상에 알릴 수 있는 절호의 기회가 될 수 있을지도 모른다고!' 그는 애잔하게 소리쳤다. 그리고 때마침 디브이디에서는 자막이 한 줄 흘러가고 있었다. 나는 여전히 화면에 시선을 꽂은 채 속

으로 자막을 읊조렸다. '그가 추잡하게 벌어들인 돈으로, 다시 그를 구원한다….'

그는 온라인 음악 경연 대회에서 대상의 영광을 안았다. 그리고 그해의 가장 빛나는 뮤지션으로 명성을 떨쳤다. 대중성과 예술성을 함께 겸비한 그의 음악도 음악이었거니와 무엇보다도 그를 든든하게 뒷받침해 주던 부모님의 명예와 학벌이 그를 비춰주었다. 대기업의 대표이신 부모님의 아래에서 하버드대학의 영어영문학과를 삼 년 만에 수석으로 졸업했던 그의 아름다운 외양은 대중의 관심과 더불어 더욱 진선진미한 사람이 되어갔다. 지금의 기획사인 스카이하이와 계약을 하고 이듬해 그가 주연으로 활약했던 영화가 흥행에 성공하자 그를 향한 대한민국의 스포트라이트는 더욱 집중되었는데, 그의 이름이 검색어의 상위권에 기록될 때마다 그는 말했다. '꾸준히 봉사하지 않는 사람은 자신의 허점을 몰살시키는 면죄부의 봉사일 뿐이야….' 그의 기부와 선행은 대중에게 그를 선망의 대상으로 만들기에 충분했다. 그 사람이 재산을 사회에 환원할 때마다 인기와 수익은 점점 더 늘어났다. 그런데도 그는 음악에 있어서만큼은 절대로 타협하지 않았다. 그는 마음이 헛헛한 사람에게 꿈을 심어주고 싶다고 말했다. 그리고 마음이 아픈 사람은 위로해 주고 싶다고도 했다. 몇 년째 불황에 힘들었던 가요계에 백만 장이라는 판매량은 정말 기적과도 같았다. 그의 인기가 높아질수록 나는 불안해져만 갔다. 언젠가 그 사람이 나를 떠날지도 모른다는 공포에 우울증을 치료하는 약물까지 복용해야 했다. 그는 그런 나를 위해 『뉴욕 타임즈』에 실린 그의 기사를 선물하며 말했다. '예전의 비루한 삶을 살던 나도, 뉴욕 타임즈에 실려 있는 유명한 다니엘도, 지금 그대 앞에 서 있는 평범한 나일 뿐이야. 모두가 그대의 것이야. 그리고 나를 소유한 그대, 썬은 곧

나. 다니엘의 것이야. 절대로 잊지 마.' 그의 말을 들은 나는 점점 다니엘이라는 신종 마약에 취해간다는 것을 느끼고 있었다.

물론, 그 사람보다 내가 감당해야 할 슬픔이 더욱 많은 것은 사실이었다. 그는 하루가 다르게 유명해져 갔고 그의 유명세가 대한민국의 하늘 위 구름마저 뚫고 올라갈 때쯤 나는 모든 것을 포기해야 만했다. 보통의 연인들처럼 명동 한복판에서 손을 잡고 거닐 수 없는 것은 물론이었거니와 대낮에 영화를 보거나 놀이동산을 들랑날랑하는 일은 더더욱 상상할 수 없었다. 그 사람을 위하여 내가 할 수 있었던 일은 그저 기도뿐이었다. 가련한 나를 위해 신은 간혹 응답해 주시기도 했다. 호프집에 친구들을 모두 불러놓고 '이 사람, 내 남자친구야, 참으로 괜찮지 않니?' 하며 자랑하고 싶을 때 차마 그러지 못하는 나의 마음은 응답으로 말미암아 평안해지고는 했다. 그래, 이것은 단지 직업적인 부분이다. 예를 들어 미용사인 남자친구에게 '주말'에 영화 보기를 강요해서는 안 된다. 그는 남들이 노는 '주말'이 가장 바쁘게 일을 해야 하는 날이니 말이다. 그런 것과 비슷하게 평범한 직장을 가진 연인을 둔 여자가 '자기, 오늘 일 끝나고 뭐해? 영화 보러 가지 않을래? 응? 오늘은 회식이 있어 안 된다고? 그래, 그럼 알았어. 나중에 회식 끝나고 전화해.'라는 말을 하듯이, 나도 예술을 하는 다니엘을 위해 '당신, 오늘도 스케줄이 있니? 난 당신이 보고 싶은데. 응? 오늘도 밤새 스케줄이 있다고? 그래 그럼 알았어. 나중에 끝나면 전화해.'라고 말을 하면 되는 것이었다.

그는 대한민국을 대표하는 가수였다. 그리고 나는 그런 그를 연인으로 모시고 산다. 나조차 종종 브라운관에 비치는 그의 모습이 신기할 때가 있다. 그렇다고 그의 실력을 과소평가하는 것은 아니었다. 그의 음악은 내 생활의 활력소인데 그러한 그의 실력을 폄하하는 일은 나에게 있을 수도 없었다. 단지 간혹 가슴이 아플 뿐이다. 그저 그를 보면 나도 모르게 눈물이 흐를 만큼 아파질 때가 종종 있었다. 특히, 내 머리카락에서 풍기는 샴푸 냄새가 좋다며 항상 나를 뒤에서 안고 잠이 들던 그 사람이 어느새 팬클럽의 회원 수가 오십만을 넘는 스타가 되어 갖가지 스포트라이트를 받으며 외국에까지 공연을 다니는 것을 볼 때면…. 가뜩이나 외로움에 예민한 사람이 대중이 주는 쓸쓸한 사랑에 얼마나 괴로워할지 그것을 지켜보는 것이 쓰라릴 뿐이었다. 그러니 나는 참을 수 있었다. 아니, 참아야만 했다. 앞으로 더 멋지게 성장해 나가야 할 그를 위해서라도 말이다. 이것이 바로 유명인의 연인으로서 내가 감당해나가야 할 나만의 몫이었다. 왜 나만의 몫이냐고? 왜, 남들에게 말을 해서는 안 되냐고? 후후. 그야 그럴 수밖에 없는 가슴 아린 비밀이 있는 법….

　　나는 검은색 핸드백을 들고 방을 나왔다. 그리고 현관에서 검은색 하이힐을 신었다. 검은색 열쇠고리 지갑에서 현관 열쇠가 삐죽이 나와 있었다. 문을 열고 밖으로 나와 다시 문을 닫았다. 그리고 구멍에 열쇠를 끼우고 오른쪽으로 돌렸다. '찰칵!' 쇳덩이가 잠기는 둔탁한 소리. 나는 손잡이를 잡고 문이 잘 잠겼나 몇 번을 확인했다. 그리고 복도를 걸어 나와 엘리베이터의 버튼을 누른다. 딩동. 엘리베이터, 참으로 약속을 잘 지키는 녀석이다. 엘리베이터 안으로 들어온 나는 계속 주머니 속의 열쇠고리 지갑을 만지작거렸다. 이것은 유난히도 검은색을 좋아하는 그 사람이 나에게 준 선물이었다. '썬, 새로운 집으로 이사 온 것을 진심으로 축하해.' 글쎄, 이사를 오게 된 것이 과연 축하받을 일이었을까? 나는 곰곰이 생각에 잠겼다. 그래, 확실히 100% 자의(自意)라고 하기에 무리가 있는 듯했다. 그때는 하릴없이 그래야만 했던 것이다. 그날의 그 사건을, 나는 아직도 잊을 수가 없다. 삼 년 전 그날…, 바로 그날에…

"딩동!"

엘리베이터가 일 층에 도착했다. 순찰 중이었는지 경비 아저씨는 자리에 없었다. 왠지 아파트의 경비실에 사람이 없으면 마음이 불안하다. 나는 여전히 주머니 속의 열쇠고리 지갑을 만지작거리고 있었다. 조금 전까지 있었던 일이 기억에서 사라졌다. 방금 내가…, 현관의 문은 잠갔던가…. 이유를 알 수 없는 불안감에 마음이 초조해져 왔다. 그래, 분명히 잠갔을 거야. 이렇게 열쇠고리 지갑이 내 주머니에 있는 걸. 주차장으로 발걸음을 옮길 때마다 불길한 예감이 스며오고 있었다. 확실히 잠겼다고 생각한 현관을 누군가가 활짝 열어보는 것은 아닐까, 누군가가 내 집을 마치 제집처럼 이용하고 있는 것은 아닐까, 그래서 퇴근을 하고 돌아온 내가 열쇠를 꽂지도 않았는데 손잡이가 스르르 열려버리는 것은 아닐까…. 나는 터질 듯한 불안감을 이겨내지 못하고 다시 십삼 층으로 올라가는 엘리베이터를 부르고 말았다. 잠시 후 나는 현관 전체를 흔들어 떨어뜨리겠다는 신념을 지닌 사람처럼 미친 듯 손잡이를 흔들어대고 있었다. 이윽고 현관으로부터 굳게 잠긴 것이 틀림없다는 확답을 받은 후에야 나는 다시 주차장으로 걸어 나올 수가 있었다. 여전히 비어 있는 경비실을 지나며 주머니에서 열쇠고리를 꺼냈다. 강박증이라는 이름의 정신병…. 이젠 괜찮다. 이놈 역시 나에게는 익숙한 존재가 되었으니까. 언젠가 그와의 사랑이 참으로 힘겨울지도 모를 것이라고 자신에게 속삭인 적이 있었더랬다. 말할 것도 없이 그때 나의 대답은 불을 보듯 뻔했다. '사랑으로 이겨 낼 수 있을 거야.' 그랬다, 그때는 정말이지 사랑만 있다면 뭐가 되었든 이겨낼 수 있을 줄로만 알았다. 그렇지, 그 사람이 지금의 '다니엘'이 되기 전이었기에 가능한 대답이었을 테지….

확실하진 않지만 약 오 년 정도 된 것 같다. 나의 빨간색 스포츠카에 아주 짙은 검정으로 빛가림했던 것이…. 원래 여자가 모는 차는 위험성을 고려해서라도 짙은 검정만큼은 피하라고 했지만 나는 모든 주위의 만류를 뿌리치고 햇살로부터 나를 숨겼다. 그리고 요즘같이 쾌청한 바람이 불어오는 날에도 여전히 태양의 빛을 가리며 창문을 굳게 닫은 채로 주행하고는 한다. 또한, 출퇴근을 제외한 나머지의 사소한 바깥출입에는 항상 모자와 안경을 동반한다. 예전에는 세상 모든 사람의 소리를 막고 오직 그 사람의 영혼을 듣고자 행하였던 모든 일들이 이제는 나를 지키려면 하릴없이 감행할 수밖에 없는 일들로 변해버린 것이다. 나를 지킨다는 것은 바로 어떠한 예감 때문에 시작된 일이었다. 바로 사늘한 온도로 살갗에 내부딪히는 괴이한 종류의 예감들…. 예감은 예감으로만 존재할 때 더더욱 무서운 법이라고 생각했다. 하지만, 아니었다. 그 예감이, 예감이 아닌 실제가 되었을 때 공포는 배가되었다. 나는 늘 두려웠다. 공중을 흐느적거리며 떠다니는 부유물조차도 두려움이 되어 옥죄어 왔던 것이다.

운전석에 올랐다. 그리고 반사적으로 룸미러를 확인했다. 그것도 한참을 말이다. 대수롭지는 않은 습벽이었다. 혹 누군가 뒷좌석에 타고 있을지도 모른다는 망상에서 비롯한 소소한 버릇일 뿐이었으니까. 열쇠를 꽂고 시동을 건다. '부르릉.' 오늘따라 엔진 소리가 요란하다. 시간은 여덟 시 십오 분을 지나고 있었다. 나는 힘껏 액셀을 밟았다.

그래, 오 년 정도 된 것 같다. 아마 그즈음 일 듯싶었다. 해님에게 내 차의 내부를 가리었듯 그들에게서 나란 사람의 존재를 가려온 세월이…. 그들의 독기는 집요하고도 모질었다. 마치 그들은 상사뱀인 양 끈덕지게 달라붙어 떨어질 줄을 몰랐다. 두려움은 점점 알 수 없는 가상의 현실을 지배하기 시작했다. 그를 만나고 약 삼 년 정도는 순조로웠다.

순간순간을 조심하고 또 조심해왔던 우리 둘의 결과물이었다. 한데 평화는 그리 오래가지 못했다. 그들은 생각보다 날카로웠으며 세밀한 신경섬유를 지닌 동물이었던 것이다. 나는 아직도 일의 시초(始初)를 알지 못한다. 그가 개인차를 이용하지 않고 기획사의 밴을 타고 나를 만나러 왔던 그날이었는지, 아니면 압구정에서 변장을 하고 함께 심야 영화를 보았던 그날이었는지, 도무지 알 방법은 없었다. 또한, 알아내고 싶지도 않았다.

그들에게서 있어서 우리의 소문은 빠르기도 했지만, 한편으로는 조심스러웠다. 그 예로 소문은 그 사람의 광팬 사이에서만 구전되었으며 일반 팬은 전혀 알아차리지 못했다. 자신의 '오빠'가 다른 여자의 품 안에서 놀아난다는 사실을 믿기도, 받아들이기도 싫었던 것이다. 믿지 않았기에 퍼뜨리지도 않았던 것이리라. 그들은 스스로 '다니엘의 마니아(mania)'라고 했다. 하지만, 내가 보기에 그들은 단지 거짓상에 미쳐 있는 '다니엘의 거머리'일 뿐이었다. 불행하게도 나는 그 사람의 거머리들에게 있어서 자루 속에 든 쥐에 불과했다. 아무것도 할 수가 없었다. 욕설로 도배된 편지와 이메일은 차라리 애교꾸러기에 가까웠다. 그 당시 나의 차량은 회색 승용차였는데 그들은 빨간색 유성 매직으로 낙서를 하는가 하면 차를 빙 둘러 못으로 긁기도 했고, 몇몇은 현관문에 죽여 버리겠다며 혈서를 써 붙인 이도 있었다. 마치 나를 죽이지 못해 안달이 난 사람들의 모임처럼 느껴졌다. 그 사람은 2집 앨범을 마무리하고 한참 3집 앨범을 준비하는 중이었기에 섣불리 나의 상황을 알릴 수도 없었다. 참다못해 그에게 기대려 할 때면 그는 다시 예술의 외로움과 교제를 하곤 했었다. 나는 소문이 더욱 퍼지지 않기를 기도하며 그렇게 이 년을 보내고 있었다.

그리고 그날이 왔다. 그래, 바로 그날이었다. 4집 음반을 발표하고 한창 바쁘게 방송 활동을 시작한 그 사람의 행적과 동시에 나를 향한 거머리들의 테러도 성수기를 맞았다. 나는 지상직으로 근무지를 변경한 기간이 얼마 되지 않았기에 새로운 업무와 새침한 동료가 주는 스트레스에 몸과 마음이 많이 약해져 있던 터였다. 게다가 거머리들이 하도 달라붙어 영혼을 뜯는 통에 사소한 외상(外傷)에도 내상(內傷)을 입는 희한한 현상을 경험하는 중이었다. 가엽게도 그날은 월경 이틀째였다. 유독 심했던 월경통에 몸을 가누는 것조차 힘이 들어 나는 결국 조퇴를 하고 집에 돌아와 침대에 드르누운 채로 휴식을 취하고 있었다. 그때, 누군가가 '딩동'하고 벨을 눌렀다. 두려움도 두려움이었거니와 몸 상태도 과히 좋지 않았기에 나는 못 들은 척을 하고 이불을 머리까지 끌어 올렸다. 밖에서는 또 '딩동'하고 벨을 눌렀다. '혹시 중요한 일이면 어쩌지?' 아수룩한 공포심 때문에 거사(巨事)를 놓칠지도 모른다는 불안감이 두려움보다 커지고 있었다. 나는 힘들게 이불을 걷어 젖히고는 현관으로 기어갔다. '누구세요…' 나는 인터폰조차 받지 못한 채 다 죽어가는 목소리를 상대에게 전했다. '택배입니다!' 어찌 목소리를 알아들었는지 그는 우렁차게도 답했다. 왠지 모르게 건장할 것만 같은 남자의 목소리. 나는 다시 안간힘을 짜내어 말했다. '거기 두고 가세요.' 물론 이 문장의 뒤에는, '여긴 여자 혼자 사는 집이거든요. 무서운 마음에 쉽게 문을 열지 못하겠어요. 더구나 나는 인기 가수의 연인이에요. 당신이 나를 해하려는 광팬인지 의심이 가는 상황이기에 더욱이 문을 열지 못하겠어요.'라는 문장이 생략되어 있었던 것이다. 하지만, 아무런 상황을 알지 못할 것이 분명했을 그 남자는 소리쳤다. '저기요, 택배를 수령했다는 서명을 제가 받아야 하거든요.' 나는 그만 짜증이 나고 말았지만 어찌할 도리가 없었기에 마지막 힘을 짜내어 가까스로 자리에서 일어났다. 그리고 혹시나 모를 그의 인상착의에 대하여 미리 알아보고자 문구멍 틈으로 한쪽 눈을 가져다 대었다. 그는 하필 상고머리에 덥수룩한 턱수염을 가진 사내였다. 나는 마지막 방어 수단으로 사슬문고리를 채우고는 개폐를 허락했다. 사내와 나는 오직 작게 열린 문틈으로만 모습을 인정할 수 있었다. 사내가 고개를 갸웃거리며 말했다. '문을 더 활짝 열어야겠는데요? 택배 상자가 제법 크거든요.' 문을 열라고 하는 사내는 종전보다 더 의심스러워졌다. '됐어요. 서명할 종이나 주세요!' 나는 쌀쌀맞게 쏘아붙였다. 사내는 별수 없다는 듯 어깨를 한번 들먹이고는 종이를 내밀었다. 그는 나의 서명을 받고 나서 상자를 현관 밖에 내려놓고는 엘리베이터에 올랐다. 나는 여전히 현관에 서서 그의 행적을 나타내주는 소리를 명확히 들으려 애썼다. 엘리베이터가 움직이는 소리가 들리고 그제야 사슬문고리를 풀고는 문을 열었다. 그러면서도 사내 혹은, 거머리들이 나를 해코지하려고 숨어 있는 것은 아닐까 하는 생각에 행동은 조심스럽기만 했다. 하도 신경을 곤두세웠더니 월경통조차 달아나 버린 것 같았다. 다행히 시야에는 거머리는커녕 짚신벌레 한 마리도 없는 듯했다. 사내가 두고 간 상자는 그의 말대로 제법 크고도 무거웠다. 거기에는 발신인의 주소 대신 낯선 글귀가 하나 쓰여 있었다.

- 너의 D로부터 -

나의 D라면…? 후후. 그 사람은 역시 재간둥이임에 틀림이 없었다. 아무리 바빠도 꼭 한 번씩은 깜짝 이벤트를 선물해 주곤 했던 것이다. 4집을 발매하고 지금이 얼마나 바쁜 시기인데. 어쩔 때보면 정말 아기처

럼 순수한 사람이었다. 나는 불과 몇 분전 내장이 찢어질 것 같은 고통
과 간혹 찢어진 틈새로 어룽거리던 공포를 느꼈던 사람이라고는 절대
상상할 수 없을 정도로 행복한 표정을 하고는 상자를 거실로 옮겨왔다.
상자는 제법 두꺼운 포장지와 끈 등으로 꽁꽁 싸매어 있었다. 도대체 무
슨 중요한 물건이기에 이토록 세밀하게 포장을 했는지 궁금했다. 나는
포장을 좀 더 쉽게 벗겨 내려고 칼을 들고 왔다. 그리고 칼을 곤추세우
고는 홱홱 내갈겼다. 포장을 모조리 벗겨내자 아이스박스가 모습을 드
러내었다. '이게 뭐지? 팬에게 선물로 받은 음식을 나 먹으라고 보낸 건
가?' 나는 궁금증에 얼른 아이스박스의 뚜껑을 열었다. 그리고 그 안의
내용물이 주는 역겨움에 십여 분 동안이나 까무러치고 말았던 것이다.

"끼이익!"

하마터면 사람을 치일 뻔했다. 너무 놀란 나는 본능적으로 급브레이
크를 밟았고, 덕분에 뒤이어 따라오던 차의 경적 소리를 감상해야 했다.
거리가 조금만 더 가까웠다면 아마도 큰 사고가 났을 것이다. 나는 양쪽
깜빡이등을 켜고, 백미러를 통해 뒤차의 운전자에게 고개를 숙여 보이
고는 다시 액셀을 밟았다.

나는 혼절에서 깨어났다. 그리고 살짝 눈을 돌려 그것들을 다시 보았
다. 역겨웠지만, 볼 수밖에 없었다. 바로 내장이 다 터진 채로 너부러진
고양이였다. 하고많은 고양이 중에 하필 이놈, 검은색이었다. 그날 내가
받았던 선물, 바로 아이스박스 안에는 눈알을 부라린 채로 죽어 있는
검은 고양이가 네 마리 들어 있었다. 그것도 그들의 대가리는 잘린 채
로 말이다. 정확히 말해, 뜯기다시피 잘린 네 마리의 고양이 대가리와
몸뚱이는 싱싱함을 만끽하라는 D의 배려 아래 하얀색 아이스박스에
고이 담겨 내 앞으로 배달이 되어 온 것이다. 물론 다니엘을 빙자한 거

머리들의 짓이었다. 정신을 차린 나의 눈에 맨 처음 들어온 것은 부릅 뜬 여덟 개의 눈알이었고, 두 번째로 들어온 것은 아이스박스에 범벅된 그들의 새빨간 피였으며, 서둘러 뚜껑을 덮고 난 후 마지막으로 눈에 들어온 것은 꾸깃거린 종이 한 장이었다. 아마도 뚜껑에 붙어 있었던 듯싶었다. 나는 떨리는 손으로 종이를 펼쳤다. 그리고 그 종이에 적힌 글씨를 보고는 공포와 분노 그리고 역겨움이 뒤섞인 상태로 다시 혼절을 하고는 말았다.

「재미있지? 다음에는 네 차례야.」

이후로 나는 거의 정신 착란증에 가까운 극심한 스트레스에 시달리게 되었다. 차마 병원에서도 자세한 상황을 설명할 수는 없었다. 나의 연인이 다니엘이라는 것은 병원의 의사에게도 말하지 못할 극비밀이었던 것이다. 나는 그 사람과의 상의 후 그 사람이 소개해 준 지금의 아파트로 이사를 오게 되었다. 지금의 아파트는 모든 시설이 완벽했다. 안전장치는 물론이었거니와 보안 시스템도 훌륭했다. 또한, 소음 방지도 거의 완벽해서 야밤에 아무리 음악 소리를 크게 해도 항의가 들어오지 않았다. 단, 한 가지 불만이 있다면 경비 아저씨가 자주 자리를 비운다는 것, 그것 빼고는 꽤 만족스러운 상황이었다.

직원 전용 주차장에 들어와 주차를 하고 시계를 보았다. 여덟 시 삼십오 분. 주차를 할 때도 나에게는 습벽이 있었다. 어느 곳이든 무인 카메라가 가까운 곳에 주차하는 것이다. 그들의 해코지에서 조금이나마 나를 지키고 싶었기 때문이다. 두려움은 떠나지 않는다. 보이지 않는 거머리들은 물론이고, 이제는 먼저 잡을 수 없고 내게 오기만을 기다려야 하는 나의 사랑조차 두렵기만 하다. 나에게는 그 사람이 필요하다. 내가 그를 부르고 있다. 지금 내 몸이 그를 갈구한다. 와라! 어서, 그리고 빨리, 오라고 소리친다. 내 몸의 모든 세포가 그를 기다린다. 당신이 내 안으로 들어오기를 간절히 바라고 있다. 기다린다. 당신을, 기다린다….

결국, 오지 않는다 하더라도, 이해한다. 나는 그 사람의 여자이니까. 그의 모든 것을 받아들이고 기다릴 수가 있다. 당연하겠지만 내 사랑의 끝이 해피엔드라는 가정하에 말이다. 만일, 나의 지고지순한 사랑이 그 사람의 순수한 감정이 아닌 아무개들의 방해로 어처구니없는 결말을 맞이하게 된다면 나는 절대로 그들을 용서하지 않을 것이다. 그들이 김 아무개라 할지, 최 아무개라 할지, 아니면 더러운 그것들, 거머리라 할지라도 말이다. 산 채로 배를 째는 것만큼 뼈저리게 괴로웠지만 그 사람을 위해서 힘든 내색조차 할 수가 없었던 나의 세월을 모조리 갚아줄 것은 물론이었거니와 수술 중 각성 그 이상의 독기를 뿜어내어 줄 것이라고 나는 맹세하고 또 맹세를 했다. 과연 현실이 될까? 물론 그럴 일은 없겠지. 우리의 마지막은 해피엔드일 테니. 다만, 이러한 생각을 하는 것이 곧 나의 스트레스 해소법일 뿐이었던 것이다.

상실

저 멀리 다니엘이 걸어온다. 모자 쓴 다니엘, 안경 낀 다니엘, 키 작은 다니엘, 치마 입은 다니엘, 커피 마시는 다니엘, 신문 보는 다니엘… . 나의 다니엘, 나의 다니엘, 나의 다니엘. 세상에 존재하는 사람이 모두 다니엘로 보인다.

현은, 이런 감정이 처음이었다. 정말이지 처음으로 느끼는 애틋한 감정이었다. 머리끝에서 발끝까지 온몸을 구성하는 세포막이 오그라지고 있었다. 그 사람에게 처음으로 받은 상처가 현의 마음을 갈기갈기 찢어놓고 있었던 것이다. 오늘은 천장에 붙어 있는 다니엘의 미소조차도 올곧게 보이지가 않았다. 참 나쁜 사람이었다. 참으로 못된 사람이었다. 어떻게 자신을 그토록 배척할 수가 있었을까. 오랜 시간을 당신 한 사람만을 바라봐 왔었는데… .

'나는 과연 오빠에게 무엇이었을까? 이제 나는 오빠에게 무엇으로 기억돼야 하는 것일까? 아니 오빤 나를 기억조차 할 수가 없었잖아. 나는 앞으로 오빠에게 무엇이 되어야 할까? 과연 오빠를 사랑할 용기를 나는 영원히 간직해나갈 수가 있을까?'

다니엘. 그의 이름을 떠올릴 때마다 가슴이 메어왔다. 더는 그의 사진을 볼 수가 없어 맨 허공을 바라볼 뿐이었다. 눈물샘은 도통 마르지 않는 바다인 듯 자꾸만 흘러나왔다. 비록 눈은 허공을 보고 있었지만, 마음만은 다니엘을 향해 있었다. 더는 다니엘을 떠올리기가 싫어 두 눈을 꼭 감았다.

눈을 감고 있음에도 좀처럼 잠은 오지 않았다. 자꾸만 마음 한구석이 아려왔다. 모두가 현의 심장에서 치열한 전투를 하는 것만 같았다. 칼로 찌르고 총을 쏘아대고 끝끝내 핵폭탄마저 터트린다. 현의 가슴팍에 다니엘이라는 시퍼런 피멍이 들고 있었다. 이 상처, 과연 치유될 수 있을까. 전쟁이라는 상처가 비록 시간이 흐르고 모두의 기억 속에서 잊힌다 해도 한번 다친 그 마음이 영원히 평안하게 진정될 수가 있을까. 아니, 절대로 잊을 수 없을 것이다. 전쟁 그 후를 진정으로 치유할 수 없다면 방법은 하나였다. 전쟁이 일어나지 않기를 바라는 것. 그러나 이미 저질러졌다. 현의 마음속에서는 이미 한바탕의 전쟁이 휘몰아친 것이다. 폐허가 되었다. 그 누구도 치유할 수 없을 터였다. 위로의 말을 건넬 수 있는 사람은 오직 단 한 사람, 다니엘뿐이겠지. 그러나 그는 떠났다. 다시금 그녀의 앞에서 떠나버린 것이다. 이제 다시 손에 잡을 수 없겠지. 멀리멀리 사라져버리고 말겠지.

그가 곁에 없다는 것. 그것은 곧 상실을 의미했다. 남은 것은 아무것도 없었다. 껍데기뿐인 육체에 다시 그의 혼을 불어넣을 수 있을지가 의문이었다. 울분이 목까지 차올라왔지만 감히 뱉어낼 수도 돌이킬 수도 없었다. 되돌리기에는 늦었다. 너무나도 먼 길을 온 것이다. 멀고 먼 그 길의 끝이 곧 낭떠러지라는 느낌이 스멀스멀하게 올라왔다. 그러나 걷지 않을 수가 없었다. 낭떠러지의 밑바닥이 불지옥이라고 할지라도 말이다.

"에취!"

저 멀리 이불을 뒤집어쓰고 잠을 자던 곰이 재채기를 했다. 꼬마 녀석. 괜히 따라가서는 고생만 하고…. 괜스레 미안한 감정이 들었다. 콧날이 시큰거린다. 슬픈 마음 때문인지 감기가 올 것 같다. 감기와 함께 다니엘에 대한 그리움도 물밀듯 밀려오겠지. 가슴 한구석이 묘하게도 아려온다. 내일이면 괜찮아지겠지. 내일이면 아픈 상처 모두를 잊을 수가 있겠지. 어쩌면 떠올리려 하기도 전에 좋은 일들만 갑자기 생겨날지도 몰라. 그래, 그럴 거야. 현은 애써 미소를 지으며 이불을 끌어 머리까지 덮어썼다.

　어떤 날은 창밖의 경적소리에 잠을 깨는 날도 있었고 또 어떤 날은 동네 꼬마들의 고함에 잠을 깨는 날도 있었다. 하지만, 오늘은 특별했다. 따사로운 햇살에 한잠을 깨고 만 것이다. 현의 집은 창문에 온통 검은색 커튼을 드리워놓아 우중충한 분위기를 연출하곤 했는데 웬일인지 침대 바로 위의 검은색 커튼이 살짝 젖혀져 있었던 것이다.
　'저 녀석이 그랬나?'
　현은 코를 골며 수면 삼매경에 빠진 곰을 실눈을 뜨고 쳐다보았다. 아무래도 저 녀석은 아닌 것 같다. 그렇다면, 분명 자신이 잠을 자다 팔로 커튼을 젖힌 모양이었다. 평상시 같았으면 덕분에 잠을 깼다며 상이라도 주었을 테지만 오늘은 아니었다. 단잠을 깨운 커튼이 불살라 버리고 싶을 만큼 미웠다. 그 사람이 현의 꿈에 방문했기 때문이었다. 그러나 아무리 머리를 짜내어도 내용은 기억나지 않았다. 차라리 이럴 땐 꿈의 주인공조차 기억나지 않았으면 좋으련만 다니엘이 나왔다는 것은 생생함에도 줄거리는 실마리조차 찾을 수 없었던 것이다.
　아마도 나쁜 꿈임이 분명했다. 좋은 꿈이었다면 뇌 세포가 갖은 노력을 해서라도 복구시켜주었을 테니 말이다. 가만히 생각해보면 차라리 아무것도 기억나지 않는 편이 나을지도 몰랐다. 꿈의 후기에서 가장 불행한 상황은 바로 다니엘과의 행복한 꿈이었으니 말이다. 늘 뿌연 안개 속 하늘거리는 아지랑이처럼 그와의 사랑을 나눌 때면 현은 잠시간 행복을 느끼다가도 얼마 지나지 않아 슬퍼지고 만다. 아무리 행복한 장면이 연출되더라도 그 역시 한밤의 꿈에 불과하다는 것을 곧 알아챌 수 있기 때문이다.

이럴 줄 알았으면 차라리 괴테나 베토벤을 사랑했으면 싶었다. 그랬다면 이렇게 쓰라리도록 안타까운 마음에 밤잠을 설칠 일도 없었을 테니까. 엄연히 현실 속 그 사람이었기에 오늘도 그녀는 애가 탔다. 그는 현실 속의 사람임이 분명했지만, 도저히 만지지도 잡히지도 않았다. 만약 그 사람이 이웃집 친구였거나 같은 교회를 다니는 오빠였다면 어떠했을까. 그래도 지금처럼 간절하게 사랑할 수가 있었을까. 아니, 아마 그랬다면 적어도 그를 한 번쯤 만져보거나 안아볼 수는 있었겠지. 이토록 기약 없는 그리움에 괴로워하지는 않을 수가 있었겠지….

그러한 생각이 들자 또다시 심장이 죄여왔다. 그 사람을 사랑하게 된 이후부터 아무런 이유 없이 마음이 쓰라릴 때가 있었다. 마치 상처가 난 곳에 빨간 옥도정기를 바른 듯 쿡쿡 쑤시고 따가웠다. 상처가 난 곳에 소독약을 바르면 당시는 아프고 힘겹겠지만 언젠가 새살이 돋고 그 부위가 더욱 강인해진다는 말도 있는데, 현의 상처는 아마도 다른 것이리라. 다니엘이라는 이름의 그 상처는 도무지 나아질 기미가 보이지 않았다. 상처의 아픔이 반복되는 것이 싫어 버릴 때도 있었다. 그에게 벗어나고 싶어 하루에도 수백 번, 수만 번씩 버리고 또 버렸다. 그럴 때면 여지없이 다니엘이라는 살덩어리가 그대로 떨어져 나가는 느낌이 들었다. 아픔이 새빨간 혈흔이 되어 번지고 나면 그제야 절대 보낼 수 없는 몸 일부였다는 것을 깨닫고 슬피 울었다. 눈물은 곧 말라서 흔적 하나 미울 뿐이지만 가슴 깊이 새겨진 상처는 끝끝내 아물지 못하고 시커먼 흉터라는 살갗만을 남겼다.

오늘 하루는 정말이지 그 사람을 잊고 싶었다. 현은 버릇처럼 멍하니 리모컨을 눌렀다. 텔레비전이 켜지자 가장 먼저 소리를 내는 것은 케이블 방송의 음악 프로그램이었다. 비디오자키가 신작 뮤직비디오를 소개한다고 했다. 현의 심장이 뜨끈하게 달아오른다. 아니나 다를까 다니엘의 뮤직비디오 첫 장면이 모습을 드러내었다. 또다시 아파져 온다. 근육계 친구들이 아파서 죽을 것만 같다고 소리치고 있다. 죽기 전에 채널을 돌리고 싶었다. 그러나 손가락에 마비라도 온 듯 현은 리모컨의 버튼을 누를 수가 없었다. 아무리 누르라고 뇌에서 명령을 내려 본들 손가락은 꼼짝하지 않았다. 손가락뿐만이 아니었다. 그의 뮤직비디오가 끝날 때까지 현의 시선조차 움직일 줄을 몰랐다. 텔레비전 화면에 그의 영상이 완전하게 사라질 때까지 모든 것이 정지했다. 현은 깊어진 상처를 껴안고 다시 채널을 돌렸다. 각종 시에프가 난무했다. 그 속에서도 역시 모습을 드러내는 한 사람. 텔레비전 안에서 손짓하고 있었다. 진실로 독해 빠진 그는 시에프 속에서도 여전히 현을 부르고 있었다. 눈을 꼭 감고 다시 채널을 돌렸다. 예전 드라마가 재방송되고 있었다. 그리고 드라마에는 그의 음악이 배경으로 깔리고 있었다. 뮤직비디오, 시에프, 배경음악. 오늘같이 그대가 보고 싶지 않은 날에도 여전히 그대는 주변 곳곳에 널려 있었다. 도저히 그에게서 벗어날 방법은 없는 것일까.

잠시간이라도 바람을 쐬고 싶었다. 지독한 그리움이 밀려오기 전에 어서 외출을 하고 싶었다. 현은 조그마한 손거울에 얼굴을 비추어보았다. 엉망이었다. 입술은 부르트고 얼굴에는 갖가지 트러블이 생겨났다.

나이를 먹을수록 민얼굴을 보는 횟수가 현저히 줄어든다. 현은 서둘러 세수를 하고 손에 잡히는 대로 아무 옷이나 껴입고는 모자를 푹 눌러쓴 채 밖으로 나갔다. 출근길 직장인의 바쁜 발걸음처럼 제법 스산해진 바람의 결이 화장기 없는 현의 얼굴을 재바르게도 스친다.

바람. 그에게는 추억의 냄새가 난다. 우습게도 계절이 바뀔 때마다 지나간 시간의 조각이 추억을 가장한 아련한 냄새가 되어 주위를 배회한다고 느꼈다. 그래서 지금도 제법 싸늘해진 바람에서 과거를 느끼고 있다고 생각했다. 과거라고 하지만 그것은 불과 몇 년 전일뿐. 몇 년 전을 과거란답시고 얼큰한 정신으로 회상에 잠기듯 또 언젠가는 지금의 모습이 홍합탕 국물과 함께 들이키는 미래의 자신이기도 하겠지…. 그게 곧 추억이라면서 말이다. 추억, 그놈은 항상 자신의 뜻과는 달리 제멋대로 꼬리에 꼬리를 물었다. 늘 같지 않은 사람, 같지 않은 일들이 일어나는데도 그놈은 뫼비우스의 띠처럼 모질게도 이어지고 있었다. 그렇게 하나로 이어진 추억은 냄새를 풍기며 바람을 탄다. 매년 바람의 세기도, 방향도 다른데 언제나 같은 놈을 타고 살갗에 와 달라붙는다. 그리고 지금, 현의 살갗에 붙은 놈들의 냄새는 '향긋한 다니엘'이었다. 과연 미래에는 어떠한 추억이 자신을 따라다니고 있을까. 부디 지금의 아픔들처럼 슬픈 향기만 풍기지는 않았으면 하는 바람이었다.

바닥에 떨어진 낙엽이 어슬렁거린다. 흐늘거리는 두 다리는 티끌세상 너부러진 그대를 찾아 헤맨다. 부스러져가는 낙엽, 칼날처럼 번지는 핏빛 진드기, 가식적인 어느 초등학교의 벽화에서도 그대를 찾아본다. 한데, 없다. 그대는 분명히 이 세상에 존재했지만, 자신이 세상에 나올 때면 아무 곳에도 존재하지 않는다. 필요하면서도 충분한 그대라는 명제. 현은 오늘도 세상에 자신을 놓는다. 하루에도 수십, 수백 번씩 놓치곤

상실

195

한다. 아무리 자신을 놓아보아도 현의 영혼은 수천, 수만 번씩 그를 향해 기어가고는 했다. 미친 것…. 이제껏 남들이 모두 미쳤다고 손가락질을 해도 현은 개의치 않았다. 삶이란 게, 스스로 만족하면 그만이지 않은가. 한데 가끔은 진짜 미쳐버리고 싶을 때도 있었다. 다름 아닌 자신이, 자신을 보는 눈이 진정 미치광이임을 인정하는 때였다. 그래서 현은 극도의 슬픔을 만끽하고 있었다. 지금 쇼윈도에 비친 자신은 완벽한 미치광이였기 때문이다.

저 멀리 다니엘이 걸어온다. 모자 쓴 다니엘, 안경 낀 다니엘, 키 작은 다니엘, 치마 입은 다니엘, 커피 마시는 다니엘, 신문 보는 다니엘…. 나의 다니엘, 나의 다니엘, 나의 다니엘. 세상에 존재하는 사람이 모두 다니엘로 보인다. 그리고 다니엘이 많아질수록 시야는 점점 흐릿해진다. 흐릿한 다니엘, 흐릿한 다니엘, 흐릿한 다니엘…. 보고 싶다. 견딜 수 없을 만큼 간절히 원하고 있다. 요술램프의 지니가 눈앞에 있다면 얼른 그대가 있는 곳으로 데려다 달라고 부탁하고 싶었다. 눈앞의 그대를 보고, 듣고, 느끼고 싶었다.

현의 옆으로 버스가 요란한 소리를 내며 지나간다. 현은 사람이 많고 붐비는 곳이라면 어디든 좋았지만, 버스는 더더욱 좋았다. 버스는 현에게 제2의 고향과도 같았다. 여태껏 버스에서는 단 한 번도 쇠고랑을 찬 적이 없었고, 수입은 언제나 예상보다 높았다. 현은 버스정류장에 기대어 있다가 맨 처음으로 오는 버스를 번호도 보지 않은 채 무작정 올라탔다. 차디찬 기대감이었다. 대한민국이라는 좁은 땅덩이에 혹시라도 그를 볼 수 있지는 않을까 하며 기대하는 것 말이다.

예전에 다니엘이 일본에서 콘서트를 가진 후 현지에서 그와 함께 한 일본 팬이 너무 부럽다며 팬 카페에 글을 올린 한국 팬이 있었다. 그리고 그 글을 본 일본 팬이 답 글을 남겼다. '오늘 다니엘의 일본 공연은 사실 너무나도 좋았답니다. 하지만, 한국 팬이여. 우리를 부러워하지 마세요. 다니엘의 일본 공연은 일 년에 한 번 있을까 말까 하지만 한국에서는 수도 없을 만큼의 많은 공연과 방송이 있잖아요. 오히려 우리 일본 팬은 당신들 즉 한국 팬을 너무나도 부러워한답니다. 당신들은 보고 싶을 때 늘 그를 볼 수가 있잖아요.' 한국말 번역기를 통한 일본 팬의 공연 후기는 어순과 문법이 전혀 맞지 않았지만, 진심 어린 그들의 애정에는 충분히 감복할 수 있었다. 그리고 현은 그들로 하여금 이름 모를 우월감까지 느끼고 있었다. '그래, 나는 다니엘과 같은 나라 사람이야. 그와 함께 같은 땅을 밟고 같은 나라의 공기를 마시는 것만으로도 행복해야만 하는 거야.' 이후로 현은 산책하러 나가거나 바깥출입을 할 때 크게 공기를 들이마시는 습관이 생겼다. 또한, 차도를 두리번거리기도 했다. 혹시나 몰랐다. 같은 나라의 공기를 마시는 현의 좌우로 그 사람의 밴이 스쳐 지나갈지도, 우연을 가장한 인연이 현의 눈앞에 나타날지도….

"다음 종착역은 여의도, 여의도 정류소입니다."

안내 방송이 귓가를 맴돌았고 버스는 정류소에 정차했다. 아침 출근 시간. 많은 사람이 내리고 올라탐을 벌써 몇 번이나 반복하고 있었다. 현은 버스 안 사람의 지갑과 버스 바깥의 풍경을 이리저리 살피느라 여념이 없었다. 방금 버스에 올라 이쪽으로 비집고 오는 아가씨의 가방이 왠지 두둑해 보인다고 느꼈을 때 버스는 정류소를 출발했다. 순간 현의 시야에 거대한 하얀색 차가 지나간 듯했다.

"뭐지?"

현은 창밖으로 고개를 내밀어 차를 찾았다. 하얀색 밴이었다. 차의 번호는 다름 아닌 1004.

"앗, 오빠다!"

현에게 속한 세상의 사물은 일순간 정지했다.

"아저씨! 아저씨, 차 세워! 세우란 말이야! 나, 나 지금 내려야 해!"

그러나 교통 법규를 칼같이 지키는 버스 기사에게 현의 말은 들릴 리가 없었다. 만일 들렸다고 한들 바쁜 출근길에 시간 내로 정류소에 도착하려면 현의 요구를 무시할 수밖에 없었을 것이다. 같은 생각을 유지할 여유가 더는 없었다. 현은 버스의 맨 뒤 창문을 휙 하고 열어젖혔다. 승객이 어, 어! 하고 동요하기 시작했다. 현은 창문의 바깥을 통해 도로를 이리저리 살펴보다가 버스의 뒤로 차가 따라오지 않는 틈을 타 버스에서 그만 뛰어내리고 말았다.

"꺅!"

"저 여자 왜 저래? 미쳤나 봐!"

버스는 승객의 아우성으로 북새통을 이루었다. 현은 뛰어내린 채로 바닥을 굴렀다.

"아아…."

현은 신음을 내뱉었다. 현실은 현실이었다. 아무래도 액션 영화의 여주인공처럼 살 팔자는 아니었나 보다. 정신이 혼미했지만 도로 위의 차들이 경적을 내며 달려들고 있었기에 필사적으로 일어날 수밖에 없었다. 눈앞에 흰색 밴의 꽁무니가 보였다. 우사인 볼트가 되어 도로를 내달린다면 아마도 따라잡을 수 있을지도 모른다고 생각했다. 현은 어마어마한 속도로 달리기 시작했다. 뒤에 형사가 따라오고 있다고 생각하자. 갓 낚아 올린 따끈따끈한 지갑과 을씨년스럽기가 그지없는 은빛 쇠고랑을 맞바꾸지 않으려면 안간힘을 다해 달릴 수밖에 없다. 지금도 마찬가지

다. 바로 저 앞에 나의 사랑이 있는데 그까짓 달리기쯤 못 할쏘냐. 사랑을 위해서 현은 달려야 했다. 오직 따라잡고 싶었다. 밴아, 제발 다음 신호에 걸려라. 걸려서 부디 나에게 오빠를 볼 수 있는 영광을 다오!

현의 뒤로 버스기사가 계속해서 육두문자를 날리고 있었다. 현은 살짝 뒤를 돌아보고는 해맑은 표정으로 가운뎃손가락을 들어 보였다. 무지막지한 경적이 현의 뒤를 따라왔지만 개의치 않았다. 오히려 더욱 속도를 내어 달릴 뿐이었다. 현의 뒷모습은 날듯이 가벼워 보였다.

한 시간 후, 현은 바지를 무릎까지 둥둥 걷어 올린 채 근처의 공원 벤치에 누워 있었다. 무릎이 욱신욱신 쑤셔대었다. 버스에서 뛰어내릴 때 다친 흔적이었으리라. 하지만 그때는 상처가 이렇게나 깊은지 몰랐다. 신호에 걸린 밴을 기회다 싶어 쫓아갔지만 역시나 역부족이었다. 잠깐의 신호를 받은 밴은 곧바로 좌회전을 했고 현은 허무하게 밴을 놓칠 수밖에 없었다. 도로 위 한복판에서 밴을 놓치고 나자 비로소 자신이 무슨 짓을 했는지 깨달을 수 있었다. 현은 인도로 걸어와 몸 이곳저곳을 살폈다. 양 손바닥은 까져 피가 맺혀 있었고 아스팔트 바닥에 떨어질 때 얼굴에 생채기가 난 듯 이마와 볼이 따가웠다. 심각한 상처를 입은 부위는 왼쪽 다리였는데 바지의 무르팍 부분이 찢겨 피가 흥건히 배어 나오고 있었다. 바지의 천조각과 상처가 마구 달라붙어 바지를 걷어 올릴 때는 자신도 모르게 신음이 삼켜야만 했다. 잠시만 누워야겠다. 잘못 착지했는지 발목도 뻐근해 당장은 걷기도 어려웠다.

중독이었다. 그를 보는 것, 찾는 것, 그리는 것… 이 모든 게 중독이었다. 다시는 보지 않겠다며 마음을 먹어도 막상 그가 곁에 있다면 보지 않을 수 없다. 자꾸만 맴돌게 된다. 만일 그를 보고 뒤돌아선다 해도 금시에 그리워진다. 보는 순간에도 그리운 이 마음을 그대는 알기나 할까. 마음속 뼈저린 그리움이 저 붉은 단풍잎보다도 선명하게 마음을 뒤덮고 있었다.

머릿속에는 온통 그 사람에 대한 생각뿐이다. 그 사람이 현을 지배하고 있었다. 현은 그가 없는 세상에서는 숨조차 쉬지 못할 것이라고 느껴졌다. 그 사람이 곧 자신이었다. 이 지독한 사랑, 언제쯤 끝이 날까. 수도 없이 되묻지만 만일 자신에게 그를 사랑하기 전으로 되돌려줄지 묻는다면 현은 아니라고 답할 것이다. 적어도 그 사람을 떠올리며 미소 짓는 이 순간은 진정 행복하다는 것을 깨달았기 때문이다. 하지만, 자신을 이렇게도 보잘것없는 바보로 만들어버린 그가 지독한 사람임에 틀림이 없다는 생각만은 여전히 변함이 없었다.

"너 왜 갑자기 거지꼴을 하고 들어왔냐?"

곰은 허겁지겁 라면을 먹다 말고 현을 위아래로 훑어보았다. 현은 아무런 말도 하지 않고 곰의 라면 냄비를 빼앗아 후루룩 국물을 마셨다.

"너 십칠 대 일로 붙다 왔냐? 얼굴 상태는 왜 그렇고 다리에 그건 뭐냐? 피냐?"

현은 여전히 입을 다문 채로 침대에 드러누웠다. 곰은 빈 냄비 바닥을 숟가락으로 박박 긁으며 스쳐 지나가는 투로 이야기했다.

"그건 그렇고 다니엘인가, 캐러멜인가…. 오늘 열애설 터졌던데…."

"뭐?"

현이 소리를 지르며 침대에서 후다닥 일어났다.

"아이고, 깜짝이야. 참, 나. 역시 그 자식 이야기하니까 반응이 오는군? 아침에 인터넷에 기사가 났더라고. 이름이 제니인가, 머시기인가?

아무튼 네 애인 이름이 떠서 그냥 한번 살펴봤다. 네가 하도 다니엘, 다니엘 거리니까 나까지 신경이 쓰이더라고. 암튼 한번 검색해봐. 아마 지금 인터넷 실시간 검색어에 올라와…,"
　　곰의 말이 채 끝나기도 전에 현은 컴퓨터의 전원을 켜고 있었다.

썬

그 이유 때문이었니. 그래서 그렇게 깊은 바다 속으로 잠수할 시간이 필요했던 거니…. 다니엘, 이제는 나도 힘에 부친다. 당신을 사랑한다는 이유만으로 구 년을 이렇게 살아왔지만…. 그것은 당신도 내가 필요하다고 생각했기 때문이었어!' 지칠 대로 지쳤다. 이제는 나도 평범하게 살고 싶다. 평범한 사람과 사랑을 하고, 평범한 사람과 결혼하고 싶다.

"어머, 선배! 오늘은 웬일로 화장이 좀 뜬 것 같네요? 왜요? 아침에 급하게 나온 거예요? 아니면, 어제 무슨 일이라도 있었던 거예요? 오 년 만에 처음으로 보는 것 같아요. 신기하기도 해라, 완벽하기로는 둘째가라면 서러울 천하의 '썬' 선배가 화장이 다 뜰 때도 있고…."

어쩌면 같은 말을 해도 저렇게 미운 말만 골라서 할 수가 있을까. 저 아이는 나의 직장 생활의 눈엣가시 같은 존재이다. 남들은 상사나 선배 때문에 속병을 앓는다고 하는데 나는 그 반대다. 새파란 오 년 후배 때문에 하루에도 몇 번씩 신경이 곤두서고는 한다.

"그러니? 어제 잠을 좀 못 자서 그래. 늦잠을 자서 아침에 서두르다 보니 화장이 떴나 보다. 많이 심하니?"

"아니요, 아무리 화장이 떠봤자 선배의 화려한 외모를 가릴 수야 없죠. 선배는 워낙에 얼굴이 예쁘고 피부도 좋은 사람이니까, 슬쩍 보면

티도 나지 않아요. 물론 자세히 본다면야 티가 나겠지만…."

이 후배, 오늘따라 유난히도 거슬린다.

"선희야. 그건 그렇고, 이것 복사 좀 해올래? 스무 장이면 될 거야."

얼른 이 아이를 떼어놓고 싶었다.

"네, 알겠어요. 그런데 선배, 나 궁금한 게 있는데요. 어제는 왜 잠을 못 잔 거예요? 선배, 혹시 어제 애인이랑 같이 있었던 거예요?"

"야, 이년아! 너는 뭐가 그리도 궁금한 게 많아? 빨리 가서 내가 시킨 일이나 제대로 하란 말이야!"

라고 소리를 지르고 싶었다. 하지만 그럴 수는 없었다. 여기는 나의 직장이었으니까.

"후후, 얘는. 내가 애인이 어디 있다고 그러니? 어서 빨리 복사나 해와. 조금 있다가 회의 들어가야 하니까."

"네, 그 대신 애인 생기면 꼭 나에게 말씀해주셔야 해요?"

"그래, 알겠어. 얼른 갔다 오렴."

지금 시각은 아홉 시 삼십 분. 회의는 열 시 정각이었다. 나는 화장실에 가서 휴대전화를 살폈다. 그와 함께 한 나의 사진이 바탕 화면을 이루고 있었다. 차마 회사에서도 마음껏 휴대전화를 열 수 없었던 나 자신이 가긍스럽게만 느껴졌다. 물론, 이 모든 것이 나의 몫이었겠지만… 이미 감당하기로 한 이상 짊어지고 가야 할 나만의 짐인 것이다. 나는 그의 전화번호를 눌렀다. '따르릉, 따르릉.' 신호음이 울렸다. 십 초 가량이 지나자, '찰칵!' 누군가가 받았다.

"고객이 전화를 받지 않아 음성 사서함으로 연결됩니다."

차라리 주야장천 전화를 받지 않는 것이 더 나은지도 몰랐다. 현재 상황은 진정으로 사람을 비참하게 만드는 결과였다. 전화기의 옆 버튼을 길게 눌러 수신 거부를 하면 수신자는 전화벨이 몇 번 울리지도 않은 채 '음성 사서함'으로 안내되는 것이다. 한 마디로 다니엘은 지금 나를 거부하고 있는 것이다.

거부? 후후. 거부라는 단어보단 잠수라는 단어가 알맞았다. 그는 지금 깊은 바다 속에서 이천삼백사십 번째의 잠수를 하는 것이다. 잠수를 할 때면 나도, 부모도, 기획사 사장도, 모두 버리고 하염없이 수영만 한다. 그러한 수영이 왜 필요한지에 대해서 그는 첫 번째 잠수를 시작하기 전, 친절히 설명해주었다. '썬. 나는 한 번씩 무지막지한 외로움을 느껴. 그것은 그대가 있어도 느끼고 없어도 느끼는 순수한 예술의 감정이야. 나는 그 외로움이 너무나 싫어. 때로는 외로움이 나에게 자살을 고하기도 하거든. 그래서 하루라도 빨리 이것들에게서 벗어나고 싶어. 한데 그 외로움을 벗어나는 방법은 단 한 가지뿐이야. 바로 더욱 철저하게 외로워지는 법….' 그는 외롭지 않으려면 스스로 외로워야 한다고 했다. 도통 이해할 수가 없었지만 일단 그의 말에 수긍하기로 했다. 그것이 천재적인 예술가만의 고독이라면, 나 같은 일반 사람은 충분히 수렴해야만 한다고 생각했던 것이다. 그리고 그것은 나의 예감이 맞았다. 그는 그렇게 몇 달간 잠수를 했지만, 곧 나에게 돌아왔다. 물론 잠수하는 동안에는 만날 수가 없었다. 만나기는 고사하고 전화도 받지 않았으며 어떠한 수단으로도 나와의 연락을 끊었던 것이다. 그러던 어느 날, 문득 그는 아무렇지도 않게 나에게 전화를 걸었다. 그리고는 해사한 목소리로 말을 건넸다. '그대야, 나 방금 육지로 나왔어.'

그는 자신이 사냥한 성과를 꺼내어 자랑을 했다. '이것 봐. 썬, 내가 만든 창작물이야. 그대가 도와준 덕에 마음 편히 몰입할 수가 있었어. 그래서 생각보다 작업을 훌륭하게 마칠 수가 있었지. 모두가 그대 덕분이야. 특히 이 음악은 그대를 생각하며 만들었어. 그대에게 바칠게.' 바로 3집 앨범에 수록된 '후회'라는 곡이었다. 내 휴대전화의 모닝콜 벨소리. 그는 나를 생각하며 만든 음악이라 했고 나는 말없이 웃었다. 하지만 기뻐서 웃는 웃음은 아니었다. 시간이 가고 세월이 갈수록 나는 음악보다 그 사람 자체가 필요했다. 가끔 진상(塵想)을 버리지 못하는 손님에게 치여 종일 짜증이 날 때면 나도 누군가에게 기대어 쉬고만 싶었다. 살다 보니 그 사람이 누구였든지 안겨 울고만 싶을 때가 허다한 것이다. 물론 그 사람이 나의 연인이었다면 더 바랄 것이 없었겠지…. 특히 다니엘이 5집 작업을 하고 있을 때는 나 또한 긴장감이 최고조로 달했다. 직장 내에서 인사이동이 대규모로 이루어지고 새파란 계약직 후배들이 잘려나가는 순간, 나는 나의 손을 잡아줄 누군가가 필요했다. 그것은 그의 인기도, 음악도, 사진도 아니었다. 그저 내 손을 잡고 따뜻하게 어깨를 토닥여줄 그런 사람의 형태가 필요했던 것이다.

하지만, 오히려 불안정한 만남이 지속하였기에 우리가 이토록 오랜 시간을 함께 해올 수 있었는지도 모른다. 나는 아직도 그를 만나면 새롭다. 근 십 년이라는 시간이 무색할 만큼 그도 뜨거웠다. 주말부부나 기러기 가족이 서로에 대한 감정이 애틋할 수밖에 없음은 그만큼 서로에게 길들지 않았기 때문일 것이다. 아마 로미오와 줄리엣도 비극적인 결말로 생을 마감하지 않았다면 서로 지지고 볶고 싸우며 끝끝내 결별했을지 모른다. 그런 의미에서 나는 다니엘에게 고마워 마지않는다. 우리는 사소한 말다툼은 있었을지언정 서로에게 큰 상처를 주거나 잊을 수 없을 정도로 독을 뿜은 적은 단 한 번도 없었으니까.

이런, 벌써 회의 시간이 오 분 전으로 다가왔다. 나는 얼른 휴대전화의 배경을 달력 사진으로 교체하고는 회의실로 발걸음을 옮겼다. 참, 휴

썬

대전화의 기능 설정도 '잠금'으로 변경해야만 했다. 내 전화기의 숱한 그의 사진과 문자 메시지를 남들에게 들키기라도 한다면 정말 골치 아픈 일이 일어날 터였으니 말이다. 물론 남들은 나의 전화기에 그다지 관심을 두지 않았다. 이 나이에 애인도 없는데다 도통 남자에 관심이 있는 것도 아니고 유달리 특별한 직장 생활을 하는 사람도 아니었으니. 하지만, 고선희. 그녀는 달랐다. 특이하게도 그녀의 이목은 나에게로만 집중되었다. 사실 그럴만한 이유가 있기는 했다.

약 일 년 전인 듯싶다. 다니엘이 4집 활동을 하고 있었을 때였으니까. 음악 프로그램에서 1위를 한 그를 축하해주고자 나는 화장실에서 몰래 그와 통화를 하고 있었다.

"정말 축하해! 역시 1위 할 줄 알았어."

'고마워, 난 그대밖엔 없어. 이 상, 그대에게 바칠게.'

"정말? 그 상 나 준다고? 후후. 당신 팬클럽 회원이 알면 기절하겠는 걸? 나는 그냥 받은 걸로 할게. 정말 축하해. 당신의 팬과 같이 나도 영원히 당신 편이야. 사랑해, 다니….'"

그때였다. 고선희가 화장실의 맨 끝 칸의 문을 열고 나온 것은.

"내…, 내가…. 조금 있다가 다시 전화할게….'"

다니엘이 뭐라고 말을 했었던 듯싶었지만 나는 얼른 전화기를 덮을 수밖에 없었다. 고선희가 나를 상당히 의이스럽다는 눈빛으로 쳐다보고 있었기 때문이었다.

"선배, 누구예요? 남자 친구?"

"아…, 아니야. 남자 친구는 무슨…. 그냥 친구야."

"그냥 친구? 그런데 전화기는 왜 숨겨요?"

아니나 다를까, 나는 그녀의 말대로 전화기를 뒤로 숨기고 있었던 것이다.

"후후, 숨기기는. 그냥 놀라서…. 화장실에 아무도 없는 줄 알고 있었거든. 후후후…."

하지만, 그녀는 계속 내 주위를 빙글빙글 돌며 이기죽대었다.

"아니야, 아니야…. 좀 수상한 걸? 들어보니 팬이며, 1위며 하는 것이 꼭 가수랑 통화하는 것 같던데…. 선배 혹시 연예인이랑 사귀는 거예요?"

나는 방금 '사랑해, 다니…' 까지 말했다는 것을 용케도 기억해내었다. 다행히 마지막의 '엘' 자는 입 밖에도 내지 않았으므로 여전히 빠져나갈 구멍은 있는 것이다. 나는 허리 뒤로 돌린 전화기를 꼭 쥔 채 소리쳤다.

"이봐, 고선희 씨!"

아무리 조용하고 나서지 않는 성격의 소유자로서니 나는 분명히 그녀의 오 년차 선배였고, 그녀보다 세 살이 많은 언니였다. 한마디로 밥을 먹어도 삼천 끼니 이상은 더 먹었고, 꿈을 꾸어도 천 번 이상은 더 꾼 것이다. 나는 그녀에게 나의 사생활에 관하여 제발 신경을 끄고 일이나 열심히 하라고 혼꾸멍내어 줄 작정이었다.

"그런데 혹시 선배, 기분 나쁘신 건 아니죠? 뭐, 제가 엿들으려고 한 것도 아니고 그냥 들린 것뿐인데. 헤헤, 그렇죠? 전 그냥 아무 뜻 없이 물어본 거니까 화내지 마세요. 설마, 선배의 애인이 진짜 연예인이기라도 하겠어요? 에이, 뭐 실제로 연예인이라 하더라도 전 놀라지 않을 거예요. 선배 정도의 외모면 연예인, 충분히 만나죠. 헤헤, 뭐 다니엘과 같이 멋진 남자라면 말이 달라지겠지만…. 안 그래요?"

더는 할 말이 없었다. 눈을 찡긋하고 화장실을 나가는 그녀의 뒤통수를 실의에 빠져 멍하니 바라볼 수밖에는…. 그녀는 그날 이후부터 아무런 이유 없이, 또한 수시로 나에게 다니엘의 이야기를 툭툭 던지고는 했다. 그러고 나서 유심히도 나의 표정을 살피는 그녀 때문에 나는 혹시나 모를 사고에 대비하여 휴대전화의 '잠금' 기능만은 꼭 잊지 않고 설정해 두는 습관을 가지게 된 것이다.

"선배! 안 들려요? 복사한 거 팀장님들 자리에 한 장씩 올려놓으면 되느냐니까요?"

"응…. 응? 아…, 그, 그래. 자리에 한 장씩 올려놓으렴."

"선배, 오늘 참 이상해요. 아침부터, 꼭 어디에 홀린 사람 같아요. 왜 그래요? 무슨 일이라도 있는 거예요? 감기에라도 걸린 건 아니죠? 하긴, 우리 회사에서 가장 완벽한 썬 선배가 감기에 걸릴 일이 어디 있겠어요? 저번에 부장님도 그러셨잖아요. 썬 선배는 바늘로 찔러도 피 한 방울 나오지 않을 정도로 철두철미한 사람이라고. 물론 그 말은 칭찬임에 분명한 거겠죠? 좋겠어요, 저도 꼭 그러한 칭찬을 듣도록 노력해야겠네요."

그녀는 히쭉 웃어 보이며 회의실 밖으로 나갔다. 항상 저런 식이었다. 걱정하는 이야기 같으면서도 잘 들어보면 사정없는 농락일 뿐이었다. 가증스럽다. 저대로는 도저히 안 될 듯싶다. 내 언젠가 날을 잡아서 확실히 교육하도록 해야지. 그러나 그게 생각만큼 쉬울까?

"이번 예산안은 작년에 비해 철저하게 그 규모가 하락했다고 볼 수 있습니다. 거기에 대해 우리 1팀의 가장 효율적인 마케팅 방법은…."

"김 과장, 잠깐만 기다려봐. 아니 박 팀장. 자네, 어디가 아픈가? 왜 그리 고개를 숙이고 있나?"

"네? 아…, 아닙니다. 죄송합니다. 잠시 머리가 아파서…. 곧 괜찮아 질 겁니다."

"머리가 아파? 아, 그럼 진작 말했어야지. 박 팀장 같은 사람이 사사로운 일로 회사에서 골머리를 앓고 있을 사람인가. 많이 아프면 병원이라도 다녀오든가 휴게실에서 좀 쉬든가 하게."

"아닙니다, 부장님. 회의 계속할 수 있습니다. 문제없습니다."

"어허, 그게 아니래도 그러네. 최상의 상태에서 최고의 친절이 나올 수 있다는 거 모르나? 얼른 가서 좀 쉬도록 하게."

"어머, 선배? 정말 안색이 안 좋아요. 괜찮아요? 약이라도 드려요?"

밖으로 나온 나에게 고선희가 또 들러붙는다. 귀찮다. 진득거리는 파리 경주인(京主人).

"그래, 괜찮아. 그 대신 나 휴게실에서 쉬고 있을 테니 급한 일 생기면 좀 불러줘."

나는 고선희를 따돌리고 휴게실로 갔다. 휴게실의 탁자에 엎드려 눈을 붙이려 한지 이십 분 가량 되었을 때 문자 메시지가 도착했다.

「선배, 급한 일은 아닌데요, 선배가 꼭 보셔야 할 게 있어요!

-고선희-」

이 아이는 나를 도통 내버려두지를 않는다. 항상 그랬다. 주야장천 나에게 알려줄 일이 많은 아이였다.

"선배, 어디에 계셨어요? 선배가 꼭 보셔야 할 일이 생겼어요!"

고선희는 그날 역시 나를 찾아다녔다.

썬

"뭔데?"

"이거요, 이거! 선배 책상…."

내 책상에는 빨간색 장미꽃이 한 다발 놓여 있었다. 그리고 주위에는 벌써 같은 부서의 여직원들이 둥글게 원을 그리고 있던 참이었다.

"우와, 매우 예쁘다. 선배, 이거 누구한테서 온 거예요?"

여직원 중 가장 흥미를 보이던 것은 역시나 고선희였다. 나는 장미꽃 사이에 숨어 있던 카드를 발견하고 그것을 뽑으려던 찰나 고선희가 재차 물었다.

"선배, 애인 없다고 그러시더니 정말 이러기예요? 얼마나 멋진 남자기에 계속 숨겨만 두고 계시는 거예요? 얼른 카드 읽어봐요."

여직원들은 한데 입을 모아 재잘대었다.

"그래요, 선배. 얼른 읽어봐요. 빨리요!"

나는 작게 한숨을 쉬며 카드를 펼쳤다.

「너의 서른세 번째 생일을 축하하며…. 나는 영원한 그대의 소유물. 사랑해, 썬.

-너의 D로부터-」

"꺅! '그대의 소유물' 이래! 아, 정말 닭살이다!"

"우와, 선배 정말 좋겠어요! 너무 부럽다. 아, 나는 언제쯤이면 남자친구가 회사로 이런 이벤트를 보내줄까?"

"민지 씨는 꿈 깨! 뭐, 썬 선배 정도 되니까 이런 선물도 받는 거야. 역시 여자는 얼굴이 예뻐야 한다니까? 그죠, 선배님?"

나름의 이야기꽃을 내 빨간 장미만큼이나 만발시키고 있는 여직원들 사이에서 무릇 고선희만큼은 의아하다는 표정을 지으며 연방 고개를 갸웃거리고 있었다.

"그런데…, 아직 선배 생일은 멀지 않았나?"

지나친 관심은 병이었다. 사실 내 생일은 그로부터 한 달 뒤였지만 곧 5집 준비를 하며 잠수를 계획하고 있던 다니엘은 혹시나 스쳐 지나갈지도 모르는 내 생일을 미리 축하해주고 싶었던 것이었다. 하지만 나는 아무 말도 하지 않은 채 그저 "친구가 보낸 거야."하고 그 자리를 무마하려고 했다. 그러나 고선희는 여전히 냉소적인 말투로,

"친구라면 본인의 이름을 적지, 왜 'D'라고 적은 거예요? 무릇 이런 것은 자기가 보낸 것을 티를 내고자 일부러라도 이름을 크게 써서 보내지 않나? 받는 사람 기분 좋아하라고…."

그 아이의 언행은 마치 송곳처럼 나의 약한 부분만을 골라 긁어대고 있었다. 도저히 이 아이에게서 도망갈 방법은 찾지를 못할 것 같았다. 그래서 나는 그 후로부터 이 아이를 받아들이되 다만 거부감은 본능적인 심리 작용이라 믿으며 나 자신을 다독여주기로 마음먹었다.

'딩동! 메시지가 도착했습니다.'

「선배, 많이 아프신 거예요? 그럼 안 오셔도 되요. 편안히 푹 쉬세요.
-고선희-」

당최 쉬라는 건지, 말라는 건지…. 나는 휴대전화를 탁 소리가 나게 닫고는 그녀가 원하는 대로 '내가 꼭 보아야 할 것'을 보러 가고자 몸을 일으켰다.

썬

211

"도대체 뭐니? 내가 꼭 보아야 할 것이…."

"선배…. 이것 좀 보세요."

그녀는 신나게 호들갑을 떨 것이라는 생각과는 달리 차분한 태도로 나에게 자신의 컴퓨터를 가리키고 있었다. 그녀의 손끝이 향한 곳에는 인터넷 기사가 화면을 가득 메우고 있었다. 무에 그리 심각한 것이 있으랴 싶어 대충 눈대중으로 기사 제목을 훑던 순간, 나는 아뜩하게 현기증이 밀어닥쳐오는 것이 느껴졌다.

[특보] 최고의 여가수 제니, 비밀리에 열애 중! 상대는 톱스타 다니엘로 밝혀져.

대한민국의 최고의 여가수인 제니(23세). 그녀가 열애설에 대하여 입을 열었다. 상대는 다름 아닌 싱어송라이터이자 톱스타인 가수 다니엘(28세). 같은 기획사이며 친한 동료 사이였던 그들은 지난해 연말부터 본격적으로 만났고 지금까지 변함없이 사랑을 이어가고 있다.

[테라]는 지난 8월 소문으로만 돌던 다니엘과 제니의 열애설을 확인 취재했다. 두 사람은 주위의 눈을 피해 비밀스레 사랑을 키워나가고 있었다. 바쁜 스케줄을 쪼개가며 그들이 만나는 모습을 [테라]가 단독 포착했다. 촬영 스케줄이 없는 틈을 타 다니엘의 집으로 제니가 차를 몰고 가 둘만의 오붓한 시간을 보냈다. 취재진은 차에서 내려 다니엘의 집으로 걸어가는 제니를 확인할 수 있었다.

취재진은 그들의 열애설에 대해 제니에게 직접 확답을 들을 수가 있었다. 그녀는 다니엘과의 열애를 인정하며 "서로 사랑하는 단계가 맞다. 하지만, 수많은 팬분으로 말미암아 아직은 조심스러울 뿐이다. 일도 열심히 하며 사랑 또한 예쁘게 키워나가겠다. 지켜봐 달라."라고 말했다.

최근 다니엘과 제니는 빡빡한 스케줄로 인해 누구보다 바쁜 나날을 보내고 있다. 그도 그럴 것이 다니엘은 지난 9월 2일 정규 5집 쇼케이스를 시작으로 팬 사인회와 각종 음악 프로그램과 콘서트 계획으로, 제니 역시 EP 앨범 'Fall in love' 활동으로 정신이 없다. 그럼에도, 두 사람은 빈 시간을 이용해 서로에 대한 사랑을 키워가고 있었다.

한편, 그들의 기획사인 스카이하이의 고위 관계자는 제니의 확답에도 "두 사람이 사귀고 있다는 사실은 전혀 알지 못했다. 당사자인 다니엘에게도 그러한 이야기는 듣지 못했다. 아마 확인을 해봐야 할 것 같다. 오해의 여지가 있는 듯하다."라고 말했다. 하지만, 당사자인 제니가 확실하게 열애설을 인정한바 더는 오해의 여지가 없는 듯하다.

〈사진, 기사 = 최세길 기자〉

"선배, 이게 어떻게 된 일이에요?"

까무러칠 정도로 숨이 막혀왔다. 하지만 그녀 앞에서 티를 낼 수는 없는 노릇이었다. 그녀가 어떠한 연장으로 돌변해 나를 찌를지는 아무도 몰랐기 때문이다.

"어떻게 되긴 뭐가 어떻게 된 일이니? 지금 이깟 연예인 열애기사로 나를 불러낸 거야? 휴…. 너 그렇게 한가해? 업무 시간에 인터넷이나 하고 있을 만큼?"

"잠깐만요, 선배. 이제는 솔직히 말할 때도 되지 않았나요? 선배가 숨겨둔 그 애인. 바로 가수 다니엘 맞죠? 그렇죠?"

나는 가만히 선희를 들여다보았다. 이 아이…. 마치 나를 보는 듯했다.

"선희야. 나 지금 머리가 너무 아프거든? 오늘은 도저히 안 되겠어. 조퇴를 해야겠다. 부장님께 말씀드리고 올게. 수고해라. 나중에 보자."

차에는 겨우 오를 수 있었다. 시동도 걸 수 있었다. 하지만 차마 페달
은 밟지 못했다. 두 눈에 눈물이 고여 도저히 앞을 볼 수가 없었기 때문
이었다. '그 이유 때문이었니. 그래서 그렇게 깊은 바다 속으로 잠수할
시간이 필요했던 거니…. 다니엘, 이제는 나도 힘에 부친다. 당신을 사랑
한다는 이유만으로 구 년을 이렇게 살아왔지만…. 그것은 당신도 내가
필요하다고 생각했기 때문이었어!' 지칠 대로 지쳤다. 이제는 나도 평범
하게 살고 싶다. 평범한 사람과 사랑을 하고, 평범한 사람과 결혼하고 싶
다. 나는 눈물을 닦아내었다. 그리고 몇 번이나 고심한 끝에 문자 메시
지를 보냈다.

「다니엘. 나 많이 지쳤어. 이유야 어찌 되었든

우리 잠시 생각할 시간을 갖도록 하자….

-썬-」

라디오

오빠, 차라리 미래를 이야기하세요. 다만, 미래라면 0.001%라도 희망이 있는 거니까요. 하지만, 과거는…. 말짱한 하늘이 무너진다 하더라도…. 나는 오빠의 과거가 될 수는 없잖아요. 죽더라도 오빠의 지나간 추억에 들어갈 수는 없는 거잖아요. 절대 오빠의 추억 속 슬픈 노래의 여주인공이 될 수 없는 나를 위해서라도, 제발 그런 슬픈 목소리로 과거를 그리지는 마세요.

디제이   안녕하세요? '시와 음악이 있는 라디오', 저는 디제이 김정식입니다. 자, 오늘은 아주 특별한 손님을 모셨는데요. 바로 새로운 음반을 가지고 복귀하신 다니엘 씨입니다. 다니엘 씨, 반가워요. 우리 라디오에는 참 오랜만에 방문해주셨는데요, 청취자 여러분께 인사 한 말씀 부탁합니다.

다니엘   안녕하세요, 시와 음악이 있는 라디오 청취자 그대들. 저는 5집 앨범 '데쓰(Death)'로 돌아온 다니엘입니다. 반갑습니다.

디제이   오늘은 인기 가수 다니엘 씨가 특별히 우리 라디오를 찾아주셨으니까, '보이는 라디오'로 진행이 됩니다. 컴퓨터로 저희 라디오를 듣고 계시는 청취자 여러분께서는 지금 저희 홈페이지로 오셔서 '보이는 라디오'를 이용해 주세요. 실시간으로 다니엘 씨의 빛나는 외모를 감상하실 수가 있습니다.

다니엘   하하하, 빛나는 외모라니요. 얼굴에 자신이 없는 걸요. 오늘도 새벽까지 작업하느라 얼굴이 많이 푸석푸석해요. 사실 이건 비밀인데, 저 오늘 메이크업도 안 하고 왔어요. 그러니 보이는 라디오를 통해 저를 보고 계시는 그대들, 제 얼굴 보시고 절대 놀라시면 안 됩니다.

디제이   외모에 자신이 없다는 망언을 하는 다니엘 씨, 하하. 지금 다니엘 씨가 나오셨다고 게시판과 실시간 문자가 과히 폭발적입니다. 작가들이 우리 라디오 개편하고 나서 이렇게 문자가 많이 온 게 처음이라고 하네요. 다니엘 씨, 인기도 많으시고 참으로 부럽습니다. 요즘 방송활동 많으시던데, 어때요? 한창 바쁘시죠?

다니엘   네, 며칠 전 5집 쇼케이스 이후에 방송 활동도 많이 하고 라디오도 많이 출연하려고 해요. 그런데 개인적으로는 텔레비전보다 라디오에 출연하는 것이 훨씬 더 좋아요.

디제이   아니, 왜요? 브라운관에 많이 나오면 다니엘 씨의 팬들도 훨씬 좋아하실 텐데요?

다니엘   사실 제가 평상시에도 라디오 듣는 것을 참 좋아하거든요. 텔레비전처럼 부담스럽지가 않잖아요. 화려한 영상과 숱한 자막 그리고 시끄러운 음성에 비하면 라디오는 단 하나 나의 감성적인 내 '귀'만 내어주면 되니까요. 또 라디오에 나올 때도 텔레비전 방송보다 오히려 더 솔직한 이야기를 많이 하게 되고… 아마 그래서 더욱 애착이 가는 것 같아요.

디제이   그러시군요. 여러분, 들으셨죠? 다니엘 씨도 라디오를 좋아하신답니다. 우리 청취자 여러분도 많이 들어주실 거죠? 하하하, 그럼 다니엘 씨. 오늘도 우리 시와 음악이 있는 라디오에서 속 깊은 이야기 많이 해주실 거라고 믿어도 되나요?

다니엘　물론이죠. 요즘 저의 생각과 고민을 모두 여기서 털어내고 가
도록 하겠습니다.

디제이　감사합니다. 그럼 우선 광고 먼저 듣고 돌아올게요. 잠시 후
계속해서 다니엘 씨와 이야기 나누도록 하겠습니다.

현　오빠…. 오늘도 역시 모자를 쓰고 나왔네요. 오빠는 몸이 좋
지 않은 날엔 상태를 숨기려고 항상 모자를 쓰고 나오곤 하
죠. 되지도 않는 스캔들 때문에 많이 힘들었나 봐요. 괜찮아
요. 나는 신경 쓰지 않아요. 오빠가 직접 말한 것도 아닌데요,
뭐. 그렇죠? 나는 오빠를 믿으니까요. 그러니, 제발 부탁이에
요. 오빠…. 아프지 마세요. 오빠가 아프면 내 마음은 진실로
무너지고 만답니다.

썬　당신…. 얼굴이 많이 까칠해졌네. 며칠 안 본 사이에 조금 야
윈 것 같아…. 혹시, 나 때문은 아니지? 내가…, 당신을 아프
게 한 것은 아니지? 아니라고 말해줘…. 그렇지 않으면 나 더
는 당신을 편하게 지켜볼 수가 없어….

디제이　자, 광고 듣고 돌아왔습니다. 다니엘 씨. 우선 이번 앨범에 대
해서 말해볼까요? 앨범 제목이 특이하게 '데쓰(Death)'네요.
무엇을 의미하는 거죠?

다니엘　절대로 피할 수 없이 다가오는 죽음의 그림자와도 같이 우리
는 사랑에서 또한 도망칠 수가 없잖아요. 죽음같이 지독한

사랑에 대한 음악들을 담은 앨범입니다. 전곡을 제가 직접 작사, 작곡했고요, 타이틀곡은 '집착'인데, 너무도 사랑하기에 떠나고 싶어도 떠날 수가 없는 지독한 사랑을 그린 내용입니다. 사실 쇼케이스 이후 앨범에 대한 기사가 하도 많이 떠서 우리 그대들은 그 내용을 다 외울 정도라고 하시더라고요. 하하하.

디제이 맞아요, 사실 다니엘 씨의 이번 앨범은 더는 소개가 필요 없을지도 모르겠어요. 발매 삼일 째 칠십만 장을 넘어섰다고 합니다. 저번 4집 앨범이 발매 한 달 만에 백만 장을 넘어섰는데 이번 앨범은 그 기록을 아마도 가뿐히 넘어서겠는데요? 사실 다니엘 씨 정말 대단하신 분이시죠. 오래 시간 지속하던 대한민국의 음반 불황을 해결하신 거잖아요. 음악성, 대중성을 함께 거머쥐신 다니엘 씨는 음악계에 길이 기억되실 겁니다. 이렇듯 대중에게 많은 사랑을 받으시는 이유가 도대체 어디에 있을까요?

다니엘 과찬이시네요. 사실 그런 질문을 받을 때마다 정말이지 뭐라고 대답을 해야 좋을지 모르겠어요. 저는 그저 제가 좋아하는 음악을 꾸준히 해 왔을 뿐이거든요. 제가 스포트라이트를 받을 수 있는 것은 모두 그대들 덕분이죠. 항상 변함없이 사랑해주시는 그대들이 아니었다면 저는 아마도 이 자리에 없을 것임이 분명합니다. 모든 영광은 제 음악을 들어주시는 그대들의 몫이에요. 제 몫은 하나도 없습니다.

디제이 다니엘 씨가 인기가 많은 이유를 이제야 알겠네요. 항상 팬 분들을 '그대들'이라 칭하시며, 가장 먼저 '그대들'을 챙기시는 우리 다니엘 씨, 얼마나 멋집니까! 자, 그럼 다니엘 씨. 타이틀곡은 잠시 후 끝 곡으로 듣도록 하고요, 먼저 본인의 앨범 중에서 개인적으로 가장 애착이 가는 곡 하나만 들려주실 수 있으실까요?

다니엘   음…. 글쎄요. 열 손가락 깨물어 안 아픈 손가락이 있을까요? 저의 모든 노래가 소중하긴 하지만 사실 특별한 곡이 한 곡 있긴 해요. 바로 저의 3집에 수록된 곡 '후회'입니다. 이 노래는 특별한 저의 사연이 담긴 노래이거든요. 사실, 좀 알려진 이야기이긴 하지만 이 곡은 그 당시 제가 무척이나 사랑하던 사람을 위해 만들었던 노래이니만큼 여전히 애착이 가네요. '후회' 들려 드리겠습니다.

보고 싶다. 그때는 왜 몰랐을까. 당신이 나에게 얼마나 큰 힘이 되어주는 사람이었는지. 바보같이 왜 나는 다 지난 후에야 후회라는 단어를 끼적이는 것일까….

오늘따라 연필을 꽉 쥔 내 오른쪽 손가락 마디마디에 힘이 풀린다.

다른 곳을 바라보는 내 분신 같은 그대에게 나는 아무것도 아니라는 사실 하나로 내 심장에선 검은 피가 솟아나와 내장 깊은 곳곳을 누빈다.

후회랄 것도 없겠지. 처음도 마지막도 나였으니까.

하지만, 언젠가는 그리움이 되어 남겠지. 어차피 시작도 끝도 나였으니까.

하염없이 바라본다. 그대 나를 외면해도 하염없이 바라볼 테다. 그대의 아름다움에 두 눈이 멀어 버릴지라도.

그대가 닳아 없어질 때까지 바라볼 수밖에 없는 나는 이미 그대가 되어 있다.

| 썬 | 이 바보야…. 그렇게 힘들다고, 후회한다고 말만 하지 말고 다시 오면 되잖아. 왜 그렇게 용기가 없니. 이게 당신이 말한 사랑이니. 진정 확신한다면, 다시 내게로 와. 나에게 손 내밀어 봐. 여전히 당신만 있으면 돼. 당신만 나에게 용기를 준다면 나, 다시 시작할 수 있어…. |

썬

이 바보야…. 그렇게 힘들다고, 후회한다고 말만 하지 말고 다시 오면 되잖아. 왜 그렇게 용기가 없니. 이게 당신이 말한 사랑이니. 진정 확신한다면, 다시 내게로 와. 나에게 손 내밀어 봐. 여전히 당신만 있으면 돼. 당신만 나에게 용기를 준다면 나, 다시 시작할 수 있어….

현

아까부터 오빠는 계속 고개를 숙이고 이야기한다. 과연 무슨 생각을 하는 것일까, 왜 카메라를 쳐다보지 않는 것일까, 왜 오빠는 지금 라디오에서 슬픈 노래를 추천하는 것일까…. 혹시라도 아직 그 여자를 생각하는 것은 아닐까. 분명히 그 여자와는 헤어졌다고 했는데. 우리 오빠는 절대 거짓말을 하는 사람이 아닌데…. 그렇다면, 혹 그 여자와의 기억이 오빠를 괴롭히는 것은 아닐까. 오빠는 마음이 여리고 착한 사람이니까 모질게 인연을 끊지 못하고 바보같이 추억만 그리워하는 것이 분명하다. 어리보기 같은 사람. 왜 이리 모질지 못할 것일까….

디제이

다니엘 씨의 라이브, '후회' 잘 듣고 왔습니다. 그런데 다니엘 씨, 마지막에 사랑하던 여자를 위해 만들었던 노래라고 말씀을 하셨는데, 그럼 3집으로 활동할 당시 여자 친구가 있었다는 말씀이신가요?

다니엘　　여자 친구…, 라고 단정 짓기 어려울 만큼, 사랑하는 사람이 었습니다. 그녀에게 너무도 잘못한 일들이 많았었어요. 한없이 어린 생각으로 그녀에게 기대고 바랐어요. 내가 해주기보다는 모든 것을 나에게 맞춰주기를, 그래서 한순간도 단 일분 일초도 그대를 행복하게 해주지 못했어요. 그래서 지금 이렇게 후회를 하는 것인지도 모르겠습니다. 하지만 이젠 후회해도 소용이 없죠. 이미 제가 싫어졌을 테니까요…. 여하하든지 그 노래의 주인공은 제가 진심으로 사랑했던 사람임에는 틀림이 없습니다.

썬　　왜, 한순간도 행복하게 해준 적이 없다고 생각하는 거야? 당신, 그렇게 자학하지는 마. 나는 당신의 존재만으로도 매 순간 행복할 수가 있었어. 그리고 지금 역시 나는 행복해. 여전히 바라보고 있으니까…. 그러니, 제발 또 스스로 상처를 새기고자 노력하지는 마….

현　　오빠, 혹시 지금 제니, 그 여자의 이야기를 하는 건가요? 그런 건가요? 아니죠? 그건 절대로 아니죠? 다른 사람은 괜찮아도 그 여자는 싫어요. 그 애는 정말 아니에요. 용서할 수 없어요. 아니, 용납할 수 없어요. 안돼요, 오빠. 제발 그 여자는 아니라고 말해줘요. 그리고…. 부디 지나간 추억에 마음 다치지는 마세요. 내가 이렇게 오빠의 행복을 바라고 있잖아요….

디제이　　다니엘 씨가 3집의 '후회'라는 곡의 비화를 말씀하시는 순간 라디오 게시판이 난리가 났어요. 하하, 팬 분들 모두 엄청나게 흥분하신 것 같은데요? 다니엘 씨 이거 괜찮으시겠어요? 흠…. 이런 말씀 드려도 괜찮을지 모르겠지만, 혹시 얼마 전에 스캔들이 났던 그분을 향한 이야기가 아니냐는 질문이 마구 쏟아지고 있어요.

다니엘 아니에요, 그분은 아닙니다. 절대로 아니에요. 아마 오보가 전해진 것 같아요. 그분과 저는 그저 친한 동료일 뿐이니까 오해하지 마세요. 몇 년이나 같은 기획사에서 한솥밥을 먹었는데 연인이라면 제 성격상 벌써 밝히고도 남았겠죠. 하지만 아니에요. 저의 그대들도, 그리고 그분의 팬 분들도 절대로 상처받지 마세요. 제 이름을 걸고 아니라고 말씀드릴 수 있습니다. 걱정하지 마세요. 저는 아직 그대들밖에 없으니까요. 그리고 만약 혹시라도 여자 친구가 생긴다면 가장 먼저 그대들께 말씀을 드릴게요. 그러니 제가 옳다고 하기 전까지는 누구의 말도 믿지 마세요. 내가 그대들을 믿는 만큼 그대들도 저를 믿어주셔야 해요.

현 그래, 그 여자는 아니죠? 그 여자가 아닌 것은 확실한 거죠? 다행이에요. 만일 맞았다면 나는 정말 실망했을 거예요. 도대체 무엇 때문에 그런 오보가 난 걸까요? 기자의 실수인가요, 아니면 그 여자가 고의로 그런 것인가요. 만일 전자의 이유라도, 후자의 이유라도 용서할 수 없어요. 내가 지켜 줄게요. 오빠의 옆에 있는 사람이 그 누가 되었든 지금과 같은 상처를 준다면 내가 용서하지 않아요. 그러니 힘들어하지 마세요. 오

빠의 상처 모두 내가 보듬어 줄게요. 오빠의 행복을 위해 내
가 영원히 기도할게요.

썬　구태여 그렇게 부정하는 이유는 뭐니. 나를 위해서? 그렇다
면 지금 당신이 해야 할 일은 당장 전화기를 꺼내어 나에게
후회를 속삭이는 거야. 썬, 아니야 아니라고. 나에게는 아직
당신밖에 없어, 이렇게. 우리가 만난 세월을, 우리가 만들어낸
역사를 부정할 수는 없잖아. 믿음으로 지난 시간을 이겨냈잖
아. 다니엘, 자신을 가두지 말자. 힘들어하지 말자. 기억은 하
되, 추억이 되지는 말자. 다니엘, 떠나려는 나를 잡아줘. 우리
처음 만난 날, 그 어두컴컴한 클럽에서 내 손을 잡았듯 다시
한 번 내 손을 잡아줘. 나 아니면 안 된다고, 죽어도 내 손을
놓지 않겠다고 말해줘. 마음이 변하지 않는다면 사랑 또한 절
대로 변하지 않아….

디제이　네, 시와 음악이 있는 라디오, 다니엘 씨와 함께 하고 있습니
다. 지금 청취자 분으로부터 문자가 많이 오고 있는데요, 다
니엘 씨에게 질문해 주신 분이 제법 계시네요? 한번 읽어볼
게요, 0722님께서 보내주신 질문입니다. '다니엘 오빠, 슬픈
가사의 노래를 애창곡으로 들으신다는 것을 보니, 혹시 예전
의 여자 친구를 아직 못 잊고 계신 것은 아닌가요?'라고 하셨
네요. 물론 아까 다니엘 씨가 예전의 여자 친구이야기는 더는
하지 않겠다고 하셨는데, 청취자 여러분이 많이 궁금하셨나
봐요, 지금 오는 문자의 반 이상이 이 질문이랍니다. 하하하,

다니엘 씨, 혹시 말씀해 주실 수 있나요?

다니엘 과거는 과거일 뿐이에요. 절대로 현재나 미래가 될 수는 없다고 생각해요. 물론 인연이 있다면, 그리고 그것이 단지 스쳐 지나가는 우연이아니라 진지한 만남의 필연이라고 한다면 그도 역시 우리의 현재나 미래가 될 수 있겠죠. 하지만, 그것이 아니라면 과거는 추억으로 묻어두어야 한다고 생각해요. 그래서 저는 그대가…, 누구라고 콕 찍어서 말할 수는 없겠지만, 언제나 제 추억 속에서만 존재하는 저의 그대가…. 되도록이면 행복했으면 좋겠습니다. 저보다 훨씬 좋은 사람을 만났으면 좋겠다는 바람뿐이에요. 제가 못 다해준 사랑들을 꼭 다른 누군가에게 넘치도록 받았으면 좋겠어요. 가슴이 아픈 것은 사실이지만, 다시 저에게 온다고 하더라도 저는 분명히 그대를 또 괴롭히고 말 거예요. 이별을 하면 당장은 죽을 듯 힘들겠지만 흐르는 눈물이 마음속 상처가 되고 고름이 되면 언젠가는 더욱 단단하고 강해진 심장을 가질 수가 있을 거예요. 그래서 더 좋은 사람을 만나게 되면 그 강하고 튼튼해진 심장으로 다시금 열렬히 사랑할 수가 있을 거예요. 저는 믿어요. 그대도, 저도 언젠가는 더욱 행복해질 수 있을 것이라고요.

썬 행복했으면 좋겠다고? 세상에 그렇게 무책임한 문장은 없을 거야. 내가 행복하기를 바라는 사람이면 왜 진작 행복하게 만들어주지 못했니? 그따위 변명하지 마. 행복하기를 바란다는 말 따위 접어두고 '행복하게 해줄게.'라고 말해. 그게 진짜 남자야. 당신을 사랑하지만 그런 몹쓸 변명은 정말이지 듣고 싶지 않아. 왜 행복하게 해줄 수 있다고 말하지 못하는 건데. 그렇게 다 죽어가는 목소리로 행복하게 해주지 못해 미안하다고 말하지 마. 그렇게 야멸치게 내 손을 뿌리치고서는 슬픈 목소리로 그립다고 가슴이 아프다고 말하면 누가 동정이라도 해줄 줄 알았니? 결국, 이렇게 되었구나. 응. 그래 결국 다른 수많은 연인이 경험하는 평범한 이별. '안녕'하고 헤어지는 그런 끝 인사 같은 이별. 그런 이별을 드디어 우리도 경험하게 되는구나. 이별이란 것 세상의 모든 연인에게 해당하는 말일지라도 우린 정말이지 아닐 줄 알았어. 특별하게 사랑한 만큼 헤어짐도 존재하지 않거나 만일 헤어진다 하더라도 그것은 이 세상을 하직하는 순간일 줄 알았는데. 당신에게 온 힘을 다했는데. 이젠 하릴없이 우리도 헤어져야만 하는 거구나. 그리고 난 처음부터 그랬듯 지금도 당신에게 멋진 모습을 보여주려고 애를 써야 하는 거구나. 항상 예민한 당신 앞에서 조심해야만 했고, 눈이 높은 당신에게 예쁜 모습만 보여주려 했고, 입이 짧은 당신을 위해 맛있는 요리만 만들어 주려고 노력했어. 그리고 이제는 당신의 아름다운 추억이 되고자 난 멋진 뒷모습을 보려 주려 애를 써야 하는 거로구나…. 해피엔드를 만들지 못한, 우리의 걸림돌. 그것이 누군가가 되었든 나, 과연 그들을 용서할 수 있을까?

현　　인제 그만 해요. 오빠, 나도 힘들어요. 내 인내심을 시험하고픈 것이라면 이제 됐어요. 충분히 참을 만큼 참았어요. 제발 부탁이에요. 오빠, 차라리 미래를 이야기하세요. 다만, 미래라면 0.001%라도 희망이 있는 거니까요. 하지만, 과거는…. 말짱한 하늘이 무너진다 하더라도…. 나는 오빠의 과거가 될 수는 없잖아요. 죽더라도 오빠의 지나간 추억에 들어갈 수는 없는 거잖아요. 절대 오빠의 추억 속 슬픈 노래의 여주인공이 될 수 없는 나를 위해서라도, 제발 그런 슬픈 목소리로 과거를 그리지는 마세요. 나, 지금 가슴이 너무나 아파요…. 만일 시간을 되돌릴 수 있는 타임머신이 있다면 그 타임머신을 타고 오빠의 과거 속으로 들어가 그녀와의 행복에 악독한 훼방꾼이 되고만 싶어요. 아니, 악독한 훼방꾼으로도 과연 만족할 수 있을까. 오빠의 그녀를 내가 고이 내버려둘 수가 있을까. 아예 그녀를 없애 버린다면, 오빠가 그녀와의 추억을 그리기 전에 없애버릴 수만 있다면 지금 오빠가 이렇게 힘들어할 일도 없을 텐데…. 그리고 혹시나 오빠의 과거와 현재, 그리고 미래를 함께하는 상대가 내가 될 수도 있을 텐데…. 그렇죠? 혹시 오빠도 원하는 거죠? 내가 아니라도 좋아요, 오빠도 오빠를 괴롭히는 과거란 늪에서 헤어 나오고 싶은 거죠? 그래서 지금 그렇게 애절한 목소리로 사랑을 부르는 거죠? 그런 거죠? 나 이제…. 오빠에 대한 사랑이 애정이 되었다가…, 애상으로 변하더니 곧 애증이 될 것만 같아요. 빠지면 빠질수록 몸이 망가지고 가슴이 터질 것 같아요. 이제 그만하고 싶어요. 더는 아파지고 싶지 않아요. 그러려면 제일 먼저 이 라디오를 꺼야 하는 거겠지만, 어찌 된 것이 라디오를 끌 수는 없어요. 지금 이 순간 오빠가 무슨 이야기를 하는지, 어떤 음악을 듣고 싶어 하는지, 끝까지 들어야만 하겠어요. 내가 모르는 오빠의 과거일지라도, 오빠의 소소한 추억 일부분일지라 하더라도 나는 외울 거예요. 오빠의 모든 것을 외워버릴 거예요. 그래서 언젠가 오빠의 복제 인간처럼 나는 닮아갈 거예요. 만일 오빠가 이 세상에 존재하지 않는다 하더라도, 혹은 내가 이 세상에 존재하지 않는다 하더라도 오빠처럼 살아갈 거예요. 오빠가 마치 내 몸 안에 존재한다는 듯, 그래서 매일같이 오빠를 볼 수 없는 곳에서라도 나는 오빠처럼 살아갈 거예요. 언젠가 오빠가 되어버리고 말 거예요…. 그리고 이런 나를 방해하려는 사람이 있다면 나는 아마 그를 죽여 버리고 말 거예요….

디제이 오늘 다니엘 씨와 함께 정말 진솔한 이야기 나누고 있습니다. 마지막으로 다니엘 씨에게 질문 하나 드리고 보내드리도록 할게요. 하하, 1119님께서 조금 식상한 문자를 보내셨네요. 그러나 청취자 여러분께서 보내주신 소중한 문자이니 질문을 하도록 할게요. '다니엘 오빠, 꿈이 뭐예요?' 하셨는데, 다니엘 씨. 정말 당신의 꿈은 무엇인가요?

다니엘 하하하, 그 질문이 식상한가요? 저는 제일 좋아하는 종류의 질문인데요? 사실 나이가 들면 들수록 '꿈'에 관한 질문을 별로 하지 않더라고요. 예전에 이런 적이 있었어요, 일주일 동안 제가 만나는 치들 모두에게 꿈에 대한 질문을 한 적이. 그야말로 아무나 붙잡고, '그대는 꿈이 뭐죠?' 이렇게요. 그런데 답변들이 어땠는지 아세요? '꿈? 글쎄, 잘 모르겠다.' 아니면,

'분명히 어릴 때는 있었던 것 같은데 사는 게 바쁘다 보니 꿈 같은 건 다 잊고 산다.'라는 대답뿐이었어요. 참 허무하지 않나요? 사는 게 바빠서 꿈을 잊는다니요. 가질 수 없더라도, 손에 잡히지 않더라도 항상 꾸어는 보아야 하는 것이 꿈이잖아요. 대답을 듣고는 한참 생각했어요. 그리고 저는 저의 꿈을 정했어요. '늙어 죽을 때까지 꿈을 꿀 것.'이라고요. 물론 세파에 절어 꾸는 꿈이 간혹 먹장 같다고 느낄 수는 있어요. 그래도 자신의 꿈을 기억은 해야 하는 거잖아요. 이루어지지는 못하더라도 오래도록 기억이라도 한다면 최소한 닮아는 갈 수 있지 않을까요. 저는 죽어서 관속에 들어가는 순간까지 제 꿈을 기억할 거예요. 그리고 그전까지는 제 꿈에 닮아갈 수 있는 삶을 살도록 노력할 거예요. 그게 저의 꿈이에요. 너무 낭만적인가요? 하하, 사실 저도 어릴 때는 마냥 혼자 튀는 삶을 살고 싶었는데, 나이가 들수록 점점 세상 속에 묻히고만 싶어졌어요. 그러니 마냥 피터 팬 같은 소리를 늘어놓는 것은 아닌 거죠. 물론, 저도 알아요, 꿈꾸는 것 자체가 힘들 거란 걸. 저도 꿈 때문에 힘든 적이 많았거든요. 가끔 이런 생각도 하곤 해요. 나, 왜 이렇게 힘든 길을 택한 거지? 도대체 왜 그런 거야? 모르겠다, 정말 모르겠다…. 그러면서 하루에 몇백 번씩 포기를 해요. 포기했다가 또 다시 일어나고는 하죠. 그런데 그 일어나는 것이 죽을 만큼 힘들어 울어도 보고 소리도 질러 봐요. 그런데도 끝이 보이지 않죠. 하루하루 능력의 한계를 경험하곤 해요. 예술의 벽은 높기만 한데, 제 능력의 한계는 벌써 밑천을 내보이거든요. 그럴 때면 정말이지 심장이 갈기갈기 찢어지는 것만 같아요. 온몸의 세포 하나하나가 고통스러워해요. 너무나도 아프죠, 너무나도 힘들어요. 어떻게 해야 하나, 어떻게 해야 옳은 것인가. 분명히 내가 옳다는 것을 심장은 아는데 큰골이 따라주지를 않아요. 제가 하는 일은요, 끝이 없어요. 아무리 멀리 보아도 도무지 끝이 보이지가 않죠. 그렇지만, 저는 포기하지 않을 거예요. 태양을 통과하는 것이 저의 목표라면 너무도 뜨거워 녹아내리고 만다 하더라도 뛰어들 거랍니다. 보란 듯이 인생을 살아낼 거예요. 끝까지 살아내고 말 거예요. 남들이 뭐라고 해도 절대로 쉬지는 않을 겁니다. 살다, 살다 지치면 산소호흡기라도 짊어지고 정말 보란 듯이 살아내고 말 겁니다. 그러니 그대들도 저와 함께 끝까지 살아가요. 세상이 아무리 휘휘하고 질퍽한 늪 구덩이 같더라도 우리는 절대로 포기하지 말아요. 모두 함께 등반하기로 해요. 비록, 높이도 지리도 형세도 모르지만, 손에는 스스로 만든 지도 한 장이 다지만, 이 '영혼의 지도'를 들고서 제가 그대를 끝까지 응원해 드릴게요. 그리고 그대들도 저, 다니엘을 응원해주실 거죠? 비록 그 영혼의 지도가 완벽하다고는 하지 못하더라도 우리 절대로 포기만은 않기로 해요. 시작도 않은 채 포기할 수는 없는 거잖아요. 꿈을 높게 가져요. 높이 갖는 만큼 날아오를 수 있는 하늘의 부피도, 메아리도 커지거든요. 만일 그대들이 날아오르지 못한다고 하더라도 곧 세상이 망하거나 태양이 사라지지는 않아요. 안된다고 해도 그대는 아무런 잘못이 없다는 말이에요. 그러니 용기를 가져요. 할 수 있어요. 정말이에요. 항상 좋은 것만을 생각

해요. 하면 돼요. 뜻이 있으면 어디엔가는 길이 있게 마련이에
요. 물론 그 길이 내리막일 수도, 오르막일 수도, 휘어진 길일
수도, 또는 아예 끊어진 길일 수도 있어요. 그러나 막다른 길
에 다다른다 하더라도 그 끝에는 또 다른 길이 이어져 있을지
몰라요. 그러니 포기하지 말고 그대의 길을 찾도록 해요. 안될
거라는 생각은 하지 말고. 안 될 리가 없잖아요, 될 때까지 한
다면. 실패라고 생각하는 순간도 곧 성공이란 목적지로 가는
정류소일 뿐일 테니. 될 때까지 노력한다면 언젠가는 꼭 이루
어집니다. 그대들, 모두 힘내세요! 자신의 인생은 오로지 자
신의 것이에요. 자신의 꿈을 이루겠다는데 비웃을 사람은 아
무도 없어요. 만약에 누군가가 그대의 꿈을 비웃는다면 과감
하게 '닥쳐!'라고 쏘아붙이시고요, 또 만일 누군가가 그대에
게 '꿈이고 뭐고 다 좋은데, 이봐. 먹고 살긴 살아야 할 것 아
닌가?'라고 말씀하신다면 이렇게 대답하세요. '아, 그러세요?
그럼 그대는 평생 밥만 쳐드시고 사시던가요.'라고…. 기억하
세요! 꿈이 있다면 그대는 모든 세상을 가질 수가 있답니다.
그런데 지금, 방송 사고는 아닌 거죠? 하하하.

공개방송 1

'가지마! 가지마! 오빠, 제발 가지마! 영원히 내 곁에 있어…'
그리고 현은 방금 다니엘이 잡아주었던 자신의 오른손을 가져와 가만히 볼에 대
어 보았다.
'걱정하지 마. 나는 영원히 네 곁에 있어…'
아직도 손에 배어 있는 다니엘의 향기가 가만히 속삭여주었다. 이번에는 짧지만
강렬한 인생의 스톱 모션(stop motion)을 현은 경험하고 있었다.

"서둘러야 해, 시간이 없어."

유별나게 성격이 급한 편은 아니었지만, 오늘따라 현은 유난히도 곰
을 재촉하고 있었다.

"에이, 아직 아침 일곱 시야. 공개방송 시작은 저녁 다섯 시잖아. 시간
도 많이 남았는데 뭘 그리 서두르고 그래?"

곰은 느긋하게 양말을 신으며 말했다.

"아니야! 지금도 늦은 거라고!"

현은 허겁지겁 군화에 발을 밀어 넣으며 말을 계속 이었다.

"주마다 정규방송이나 케이블 방송에서 시행되는 음악방송은 거의
다 공개방송으로 이루어지는데 거기에는 인기 가수가 대거 출연을 하고
또한 그를 보러 오는 수많은 팬이 집결하게 된다는 말이지. 물론 원한다
고 모두 갈 수 있는 것은 아니야. 방송사의 방청권을 배부받거나, 방청권
을 받지 못한 나 같은 사람은 팬 석(fan 席)으로 입장을 할 수가 있는데,

오빠처럼 인기가 많은 가수는 워낙 팬의 수도 많기에 입방을 못하는 사람이 허다하다고. 그럴 때 팬클럽의 회장은 선착순으로 입장을 시키고는 해. 안전하게 공개방송을 보려고 꼭두식전부터 차례를 기다리는 팬으로 방송국은 날마다 문정성시(門前成市)를 이루고는 하지. 한마디로 오빠를 보려면 지금 나서야 한다는 말이야. 물론, 구태여 네가 따라오지 않아도 되는 장소니까 너는 집이나 지키도록 해."

"다들 열의가 대단하군. 그 정신으로 공부했다면 넌 아마 지금쯤 억대 연봉을 받는 변호사가 되어 있을 거다."

곰은 점퍼의 깃을 올려 세우며 빈정거렸다.

"따라오기 싫다면, 제발 그 입 좀 닥쳐줄래? 너 말이다. 내가 돌아왔을 때는 부디 이 집에 없기를 바란다. 만일 그때까지 네가 빈둥대고 있다면 손수 너를 집 밖까지 모셔다 줄 수밖에는 없을 테니까, 그리 알고 있도록 해. 이건 절대로 단순한 엄포가 아니야!"

현은 매섭게 소리치고는 현관을 나섰다.

"아, 잠깐! 기다려, 현! 누가 안 따라간다고 그랬냐? 혼자 있기 싫어, 같이 가!"

할래발딱 문을 열고 따라나서던 곰은 쾅 소리가 나도록 문을 닫고 나갔다. 곧이어 그는 다시 문을 열고 집으로 들어와 개수대 위에 놓인 빵 봉지를 들고 나가며 또 한 번 쾅하고 문을 닫아 버렸다.

"우와! 아침 여덟 시밖에 되지 않았는데도 엄청나게 많구나!"

곰은 점퍼에 붙은 빵 부스러기를 떼어 입으로 가져가며 말했다.

"그럼. 아마 모르긴 해도 이 중에 우리 팬이 가장 많을 거야. 저기를 좀 봐."

현의 손끝이 가리키는 곳에는 수십 명의 소녀가 하나씩 검은색 풍선을 들고 있었다. 또한, 그들의 손에는 각종 플래카드가 들려 있었다.

"현, 재네들은 왜 검은색 풍선을 든 거야?"

"너는 텔레비전에서 합동 콘서트 같은 것도 못 봤냐? 거기에서 보면 팬은 항상 자신이 좋아하는 가수를 응원하기 위해 각자 팬클럽에서 내세우는 같은 색깔의 풍선을 들고 응원을 하잖아. 검은색 풍선은 공연하는 다니엘 오빠를 응원하기 위한 도구야. 그럼 오빠는 무대에서 객석을 바라볼 때 우리가 어디에 앉아있는지, 또 얼마나 많이 왔는지를 풍선의 색깔로 가늠할 수가 있지. 검은색 풍선이 많으면 많을수록 오빠의 기분이 좋은 것은 물론이고 팬의 처지에서도 같은 풍선을 흔들고 있으면 오빠가 쉽게 자신을 알아볼 테니 좋은 것이고 말이야. 한마디로 팬의 풍선이란 우리가 여기에 있으니 얼른 이곳을 바라보라는 무언의 함성인 거야."

"아, 그렇구나. 그런데 왜 하필 다니엘의 풍선은 검은색이지? 무대와는 달리 조명이 비추지 않아 그의 눈에 쉽게 띄지 못할 것 같은데?"

"오빠가 검은색을 좋아하거든. 그래서 팬클럽에서는 검은색 풍선으로 응원 도구를 정한 거야. 튀는 색깔이었다면 더욱 좋았겠지만 어쩌겠니? 우리 오빠가 검은색을 좋아한다는데…. 일단, 팬으로서 가장 중요하게 생각하는 것은 '자신이 무엇을 좋아하는가?'가 아니야. '그 사람이 좋아하는 게 무엇이냐?'라는 것이지. 오빠가 검은색을 좋아하는 이상, 그들 역시 좋아해야만 해. 처음에는 싫었지만 자신도 모르는 사이에 검은색이 좋아진 팬도 있을 거야."

"그렇다면, 풍선만 들고 있으면 되었지, 왜 플래카드까지 만들어 다니는 거야?"

"그야, 당연하지. 아까도 말했듯이, 풍선은 단순한 '응원 도구'일 뿐이야. 가수에게 '여기서 당신을 응원하고 있어요!'라고 말할 수는 있을지 몰라도 '나를 봐줘요!'라고는 말할 수 없다는 거지. 가수와 팬의 거리는 어떻게 보면 하늘과 땅 사이만큼 멀지도 몰라. 잡을 수 없으니까 말이야. 그러하기에 그들은 눈에 잘 띄는 형광색 플래카드를 이용해 가수에게 손을 내밀곤 하지. '오빠, 나 왔어요. 오직 오빠를 보러 온 거예요. 그러니 부디 오빠의 두 눈으로 나를 보고 오빠의 그 잘난 머리로 나를 기억해 주세요.'라고 외치는 거야."

"아…. 그렇구나. 지금 네가 말하는 팬덤 문화는 보면 볼수록 신기한 것 같아. 물론 나로서는 온전히 이해할 수는 없지만 말이야. 어떻게 이만큼씩이나 연예인을 사랑할 수가 있는지는 도저히 모르겠어. 더욱이 그들은 이들을 알지 못하는데 말이야. 아무튼지 이제 우리는 꼼짝없이 저녁 다섯 시를 기다려야 하는 거지? 에이그…. 벌써 지겨워진다."

"아니야, 그리 지겹지는 않을 거야. 아마, 잠시 후에 오빠가 올지도 모르거든."

"엥? 정말? 너는 그 사람의 매니저도 아니면서 어떻게 아냐?"

"저기를 봐. 아직 주차장에 다니엘의 밴 차량이 없잖아. 그는 머지않아 도착할 거야."

"벌써? 에이, 설마. 음악 프로그램의 공개방송 시작은 저녁이라며? 그런데 왜 벌써 도착해야 하는 건데?"

"하여튼, 모자라기는. 야! 방송 시작이 저녁이라고 가수도 그때 딱 맞춰서 도착해 노래 달랑 한 곡 부르고 가는 줄 아니? 가수는 오전부터 무대 리허설을 포함해 대기 시간이 많아. 간혹 사전 녹화라도 있는 날이면 미리 녹화를 하기 때문에 더욱 일찍 올 것이고 말이야. 참고로 오늘은 사전 녹화가 있는 날이기 때문에 다른 가수보다는 일찍 도착할 거야."

"그래, 너 참 대단하다. 아무튼지, 다니엘에 관한 것은 내가 두 손을 바짝 들고야 만다."

"고맙다, 꼬맹이야."

"진정으로 고맙다면, 나 과자라도 좀 사주면 안 될까? 슬슬 배가 고파오려 해."

"뱃속에 걸개라도 들었냐? 여하튼 지금은 안 돼. 과자 사오는 길에 오빠가 도착할 수도 있단 말이야."

"아직 안 오잖아. 설마 그 잠깐 사이에 오지는 않을 거야. 바로 맞은편에 슈퍼마켓이 있네. 참, 좋은 생각이 떠올랐어! 과자를 사면서 다니엘에게 줄 음료수도 사는 거야. 어때? 그래서 다니엘이 들어올 때 음료수를 건네는 거지. 히히, 좋은 생각이지 않냐?"

현은 입을 꼭 다물고 공허한 눈빛으로 그의 뒷덜미를 낚아채었다. 곰은 흠칫 놀라며 현의 팔목을 잡으며 기어들어가는 목소리로 말했다.

"미안, 잘못했어. 과자 사달라고 안 그럴게. 무슨 여자가 항우장사 같아."

"야, 꼬맹이…."

"아! 다시는 안 그런다고. 치사하게 먹는 걸로 뭐라 그래. 안 그럴 테니 이것 좀 놔!"

"너 참 기특해…."

"뭐라고? 내가 기특…, 하다고?"

"그래! 완전히 기특한 걸? 너 어떻게 그리도 좋은 생각을 했냐? 오빠에게 음료수를? 우리 곰이 이렇게도 기특한 생각을 할 줄이야…. 좋았어! 내가 상으로 맛있는 과자를 사주도록 하지. 얼른 일어나! 우리 오빠

오기 전에 얼른 음료수 사러 가자!"

말은 그렇게 했지만, 현은 곰이 미처 일어나지도 않았는데 도로를 가로질러 슈퍼마켓을 향해 뛰기 시작했다. 곰은 현을 따라가고자 몸을 일으키며 어두운 표정으로 중얼거렸다.

"우리…. 우리 곰. 그리고…. 우리…, 오빠."

현은 도로 맞은편에서 곰을 향해 소리 질렀다.

"야, 이 자식! 너 과자 안 먹을 테야?"

곰은 현의 목청을 듣자마자 피식 웃으며 현으로 뛰어갔다.

"음료수의 온기가 가시기 전에 얼른 왔으면 좋겠다. 그래서 오빠가 따뜻한 음료수를 손에 쥘 수 있었으면 좋겠어."

"이 바보야, 아마 그 고귀하신 분은 그따위 음료수는 절대로 안 마실 거야. 막말로 네 음료수에 독이 들어 있는지 약이 들어 있는지 그가 어떻게 아냐? 설마 다니엘이 그 따뜻한 음료수를 손에 쥔다 하더라도 방송국에 들어가자마자 음료수는 쓰레기통에서 차갑게 식어갈 걸?"

"아, 그런데 가만 보니 이 자식이 또 시작이네. 너 진짜 나한테…."

현은 눈초리를 표독스럽게 찢고는 곰을 노려보며 손을 들어 보였다. 곰은 반사적으로 왼손을 들어 현의 손을 막았다. 장난스런 곰의 눈빛이 순간 흔들리더니 현의 뒤쪽을 가리키며 부산을 떨기 시작했다.

"어어, 잠깐! 저거, 저거! 다니엘 차 아니냐? 저 흰색 큰 차 말이야!"

"이 자식, 너 또 장난칠…!"

"아니야, 아니야! 진짜야!"

현은 곰의 시선이 쏠린 곳을 향해 눈길을 돌렸다. 흰색 밴이었다.

"앗!"

현의 입에서 다급한 비명이 터져 나왔다. 얼른 차량의 번호를 보았다. '0819'였다.

"휴…. 이 자식아! 아니잖아! 차 번호가 1004라고 내가 몇 번이나 말했냐? 심장 떨어질 뻔 했잖아! 너, 네 심장 아니라고 이렇게 마구잡이로 놀라게 해도 되는 거야? 일부러 그랬지? 응? 너, 나 놀리려고 일부러 그랬지?"

"으하하, 아니었냐? 그럼 미안하게 되었다. 헷갈릴 수도 있는 거지, 뭐. 그 자식의 팬도 아닌데, 모를 수도 있는 거지. 안 그러냐?"

"야! 너 우리 오빠더러 자꾸 그 자식이라고 하지 말랬지? 너 그러다 진짜 죽는다?"

"야, 잠깐. 그 자식이고 저 자식이고 간에, 차 번호가 1004라고 그랬냐? 그럼, 저 뒤에 오는 저 차는 뭐냐? 저거, 번호 1004 아니야?"

"또 사기 치는 거지? 후후, 이제 안 속아. 내가 바보냐? 두 번이나 속게? 너, 이리와. 오늘 아주 내가 혼쭐을…."

그때였다.

"꺄아악, 오빠! 다니엘 오빠!"

현의 뒤로 소녀들의 함성이 들려왔다. 반사적으로 뒤를 돌아보았다. 하얀색의 깔끔한 밴 한 대가 시야에 들어왔다. 차량의 번호는 바로 1004.

"앗!"

현은 곰을 내버려둔 채 빛의 속도로 밴을 향해 달려갔다. 현의 오른손에는 아직도 온기가 남아있는 음료수가 들려져 있었다. 다니엘의 흰색 밴은 서서히 주차장으로 들어오고 있었다. 밴을 따라 몇 십 명의 팬도 함께 모여들었다. 그들은 모두 검은색 풍선을 흔들며 플래카드를 내밀고 소리를 질렀다.

"오빠, 다니엘 오빠! 여기를 봐요! 오빠, 오빠! 우리가 왔어요!"

현은 소녀들을 밀치고 밴을 보려 애썼다. 순간 덩치가 큰 여자 한 명이 나서서 두 팔로 밴을 막아서며 거친 노랑목소리로 고함을 질렀다.

"잿빛사랑 회원님들! 오빠의 밴에 붙으시면 안 돼요! 자꾸 이러시면 모두 경고예요! 경고를 받으시면 다시는 공방에 못 오실 줄 알아요!"

큰소리로 '경고'를 외치는 여자의 목에는 '잿빛사랑 STAFF'라는 이름표가 당당하게 과시 되어 있었다. 큰 목소리보다 그녀의 이름표에 더 멈칫한 소녀들은 모두 주춤거리며 밴에서 떨어지고 있었다. 그러나 현은 그 틈을 타 서둘러 밴의 보조석으로 간 후 창문을 마구 두드려대었다.

"저기요, 제발 문 좀 열어주세요!"

현의 가련한 눈빛이라도 본 양, 밴의 창문이 반쯤 스르르 내려왔고 보조석에는 선글라스에 가려진 다니엘의 얼굴이 있었다.

"꺄아악! 다니엘 오빠다!"

소녀들의 비명이 방송국 앞 주차장을 쩌렁쩌렁 울렸다.

"오빠! 저, 왔어요. 저랍니다, 현. 기억나시죠? 저 자주 보셨잖아요! 오늘도 저는 오빠를 보고자 이곳에 왔어요. 저, 다른 가수는 절대로 보지 않을 거예요. 오직 오빠만 응원해요. 너무도 보고 싶었어요. 어찌나 보고 싶던지 어젯밤에도 오빠의 꿈만 꾸었어요. 오빠 드리려고 이 음료수를 사왔어요. 모쪼록 따뜻할 때 드세요. 오늘 방송 무사히 잘하시기를 기도드립니다. 오빠, 진심으로 사랑해요…."

현은 준비해온 이 많은 말을 또다시 꿀꺽하고 삼킬 수밖에 없었다. 다니엘의 선글라스에 숨겨진 선연한 눈빛을 마주하자 말은커녕 호흡조차 목구멍에 걸려버린 것이다. 현은 결국 아무런 말도 꺼내지 못한 채 음료수를 든 손만을 반쯤 열린 창문으로 집어넣었다. 그 모습을 본 다니엘은 보조개를 살포시 피우며 낮지만 은은한 목소리로 말했다.

"그때 봤던 그대…. 맞죠?"

현은 순간 얼음조각이 된 것만 같았다. 약속대로 자신을 알아본 것이다. 운명의 살가움은 거기에서 멈추지 않았다. 음료수를 건네받은 다니엘은 현의 손을 살짝 잡으며 말했다.

"고마워요."

"꺄아악! 다니엘 오빠가 저 언니 손잡았어! 아악! 너무 부럽다!"

소녀들은 다시 비명을 질러대었다. 그들 또한 다니엘의 손을 향해 무섭게 달려들 태세를 취하자, 그를 태운 밴은 현의 손을 천천히 놓으며 주차장의 안쪽으로 빨려 들어갔다. 이 장면은 바로 현을 주인공으로 한 인생의 슬로 모션(slow motion)이었다. 현은 그의 뒷모습을 보며 마음속으로 소리를 질렀다.

'가지마! 가지마! 오빠, 제발 가지마! 영원히 내 곁에 있어….'

그리고 현은 방금 다니엘이 잡아주었던 자신의 오른손을 가져와 가만히 볼에 대어 보았다.

'걱정하지 마. 나는 영원히 네 곁에 있어….'

아직도 손에 배어 있는 다니엘의 향기가 가만히 속삭여주었다. 이번에는 짧지만 강렬한 인생의 스톱 모션(stop motion)을 현은 경험하고 있었다.

"저기요! 그쪽, 잿빛사랑의 회원이 아니신가요?"

덩치가 큰 여자가 선득거리는 눈빛으로 현에게 다가왔다. 현은 그저 특유의 공허한 눈빛으로 말없이 고개만 끄덕여 보였다.

"그러시면 팬클럽의 규칙은 잘 지키셨어야죠! 오빠 밴 두드리고 그러시면 안 되는 거 모르세요? 오늘은 처음이시니까 그냥 넘어가지만 한번만 더 그러시면 진짜 경고를 드릴 거예요! 앞으로는 조심해주세요!"

그녀는 강한 어조로 잔말을 쏘아붙이고는 뒤돌아갔다. 현은 여전히 무표정한 얼굴로 자리에 쪼그리고 앉았다. 곰이 현의 곁으로 와서 함께 쪼그렸다.

"준밀이 같은 저 여자는 도대체 누구냐? 킥킥, 잘못해서 깔리기라도 하면 꼼짝없이 죽겠는 걸. 야, 근데 너 왜 저 여자한테는 아무 말도 못해? 그냥 나한테 하던 것처럼 해! 필, 막 들이밀며 협박하고 그러란 말이야! 왜 못하냐? 저 덩치에 겁이라도 먹은 거냐?"

"응…."

"엥? 진짜? 천하의 현이 저따위 덩치도 하나 못 당해내는 거냐? 에이, 이거 싱겁기가 황새 똥구멍이군. 너 오늘부로 필의 제왕 자리 내놓는 게 어때?"

"도리가 없어, 저 사람은…. 저 사람이 바로 우리 잿빛사랑의 회장이란 말이다. 이곳에서는 저 사람이 네가 말하는 제왕이야. 저 사람의 말 한마디, 한마디가 곧 규칙이고 법이야. 작은 기획사에서는 어떨지 몰라도 스카이하이 같이 큰 기획사에서는 저 사람이 팬의 일거수일투족을 감시하고 있지. 팬클럽 회장의 수준이 아니라 팬을 관리하는 '임원'이라고 보면 돼. 그래서 혹시라도 저 사람의 눈에 잘못 띄는 날이면 팬질(fan질)도 끝장이야."

"잿빛사랑? 팬질? 그게 뭔 말이야?"

"에이그, 이 바보야. 그렇게 말해줘도…. 잿빛사랑은 다니엘 오빠의 팬클럽 이름이고, 팬질은 팬으로서의 활동을 일컫는 은어인데…. 음, 지금 네 눈앞에 보이는 것을 팬질이라고 한다면 이해가 될 거야. 자, 이제 좀 알겠니?"

"뭘 그렇게 어렵게 설명을 하냐? 한마디로 팬질이라는 것이 지금 네가 하는 이 모든 미친 짓들을 칭하는 말이라는 거 아니야?"

"이게 정말! 참, 너 아까 나한테 혼나려다 말았지? 내가 깜박 잊을 뻔했구나. 너, 이리와!"

"으하하! 미안, 미안. 잘못했어. 히히히!"

곰은 계속 실소를 터트리며 현의 손을 잡으러 했다.

"악, 잡지 마!"

현은 얼른 오른손을 뒤로 뺐다.

"에이, 너 또 왜 그러냐? 손에 금가루라도 묻어 있어?"

"그런 건 아닌데…. 그럴 일이 좀 있어."

현의 얼굴에 엷고 발그스름한 빛이 스며들었다.

"자, 잿빛사랑 회원님들 이쪽으로 모여주세요. 어제 팬 카페를 통해 공지해 드렸듯이 오늘은 다니엘 오빠의 사녹이 있는 날입니다."

"꺄아악! 난 몰랐어! 사녹이래, 사녹!"

"와! 난 공지보고 미리 알았는데. 우리, 오늘 오빠 오래 볼 수 있겠네?"

소녀들은 기쁜 목소리로 재잘대기 시작했다.

"현, 사녹이 뭔데?"

곰은 과자를 와그작와그작 씹어대며 현에게 물었다.

"'사녹'은 '사전녹화'의 줄임말이야. 요즘 애들은 무슨 말이든지 줄여서 하거든. '공개방송'은 '공방', '본 방송'은 '본방'. '녹화방송'은 '녹방'.

이렇게 줄여서 말하는 게 일반화가 되어 있어."

"뭐라고? 참나. 세종대왕이 곤룡포에다가 용 대신 지렁이 모양으로 수놓는 소리 하고 있네. 도대체 왜 멀쩡한 한글을 그리도 줄여대는 거냐?"

"한글이 뭐 그리 중요하다고 그래? 대충 알아만 들으면 되는 거지. 넌 나이도 어린애가 말하는 게 왜 항상 그렇게 늙수그레한 거야?"

"사실이 그렇잖아. 난 한글이고 영어고 제대로 배워본 적은 없지만 이러다가 내가 어른이 될 즘엔 한글을 완벽하게 아는 사람이 인간문화재가 될지도 모른다는 생각이 든단 말이야."

"하긴. 네 말처럼 언젠가는 그런 세상이 올지도 모르겠다. 알파벳에 관해서라면 영어사전을 씹어 삼키면서도 통달해야 하는 세상에, 정작 제대로 된 한글을 구사하는 사람은 찾아보려야 찾아볼 수가 없으니 말이야. 언젠가는 배달국(倍達國)의 녹도문자(鹿圖文字)처럼 한글도 사라지는 날이 올지도 모르지…."

"아, 그러니 너라도 그따위 되지도 않는 줄임말은 쓰지 말라는 거야! 네가 그런 말을 쓰고 또 나에게 가르쳐주니까 애당초 아무것도 모르던 나 역시 줄임말을 따라 쓰게 되는 것 아니냐!"

"병신. 너는 되지도 않는 줄임말이라도 좀 듣고 배울 필요성이 있어."

"뭐? 너 지금 나 놀리는 거지? 응? 놀리는 거 맞지? 학교 안 다닌다고 내가 그리도 우습게 보이냐?"

"쉿! 좀 조용히 해봐! 애국지사 흉내는 그만 내고, 제발 그 입이나 꿰매도록 해! 저 사람이 뭐라고 하는지 하나도 안 들리잖아."

"쳇, 항상 제 말만 하고…."

"자, 여러분! 다들 조용히 해주시고요, 주목해 주세요! 오늘은 다니엘 오빠의 본방뿐 아니라, 녹방까지 다 볼 수 있는 날이니 모두들 질서를 잘 지켜주시고 응원도 열심히 해주시기를 바랍니다! 아셨죠? 물론 타 가수가 나올 때 응원해주시는 것은 좋지만 남들이 볼 때 타 팬처럼 보이는 것은 안 됩니다! 그렇다고 해서 비방이 섞인 야유나 욕설도 금지예요! 모두 아셨죠?”

“네!”

소녀들의 크나큰 함성에 행인은 모두 그들을 힐끔힐끔 쳐다보았다. 그러나 그 누구도 ‘왜 여기에 모여 있나요?’라는 질문 따위를 던지는 사람은 없었다. 이곳은 방송국 앞이었고 매주 이 시간에 그들이 집결한다는 사실에 익숙했다는 표정을 하고 있었다. 잠시 후, 그들은 팬클럽 회장의 인도 아래 두 줄로 나란히 서서 방송국 안으로 행진을 했다. 타 가수의 팬클럽이 부러운 눈길로 그들을 쳐다보았고 그들은 왠지 모를 뿌듯한 느낌에 희열을 느끼고 있었다. 머지않아 음악 프로그램이 촬영될 스튜디오 안으로 들어가 착석할 것이다. 그리고 그들 앞에 등장할 다니엘은 방송을 위해 몇 번이고 촬영을 거듭할 것이다. 한껏 기대에 부푼 그들의 발걸음이 날아갈 듯 가벼웠다. 방송국의 경비는 자신감에 가득 찬 그들을 보며 고개를 썰레썰레 흔들었다. 매주 경험하는 일이었지만 오늘 역시 경비의 눈에 비친 그들은 어관의대(魚貫蟻隊)를 이루어 전진하는 한 무리의 좀비(zombie) 떼일 뿐이었다.

스튜디오는 생각보다 냉했다. 그다지 크지 않은 무대와 제작진의 바쁜 발걸음, 곧 다니엘을 볼 것이라는 설렘이 스튜디오의 공기조차 싸느랗게 만들었다. 그들은 입장을 돕는 진행요원의 손짓에 맞추어 착석했다. 드디어 음악방송 ‘뮤직 스토리’의 사전 녹화 방송이 시작되었다. 녹화방송은 음악방송에 출연하는 가수 중 사전녹화가 필요한 몇몇 가수의 분량을 위함이었고 이제는 그들이 그렇게도 바라던 다니엘의 녹화방송이 시작될 찰나였다. 무대에는 다니엘의 방송을 위한 그만의 세트가 진열되었고 그를 위한 응원과 환호성을 들려줄 팬 또한 준비가 되었다. 현을 비롯한 팬의 무리는 팬클럽에서 미리 준비한 검은색의 풍선을 손에 들고 다니엘을 맞을 준비를 했다. 그들의 시선은 오직 대기실 쪽으로 향해있었다. 무대가 완료되고 대기실 주위가 부산해진지 얼마 지나지 않아 마침내 다니엘의 댄서들이 관객의 눈앞에 나타나기 시작했다. 팬들은 설레는 마음을 주체하지 못하고 웅성웅성했다. 현 역시 좌심방, 우심실이 서서히 요동쳐 옴을 느끼고 있었다.

"잿빛사랑 여러분, 제 말 잘 들으세요! 스튜디오 안에서 오빠의 사진을 찍거나 음성녹음 등을 해서는 안 된다는 것 아시죠? 규칙을 어기시고 몰래 사진을 찍거나 녹음을 하시는 분들은 곧바로 퇴장시킬 거예요!"

팬클럽의 회장은 스태프라는 이름표를 흔들거리며 팔짱을 끼고는 그들을 감시했다. 그 모습을 본 현은 슬슬 역정이 나려 했다. 유별나게 유세를 떠는 듯한 그녀의 행동이 미워 보였다기보다는, 왠지 '간부'라는 직위를 이용해 다니엘과 친분을 쌓을지도 모른다는 생각에 더욱 아니꼽살스러웠던 것이다. 아니, 어쩌면 저 여자는 다니엘과 연락까지 주고받는 아주 친밀한 사이일지도 몰랐다. 거기에까지 생각이 미치자 그만 신경질이 머리끝까지 치밀어 올랐다. 현의 인상이 사정없이 구겨지던 순간 곰이 눈치 없게도 옆구리를 쿡쿡 찌르고 있었다. 현은 찡그린 얼굴 그대로 곰에게 짜증을 내었다.

"왜 그래! 넌 잠시라도 가만있을 수는 없는 거냐?"

"현, 그게 아니라…. 저기 안보이냐? 네 남자, 지금 저기 서 있잖아."

현은 즉변 대기실로 눈길을 돌렸다. 다니엘이었다. 다니엘이 대기실의 입구에서 무대를 준비하고 있었다. 현은 노여움은 모두 잊은 채 함박웃음을 입가에 머금고는 다니엘이 있는 곳을 향해 최대한으로 몸을 내밀었다. 소녀들의 재재거리는 소리는 안중에도 없었다. 현에게 있어 그 사람을 제외한 현실의 풍경은 모두 배경 화면일 뿐이었다. 현은 하염없이 그를 바라보았다. 그 사람에게서 떨어지는 티끌의 추억조차도 놓치고 싶지 않아서였다.

"꺄아! 오빠다!"

어느새 그를 발견한 한 소녀 팬의 외침으로 팬 석이 곧 떠들썩해졌다. 대기실의 입구에서부터 성큼성큼 무대 위를 오르는 다니엘의 모습이 현의 눈에 담기고 있었다. 그럴 수만 있다면 비석의 글귀를 탁본 뜨듯이 그의 모습을 뇌리에 영원히 새기고만 싶었다. 현은 기도하듯 양손을 모으며 미소를 지었다. '내가 응원하고 있어요….'

검은색 정장을 입고 검은색 선글라스를 착용한 다니엘이 팬 무리의 환호를 받으며 무대에 올랐다.

"꺄아! 다니엘! 다니엘!"

요동이 시작되었다. 그들은 팔이 떨어지라 풍선을 흔들며 다니엘의 이름을 구호처럼 외쳐대었다. 그들에게 있어서 다니엘은 마치 현실의 하느님과도 같았다. 다니엘은 미천한 백성을 바라보며 고개를 까닥거렸다. 온화한 당신의 성은에 힘입은 백성의 무리는 검은색 풍선과 휘황찬란한 플래카드를 흔들어대며 그를 향해 더욱 크나큰 함성을 보내기 시작했다.

어둠이 짙게 깔린 비 오는 이 길 속에 나는

걷고, 걷고 또 걸었지, 너를 찾아서….

다니엘은 그의 음악을 배경으로 준비해 온 무대를 화려하게 선보였다. 팬의 무리는 모두가 한마음이 되어 다니엘을 응원했다. 노래가 거의 절반을 지날 무렵 돌연 음악이 끊겼다.

"녹화 다시 갈게요!"

연출자에 의해 녹화가 중단되었다. 제작진이 무대에 올라와 다니엘과 무언가를 의논하였고 그 사이 무대는 재진열이 되었다. 제작진과 상의를 하던 다니엘에게 여러 명의 코디네이터(coordinator)가 달라붙어 그의 땀을 닦아주거나 화장을 고쳐주었다. 현은 돌차간 거미치밀어 오르는 감정을 느낄 수가 있었다. '오빠의 얼굴을 만지는 저 손길이 바로 나였으면, 오빠의 허리를 감싼 저 손길의 주인공이 다름 아닌 내가 되었으면….' 그러나 현실에서는 결코 용납될 수가 없는 일이었다. 죽기 전에는, 아니 죽어서라도 다니엘은 가까이할 수가 없는 사람이었다. 오직 현실에 바랄 수 있는 일은 어서 녹화가 시작되어 저 치가 떨어져 나가기를 바라는 것뿐이었다.

현의 바람 때문이었을까? 잠시 후 연출자의 손짓 아래 두 번째의 녹화가 시작되었고, 다니엘은 무대를 종횡무애(縱橫無礙)하며 카메라와 팬을 향해 보이지 않는 사랑의 공세를 퍼부었다. 그에 감복한 관객은 지치지 않는 환호로 수세적 해답을 전했다. 그들의 보이지 않는 사랑놀이가 스튜디오에 그득히 찰 무렵 녹화는 끝이 났고 짧고도 길었던 다니엘의 무대는 종료되었다.

"자, 다음 녹화가 있으니 팬 분들은 빨리 나가주시고 본방 때 다시 입장하도록 하세요!"

팬의 무리는 진행 요원의 강압적인 안내에 떠밀린 채 밖으로 향할 수밖에 없었다. 진행 요원의 강압이 없었더라면 그들은 밤이 새도록 애오라지 스튜디오를 지키는 허수아비가 될지도 몰랐다. 그들이 열을 지어 밖으로 나왔을 때 방송국의 앞은 이미 각기 다른 팬클럽의 회원으로 인산인해를 이루고 있었다.

"우와, 사람 진짜 많다. 여기 있는 사람 모두가 연예인 낯짝 보러 오는 바로 그 골빈 모임의 회원인 거지?"

곰은 군중을 가리키며 가긍스럽다는 표정을 지어보였다.

"꼬맹이! 너 방금 했던 말을 좀 더 큰소리로 질러보는 것을 어떨까?"

현은 곰의 어깨에 손을 올리며 말했다.

"그건 왜?"

곰이 의아한 눈으로 현을 올려다보았다.

"내가 지금 몹시도 심심해서 그래. 그래서 네가 저 애들에게 신나게 밟히는 걸 구경한다면 좀 나아질까 싶은데?"

현은 한쪽 눈을 찡긋했다.

"오늘은 유명한 가수 분이 대거 출연하기 때문에 잿빛사랑 여러분께서는 본방 때 모두 입장하지는 못할 거예요. 방청권의 숫자가 오늘 모이신 분보다 적게 나온다면 어쩔 수 없이 빨리 오신 순서대로 자르도록 할게요! 그러니 입장을 못하시는 분은 너무 서운해 마시고 다음에는 일찍들 모이도록 하세요. 그래도 오늘은 운 좋게도 오빠가 사전 녹화를 하셨는데 그건 다들 보셨잖아요, 그렇죠?"

팬클럽 회장의 권설에도 불구하고 몇몇 소녀의 입에서는 아쉬움이

발했다.

"봐, 오늘 일찍 나오기를 잘했지?"

현은 곰에게 고개를 쳐들어 보였다.

"어휴, 그래. 언청이도 저 잘난 맛에 산다고 했다. 잘났어, 아주 잘났어!"

곰이 한숨을 내쉬며 맞받아쳤다.

"여러분! 이따가 팬 석의 입장권을 주고자 매니저 오빠께서 이쪽으로 오실 텐데요, 혹시 오빠에게 드릴 선물을 준비해 오신 분은 지금 가지고 나오도록 하세요!"

열 명가량의 소녀가 커다란 선물 상자를 들고 나왔다.

"회장 언니, 이거 오빠 주려고 가져온 거예요…. 그런데 이런 것도 오빠가 받아주실 까요?"

주춤거리며 앞으로 나온 어느 소녀의 수줍은 손에는 그림이 한 장 들려 있었다. 소위 팬 아트(fan art)라고 불리는, 좋아하는 대상을 소재로 그린 그림이었다. 현은 곁눈질로 소녀의 그림을 훔쳐보았다. 다니엘과 흡사한 캐리커처로 짐작하건대 제법 훌륭한 솜씨를 지닌 게 분명했다.

"직접 그린 거예요? 잘 그렸네요. 분명히 오빠가 좋아하실 거예요. 자, 이제 그럼 선물을 한군데로 모아주도록 하세요. 곧 매니저 오빠가 나오실 거니까요."

칭찬 조의 말투였지만 표정은 영 께름칙해 보였다.

"킥킥, 저 회장이란 여자 말이야, 얼굴에 질투의 표정이 역력하단 말이야? 팬이 준비한 선물이 전혀 마음에 들지 않는 모양인데? 킥킥. 그런데 현. 너는 왜 아무것도 준비 안 해온 거냐? 드디어 열렬한 너의 애정이 식기라도 한 거냐?"

“그건 아니야.”

“그럼 왜 빈손이냐?”

“왜냐면…. 나는 저렇게 허섭스레기 같은 선물은 절대로 주지 않을 거니까. 아주 대단한 게 아니라면 앞으로도 오빠에게 선물을 주지는 않을 거야.”

“야! 그래도 직접 손으로 그린 그림인데 저걸 허접스럽다고 하면 어떡하냐? 저런 것은 정성이라는 게 들어가 있기 때문에 돈 따위보다 훨씬 값진 선물이라고!”

“그건 네 비루한 생각일 뿐이지. 저런 선물은 분명히 오빠의 집에 중중첩첩(重重疊疊) 쌓인 채로 먼지만 부를 거란 말이야. 전에도 말했듯이 선물은 실용적인 것이 대세야.”

“쳇! 그럼 네 장미꽃도 실용적인 선물이라는 말이냐? 내가 보기에는 쟤가 가지고 온 저 그림보다 네가 주었던 장미꽃이 훨씬 쓸모없는 것 같다. 아마 지금쯤 너의 장미꽃은 시든 채로 흉하게 그 몰골만 남아있거나 어쩌면 시들기도 전에 벌써 쓰레기통으로 직행했는지도 몰라. 안 그러냐?”

“아니야. 내 장미꽃은 달라.”

“뭐가 다른데?”

“내 장미꽃은 비록 금높은 선물과는 달리 경제적인 효용은 없겠지만 내 사랑이 담긴 선물이므로 분명히 우리 오빠는 버리지 않고 간직하고 있을 거야. 그것도 아주 영원히.”

“야, 말이 안 되잖아. 똑같이 정성이 담긴 선물인데 저 아이의 것은 배척받고 네 것은 사랑받는다는 게. 그건 네 오용된 생각일 뿐이야. 다니엘이 저 아이의 선물을 배척한다면 너의 선물도 배척할 것이고 네 선물

을 아낀다면 저 아이의 선물도 아낄 거야. 왜냐하면, 그 사람에게 너희
는 똑같은 팬일 뿐이니까 말이야.”

“틀렸어. 나는 저런 아이들과는 달라. 나는 특별해. 그리고 내가 준
선물도 특별해. 아마 오빠도 나를 특별한 팬으로 기억할걸? 오직 나에
게만 고마워하며 나만을 생각할 거야. 지금쯤 오빠는 나를 마음 깊은
곳에 묻어두고 있을지도 몰라. 오빠는 지금 아무도 모르게 나를 사랑
하고 있을지도 몰라. 나는 느낄 수 있어. 나를 향한 오빠의 눈빛을….
오빠는 분명히 나를 저따위 허접스런 팬과 똑같이 느끼지는 않을 거
야.”

“현, 너야말로….”

“뭐?”

“너야말로 방금 했던 말을 좀 더 큰소리로 질러보지 않을래? 나도 너
밟히는 꼴 구경 좀 해보게.”

“이 자식이! 자꾸 놀릴래?”

“어, 어! 다니엘 매니저인가 보다!”

“어디?”

현의 시선이 금시에 옮겨졌다. 시선의 끝 자락에는 곰의 말대로 다니
엘의 매니저인 이정석이 팬클럽의 회장과 담소를 나누고 있었다.

“정석 오빠, 그래서 오늘은 방청권을 이백오십 장밖에 못 구하신 거예
요?”

“그래, 소희야. 오늘은 제니를 비롯한 인기 가수가 대거 출연을 하는
바람에 이것도 겨우 구한 거란다. 그런데 너희 총 몇 명이 온 거니?”

“복귀 무대라 그런지 꽤 많이 왔어요. 한 삼백오십 명 정도 돼요.”

“이런, 거의 백여 명 정도가 못 들어오겠구나. 아무튼, 소희 네가 수고

가 많다. 다니엘이 가는 곳마다 따라다니며 뒤치다꺼리를 도맡아야 하
니 말이다.”

“고생은 무슨 말씀이에요. 이것도 다 돈 받고 하는 일인데. 작은 기획
사의 팬클럽 운영자는 땡전 한 푼 못 받고도 하는 걸요? 저야 오빠도 보
고 돈도 벌고 아무튼 그리 힘들지는 않아요. 팬클럽 회원에게 치이는 것
빼고는요.”

“그건 그렇고 너 휴대전화번호를 이번 달에만 세 번이나 바꿨더라?
이번에는 또 왜 바꾼 거야?”

“항상 그랬듯이 테러당한 거죠, 뭐⋯. 제가 다니엘 오빠와 친해 보이
니까 그들이 제 휴대전화번호를 몰래 알아내서 욕하고 괴롭혀요. 사실,
하루 이틀의 일도 아니고 이젠 면역이 되어서 별로 신경 쓰이지도 않아
요. 하지만, 이번에는 좀 심각했었어요. 다니엘 오빠와 계속 친한 척을
한다면 살인 청부를 하겠다며 매일 새벽 4시 44분마다 문자 메시지가
오는 것 있죠? 요즘 같아서는 회장직도 그만두고 싶어요. 아무리 다니
엘 오빠가 좋아서 선택한 일이라고 해도 노상 당하기만 하고⋯. 사실 질
서를 정리하고 편의를 봐주느라 오빠를 볼 수 있는 시간이 오히려 저에
게 가장 적다는 것을 아는 팬은 아무도 없을 거예요. 이럴 줄 알았으면
저도 그냥 이런 임원 따위 하지 않고 조용히 구경이나 하는 평범한 팬이
되었을 걸 하는 후회가 들어요. 사실 이건 비밀인데, 헤헤. 저는 요즘 신
인 그룹 ‘메두사’가 훨씬 더 좋더라고요. 다니엘 오빠에게는 절대로 말
씀하시면 안 돼요! 워낙에 잘생기고 실력 있는 아이돌 그룹이잖아요. 분
명히 4집 때까지는 공연, 공방을 줄기차게 따라다니던 오빠의 골수팬
몇 명은 신인 그룹 메두사가 출현하자마자 그들의 팬클럽으로 변모한
사람도 많아요. 하지만, 그들을 철새 팬이라며 마냥 미워할 수는 없는

거죠. 가수가 팬의 사랑을 먹고 사는 만큼 팬 또한 그들을 골라서 사랑할 수 있는 거니까요.”

“하하, 그렇다면 소희 너 또한 그들처럼 변심해서 다른 팬클럽으로 옮길 수 있다는 말이냐?”

“오빠! 저는요, 미친 듯이 다니엘 오빠를 사랑하던 시기는 이미 지나가 버렸어요. 지금 제가 느끼는 감정은요, 애정이 아니라 애심(哀心)이랍니다.”

“이제 다니엘을 사랑하지 않는다는 이야기야?”

“네, 그를 연예인으로서 사랑하지는 않아요. 그 말은 곧 터지고 말 비눗방울을 사랑한다는 것과 같은 소리니까요. 알고 보면 다니엘 오빠 역시 평범한 사람일 뿐이잖아요. 그래서 저는 오빠를 사람 대 사람으로 좋아하고 응원하기로 했어요.”

“그러니? 그런데 나는 왜 그 말이 더 무섭게 들리는 것은 왜일까? 하하하. 그래, 열심히 해 봐라. 나는 그런 너의 애심을 열심히 응원하도록 하마. 자, 여기. 방청권 이백오십 장이다. 그리고 여기 있는 게 다 다니엘의 선물이지? 오빠와 함께 차에 싣도록 하자.”

“네, 오빠.”

그들은 한참을 끙끙거리며 선물을 빠짐없이 밴으로 옮겼다. 밴의 뒷좌석은 다니엘의 선물로 가득 채워졌다.

“오빠, 수고하셨어요! 방청권 고마워요. 다니엘 오빠에게도 수고하시라고 전해 주세요!”

“그래, 너도 고생해라! 조금 있다가 생방송 끝나고 차 나갈 때 팬들 다치지 않도록 소희, 네가 잘 보살피도록 하고!”

“네, 오빠. 그럼 안녕히 가세요!”

이정석은 다소곳하게 인사를 하는 팬클럽 회장, 소희의 얼굴을 뒤로 하고 대기실로 향하기 시작했다. 저 아이가 진정 바라는 것은 무엇일까? 연예인으로서 사랑하지 않고 인간적으로 사랑하기로 했다고? 저 아이는 그것이 정녕 자신을 더욱 위험한 상황으로 몰아간다는 생각을 하지 못하는 것은 아닐까? 예감이 상상이 되고, 상상이 바람이 되고, 바람이 꿈이 되고, 꿈이 믿음이 되고, 그 믿음이 곧 사랑이 된다면 도착지는 단 두 곳이다. '집착', 아니면 '현실'…. 물론 현실이 될 가능성도 전혀 없지는 않을 것이다. 희박하지만 몇 억 분지 일 정도는 가능성 또한 존재할 것이 분명했다. 하지만, 대부분의 가능성을 쥐는 그 '집착'이란 것. 바로 그녀에게는 이 집착이 문제가 될 터였다. 아마도 집착의 끝에 남을 단어, 즉 상실이란 게 극도로 악화한다면 장적(戕賊)을 하게 될지도 모른다는 생각을 했다. 이정석은 자신도 모르게 몸소름이 끼쳤다.

'내가 지금 무슨 생각을 하는 거야? 빨리 정신을 차리도록 하자. 그래 미친 저들을 보면 나는 참으로 정상적이며 행복한 일을 하는 거다. 지금은 비록 남의 선물이나 옮기지만 언젠가는 나에게도도 볕 들 날이 올 것이다. 나는 나의 직업을 사랑한다. 힘을 내자. 아자, 아자!'

중얼거리던 주문을 외우던 이정석에게 누군가가 '저기요!' 하며 등허리를 툭 쳤다. 이정석은 반사적으로 뒤를 돌아보았다. 다리가 늘씬하고 연연하게 생긴 이십 대의 여인이었다.

"매니저 오빠! 저 팬인데요, 이거 선물…"

그녀는 손바닥만 한 선물 상자를 들고 있었다. 이정석은 짜증 어린 표정으로 손을 내밀며 말했다.

"다니엘 씨 선물? 아, 그럼 진작 주지 그랬어요. 이미 차에 다 실었는데. 이것은 부피도 작으니 들고 가서 직접 주도록 할게요."

"아니, 그게 아니라…."

"걱정하지 마요. 분명히 말하겠지만, 이 선물은 중간에 아무런 사고도 없이 잘 전달이 될…."

순간 이정석은 아차 싶었다. 누가 묻지도 않았는데 사고 따위를 운운하며 헛소리를 한 것이다. 이정석은 그런 자신을 책망하며 서둘러 그 자리를 모면하려 했다. 그러자 미모의 여인은 다시 이정석의 팔을 붙잡았다.

"저기요, 오빠! 그거 다니엘의 것이 아니라, 매니저 오빠에게 드리는 선물이에요."

"네? 저…, 저에게요?"

"네. 오빠에게 드리는 저의 선물이에요. 소희 씨에게 물어보니 오빠가 새로 오신 다니엘의 로드 매니저라고 하던데. 맞으시죠? 그럼 제 소개를 할게요. 이름은 연수라고 해요. 저, 사실 오빠와 친해지고 싶어요. 그 선물은 제가 오빠에게 드리려고 준비한 건데 마음에 드셨으면 좋겠어요."

"이…, 이게 뭔데요?"

"지금 내용을 말씀드리기는 좀 그런데…. 나중에 꼭 혼자 보세요. 그 안에 제 연락처도 들어 있거든요? 연락해주세요, 기다릴게요."

연수라고 이름을 밝힌 여인은 말을 마치자마자 팬들이 있는 곳을 향해 뛰어가기 시작했다. 이정석은 짧은 치마를 입고 폴짝 거리며 뛰어가는 그녀의 가느다란 다리를 멍하니 쳐다보았다. 잠시간 그의 두 뺨에 저녁 놀 같은 홍조가 뿌려졌다.

'저렇게 어여쁜 여자가 도대체 나를 어떻게 알고 선물을 주는 거지?'

이정석은 무척이나 의아했지만, 그것도 잠시였다.

'그래, 뭐. 첫눈에 반할 수도 있는 거지 뭐. 흠흠…. 내가 지금은 다니엘에게 묻혀서 그렇지 원래 인물은 좀 되었잖아? 대학시절에는 나 좋다는 여자도 꽤 많았으니 말이야. 하하하.'

이정석은 이런저런 생각을 하며 방송국 복도에 있는 화장실로 들어갔다. 선물은 꼭 혼자 보라고 했으니 이럴 때 필요한 장소는 화장실이 딱 맞는다고 생각했던 것이다. 그는 아무도 없는 화장실의 제일 끝 칸에 들어가 선물의 포장을 서둘러 뜯어내었다.

"앗! 세상에…."

포장을 모두 벗기고 난 이정석 씨는 뒤이은 놀라움을 금할 수가 없었다. 포장이 벗겨지고 맨몸뚱이를 드러낸 상자 안에는 금으로 만들어진 두꺼운 팔찌가 들어 있었던 것이다.

'아니, 대관절 이 여자가 왜 이런 선물을 나에게….'

이정석은 입을 다물지 못한 채로 금팔찌를 꺼내었다. 상자의 바닥에는 그 팔찌가 순금으로 만들어졌다는 증명서와 함께 분홍색 카드 또한 자리했다. 이정석은 떨리는 손으로 카드를 펼쳤다.

안녕하세요? 다니엘의 매니저 오빠. 제 이름은 서연수입니다.

나이는 스물한 살이에요. 오빠와 좋은 만남을 원해요.

원하신다면 제가 술자리를 마련할게요. 그러니 꼭 연락해주세요.

제 연락처는….

'뭐? 안녕하세요? 매니저 오빠? 그렇다면 그 여자는 내 이름도 모른 채, 그리고 나의 존재조차 모른 채 —분명히 아까 그녀는 내가 누군지 소희에게 물어봤다고 했으니까— 나를 만나고자 이런 고가의 선물을

준비하고 이런 카드를 쓴 거야? 도대체 왜….'

이정석의 시선이 다시 카드의 글귀로 향했다.

'안녕하세요? 다니엘의 매니저 오빠. 다니엘의 매니저? 흠…. 그랬군. 바로 그거였어….'

그녀의 본심을 깨닫기까지는 그리 많은 시간이 필요치 않았다. 그녀에게 이정석이라는 사람은 중요한 존재가 아니었다. 그저 다니엘의 매니저란 사실이 중요했던 것이다. 그녀는 다니엘에게 좀 더 다가가려고 그의 새로운 매니저인 이정석을 —물론 새로운 매니저가 이정석이 아닌 다른 누구였다 하더라도 관계없이— 다니엘과 친해질 수 있는 도구로 사용하려 했던 것이다. 만일 그와의 사이가 진전될 수만 있다면 더욱 적극적인 만남이라도 허락하여 자신의 사랑을 완성하려 했을지도 모른다. 그녀의 위험한 사랑 앞에서는 값진 돈도, 소중한 몸도, 퇴색해버린 마음도 단지 수단이 되었을 뿐이었다.

이정석은 가수와 팬의 쫓고 쫓기는 사랑놀이에 마치 자신이 징검다리가 되어버린 듯한 기분이 들었다. 그는 그만 버럭 하며 역정을 내고 말았다.

"에잇, 정말 성질나는구먼! 내가 장난감이야, 뭐야?"

이정석은 손에 든 금팔찌를 쓰레기통에 휙 던져버리려다가 멈칫했다. 쓰레기통 근처까지 간 금팔찌가 화장실의 불빛에 의해 빤작거리고 있었다. 더불어 어떠한 생각의 빛줄기도 그의 머리를 빤작이며 스쳐 지나갔다.

'그래, 그 정도의 외모라면, 게다가 이런 선물을 아무렇지도 않게 살 수 있을 정도라면….'

이정석은 팔찌를 자연스레 팔목에 찼다. 그리고 포장지는 대충 짓구

거서 쓰레기통에 버렸다. 손을 씻고 화장실을 나서는 이정석 씨의 왼쪽
팔목이 번쩍번쩍 빛나고 있었다. 더불어 그의 눈빛에도 탐욕의 불빛이
번득이고 있었다.

대화

"오라버니, 오늘 사전 녹화 있었군요? 녹화는 무사히 잘 끝낸 거야?"

앞가슴이 드러나 보일 만큼 훤히 패인 무대 의상을 입은 제니가 다니엘의 대기실에 들어오며 말했다.

"안녕하세요?"

대기실에 있던 제작진과 매니저, 댄서 모두가 그녀를 향해 공손하게 인사를 했다. 하지만, 정작 다니엘은 그녀를 보지 못한 듯 눈길조차 주지 않았다.

"오라버니!"

그녀는 다시 큰 소리로 다니엘을 불렀지만, 다니엘은 여전히 그녀를 보지 않았다. 그는 탁자에 긴 다리를 얹은 채 이어폰을 귀에 꽂고 음악을 들을 뿐이었다.

"음악 듣고 있어요?"

제니는 사람의 시선 따위는 의식하지 않은 채 다니엘의 곁으로 가서 그의 머리카락을 쓸어 올렸다. 인기척에 놀란 다니엘은 감은 눈을 억지스레 뜬듯했다.

"제니⋯. 왔어요?"

"그래, 제니예요. 역시 오라버니는 음악이라면 죽고 못 사는군요? 저번에 오라버니 집에서 우리 둘만의 오붓한 시간을 가졌을 때도 오라버닌 여전히 음악을 듣고 있었잖아. 그렇지?"

제작진과 매니저, 댄서는 멀뚱거리며 의아하다는 표정으로 그들을 지켜보았다. 다니엘은 그들의 눈빛이 수상쩍다는 것을 감지하고는 재빨리 몸을 일으키며 급하게 그녀의 이름을 불렀다.

"저⋯, 제니?"

그러나 제니는 여전히 빙글거리며 자신의 집게손가락을 다니엘의 입술에 살포시 갖다 대었다.

"후후후. 잠깐만, 제니는 아직 말이 안 끝났어요. 오늘 오라버니와 내가 1위 후보라는 것은 들어서 알고 있겠죠? 과연 누가 1위를 할까? 물론 아직은 내가 오라버니에게 상대가 되지 않겠지만, 후후⋯. 아무려면 어때? 누가 1위를 하던지 관계없잖아, 우리 사이에?"

적막감이 흐르던 대기실의 분위기가 한순간 술렁대었다. 그들은 얼마 전에 신문 일면을 장식했던 둘의 스캔들 기사와 곧이어 며칠 뒤 기사를 번복했던 기획사 대표의 기자회견을 머리에 떠올릴 수 있었다.

"제니, 왜 이러는 거죠? 이미 다 끝난 이야기 아닌가요?"

다니엘은 제니의 손을 뿌리치며 말했다.

"뭐가? 뭐가 끝난 이야기인데? 끝은 오빠 혼자만 내는 거야? 그러면 모든 게 제대로 돌아가는 거야? 끝이 나면. 끝이 나면 나는 뭔데? 나는 뭐가 되는 건데?”

제니는 다니엘에게 거의 악을 쓰며 소리를 쳤다. 다니엘은 가여운 눈길로 그녀를 바라보며 말했다.

“제니…. 그만해요.”

“뭐…? 그만…, 그만 하라고?”

그녀의 눈에 가득 맺혀 언제 흘러내리는 것이 좋을까 하며 기회만 벼르던 물방울은 드디어 적기를 맞추었다는 듯 네오내오없이 미끄럼틀을 타기 시작했다. 이정석을 비롯하여 대기실에 있던 사람은 이상하게 흐르는 분위기를 감지했던지 하나 둘 전쟁터를 빠져나가고 있었다. 스태프와 댄서가 모두 나가고 마지막으로 이정석이 나감과 동시에 그는 급히 휴대전화를 열었다. 마치 어머니의 지갑에 손을 댄 동생을 고발하려는 초등학생처럼 그는 동공을 크게 열고는 서둘러 몇몇 번호를 눌러대었다.

“이사님. 저 이정석입니다! 지금…, 여기에 제니 씨가 왔는데요. 상황이 좀….”

‘상황이 좀, 뭐!’

박재현 이사의 날카로운 쇳소리가 확성기 마냥 복도에 울려 퍼졌다. 이정석은 당혹스러운 표정으로 잠시간 수화기를 틀어막고는 주위를 두리번거리다가 곧 휴대전화에 입을 바짝 대고는 속삭였다.

“이런 말씀 어떻게 들리실지 모르겠지만, 사실 제니 씨가…. 제니 씨가 말입니다. 그녀가…. 아니, 그녀는…. 정말이지, 미친 게…, 네! 미친게 틀림이 없는 것 같습니다!”

“도대체 뭘 그만하라는 거야? 시작은? 언제, 시작은 했었어? 한번 시작이나 해보고 그런 말을 해!"

무수히 흘러내리는 검은 눈물에 그녀의 두꺼웠던 가면도 점차 흘러내렸다.

"제니. 어서 가서 화장이나 다시 고쳐. 더럽고 흉해."

대기실에 사람이 모두 나간 것을 확인한 다니엘은 의자에 기대앉으며 날카롭게 쏘아붙였다. 냉소적 분위기를 풍기며 긴 다리를 탁자 위에 올려놓은 그는 늘 다정하고 따뜻했던 다니엘이 아니었다.

"뭐…? 뭐, 흉해?"

다니엘은 여전히 귀찮아 죽겠다는 표정으로 대답도 않은 채 이어폰을 가져가 귀에 꽂았다.

"다시 말해 봐! 내가 흉해?"

제니는 다니엘의 옆으로 달려가 그의 귀에 꽂힌 이어폰을 휙 하고 빼내었다.

"말해 봐! 말해 보라고! 내가 흉해? 응? 어서 말해! 말하라고!"

그녀는 빼앗은 이어폰을 부서지라 움켜쥐고는 바락바락 악을 써대었다. 다니엘은 이어폰을 뺏긴 자세 그대로 수 초간 가만히 있다가 자리에서 일어섰다. 그는 쭉 경멸의 눈빛으로 그녀를 노려보았다.

"철썩!"

순간, 누군가의 손바닥이 보드라운 살결을 내갈기는 소리가 대기실의 허공을 쩌렁쩌렁하게 울렸다. 손바닥의 주인공은 다름 아닌 다니엘이었다. 그의 곱고도 매서운 손이 제니의 뺨따귀를 올려붙인 것이다. 그녀는 사정없이 돌아간 고개를 왼손으로 감싸고는 얼이 빠진 표정으로 다니엘을 올려보았다.

"오라버니…."

그녀는 점점 사라져가는 자신의 표정을 어찌 관리할 것인지 생각할 수 없었다. 그저 떨리는 목소리로 그를 부를 뿐이었다.

"오라버니…. 나야, 나 제니. 나에게 왜 이래? 진정 오라버니 맞아? 그 착한 다니엘 오라버니가 맞아?"

그녀의 말이 끝남과 동시에 다니엘은 도대체 저 표정은 인간이 가질 수 있을 것인가에 대한 의문이 생길 만큼 차가운 눈빛과 말투로 그녀에게 독설을 퍼붓기 시작했다.

"야, 미친년아. 정신 좀 차려. 어린애야? 바보야? 아무리 미쳐도 그렇지. 꼭 이딴 식이어야 해? 사랑이 밥 먹여줘? 사랑이 돈 벌어주니? 암만 사랑이 좋다고 해도 네 할 일은 다하고 목을 매어도 매어야지! 왜 병신같이 현실 파악을 못 해? 고개를 돌려서 거울을 봐! 지금의 네 모습이 어떤가!"

그녀는 살며시 고개를 돌렸다. 대기실 한쪽 벽면을 가득 채운 거울에 자신의 모습이 비쳤다. 그녀는 눈물을 훔쳐내었다. 검은 눈물이 온통 번진 얼굴에는 거대한 속눈썹 하나가 간당간당하게 매달려 있었다. 마치 검덕귀신 같았다.

"자, 네 모습이 어때? 볼만하니? 예뻐? 즐거운 것 같아? 행복하다고 느껴?"

그녀는 아주 천천히 고개를 저었다.

"정신 차려! 이 바보야. 아무리 애원해도 절대 오지 않는 사랑을, '기다림'이라는 무책임한 단어로 방패삼아 즐기는 것이 지금은 마냥 행복할지 몰라도, 언젠가 시간이 지나면 집착일 뿐이었다고 느끼는 순간이 반드시 오게 될 거야. 그렇게 되면 가련한 너의 사랑은 기필코 독단적인 아집이 되어 소중해야 할 추억까지 좀먹게 되는 거라고! 젠장, 좋은 말로 했으면 알아먹어야 할 거 아니야! 별 또라이 같은 년한테 걸려서 이게 뭔 꼴이야…. 죽으려면 너 혼자 죽지, 왜 나까지 죽이려 들어. 에잇, 재수 없게.”

그녀는 흔들리는 눈망울을 크게 뜨며 눈망울보다 흔들리는 목소리를 작게 내뱉었다.

“이, 개새끼야. 꺼져버려. 네가 뭔데…. 네가 뭔데, 나의 사랑을 집착으로 만들어. 너는…. 내가 아니잖아. 너는…. 내 사랑을 모르잖아. 내 사랑이 얼마나 순수한지. 얼마나 아름다운지. 너는 아무것도 모르잖아. 아니야. 세상 모든 사람의 그리움이 집착이 되고 아집이 될지언정, 내 사랑은 아니야. 내 사랑만은 영원불멸할 거야.”

“어이! 현. 대기하는 시간은 원래 이렇게 긴 거냐? 사람 하나 녹초 만드는 것은 순식간이다. 이 힘든 짓거리를 여기 모인 사람은 거의 매주 한다는 거지? 나는 도무지 이해 불가능!”

“오늘은 사전 녹화가 있어서 그래. 오히려 이게 더 좋지 않은가? 덕분에 본 방송 들어가기 전 밥도 먹고 수다도 떨고…. 일정이 빡빡한 공개방송에서는 온종일 쫄쫄 굶는 것은 예삿일이야. 그런데 오늘은 어째 사전 녹화 시간이 빨라서 본 방송 사이에 간격이 많이 남는단 말이야. 이럴 땐 감사의 기도라도 드려야 해. 특히 너는 말이야.”

“엥? 왜 특히 내가 감사를 해야 하는 건데?

“바보야, 시간이 많으니까 우리가 이렇게 밥도 먹고 아이스크림도 먹는 것 아니야! 안 그랬으면 너 지금쯤 배고프다고 생난리를 치고도 남았을 걸?”

“헤헤, 그런가?”

"그래, 인마! 그러니까 너 조금 있다가 본 방송 녹화 들어가면 네가 낼 수 있는 가장 큰 목소리로 오빠를 응원해주라는 거야!"

"쳇, 나 말고도 응원할 대가리의 수가 떽떼굴떽떼굴한데 뭐가 아쉽다고 힘들어 응원을 하냐? 이제껏 먹은 밥그릇 수가 아깝다! 왜 기껏 애를 써서 배를 꺼지게 하고 그래? 참나…."

"뭐? 응원을 안 해? 그건 절대로 안 된다. 평상시에는 응원을 안 한다 하더라도 오늘만큼은 해야 해. 내가 너한테 왜 밥을 사줬겠냐? 다 그만한 이유가 있지 않겠어?"

"그건 그래. 천하의 못된 현이 나한테 밥을 다 순순히 사주고 말이야. 왜? 무슨 이유인데? 특별히 큰소리로 응원하라 그러는 걸 보니 혹시 오늘이 무슨 중요한 날 이기라도 한 거냐?"

"하하하! 기대하시라! 오늘이 바로, 드디어! 우리 다니엘 오빠께서 5집 첫 1위 후보에 오르신 위대한 날이라는 말이지!"

"엥? 아직 본 방송 시작도 하지 않았는데 너는 그 사람이 1위 후보라는 것을 어떻게 안 거지?"

"감각 없기는. 이봐, 당연히 사전 조사를 했지! 누리꾼의 투표로 인해 지금 우리 오빠가 1위 후보에 올랐다는 말씀이야. 야, 정말 대단하지 않냐?"

"그럼 다른 1위 후보는 누군데?"

"그야, 뭐. 누구겠어? 재수 없는 제니지…."

"킥킥. 야, 제니면 그냥 제니지, '재수 없는' 제니는 또 뭐냐?"

"몰라. 걔는 그냥 싫어. 아무런 이유 없이…."

"이유가 없는 게 아니라 너의 낭군님과 스캔들이 났다는 게 이유 아니냐?"

"사실 그런 것도 있긴 한데 그냥 느낌이 이상해. 그 여자 생각만 하면 진저리가 나. 온몸에 오소소 소름이 돋은 것처럼 다랍고 끈적끈적해."

"글쎄? 단지 느낌 때문만은 아닌 것 같은데…. 분명히 무슨 이유가 있을 것 같은데?"

"분명한…, 이유?"

"제니는 너보다 예쁘다, 제니는 너보다 날씬하다, 제니는 너보다 돈이 많다, 제니는 너보다 인기도 많다. 고로, 제니는 너보다 잘났다!"

"야! 너 죽을래?"

"아직! 흥분하기는 일러! 더 남았거든. 킥킥, 제니는 너보다 다니엘과 친…. 아, 아니다, 너는 다니엘과 친분이 있는 것도 아니니까, 에헴! 제니는 제 혼자서 다니엘과 대단히 친하다! 제니는 다니엘과 같은 기획사 소속이다! 고로, 둘은 서로 전화번호도 알 것이며 어쩌면 진짜 사귀는 사이인지도 모른다! 그래서 며칠 전의 스캔들도 둘이 진짜 사귀는 것이기 때문에 기획사에서 급하게 막은 것인지도 모른다! 어때? 나의 추리력이. 근사하지 않아?"

"……."

"어라, 현? 너 내 말 다 안 듣고 뭘 그리 뒤적거리니? 뭐라도 찾고 있기라도 한 거야?"

"응. 필, 찾고 있어. 네 얼굴 거죽이 많이 두꺼워진 것 같아서, 손 좀 봐주려고 말이지. 음…. 여기에 넣어뒀던 것 같은데, 어디 갔지?"

"어이쿠! 킥킥. 잘못했다, 잘못했어. 장난 좀 쳐본 것뿐이야! 너 재미있게 해주려고."

"넌 그따위 말장난이 재미있냐! 엉? 재미있어?"

"헤헤, 농담이라니까, 화 풀어라!"

“……”

“헤헤. 화 풀 거지? 응, 응?”

“아, 몰라.”

“화 푼 거다?”

“시끄러워.”

“헤헤. 그런데 있잖아, 현.”

“왜?”

“나 궁금한 게 하나 있는데 물어봐도 돼?”

“뭔데?”

“현은…, 아니 현 누나는 왜 그렇게 다니엘에게 빠지게 된 거야? 대관절 어떤 이유에서?”

“……”

“아니, 뭐 말하기 싫으면 안 해도 돼. 난 그냥….”

“넌…, 아직도 기억한다고 했지?”

“뭘?”

“새롬…, 보육원.”

“……”

“굳이 기억하려고 하지 않아도 돼. 그따위 기억은 잊어도 좋으니까….”

“야, 이 바보야. 몇 번을 말해? 난 아직도 그때를 기억한다고 했잖아! 나는 다 기억나. 다…. 밥 먹을 때 네가 항상 내 숟가락 챙겨준 것도, 우리 둘이 화단에 할미꽃 심은 것도…. 모조리 기억이 나. 잊은 건 바로 너지….”

“맞아, 잊었어! 난 다 잊었어. 왜냐하면, 나 역시 매일을 하루같이 그 정신병자에게 죽지 않을 만큼 얻어터졌거든…. 그런데 살다 보니 맞는 것보다 더 억울한 게 있다는 것을 깨닫게 되더라? 그게 뭔지 너는 아니?”

“아니, 그게 뭔데?”

“혼연일체(渾然一體). 아픔이 익숙해지는 것. 폭력이 잘못이라는 것을 망각하는 것. 타인의 평화와 아름다움을 빼앗는 일이 당연하게 느껴지는 것. 또 그러한 당연함에 서서히 길들어가는 것. 그래서 잘못이 잘못이라는 것을 영원히 잊은 채로 새로운 잘못을 만들어가며 사는 것. 그것이…, 그것이 나는 정말로 억울하더라.”

“너, 또 우냐?”

“울긴! 절대로 그때를 떠올리며 울지는 않아. 왜냐하면, 이제는 그다지 억울하다는 생각 따위는 들지 않거든. 어쨌거나 그 덕분에 나는 사회라는 선지(宣紙)에 괴발개발 그려나간 먹물의 그림이 별로 낯설게 느껴지지 않을 수가 있었어. 물론 선택이 아니라 필수였겠지만. 태어나고 나서 열여덟 번째의 봄을 맞이할 무렵부터 하릴없이 그림을 그려 나갈 수밖에는 없었어. 또 그게 썩 나쁘지만은 않았고 말이야. 뭐, 남들은 비싼 돈 들여 영재교육도 받는다던데 나는 그들보다 몇 년을 앞서서 사회를 배워나가는 셈이었으니, 오히려 그들보다 더욱 열심히 살아가는 모습을 보이고자 전력을 다하고 싶었을 뿐이지. 그런데 막상 사회에 나와 보니 얕볼 곳은 한군데도 없더라. 얕보기는커녕 어리고 보잘 것 없는 나를 반겨주는 곳은 존재조차 하지 않았어. 간혹 나를 이해했던 인간은 어떻게 하면 요 어린 것을 이용해 먹을까, 어떻게 하면 요것을 이용해 시키면 뱃속을 채울까 하며 머리 굴리기에만 급급했지. 나는 그러한 장사치에게 몇 번이나 환멸을 느꼈고, 결국 결심했어. 타인에게 이용당하느니 차라리 내가 그들을 이용하자고…. 부모, 형제, 돈…. 그 흔해 빠진 것 중 아무것도 하나 없던 나에게 갈취의 손아귀를 선물한 이 다라운 세상에 본격적으로 도전장을 내민 거야. 그래서 배우고 또 배웠지. 피나게 연습 했었어. 혼자는 역부족인 상황에, 어차피 먹물로 그릴 그림, 코털만 한 털이 달린 붓대보다는 목양용(牧羊用), 콜리(collie)의 꼬리만큼 큰 놈으로 그려보자 싶어서 전문가의 세계로 뛰어든 거야. 물론 상처도 많이 받았지. 그 덕에 전과 5범이라는 꼬리표를 달게 되었으니까. 한참을 그렇게 살았어. 그리고 어느 날. 멍하니 텔레비전을 보는데 낯이 많이 익은 어느 장소가 나오더라고."

"새롬…, 보육원?"

"응, 바로 거기. 텔레비전에서 처음 그곳을 보던 순간, 나는 숨이 멎는 것만 같았어. 그때의 느낌이 어땠느냐하면, 마치 내가 어느 높으신 분의 집을 습격하기 위해 담을 넘고 문을 따고 들어가 커다란 보석을 하나를 훔쳐 와서 내 옷의 안주머니에 숨기고는 시침을 떼고 있었는데, 어떻게 알고 경찰이 내 집을 찾아와서는 높으신 분이 잃어버리신 보석을 찾아야 하겠으니 집을 좀 뒤지겠다며 나의 의견은 묻지도 않은 채 다짜고짜 내 집을 뒤지는 것과도 같았다는 거지."

"그럼 그 안주머니에 숨긴 보석은 어떻게 되었는데? 들킨 거야?"

"이런 바보. 무슨 말귀를 이렇게도 못 알아듣냐? 그만큼이나 긴장되고 떨렸다는 걸 설명해주는 거잖아. 아무튼지 꿈에서조차 잊고자 안달했던, 나에겐 드라큘라 백작보다 무서운 그곳을 몇 년 만에 텔레비전에서 접하게 되자, 나는 병신같이 굳어서는 채널을 돌릴 생각도 못하고 있었는데, 그때 마침 텔레비전 화면에 구세주처럼 나타난 사람이 있었지. 바로 오빠였어. 내 눈에 비친 그는 진정 천사였어. 우린 봉사자의 얼굴을 보면 한 번에 알아차릴 수가 있잖아. 이 사람이 정말 진심으로 임하는 것인지, 아니면 대충 시간이나 때우고 가려는 것인지. 오빠는…, 정말 달랐어. 보통 연예인이 화면에 보여주고자 이리저리 기웃거리는 것과는 차원이 달랐다는 말이야. 오빠는 무간지옥(無間地獄)이던 새롬보육원에서 마음을 담은 봉사를 했어. 나는 그 이후로 오빠가 마냥 좋아지더라. 음악이면 음악, 연기면 연기, 마음이면 마음…. 오빠에게 관계된 것이라면 이유를 불문하고 아름답게만 보였어. 그리고 지금도 역시 마찬가지야. 나는 헤어 나올 수가 없어. 예전에는 생각했지. 누가 나를 좀 붙잡아 준다면 쉽게 헤어 나올 수 있을 것이라고. 하지만 이제는 아니야. 다 늦었어. 이미 중독이 심하여 치유할 수 있는 해독제가 없어. 그리고 나 자신도, 해독제를 찾지 않아. 벗어나기 싫어. 오빠를 사랑하는 것, 그것은 나에게 있어 버릇이 된 거야.”

“현…, 왜 울어. 울지 마…. 네가 운다고 해서 그는 절대 너의 눈물을 닦아주지 않아…. 너야말로 정말, 정말 바보 같아….”

‘벌컥!’하는 소리와 함께 대기실의 문이 활짝 열렸다. 연이어 귀를 잡아 비트는 쇳소리가 내부의 공기를 요동쳤다.

“너네, 지금 뭐 하는 짓들이야!”

박재현 이사였다. 그가 들어오자 다니엘은 제니의 어깨를 살짝 두드리며 그녀에게만 들릴 만큼 낮은 목소리로 속삭였다.

“다 울었으면 이제 꺼져…”

“제니! 너 뭐 하는 짓이야! 기자에게 되지도 않는 스캔들을 퍼뜨려놓고! 그거 간신히 무마시키느라 내가 얼마나 많은 돈을 쏟아 부었는지 네가 알기나 해! 그런데 이젠 방송국까지 헤집고 다녀? 엉? 너 이 바닥에

소문이 얼마나 빠른지 알지! 손만 잡아도 벌써 배불러온다는 소문이 떠
다니는 곳이 바로 이 바닥이야. 이제 이 바닥 접고 싶어? 돈, 벌만큼 벌
었다는 거야? 엉? 평생 우리 등 돌리고 살까? 그게 네가 바라는 거야?”

박재현 이사를 뒤따르던 이정석은 또다시 복도를 두리번거리더니 대
기실의 문을 꼭 닫았다. 그는 마치 주위의 정황을 살피고 문을 봉쇄하
는 일이 본연의 임무일지도 모른다는 생각을 하며 대기실로 들어왔다.
그가 이번엔 대기실의 정황을 살피고자 주위를 두리번거렸을 때 제니는
등을 보인 자세로 그대로 가녀린 어깨를 떨고만 있었다.

“재현, 그만해요. 이제 다 정리되었어. 우리도 방송 들어가야죠. 제니
도 얼른 준비를 해야 하잖아요. 이러다 정말 큰 소문이라도 날지 몰라
요.”

다니엘은 서둘러 자리를 파하고자 박재현 이사의 등을 어루만졌다.

“뭐, 이미 소문은 파다하고도 남았을 텐데…”

아무 생각 없이 내뱉은 이정석의 나지막한 말 한마디에 박재현 이사
와 다니엘의 송곳 같은 시선은 그의 면싸대기를 사정없이 후려갈기고
있었다. 이정석은 뒤늦게 아차 싶었지만 이미 돌이킬 수 없던 분위기였
던지라 한 손으로 입을 막고 고개를 숙이고 있을 뿐이었다. 대기실 안의
네 사람은 마치 사해(死海)를 헤엄치는 네 마리의 펭귄과도 같았다.

“저 이만 나가볼게요. 물의를 일으켜 죄송합니다.”

제니는 휴지를 뽑아들고 대충 눈물을 닦은 후, 그들을 향해 고개를
한번 숙여 보이고는 바쁜 걸음으로 대기실을 나섰다. 그녀가 대기실의
문을 막 닫으려고 할 때 박재현 이사가 소리쳤다.

“너는 오늘 방송 끝나고 사무실로 와! 내가 아주 그냥…!”

“재현, 그만 하라니까요.”

다니엘이 박재현 이사의 팔을 붙들었다. 그러자 박 이사는 표정을 한
결 누그러뜨리더니 그의 손을 덥석였다.

"다니엘, 이 착해 빠진 놈. 너 같이 마음이 여린 놈을…. 그래, 너는 아
무 걱정도 하지 말고 오늘 방송만 열심히 해. 내가 다 알아서 처리할 테
니까."

박재현 이사의 다정한 응원에도 다니엘은 어떠한 감흥도 느끼지 못한
다는 듯 다시 자리에 앉아 바닥에 흘려진 이어폰을 주워들었다. 박재현
이사는 그의 곁에 나란히 앉으며 말했다.

"다니엘, 걱정하지 마. 내가 너를 지켜줄 거야. 너는 곧 나니까…. 무슨
일이 있어도 너만은 내가 지킬 거야. 그러니 너는 아무런 걱정도 하지 말
고 음악만 열심히 해. 네가 어떠한 생각을 가지고 아무리 희한한 음악을
만든다고 해도 나만은 너를 끝까지 믿고 응원해 줄 것이니 말이야…."

"고마워요, 재현."

다니엘은 박재현 이사를 바라보며 짧게 대답한 후, 즉시 이어폰을 귀
에다 꽂고 음량을 최대한으로 높였다. 박 이사는 그런 다니엘이 무척이
나 어여쁜 듯 그를 사랑스럽게 바라보며 계속해서 그의 도톰한 귓불을
만지작거렸다. 그리고 이정석에게 들릴 듯 말 듯 작은 목소리로 다니엘
의 달팽이관을 향해 속삭이기 시작했다.

"고맙긴…, 내가 처음 너를 만났을 때 약속했었잖아. 기억 안 나? 내가
너의 영원한 첫 번째 팬이 되어 줄 것이라고. 그리고 지금 나는 그 약속
을 지키려는 것일 뿐이야…."

다니엘의 곁에 달라붙어 그를 주야장천 만지는 박재현 이사와 아무
런 신경도 쓰지 않은 채 음악만 듣는 다니엘을 보며 이정석은 아까 전부
터 속이 울렁거리고 있음을 느꼈다. 박재현 이사는 그러한 이정석의 존

재조차 잊은 듯 여전히 다니엘의 몸 이곳저곳을 만끽하며 읊조렸다.

"다니엘, 이제 내가 너에게 새로운 약속을 하나 하도록 하지. 너의 첫 번째 팬이 바로 나였듯 너의 마지막 팬도 내가 되어줄 것이라는 걸 말이야. 그러니 너도 한 가지만 나에게 약속을 해줘. 우리의 계약서가 그 효력을 다하는 날, 너는 나를 위해 양피지에 혈흔으로 서명해준다고 말이야. 메피스토펠레스가 파우스트의 영혼을 얻고자 갖은 노력을 했듯 나 역시 완벽한 너의 영혼을 살 수만 있다면 지옥문을 지키는 악마가 되어도 좋아. 다니엘, 이제 내 마음을 읽을 수가 있겠어? 아무도 이해하지 못하겠지만, 나만의 진실 되고 순수한 이 마음을…?"

박재현 이사는 말을 마치고는 여전히 음악에 취해 길게 늘어진 다니엘의 어깨에 살포시 자신의 머리를 기대었다. 그런 둘을 보자 이정석은 매스꺼움이 극에 달해 참을 수가 없을 정도였다. 결국, 이정석은 아까 금팔찌를 찼던 화장실을 다시 찾으려고 도망치듯 대기실을 빠져나왔다. 그는 방송국의 복도를 걸으며 갖은 욕지거리를 내뱉었다.

"젠장! 미친 것들이 한두 명이 아닌 게로군…. 이것 참, 더러워서 살 수가 있나. 당최 이 바닥엔 정상인을 찾으려야 찾을 수가 없어!"

"말해봐, 너는? 꼬맹이 너는, 왜 학교를 안 가는 건데?"

"응? 헤헤, 나 말이야? 왜는 무슨 왜야? 안 가는 게 아니라 못 가는 거지."

"그러니까! 왜 못 가는 건지 말을 해보란 말이다."

"이봐, 현. 뭔가 잊은 모양인데, 나 이제 겨우 열세 살이야. 어떻게 열세 살짜리가, 그것도 부모도, 형제도 아무도 없는 집 나온, 아니 보육원을 뛰쳐나온 어린아이가 제 발로 학교에 갈 수가 있겠어? 그리고 나는

학교로 들어가는 내 몸뚱이보다 목구멍으로 들어가는 한 줌 밥이 더 중
요하다고 생각하는 사람이야."

"그럼, 꼬맹이 너 말이야…."

"아, 꼬맹이, 꼬맹이 그러지 좀 마. 난 엄연히 이름이 있다고. 내 이름
몰라? 난 곰이야, 곰. 그러니 이제부터 꼬박꼬박 곰이라고 불러줘."

"알았어. 곰. 미련해 보이는 그 이름이 불리기를 그렇게도 원한다면야
마음껏 불러주지. 곰! 너 말이야. 너…, 누나가 만일 학교에 보내준다면
갈 용의는 있니?"

"뭐? 학교?"

"그래. 누나가 너 학교에 보내준다고 그러면 너 다닐 수는 있는 거
야?"

"쳇! 갑자기 무슨 거지발싸개 같은 소리냐? 돌연 감상에 젖기라도 한
거야? 학교는 얼어 죽을…. 야! 나 아직 초등학교도 졸업 못했다고. 이
상태로 어디를 가란 말이냐? 내 또래는 어연번듯하게 중학교에 들어가
는데, 나는 이 나이에 초등학교에를 가란 소리냐? 아니면, 아무것도 모
르는 무지렁이 따위가 남들과 똑같이 중학교에 가란 소리냐? 도대체가
무슨 말도 안 되는 소리를 하고 있어. 배움? 지식? 그딴 거 다 필요 없어.
아무리 배우면 뭐해? 반의반도 써먹지 못하는 세상인데. 아니, 써먹을
기회가 있다 해도 남을 위해 머리를 쓰기는커녕, 제 뱃속을 채우지 못해
안달이 난 사람으로 가득한 이 세상인데! 다 필요 없고, 난 그저 일찌감
치 돈이나 벌어서 이 한 몸 호강하며 살고 싶을 뿐이야. 아무렴, 돈이 최
고지. 이 세상에 돈으로 사지 못할 것이 무에 있겠어? 너의 그 잘난 다니
엘도 낯짝 앞에 수표를 태산같이 쌓아놓는다면 넘어오지 않고 배길 수
가 있다고 생각해? 이미 너도 알고 있잖아? 그도 별수 없는 인간에 불과

하다는 것을…. 신에 의해 만들어진 피조물 중에 그나마 지능이 높다고 믿는 바보 같은 동물 따위가 지네들이 만들어낸 종이쪼가리에 미쳐 날 뛰고 있어. 마치 원숭이 같아. 저 멀리 신께서 우리를 보고는 얼마나 한심하다고 생각하실까? 하지만, 알면서도 외면할 수는 없잖아. 내가 이렇게 다랍게 살 수밖에 없는 것도 역겹지만 돈 때문이야. 그리고 이것이 우리의 현실이잖아. 안 그래? 나는 꼭 부자가 될 거야. 그래서 십 년 뒤에 다른 애들이 고생하고 힘들어할 때 나는 그들 앞에 나서서 자신 있게 외칠 거야! 이것 봐, 나는 너희와는 달라! 나는 부자라고! 부자란 말이야! 이렇게.”

“그러니? 꿈도 참 크다. 네 또래가 과학자나 변호사를 꿈꿀 때 너는 남의 주머니나 난도질하는 꿈을 꾸면서 그것도 평생을 그로 인해 떵떵 거리며 살 수 있을 것으로 생각하는 거니?”

“관계없어! 개같이 벌어도 정승같이 쓰기만 하면 된다고 했으니까. 그리고 결정적으로는…. 너도 이렇게 살고 있잖아? 학력? 그게 무슨 소용인데? 뭐, 다니엘같이 뒷배가 든든한 인간이야 부모 잘 만난 덕으로 하버드라는 훌륭한 간판을 따내었겠지. 그래서 꿈을 더욱 쉽게 이룰 수가 있었겠지. 대한민국의 가난하고 배고픈 수많은 음악가가 밑바닥에서 쫄쫄 굶어가며 음악을 만들고, 들어줄 사람이 없어 대중을 찾아다니는 그 시간에, 다니엘은 학벌이라는 고귀한 가면을 절대로 벗지 않은 채 머리 위에 음악을 올려놓을 뿐이지. 그런데도 대중은 발품 팔아가며 그의 음악을 찾아 듣잖아? 그리고는 ‘아, 역시 머리 좋은 놈이 만든 음악이니 내가 모르는 위대함이 숨어 있을 거야.’라고 생각하며 말이지. 무식한 놈은 아무리 발버둥질해 봤자, 거기에서 거기야. 물론, 너 같은 팬은 그를 위해 이렇게 말하겠지. ‘아니야, 우리 오빠는 학력을 이용한 사람

이 아니야! 그는 처음부터 음악을 하고자 하는 마음에 학력을 숨겼단
말이야!' 아마도 사랑에 미쳐 있는 팬이기에 연예 기획사의 머리 굴림을
당해낼 재간둥이는 애당초 없었어. 그들이 어떠한 수단과 방법으로 홍
보하는지는 보지 않은 사람이야 알 수 없다는 말이야. 안 그래? 물론, 나
도 직접 보지는 못했으니 명확하다고 말을 할 수는 없어. 하지만, 장담
하건대 그가 유명해지는 데에서 그의 학력이 전혀 도움을 주지 않았다
고 말할 수 있는 사람도 없어. 하지만, 나는 유명한 사람으로 살고 싶지
는 않거든. 그냥 평생을 굶어 죽지 않을 정도로만 살아도 난 행복할 거
야. 그렇게 살다가 학력이 필요하면 그때 검정고시를 치면 되는 거지. 안
그래?"

"그렇게 자신만만한 거, 모조리 진심이야?"

"진심이고 뭐고 간에 좌우지간 난 학교 필요 없어. 만일 네가 나를 집
에서 내쫓는다면 난 당장 잘 곳도 없는데 그런 불쌍한 아이가 무슨 수
로 학교에 다녀? 그것이야말로 정녕 양광스러운 소리지."

"왜 그런 생각을 해? 내쫓지 않아. 그런 걱정은 하지 마."

"거짓말! 넌 예전에도 나를 버리고 도망갔었잖아. 또 나를 버리고 가
면 어떻게 해?"

"그때는 나도 하릴없는 피해자였어. 그러나 지금의 나야말로 진정한
가해자란다. 그래서 더욱 도망갈 수가 없어. 사회에 있어서는 내가 절대
적인 가해자일지도 모르겠지만, 사랑에 있어서는 나는 언제나 피해자니
말이야…. 가해자의 심정도, 피해자의 심정도 너무도 잘 알고 있기에….
나는 절대로 너를 버릴 수가 없게 되었어. 무슨 말인지 알겠니?"

"너야말로, 진심이냐? 그렇다면 고마워…. 지금 나를 걱정해주는 거
지? 익숙하진 않지만 느낄 수는 있어. 지금 네가 나를 많이 생각해주고

있다는 것을 말이야. 하지만 정말이지 학교는 가지 않아도 돼. 언젠가 내가 필요하다고 느끼면 그때 내가 선택해서 가도록 할게. 학교라는 표제가 내가 살아가는 데에서 크게 영향을 끼친다고 생각하지는 않아. 너는 지금 그가 너무도 유명한 대학을 나왔기에 나 역시도 학교를 강요하는 것인지도 몰라. 네가 할 수 없으니까…. 안 그래? 내가 좋은 학교 나와서 유명해졌으면 좋겠다고 너는 생각하는 거야. 뭐, 대리 만족 같은 거라고 할까?"

"글쎄, 곰아. 단순히 좋은 대학만 나왔다고 해서 저렇게 유명해진 것은 아닐 거야. 혹, 유명한 대학을 나오고도 음악 실력이 형편없었다면 오히려 욕만 먹지 않았을까? 병신같이 잘 다니던 대학 때려치우고 나와서 쓸데없는 음악 나부랭이에 미쳤다고 세간의 손가락질을 무지하게도 받았을 거야. 오빠는 학문과 음악 중 진정 자신이 좋아했고, 또 하고 싶은 것을 선택해서 내달린 것뿐인데도 남 잘되는 것 보기를 하늘의 별 따기만큼이나 어려워했던 몰지각한 대중이 씹어대고 또 씹어대는 것이지. 물론 오빠가 처음 데뷔했을 때는 그의 뒷배를 봤을지도 몰라. 높은 학력, 부모님의 자산, 훤칠한 외모 등 대중의 관심이 몰린 것은 어쩌면 당연할지도…. 하지만, 곰. 들어봐. 만일 다니엘 오빠가 육상 선수였다고 가정을 했을 때, 그가 가진 학력이라는 표제는 단지 유명 브랜드의 운동화일 뿐이야. 남들이 모두 비슷비슷한 운동화를 신고 있는데 오빠는 조금 더 유명한 브랜드의 운동화를 신고 출발선에 서 있었던 것이지. 물론 그 운동화가 뜀박질을 할 때에 발을 조금 더 편하게 해 줄 수는 있을 거야. 그렇다고 해서 운동을 하는 도중 그의 갈증과 근육, 순발력 모두를 과연 운동화가 덮어줄 수 있을까? 절대 아니지. 차이는 아주 미묘할 뿐이야. 네 말대로 운동화가 아주 결정적인 요소가 되지 않는 이상 네가 필요할 때 언제든지 사서 신으면 되는 거야, 그뿐이지. 하지만, 문제는 네가 인간이라는 것에 있어. 인간…. 곰, 너는 인간이잖아, 나도 인간이고. 우리는 변해. 크기도 하고 늙기도 한다는 말이야. 너는 지금도 점점 커나가고 있잖아. 그리고 어느 순간이 되면 더는 크는 것을 멈추고 늙기 시작해. 그러다가 결국은 죽게 될 거야. 그런데 곰아, 너는 아직 덜 컸잖아. 지금은 싼 운동화를 신을 수도 있고, 비싼 운동화를 신을 수도 있어. 더군다나 어른이 신는 큰 운동화를 신을 수도 있지. 물론 많이 헐겁겠지만 말이야. 한데 그게 무슨 말이냐고? 문제인즉슨, 네가 다 크고 늙을 일만 남았을 때, 바로 그때야. 너는 비로소 작은 치수의 운동화를 다시는 신을 수가 없게 된다는 말이란다. 이해가 가니? 네 발이 컸을 때 너의 치수보다 작은 운동화를 신으려면 운동화의 뒤축을 찢어 내거나 네 뒤꿈치를 잘라내야 할지도 몰라. 끔찍하지 않니? 그건 너에게나 운동화에나 서로 상처가 되는 짓이잖아. 무엇하려고 그런 바보짓을 해. 지금 너에게 맞는 운동화가 이렇게나 많은데…. 헌 운동화일지언정 신고서 한량없이 달리고, 그 운동화가 작아지면 또 다른 운동화를 신고 달리고, 또 그 운동화마저 작아지면 다른 운동화를 신고 달리고…. 물론 지치면 걸어도 되고, 이 길이 아니다 싶으면 다른 길로 가도 되는 거야. 그러는 사이에 너는 어른이 될 것이고, 네 운동화가 작아지고 닳아질수록 달려온 너의 세상은 아주 고급스럽고 유명한 브랜드의 운동화로 재탄생되어 떡하니 나타나게 될 거야."

"정말…. 그럴까?"

"진정! 당연한 것은 두 번 묻지 마라, 입 아프니까."

"그런데 나, 혹시 늦은 것은 아닐까? 네가 말하는 그 운동화. 이미 내가 신기에는 작아져 버린 것은 아닐까 걱정이 된다."

"곰. 너는 피아니스트가 보통 피아노를 몇 살 때부터 배운다고 생각하
니?"

"음, 글쎄? 악기는 대개 어릴 때부터 배우고 그러지 않나?"

"그건 너의 선입견일 뿐이야. 무언가를 배운다는 것에 있어서 나이는
숫자에 불과해. 일, 이, 삼, 사, 오…. 이런 숫자들 말이야. 꿈이라는 세계
에서 나이는 대수롭지 않아. 굳이 나이를 밝혀야 할 때는 바로 열정이
라는 단위를 사용하고는 하지. 사회에서 나이가 많으면 많을수록 대우
를 받듯이 꿈에서는 열정이 크면 클수록 승자가 되는 거야. 현실 세계와
는 매우 다르다고 느껴지지? 아니야, 이 모든 것이 현실이야. 사는 게 바
쁘다 보니 미처 느끼지 못할 뿐인 거야. 현실 속에 어느 여자가 살고 있
었단다. 그녀의 꿈은 피아니스트였지. 하지만, 불행히도 그녀는 피아노
를 치기는커녕 악보조차 볼 줄 몰랐던 거야. 그저 꿈으로만 남겨둘까 했
던 여자는 어느 날 제 안에서 타오르던 열정을 주체하지 못하고 결국 시
도해보기로 마음을 먹었지. 그 무렵의 숫자는 바로 서른이었어. 그녀는
서른이 되던 해 처음 도, 레, 미를 배우기 시작했는데 결국 중년의 나이
가 되었을 때 피아니스트라는 꿈을 이룰 수 있게 되었지."

"정말? 우와, 대단하다."

"그럼! 그 여자는 보통의 사람보다 적게는 십 년, 많게는 이십 년을 늦
게 시작한 거야. 그런 그녀라고 고민이 없었겠니? 얼마나 많은 번뇌와 고
통이 있었을까. 세상에 존재하는 어떠한 도전이든 그것은 곧 보이지 않
는 자신과의 싸움이야. 그녀는 결국 자신을 이겨내고는 꿈을 이루고 말
았지. 사실 찾아보면 이렇듯 불굴의 의지로 현실의 장애를 극복한 사람
이 우리 주위에 참으로 많아. 누구에게나 공통으로 와 닿는 괴로움의
문제는 바로 현실에 깔린 수많은 벽이 아니야. 오로지 하고 싶다는 마

음, 열정, 그리고 어떠한 일이 있어도 포기하지 않는 의지만이 중요한 거야. 어때? 곰, 너도 한번 해내고 싶은 마음이 들지는 않니?”

“글쎄, 잘 모르겠어. 그 여자는 얼마나 힘이 들었을까? 나도 남들 따라가려다가 힘들어서 도중에 포기하면 어떻게 해⋯.”

“이, 등신아! 까짓것 포기 좀 하면 어떠냐? 있잖아, 너는 포기라는 것도 노력해 본 사람이나 입에 올릴 수 있는 단어라는 것에 주목할 필요가 있다. 살면서 단 한 번도 무언가를 위해 노력하지 않은 사람은 감히 포기를 입에 올릴 자격도 없어. 그런 이들은 포기할 것조차 없고 그 말인즉슨 포기할 꿈이나 목표조차 가져본 적이 없다는 거야. 그러니 포기할지도 모른다는 불안감에 미리 슬퍼하지는 마. 포기라는 단어가 생각난다는 것 자체가 너에게는 이미 꿈이 있다는 것이니까⋯.”

“네 말을 들으니까, 나 이제 용기가 난다.”

“그럼 꿈을 잃지 않기로 누나와 약속하는 거다?”

“응! 부디 내가 실패만 하지 않았으면 좋겠다, 히히.”

“이봐, 꼬맹이! 중도에 포기하지 않는 한 그것은 실패가 아니야. 성공으로 가고자 부단히 노력하는 과정일 뿐이지. 그 피아니스트처럼, 몇 년이 걸리든 자신의 꿈을 위해 노력을 한다면 언젠가는 이루어질 거야, 틀림없어!”

“현, 고마워. 나 누군가에게 고맙다는 말, 이렇듯 진심을 담아본 적은 처음인 것 같아.”

“자식! 그런 말, 너한테 안 어울려!”

“헤헤, 그런데 현. 나도 마지막으로 뭐 하나만 묻자. 너 어릴 때부터 노란색 머리 되게 좋아했었잖아. 그런데 하고많은 색깔 중에 왜 하필이면 노란색이냐? 촌스럽게⋯. 킥킥.”

"많이 촌스럽냐?"

"응."

"얼마나?"

"같이 다니기 쪽팔릴 만큼."

"젠장, 그럼 떨어져!"

"히히, 농담이야, 농담! 그런데 왜 진짜 노란색이야? 혹시 다니엘에게 기억되고 싶어서 그런 거냐?"

"아니."

"엥? 아니야? 그럼 도대체 왜….'

"나의 노란색 머리는 말이지. 흠…. 뭐라고 해야 하나…. 보수(保守)라는 구시대적인 발상에 대한 신시대적 젊은이의 암묵적인…, 시위…. 라고나 할까?"

"젠장, 너 지금 나랑 장난치냐? 도대체 무슨 귀신 씻나락 까먹는 소리를 해대는 거야?"

공개방송 2

다니엘에게 있어 진정한 팬은 현, 자신 한 명뿐이라고 그도 생각할 것이다. 지금 우주의 한가운데에는, 다니엘과 현. 이 두 사람만이 존재했다. 그 외의 사람은 이미 사람이 아니었다

"잿빛사랑 여러분! 이제 곧 본 방송이 시작됩니다. 모두 이쪽으로 모여 주세요!"

팬클럽의 회장이 고래고래 소리를 질렀다. 방송국의 앞은 이미 각기 다른 팬덤으로 인산인해를 이루고 있었다. 이들은 모두 자신이 좋아하는 가수를 응원할 다양한 도구와 팬덤을 대표하는 풍선을 들고는 제작진이 자신의 팬덤 이름을 호명하길 기다리고 있었다. 인원수는 어마어마했지만 그들의 마음은 모두 한결같았다. 오직 그 사람을 보고자 하는 마음.

현과 곰, 그들 역시 나란히 줄을 선 채로 잿빛사랑의 입장을 기다리고 있었다. 현은 곰이 만지작거리는 검은색 풍선을 보며 생각에 잠겼다. 다니엘의 팬클럽 명칭인 잿빛사랑, 그리고 그를 대표하는 물품인 검은색 풍선. 어쩌면 이 팬클럽의 명칭은 우연이 아닐지도 몰랐다. 선견지명이 있는 누군가가 다니엘을 향한 그들의 열정적이고 절대적인 사랑으로 말

미암아 다 타고 재만 남은 이 상황을 팬클럽의 이름과 풍선의 색깔로 미리 표현을 해놓은 것인지도 몰랐다. 만일 살다가 기회가 되어 선견지명에 일가견이 있는 그 도인을 혹 만나게 된다면 현은 반드시 물어볼 것이 하나 있었다. '다니엘과 자신 중에 과연 누가 먼저 세상을 하직(下直)하게 될까요?' 하는 것 말이다. 만일 도인으로부터 '다니엘이 먼저 죽게 될 것이오.'라는 대답을 듣게 된다면 방법은 간단했다. 그가 죽음을 맞이하는 한날한시에 자신도 목숨을 끊으면 되는 것이다. 같은 날 같은 시각 함께 세상을 떠난다면 내생(來生)에 다시 만날 확률이 조금 더 높아질지도 모른다고 생각하기 때문이다. 한데 만일 그 도인이 눈치 없게도'내 장담하건대, 필히 당신이 먼저 죽게 될 것이오.'라는 소리를 지껄인다면 과연 무엇을 어찌해야 마땅하게 느껴질 것인가? 가당치않은 고민에 현의 머리가 지끈거려오기 시작했다.

"순서대로 두 줄로 서신 것 맞죠? 그럼 지금부터 뮤직 스토리 공개방송에 다니엘의 팬클럽, 잿빛사랑 입장을 시작하겠습니다! 들어가시면 아까 사전 녹화와 마찬가지로 질서 정연하게 착석해 주시기를 바랍니다!"

팬클럽 회장의 목소리는 점점 커지고 있었다.

"방송 시작하려면 한 시간이나 넘게 남았는데 입장은 또 왜 이렇게 빠른 거야?"

곰의 물음에 현은 풍선을 만지작거리며 조용히 대답했다.

"들어가 보면 알게 될 거야."

사전 녹화분의 방송을 포함하여, 한 시간 가량 생방송으로 진행될 뮤직 스토리의 본 방송은 오전의 녹화방송과 비교했을 때 스튜디오의 분위기부터 달랐다. 훨씬 많아진 제작진과 공개방송임을 확실하게 증명하

는 듯 수도 없이 몰려드는 팬. 줄을 서서 밀려드는 팬의 무리는 팬클럽
운영진에게서 건네받은 좌석표대로 자리를 차지했다. 그들은 최대한 서
로 떨어지지 않고자 서로 자리를 사수해주기 바빴다.

"쟤네, 대체 왜 저러는 거냐?"

"누구?"

"쟤네 말이야, 분홍색 풍선 든 애들. 킥킥, 무슨 이산가족이야? 그냥
아무 자리에나 앉을 것이지 왜 하필이면 저렇게 붙어 앉으려 하지?"

"이것 보세요, 꼬맹이 씨. 그들은 당연히 그렇게 할 수밖에 없는 거야.
팬클럽 회원끼리 모두 함께 모여 있어야만 가수의 눈에 잘 띄는 게 아니
겠어? 생각을 해봐. 군데군데에 띄엄띄엄 앉아서 풍선을 흔들면 그게 잘
보이겠니? 한군데에 모여서 자신의 팬클럽을 대표하는 소품을 들고 응
원을 해야 무대에서 노래하는 가수도 객석이 더 잘 보일 것 아니냐. 팬
의 모든 행동이 지향하는 결과는 단 하나뿐이야. 오로지 자신의 스타에
게 잘 보이기 위한 것. 바로 그것을 일컬어 팬의 근성(根性)이라고 하는
거지."

"자, 이제 십 분 뒤에 뮤직 스토리가 시작될 텐데요. 방청 오신 팬 분,
자신이 좋아하는 가수만 응원하지 마시고 모든 출연자에게 큰 함성과
박수를 보내주세요!"

"네!"

제작진의 요청 아닌 요청에 그들은 떠나갈 듯 목청을 돋워 대답했다.
아마도 잠시 후면 그들의 임을 만날 수 있을 거란 생각에 한껏 흥분을
하여 절로 비명에 가까운 소리가 나온 것일 테다.

"그리고 방송 중에 마음대로 자리를 이탈하시거나 스튜디오를 나가

시면 안 되고요, 사진촬영이나 음성녹음도 모두 금지인 것 다들 알고 계시죠? 휴대전화를 꺼내는 행위 역시 사진촬영으로 간주하여 퇴장 조치시키겠습니다. 개별 행동을 하시는 팬 분은 나중에 해당 팬덤에게까지 잘못을 물을 테니까 모두 규칙을 잘 따라주시고 피해 입으시는 분이 없도록 주의해 주세요!"

무선 마이크를 낀 진행 요원은 익숙한 태도로 방청객에게 주의사항을 알려주었다. 스튜디오에 비치된 브라운관에서는 방송 시작 전 시에프 화면이 나왔고 팬 석에 앉은 모든 방청객은 부푼 마음으로 시에프가 끝나기만을 기다렸다. 이윽고 시에프의 마지막 화면이 사라지면서 흥겨운 음악과 함께 뮤직 스토리의 타이틀이 흘러나왔다.

"생방송, 뮤직 스토리! 오늘도 힘찬 발걸음으로 금주 화제의 음악을 감상해보시죠! 자, 오늘의 출연자를 소개합니다!"

"꺄아악!"

팬의 무리는 누가 먼저랄 것도 없이 소리를 내지르고 있었다. 비명에 괴성에 가까웠다. 그들은 어느 팬덤의 데시벨이 가장 높은지로 그들이 모시는 가수의 인기가 측정되는 양 온몸의 기운을 짜내어 소리를 지르고 있었다.

"우리 오빠는 분명히 맨 마지막에 소개될 거야. 원래 주인공은 쇼의 마지막을 장식하는 법이니까."

현이 미소를 머금으며 말했다.

"다음 출연자는 오늘의 1위 후보네요, 영원한 국민 천사! 제니 양을 소개합니다!"

"와 아아!"

제니의 팬클럽의 함성이 커짐과 동시에 현의 표정은 사정없이 이지러졌다.

"젠장, 저 여자가 왜 국민 천사야? 천사가 다 얼어 죽었나? 정말 꼴도 보기 싫어! 라고, 말하고 싶은 게지? 그렇지? 굳이 말하지 않아도 난 알아. 지금 네 표정이 충분히 그 말을 대신하고 있으니 말이야. 킥킥!"

현은 좌우의 눈치를 살피다가 곰의 귓가에 입을 대고는 속삭였다.

"너, 여기서는 진짜 말조심을 해야 해. 제니의 팬덤도 그 수가 만만치 않다고. 특히 저 여자의 팬클럽 회원은 대다수가 남자라서 까딱 잘못하면 끌려가서 얻어터질지도 몰라. 작년에 있었던 대규모 합동 공연인 '소망 콘서트'때 어떤 신인 여가수의 팬이 제니를 씹어대다가 남자 팬의 무리에게 잡혀서 집단 성폭행을 당한 사건이 있었어. 이쯤 되면 굳이 내가 말해주지 않아도 네 스스로 조심해야겠다는 생각이 들지?"

"그 말이 참말이냐? 이건 뭐 공연장이 아니라 전쟁터인 게로구나! 애정이 삐뚤어지는 게 지나치면 살인나는 것은 일도 아니겠어?"

"사랑하는 사람을 오사리잡것들이 씹어댄다는데 살인이 무슨 대수라고…. 너는 아직 어려서 몰라. 사랑에 빠지다 못해 단단히 미치게 되면 말이야, 눈앞에 아무것도 보이지 않아. 오직 그 사람밖에는…."

"자, 그리고 마지막 출연자입니다. 최근 5집 앨범을 발매하자마자 동시에 1위 후보가 되신 다니엘 씨!"

다니엘의 팬 석에서는 진행자의 마지막 출연자라는 말과 동시에 환호가 터져 나오기 시작했다. 무대 뒤에서 검은색 정장을 입은 다니엘이 걸어 나오자 그들은 곧 기절할 사람처럼 풍선을 흔들어대며 그의 이름 세 글자를 연호하고 있었다.

"자, 첫 번째 순서입니다. 금주의 핫 뮤직! 재기 발랄한 여섯 명의 소녀들, 모두 중학생으로 구성되어 있다고 하죠? 순수한 백합 같은 그녀들! 그룹 '릴리(lily)'의 무대부터 만나보시겠습니다!"

진행자의 소개와 함께 스튜디오에는 경쾌한 음악이 흘렀고 하얀색 원피스를 입은 여섯 명의 소녀가 무대 위로 깡충깡충 뛰어나왔다. 팬 석에는 소년의 무리가 플래카드를 마구 흔들며 괴성을 질러대고 있었다. 그녀들의 짧은 원피스가 나풀거릴 때마다 소년의 환호성은 더해만 갔다. 어깨가 훤히 드러난 원피스 때문에 수줍게 움츠리는 빗장뼈에 반해 그녀들의 빨간 입술은 오직 카메라만을 좇고 있었다.

"난 아직 어리지만, 그대의 사랑을 원하죠! 그대만 허락해준다면 나는 영원히 소녀로 남고 싶어요!"

음악 방송임이 분명했기에 여섯 명 모두 마이크는 들고 있었지만, 노래는 부르지 않았다. 오직 스피커로 흘러나오는 자신의 노래에 그저 입 모양만 맞출 뿐이었고 입 모양보다 춤사위를 틀릴까 봐서 더욱 노심초사하는 모습이었다. 방송국 또한 음향보다 영상이 중요했던지라 숱한 카메라는 그녀들의 조막만 한 얼굴과 하얀 허벅지만을 번갈아가며 비추는 듯했다. 특히 그녀들이 무대에서 폴짝거릴 때마다 카메라는 아슬아슬한 허벅지를 탐닉하고 있었다.

"근데 쟤네 정말 중학생 맞아?"

곰은 입을 헤벌리며 현에게 물었다.

"글쎄다. 그런가 보지, 뭐."

현의 대답이 영 시큰둥했다.

"쟤네, 참으로 예쁘긴 한데 도무지 중학생 같지가 않아. 적어도 20대 중반은 되어 보이지 않냐? 도대체 뭘 먹고 저렇게 성숙한 거야?"

"그러게. 뭘 먹고 저만큼 성숙했을까? 두께 2cm의 화장? 밥 대신 먹는 술과 담배? 아니면 기획사 사장의 육체적인 애정? 뭐 그것도 아니면…”

　현은 태평하게 말을 이으려다가 곰을 휙 쳐다보았다. 곰은 눈만 멀뚱멀뚱한 채로 현을 쳐다보고 있었다. 순간 또 한 번 곰의 나이를 잊고 있었다는 생각이 들었다.

　“하아, 나도 참. 꼬맹이를 상대로 무슨 말을 하고 있는 거니…”

　그러자 곰이 현의 손목을 잡고 말했다.

　“어리다는 핑계로 자꾸 나 무시하지 마. 나도 알 건 다 알아.”

　“오냐. 알았다, 알았어.”

　“끝이야? 왜 말을 하다가 말아? 쟤네 팬이 겁나는 거냐? 네가 생각하기에 영 틀린 말이 아니다 싶으면 말을 끊지 마. 네 생각을 있는 그대로 말하란 말이야.”

　“겁나는 거? 없어, 그런 거. 그래, 까짓것 뚫린 입인데, 말하지 뭐. 난 사실 쟤네도 맘에 안 들어. 이건, 어리고 예쁜 새싹을 시샘하는 늙은 할미꽃의 질투가 아니야. 릴리? 도대체가 순수한 백합 같아야 말이지. 차라리 그룹명을 ‘노티’라든가, ‘돈벌이’로 짓는 것이 어땠을까? 나는 그게 더 적합하다고 보는데? 갓 초등학교를 졸업한 저 어린 얼굴의 반을 뒤덮은 검은색 야구 모자 같은 속눈썹이 정녕 아름다워 보이지가 않잖아. 재기 발랄한 소녀의 재능을 무거운 속눈썹이 짓누르고만 있는 기분은 뭐지? 진정 실력 있고 재능 있는 가수가 되려면 가장 먼저 마이크의 전원부터 켜야 하는 것 아니겠어? 저들은 지금 무대 위에서 음악을 하는 게 아니라 연기를 하는 것일 뿐이야. 노래를 부르는 연기, 혹은 춤추는 연기…. 물론 그것이 저들의 탓이라고만 볼 수는 없겠지. 사실, 저들이 무슨 죄가 있겠어? 그저 가수가 되고픈 마음에 시키는 대로 하는 것일 뿐인데. 저들을 탓하기 전에 우선 기획사의 윗대가리들을 탓해야지,

안 그래?”

“기획사의 윗대가리?”

“응. 윗대가리들. 세상만사 아랫것이 무슨 죄가 있어. 서민이나 아이돌이나 그게 그거지. 혀가 빠지게 일해도 윗대가리들 구멍통이나 핥게 되는 서민이나, 춤추고 노래해서 번 돈 다 기획사 사장님한테 바쳐대는 아이돌이나…. 이건 뭐, 가수가 음악을 파는 건지, 기획사가 가수를 팔아대는 건지. 특히나, 요새 아이돌이란…. 정말이지, 순진한 어린 지갑을 노리는 기획사 꼭두각시의 휘황찬란한 각시놀음일 뿐이야.”

소녀 그룹 릴리의 무대가 끝나고 여러 가수가 무대를 번갈았다. 하지만, 현에게 있어 그들은 들러리일 뿐이었다. 다니엘이라는 주인공을 위한 곁다리 같은 것 말이다. 다니엘의 순서가 오기 전 숱한 아이돌 가수가 무대에 올랐다. 일부러 출연진 대부분을 십 대 아이돌 스타로 꾸민 듯한 느낌마저 들었다. 한 가수의 팬으로서 음악을 사랑하고 선망하는 현의 눈에도 그들은 온전한 식물이 되지 않은 어린 싹일 뿐이었는데 텔레비전을 시청하는 대중에게는 음악 프로그램이 얼마나 머나먼 이야기로 와 닿았을까.

중년의 대중도 음악을 소비한다. 어쩌면 십 대보다 욕구가 더 클지 몰랐다. 한국인이 얼마나 음악을 사랑하는지는 토요일 저녁에 번화가의 노래방만 훑어봐도 알 수 있다. 한데 그러한 그들은 왜 자꾸만 음악 프로그램을 멀리하게 될까. 음악 프로그램이라는 백화점을 가득 메운 아이돌이라는 기성복을 보며, 그들 사회에서의 퇴출시기도 점점 낮아지는데 가수의 연령대까지 낮아지니 혹시라도 서러운 마음이 들어서였던 것은 아니었을까.

더욱이 요즘에는 그 주기 또한 짧아졌다. 노래 몇 곡을 들고 나와 홍보를 하고, 예능 프로그램으로 인기를 얻어 겨우 노래를 익힐 즘이면 어둠 속으로 사라지고, 또 몇 달 만에 개량된 외모와 엇비슷한 노래를 들고 나와 또다시 홍보를 하고 예능 프로그램으로 인기를 얻고, 또 사라지고…. 아마 팔구십 년대의 가수처럼 끈덕지게 좋아하려야 좋아할 수도 없겠지. 불과 며칠 만에 사라지는 이들도 수두룩하니.

확실히 음악프로그램의 생산자 나이가 어려질수록 소비자의 나이도 어려진다. 그에 대해 왜 초년의 대중은 음악을 소비하지 않으며, 중년의 대중은 어린 생산자의 마음속 이야기를 듣지 않는가에 대하여는 따지지 말자. 생각해보라. 알아듣지도 못할 소리를 지껄이는 어린아이의 푸념을 들어주기에 우린 너무도 많이 지쳐 있다. 너무나도 피곤한 인생을 살고 있다. 고된 몸을 이끌고 귀가한 대중은, 텔레비전을 켰을 때 될 수 있으면 심각한 이야기보다 그저 새파란 아이들의 몸매를 감상하며 느끼고, 즐거워할 뿐이다. 초년의 대중에게도, 중년의 대중에게도 십 대 아이돌 스타란, 그저 그러한 존재이다.

뮤직 스토리의 공개방송이 중반부를 치닫고 있었다. 여전히 화려한 외양의 가수가 등장해서 무대를 비춰 주었다. 그중에는 오랜만에 복귀하고도 노랫말이 불건전하다고 하여 방송 불가 판정을 받아 급하게 가사를 수정해 무대에 오른 가수도 있었다. 문제의 가사는 바로 '빨간 향기가 그대의 몸에서 풍겨와!'였다. '빨간'이라는 단어가 여성의 몸엣것을 상징한다는 이유에서 그들은 방송 금지를 당해야만 했다. 몸엣것이 왜 금지를 당해야만 하는 단어인지 그들은 물어보지 못했다. 진정 '빨간'이란 단어가 불건전한 의도에서 비롯되었는지, 아니면 예술가의 시적 표현이었는지조차도 오직 작사가만 알 수 있는 테두리였다. 하지만, 그러한 테두리보다 더욱 강력하게 감성을 짓누르는 테두리도 분명히 존재했다. 바로 관리하시는 양반의 머릿속이라는 테두리였다. 그들은 얼토당토않게도 청소년 보호법이라는 명목의 테두리를 만들어 문화, 예술의 작은 오차조차 허용하지 못하도록 대중을 옭아매었다. 마땅히 보호받아야 할 소년, 소녀의 몸매 감상에는 무한대의 허용치를 두면서 이해할 수 없는 그들의 문학적 상상력에 근거해 그들만의 잣대로 예술이라는 영혼의 허리를 꺾어버리고 있었다. 그들은 속살이 다 드러나도록 옷을 벗겨내는 관능적인 여가수의 뮤직 비디오에는 한량없이 관대했고, 입바른 소리만 늘어놓는 힙합 뮤지션의 가사에는 공정성을 예로 들어 훼방을 놓기도 했다.

또한 올바른 문화를 지지할 수 없게 만드는 그들보다 더한 이유도 있었다. 테두리의 알 수 없는 잣대를 이용하여 일부러 소란을 일으키는 기획사가 그 주인공이었다. 몇 달간 대중의 뇌리 속에 잊혔을까 봐, 가수를 복귀시킬 때 이목을 집중시키고자 쓰이는 다양한 상술 중의 하나인 스캔들, 음원 유출, 표절, 심의 불통과…. 무지한 대중은 아무것도 모른 채 이용당하는 허수아비에 불과했다. 그러한 대중으로 하여금 올바른 길을 선택할 수 있도록 정확한 지도를 제시해야 할 언론마저 가십이라는 허상에 끌려 이리저리 허우적댈 뿐이었다. 머리 좋은 임들의 얄팍한 상술은 점점 이 시대의 언론과 문화를 병신으로 만들었고, 대중의 감성에도 시퍼런 피멍을 새겨주고 있었다.

"자, 이제 마지막 순서만 남겨놓고 있죠? 바로 금주의 1위 후보에 오른 제니 씨와 다니엘 씨의 무대입니다. 방송이 끝나기 전까지 ARS로 1위를 투표해 주세요. 한통에 삼백 원이 드는 통화료로 1위가 가려집니다. 먼저 제니 씨의 무대입니다. 폴 인 러브!"

그녀는 여전히 아름다웠다. 보통의 사람과는 절대로 어울릴 수 없을 만큼 눈이 부신 외모에 할 말을 잃을 정도였다. 저런 여자와 스캔들이 났다. 감히 저 정도의 여자와 말이다. 물론 다니엘은 기정사실이 아니라고 말했지만, 그것은 아무도 모를 일이다. 현은 부러움과 질투심에 얼큰하도록 목이 메어왔다.

"현, 저 ARS로 투표하면 정말 순위에 도움이 되기는 하는 거야? 그러면 저 비싼 요금은 도대체 누가 먹는 건데?"

눈치 없게도 곰은 마음이 아려오는 현에게 생뚱맞은 질문을 던지고 있었다. 현은 제니에게 시선을 떼지 않은 채 대답했다.

"신경 쓰지 마. 잡것들이 다 알아서 뜯어먹으니까."

제니의 무대가 끝이 나고 뒤이어 들려오는 진행자의 목소리.

"여러분, 많이 기다리셨죠? 수식어가 필요 없는 최고의 가수, 그리고 최고의 무대! 다니엘 씨를 모십니다! 1위 후보곡, 집착!"

잿빛사랑은 그야말로 정신착란 상태에 빠진 듯 다니엘만을 부르짖었다. 다니엘은 그런 그들에게 보답이라도 하듯 자신의 팬 석을 손가락으로 가리켰다. 팬의 환호성은 커져만 갔다. 하지만, 유일하게 현만은 다니엘을 연호할 수가 없었다. 아니, 연호하지 않았다. 다니엘이 자신을 가리킨 것만 같았기 때문이다. 아니다. 자신을 가리킨 것이 확실하다고 믿었다. 아까도 분명히 다니엘은 자신을 기억했다. 기억한다는 것을 확신 받았다는 말과도 같았다. 다니엘의 짙은 선글라스 속 그윽한 두 눈동자가 지금 자신만을 응시한다는 생각에 현은 어떠한 행동도 할 수가 없었다. 다니엘은 오직 현을 위한 무대를 보여주고 있었다. 혹, 무대에 오르기 전부터 객석의 현을 찾고 있었는지도 몰랐다. 스캔들 따위는 현에 대한 사랑을 감추려는 다니엘의 자작극이었는지도. 그러한 생각이 들자 현은 다음 행동을 찾으려야 찾을 수가 없었던 것이다. 이미 세상은 정지한 지 오래였다. 그 사람에게 일방적인 사랑의 대답을 찾고자 저렇게 환호를 해대는 소녀들이 불쌍할 뿐이었다. 다니엘에게 있어 진정한 팬은 현, 자신 한 명뿐이라고 그도 생각할 것이다. 지금 우주의 한가운데에는, 다니엘과 현. 이 두 사람만이 존재했다. 그 외의 사람은 이미 사람이 아니었다. 적어도 현에게는 말이다.

그의 영혼은 스튜디오는 물론이었고, 전파를 타고서 전국의 안방까지 흘러들어 갔다. 그의 음악은 진정한 물이었다. 단단한 유기체가 허락해 준 아주 조그만 틈새였을지라도 촉촉이 그리고 공간 없이 스며들었다. 비록 제주도 암반수가 아닌 구정물일지라도 맥맥한 유기체의 갈증을 조금은 위로해주었을 것이 분명했다. 구정물보다 더한 양잿물이었을지라도 말이다.

"자, 1위 후보 두 분을 모시겠습니다. 다니엘 씨와, 제니 씨. 두 분은 같은 기획사 소속이며 또한 각별히 친한 사이라고 알고 있는데 지금 심정이 어떠신가요? 먼저 다니엘 씨, 한 말씀 부탁합니다."

"네, 제니 씨와는 워낙 허물없이 지내는 사이이고, 그래서 이렇게 함께 후보에 오른 것만으로도 행복합니다. 또 저는 앨범이 나온 지도 얼마 되지 않았는데 많은 분께서 좋아해 주셔서 더더욱 즐겁고 또 감사드립니다."

"네, 그렇군요. 그럼 제니 씨?"

순간, 제니의 눈빛이 요상한 광채로 번득이는 듯했다.

"아, 네. 다니엘 오라버니와는 정말 각별한 사이죠. 그럼요! 제가 이렇게나 좋아하고 존경하는 분인걸요? 저야말로 같은 무대에 서는 것만으로도 영광입니다. 그렇지, 오라버니?"

순간 객석이 조용해졌다.

"오…. 오라버니?"

제니의 팬들은 자신이 여신이라 믿는 그녀의 입에서 '오라버니'라는 단어가 나왔다는 것에 충격을 받은 듯했고, 다니엘의 팬들은 급개념이 1% 미만이라 여겨질 정도로 무지하고도 괘씸한 발언에 충격을 받은 듯했다.

"저…, 저년이, 또 친한 척을…."

현의 입에서 욕지거리가 서슴없이 튀어나왔다.

"하하, 두 분 정말 절친한 사이신가 보네요. 그럼 1위를 확인해볼까요? 앨범 판매량과 리서치 조사, 그리고 ARS 집계를 합산한 금주의 1위는?"

화면에는 보나마나한 미심쩍은 숫자들이 오르락내리락하더니 수초 후 화려한 폭죽이 터지며 진행 멘트가 흘러나왔다.

"축하합니다! 1위는 바로 다니엘 씨입니다!"

"와! 다니엘!"

"꺄악! 오빠, 축하해요!"

대다수의 팬 석을 차지했던 잿빛사랑의 열기가 거센 폭죽과 흩날리는 종이 가루보다도 강하게 퍼져 나왔다. 무대에서는 많은 동료가 다니엘을 축하해주었고, 그 와중에 제니는 아주 행복한 표정으로 다니엘을 얼싸안기조차 했다. 다니엘의 팬들은 제니의 뜬금없는 행동에 분노를 표했지만, 현은 볼 수 있었다. 아주 짧은 순간이었지만, 제니의 팔을 살짝 밀어내는 다니엘의 모습을 말이다. 그리고 더욱 짧은 순간이었지만 제니의 일그러진 표정까지도. 그의 말대로 스캔들은 분명히 조작이라는 확신이 들었다. 그것도 바로 제니의 자작극이라는 확신….

전국에 실시간으로 방송되는 음악 프로그램 '뮤직 스토리'가 끝을 맺고 있었다. 한 명쯤 좋아하는 가수를 품고 사는 수많은 십 대 소녀부터 대중가요에 관심이 많은 이십 대 청년, 그리고 요즘 어떠한 노래가 유행인가 알고 싶은 삼십 대 직장인, 또한 평범한 가정을 꾸리는 오십 대 지킴이. 그들 모두는 지금 다니엘의 1위 수상 장면을 보고 있었다. 각 가정의 텔레비전 화면에는 다니엘의 수상소감이 흘러나오고 있었다.

"앨범이 나온 지 얼마 되지도 않았는데 이렇게 많이 사랑해주셔서 정말 감사합니다. 음악, 정말 열심히 할게요! 사랑하는 부모님과 박재현 이사님, 그리고 스카이하이 기획사의 모든 식구들, 너무나 고맙습니다. 마지막으로 잿빛사랑, 그대들을 진심으로 사랑합니다!"

텔레비전 화면으로 비치는 그의 감격스러운 표정…. 물론 검은색 선글라스로 가려지긴 했지만, 그의 얼굴은 진심으로 행복하게 보인다. 떨리는 그의 목소리…. 그래, 당신은 항상 감격에 겨울 때면 저렇게 목소리를 떨곤 했었지. 그리고 그 사람이 안은 꽃다발…. 정말 싱싱하고 아름다워 보인다. 그리고…. 꽃다발 사이로 비치는 그녀, 제니….

저 여자가 나의 그를 빼앗아 가려 한다. 나의 생명수인 그를 빼앗아 통째로 들이마시려 한다. 나의 해피엔드의 방해자…. 속에서 욕지기가 올라왔다. 저 여자만 없다면 당신은 올 것이다. 저 여자만 사라진다면 나에게로 돌아올 것이다. 이 모든 일의 시초는 저 여자다. 없애버리고 싶다. 영원히, 내 눈앞에서 삭제시키고 싶다. 윙윙거린다. 마치 벌에 쏘인 듯 미간이 따끔거린다. 이것은 필시 좋지 않은 징조였다.

가만히 텔레비전을 시청하던 썬의 뒷모습. 가녀린 그녀의 어깨가 살포시 떨려왔다. 그녀는 휴대전화를 들고 단축 번호 1번을 눌렀다. 휴대전화는 응답했다. '고객의 전화기가 꺼져 있어…' 그녀는 손에 든 휴대전화에 세게 힘을 주었다. 툭 하고 휴대전화의 덮개가 부서지는 소리가 났다. 그녀는 부들부들 떨며 다시 단축 번호 1번을 꾹 눌렀다. 휴대전화도 다시 응답했다. '고객의 전화기가 꺼져 있어…' 그녀는 결국 벽을 향해 휴대전화를 세차게 던지고 말았다. 분노에 찬 그녀의 흔들림에 허리까지 내려오는 검은색 생머리도 한 올, 한 올 흩어지고 있었다.

방송은 모두 끝이 났다. 금주의 1위 다니엘, 오늘의 주인공 다니엘, 다니엘의 승리가 곧 팬의 승리였다. 그들은 다른 누구보다도 고개를 치켜들 수 있는 자격 요건을 얻은 셈이었다. 천천히 나가라는 진행 요원의 안내에도 각 팬덤은 서로 먼저 나가려고 또 한 번의 문전성시를 이루었다. 조금이라도 빨리 나가야만 좋은 자리를 차지하여 그들의 오빠의 차량이 나가는 모습을 볼 수 있었기 때문이었다. 곰이 현을 이끌었다.

"뭐해? 빨리 안 나가? 너의 그 오빠께서 나가시는 모습을 봐야 하잖아?"

하지만, 오늘만큼 현은 패배자였다. 승리라고 하기에는 자꾸만 제니의 모습이 겹쳐진다.

"정말, 사라졌으면 좋겠다."

"응? 뭐라고?"

"아니야, 아무것도. 얼른 나가자! 오빠가 무사히 차에 탈 수 있도록 우리가 지켜 드려야지!"

주차장. 도시 한복판에서 자주 볼 수 없는 각양각색의 밴이 한 곳에 몰려 있었다. 더 앞쪽의, 더 좋은 자리에서 스타를 보려는 팬과 그들이 다가오는 것을 지독스레 싫어하는 경호원의 기 싸움이 한창이었다. 현은 그 전쟁터를 한참이나 바라보더니 곰을 툭 건드렸다.

"사람이 너무 많다. 우린 저기에 있지 말고 좀 물러나 있자. 오호라, 저쪽이 좋겠구나!"

곰은 현이 가리킨 방향을 쳐다보았다. 바로 사거리 횡단보도 앞이었다. 운이 좋으면 밴이 신호에 걸려 잠시 멈춰 설 수도 있을 터였다.

사거리 신호등 앞에 서서 다니엘을 기다리던 현과 곰에게 째지는 듯한 함성이 들려왔다. 주차장에서 검은색 밴 한 대가 천천히 빠져나왔다. 신인 아이돌 그룹 메두사의 차량이었다. 밴은 차도에 들어서자마자 1차선으로 진입했다. 그리고 뒤에는 수십 명의 팬이 밴을 향해 돌진하고 있었다. 플래카드를 든 소녀들이 차도를 점령했고 죽 2, 3차선으로 내달리던 승용차들은 깜짝 놀라 급브레이크를 밟아대었다. 소녀들은 빵빵거리는 경적에도 개의치 않고 검은색 밴을 향해서만 죽으라고 뛰었다. 개중에는 달리기가 빠른 탓에 밴을 거의 따라잡은 소녀도 있었다. 그들은 서울 차도 한가운데서 오직 오빠들이 타고 있을 밴의 창문만 바라보았다. 검은색으로 짙게 빛가림을 하여 그 속이 보일지도 과히 의문이었거니와 그 속에 탄 오빠들이 그녀들을 어떠한 시선으로 바라보고 있을지도 알 턱이 없었다. 그녀들은 밴의 창문을 계속 두드리며 서울의 승용차들과 함께 도로를 내달리고 있었다. 부모님께서 만들어주신 자신의 소중한 몸뚱이보다 오로지 오빠들에게 자신이 만든 플래카드를 보여 한 번 더 이름을 알리는 것이 그들에게는 진정한 행복이었으리라….

검은색 밴과 한 무리의 소녀가 지나가고 난 뒤, 십여 분이 흘렀다. 다시 한 번 비명이 주차장 쪽에서 터져 나왔다. 검은색 물결이 서서히 움직이고 있었다. 다니엘인 듯했다. 여지없었다. 늦가을의 높은 하늘 아래 티끌 한 점 부럽지 않을 다니엘의 하얀색 밴이 차도로 미끄러져 나오고 있었다. 하지만 그의 팬들은 정신 나간 소녀같이 도로를 점령하지는 않았다. 분명히 아직도 밴을 사수하고 있을 팬클럽 회장의 단호하고도 강압적인 어조가 한몫했을 것이다. 하얀색 밴이 도로 위로 무사히 흘러나올 수 있도록 팬은 인간 보호막이 되어 주었다. 다른 팬클럽 회원이나 이기적인 개인 팬이 고귀한 다니엘에게 접근해서 상해 따위를 입힐 수 없도록 그들은 몸소 방패가 되어 그와 그의 차량을 보호해 주는 것이었다. 덕분에 다니엘의 차는 별다른 피해 없이 그녀들의 괴음을 통과했다. 현은 최대한으로 해사한 자태를 잃지 않고자 애를 썼다. 어떤 포즈로서 있어야 최대한으로 예뻐 보일지 연구하기에는 시간이 너무도 짧았다. 하얀색 밴은 미끄러지듯이 사거리의 신호를 통과하고 있었다. '제발 걸려라, 제발 걸려라.' 하며 신호등의 색깔에 주문도 걸어 보았지만, 이번 만큼은 받아들여지지 않나 보다. 차량은 신호를 유유히 빠져나가고 있었다. 다행히 2차선의 밴과 보도의 끝자락에 서 있는 현의 사이를 방해하는 차량은 한 대도 없었다. 현은 검은색 빛가림을 향해 손을 흔들었다. 그에게 최대한 사랑스럽게 보이기를 애원하면서 말이다. 빛가림, 그 너머로 검은색 그림자가 살며시 흔들거렸다. 현의 인사에 답을 하는 다니엘의 손놀림이었는지, 휴대전화를 찾는 매니저의 몸놀림이었는지는 알 수 없었다. 알 필요도 없었다. 그 그림자는 무조건 다니엘의 손 인사였다고 현은 굳게 믿고 있었으니까….

운수 좋은 날

이렇게 시원시원한 여자. 정말이지 나는 오늘 행운아였다. 넘어오지도 않을 남자에 속병을 앓는 제니 같은 여자보다 이렇게 술 잘 마시는 여자가 훨씬 화끈한 매력을 가지고 있다는 것을 알아야만 한다. 물론, 술만 잘 마셔서는 안 된다. 최대한 빨리 취해주는 것이 여자의 가장 큰 매력이니 말이다.

기분이 썩 좋지는 않았다. 아니, 사실을 말하자면 입에서 욕지거리가 튀어나올 만큼 다라웠다. 가느다란 실지렁이 몇 백 마리가 오장육부를 마구발방 기어 다니는 것만 같았다. 마치 그녀와의 사적인 인터뷰가 있었던 바로 그날처럼 말이다. '최세길 기자인가요? 나 제니예요.' 전혀 알지 못하는 번호로 전화가 걸려 왔던 그날, 나는 생각지도 못했다. 정말 그녀가 나에게 전화를 할 줄이야. 그녀의 기획사에서 나의 입막음을 위한 전화가 올 것이라는 것까지는 예상할 수 있었으나 그녀가, 그것도 자신의 휴대전화로 직접 전화를 할 줄은 미처 생각지도 못했던 것이다. 제기랄! 그날의 기억을 더는 떠올리고 싶지 않아 나는 고개를 마구 흔들었으나, 머릿속 시간의 장면은 저절로 그녀의 곁에 앉아 술잔을 들어 올리던 그날로 바뀌어 가고 있었다.

그래, 바로 그날이었다. 나는 그녀와의 통화를 끝내자마자 그녀가 앉아 있을 그곳을 향해 발걸음을 재촉했다. 굳이 빨리 가지 않아도 그녀는 나를 기다렸을 테지만 내 발걸음은 굳이 '빠른 속력'만을 제시하고 있었다. 왠지 그래야만 할 것 같았다. 나는 정의를 상징하는 슈퍼맨이나 배트맨은 아니었지만, 그날따라 그녀에게 가는 그 순간만은 영웅이 되고 싶었다. 하지만, 어쩐 일인지 그녀에게 가는 내내 다라운 기분만은 떨쳐낼 수가 없었다. 여전히 그 이유는 알아내지 못했지만, 말로는 표현할 수 없을 정도로 찌뿌듯하고 불쾌한 느낌이 계속되었다. 오래간만에 특종을 잡을 것이라는 생각이 거센 파도처럼 밀려오는데도 한여름에 반바지를 입은 채 파도가 철썩철썩 침범하는 백사장에 앉은 듯한 느낌이 계속해서 들었던 것이다. 바닷물에 흠뻑 적셔진 모래알에 왠지 병원균이 그득할 것 같은데도 그들이 내 가랑이 사이로 자꾸자꾸 기어들어오는 것을 허락할 수밖에 없는, 더군다나 후련히 씻어내지도 못하고 견뎌내야만 하는 것 기분 말이다. 허겁지겁 뛰어 들어간 그 바에서 그녀는 자신의 입으로 다니엘과의 열애를 밝혔고, 기사화를 해달라며 나에게 부탁했다. 나는 그렇게나 대단한 특종을 받아들이고도 소금기 어린 바닷바람을 대략 일여드레나 씻어내지 못하고 독방에 갇힌 사람처럼 찝찝함을 금할 길이 없었던 것이다.

혹시, 그녀에 대한 나의 쓰잘머리 없는 동정심 때문이었을까, 아니면 슬픔이 깃든 커다란 그녀의 눈망울 때문이었을까. 사실은 그녀의 눈망울에 슬픔이 깃들여 있었다는 사실조차 나의 동정심이 만들어 낸 헛된 망상은 아니었을까…. 세상 누구에게도 부러움이 있을 리가 만무했던 그녀에게서 조금이나마 쓸쓸함을 발견하고는 그것을 마치 내 집 안방에서 기름밭을 발견한 사람처럼 만세를 부르고 마냥 그것을 캐내려 애쓰는 것 같은 나의 독기어린 직업정신에 두 손 두 발을 들 수밖에 없었다. 어찌하였든지 그녀는 자신의 애절한 심장을 썩어빠진 나의 직업정신에 모조리 가져다 바쳤다. 물론 그것이 진실일지 거짓일지는 알 수 없었다. 아니, 알 필요조차 없었다. 가장 중요했던 것은 그녀의 입으로 다니엘과의 만남을 밝혔다는 것이었고 그 순간 나는 그녀의 가족도, 친구도, 동료도 아닌 연예부 기자였다는 것이었다. 도대체 왜 그녀가 나에게 열애 사실을 밝히고자 다짐했는지도 물어볼 필요가 없었다. 나의 시야에 들어온 것은 그녀의 눈 주위에 망울망울 내맺혀 있던 물방울도 아니었고 거듭 그의 이름만을 웅얼거리던 그녀의 분홍빛 입술도 아니었다. 오직 특종이라는 명목으로 포장될 이달의 판매 부수와 그에 따른 편집장의 칭찬과 더불어 추후 승진 명단의 일 순위를 달릴 나의 누비한 욕심 때문이었다고 자책할 수밖에는….

가뜩이나 찝찝했던 인터뷰를 심욕 어린 기사로 낸 와중에 지금의 내가 이토록 씁쓸한 심경을 토파하는 이유는, 절대 기자가 강요하지 않았던 그녀의 열애 사실을 기획사에서 전면 부인했기 때문만은 아니다. 또한 그로 말미암아 그녀의 숱한 남성 팬으로부터 마치 헛소리의 삼매경에 빠진 생병신(生病身) 기자로 착안하였다는 것만도 아니다. 더더욱 나의 '기사' 아니, 정확하게 말하자면 '그녀'의 기사가 존경받아 마땅할 연예부 최고의 특종임에도 정작 상대 남자 스타만이 세간의 관심을 받은 채 그녀와 나는 그 사람의 앨범 판매를 위한 고도의 마케팅 전략을 펼친 기획사의 꼭두각시로 전락해 버렸다는 것만도 아니다!

다만, 안타까운 심금(心琴)에 실소마저 금할 수 없던 나의 진짜 이유는, 아직도 뇌리에 박혀 떠날 줄을 모르는 그녀의 매혹적인 눈매였다. 잊을 수 없는 그녀의 눈매가 지금의 나조차도 아질하게 만들고 있었다. 무척이나 다라운 기분은 바로 거기서부터 시작하고 있는 것이다. 사실, 지금의 나는 알고 있다. 물론 그때의 나도 알고 있었다. 그녀의 입에서 흘러나오던 아픔이 정작 무엇을 뜻하고 있었는지를. 그때의 나도, 지금의 나도 또렷이 알고 있다. 그를 향한 그녀의 마음이 얼마나 절박했는지…. 그녀는 사랑과 집착, 그 선택의 갈림길에서 자신을 건 도박을 하고 있었던 것이다.

문제는 나의 변태적인 심리였다. 무슨 말이냐 하면, 우리나라 남자 대부분을 거뜬히 호령할만한 외모와 몸매를 지닌 그녀와 술잔을 기울일 수 있는 영광을 가졌던 그날의 나는, 사적인 감정이 하나도 없이, 그야말로 철저한 연예부 기자로서 그녀를 대한 것만은 아님이 분명했다. 나로서도 그 순간만큼은 평범한 대한민국의 한 남자가 될 수밖에 없었다. 아름다운 한 떨기의 장미꽃 같던 그녀가 그보다 더 아름답고 매혹적인 입술에서 그놈의 이름을 내뱉으며 눈가에 이슬을 뽑았을 때, 나는 복잡 미묘한 감정에 빠져 도무지 헤어 나오지 못하고 있었던 것이다. 마치 며칠을 헤맨 모래사막에서 겨우 손에 넣을 수 있었던 물통을, 덜덜 떨면서 뚜껑을 열었건만 물통은 비어 있었고, 몇 방울 남지 않은 물방울을 내 마른 목구멍을 향해 톡톡 털어 넣었지만, 목구멍을 적시기는커녕 마른 입술조차 달래지 못하고 소멸한 기분에 매료되고 있었던 것이다.

더는 그녀를 동정해야 할 이유가 잠자리의 눈곱만큼도 남아있지 않던 나였기에, 반드시 집고 넘어가야 할 사실이 하나 있었다. 그것은 공정해야 한다는 것. 그리고 바른 기사만 써야만 한다는 것…. 아무리 연예부 기자였어도 다른 이들처럼 허튼소리를 영광에 힘입어 뻥튀기한다거나 돈 받아먹어 가며 신인을 띄워 주는 기사 따위에 평생을 현혹당하며 살기는 싫었다. 분명히 그녀는 그날 술에 취해 벌게진 담홍빛 얼굴과 혀 꼬부랑이 같은 소리로 그 사람의 이름을 한 글자, 한 글자 힘주어 말하고 있었다. 최대한 또박또박 그의 이름을 응얼대려고 노력했다. 하지만,

그런 그녀의 입술이 잊히지 않는 것을 왜일까. 잊히지 않는 것까지도 좋았다. 자꾸만 생각이 나는 것은 도대체 왜일까. 물론, 자꾸만 생각이 나는 것까지도 좋았다. 그러나 시간이 지날수록 다니엘이라는 이름 세 글자가 못내 원망스러운 것은 왜일까. 나는 그와 아무런 관계도 없는데, 견딜 수 없도록 그가 미워지는 것은 왜일까. 또한, 편집국장에게 깨지고 나온 두 시간 전의 나 자신보다도 지금의 그녀가 더욱 걱정되는 것은 대관절 왜일까! 아무래도 나에게는 여러모로 이상한 점들이 발견되고 있었다. 그래, 솔직해지자. 사실 나는 나에게서 좀 더 솔직해질 필요성이 있었다.

솔직함을 느끼려면 술이 필요했다. 나는 혼자 술 마시는 것을 그다지 즐기는 편은 아니었으나, 오늘은 왠지 모르게 혼자여야만 한다. 바로 그녀처럼 말이다. 그날의 그녀가 그랬던 것처럼 나도 오늘은 혼자서 술집에 들어가야만 할 것 같다. 여전히 이유는 몰랐다. 그저 발걸음이 나로 하여금 그렇게 하라고 명령을 내리는 것만 같았다. 원칙은 머리가 명령을 내리고서 발걸음은 그에 따르기만 하면 되는 것이나 오늘은 모든 것이 엉망이었다. 명령을 내리는 것도 발이었고, 조용히 따르는 것도 발이었다. 회사 생활도 이럴 수 있다면 얼마나 좋을까. 시키는 사람도 나고, 일하는 사람도 나고, 보고 하는 사람도 나고, 보고 받는 사람도 나인 회사. 정말 그런 회사에 내가 발을 담그고 있었다면 세상 참 마음대로 해 먹을 수가 있었겠지? 오늘 단 하루는 제발 그랬으면 좋겠다. 모든 것이 내 맘대로 되었으면 좋겠다.

그래서 회사에 차도 두고 곧바로 이곳으로 온 것이다. 차 없이 내일 출근을 어떻게 할까라는 생각 따위는 하지 않았다. 오늘 모든 것이 내 뜻대로 되고야 마는 지독스레 좋은 운을 가졌다면 홀로 쓸쓸히 비틀거

리며 집구석에 들어가지 않아도 될지도 모르는 일이니까. 청순하면서
도 관능적이고 요염한 아가씨와 함께 러브호텔을 나와 택시를 타고 출
근할 경우의 수도 미리 예상해 두었다는 말이다. 문득 시계를 보니 저녁
아홉 시가 가까웠다. 해가 지고 자정이 되기까지의 딱 절반이었으며, 내
가 가장 좋아하는 시각이기도 했다. 잘 모르는 사람을 만나 대화를 하
기에 너무 이르지도, 늦지도 않은 적당한 시각. 밤의 문화를 즐기기에도
절대 부담스럽지 않은 시각.

　오늘은 유난히도 물이 좋은 클럽에 가고 싶었다. 아무런 근심, 걱정도
없이 뛰어놀고만 싶었다. 회사에 입사한 뒤로 조금 묵삭기는 했지만 나
름대로 잘 차려입기만 한다면 별 의심 없이 잘나가는 사람이라 믿어줄
것도 같았다. 혼자서 클럽을 간다는 것이 그리 달갑지만은 않은 일이었
으나 오늘만큼은 친구와 서로의 집이 어깨너머로 보이는 익숙한 포장마
차에서 소주를 기울이는 것보다는 홀로 클럽을 배회하는 것이 나을 듯
싶었다.

　금요일의 홍대는 그야말로 밤의 문화였다. 각종 클럽에서 쏟아져 나
오는 죽순이와 죽돌이가 우기(雨期)가 오기 전의 개미떼처럼 몰려다녔
다. 이곳은 '대학로'가 아니라 만남을 위한 '대항연'의 장소였다. 외진 공
원에서는 히피족(hippie-族)과 호모(homo), 레즈비언(lesbian)이 뒤섞
여 또 다른 향연을 벌이고 있었는데, 그들은 담배를 꼬나물며 한 손에
술병을 들고는 이리저리 춤사위를 벌이고 있었다. 혹, 눈이라도 마주치
면 나도 그들과 같은 문화를 즐기고 싶어 하는 사람으로 치부될까 봐서
서둘러 자리를 떠났다. 아무래도 이곳은 내가 즐길만한 곳은 못 되었나
보다. 나는 결국 클럽이 아닌 칵테일 바로 향했다. 혼자만의 힘으로 클
럽을 들어가기에는 아무래도 체면이 깎이고 민망해질지도 모른다는 생

각이 들기도 했지만, 그것보다도 처음 보는 디제이의 스크래치 노이즈(scratch noise)에 맞추어 쫓을 수도 없는 이상을 결국 포기한 몸짓으로 마냥 젊음을 망각하는 그들과 섞이기는 싫었던 게다.

나는 그들의 유명무실한 화려함을 뒤로하고 무작정 걸었다. 상대적으로 조용해 보이는 어느 골목으로 꺾어 들어오던 순간 묘한 간판이 나의 눈길을 잡아채었다. 처음 보는 칵테일 바였다. '지문(指紋)을 채취하다'라는 뜻의 『fingerprints』라는 간판이 조금은 섬뜩하게 느껴지기도 했지만 그보다 그 간판의 무미건조함에 매료된 것일 수도 있었다. 온갖 화려함으로 치장된 술집의 간판사이로 조금은 고귀해 보일지 모를 검은색 바탕에 달랑 흰색으로만 쓰인 명조체 글씨체가 나의 두 다리를 거듭 이끌고 있었다. 나는 또다시 알 수없는 그 이끌림에 의해 칵테일 바로 성큼성큼 들어갔다.

바의 분위기는 나의 예상대로 건조했지만, 굳이 버성길 정도는 아니었다. 오히려 검정과 백색의 조화가 몽환적으로 느껴질 수 있다는 것에 놀라울 뿐이었다. 나는 바의 중앙에 있는 의자로 가서 앉았다. 순간 '무엇을 드릴까요?'라는 바텐더의 얼굴에 제니의 얼굴이 오버랩 되어져 보였다. 나는 훅하며 한숨을 쉬고는 자리에서 일어나 맨 구석의 어두컴컴한 테이블을 찾아 자리를 잡았다. 아마 이 자리에서는 요염한 아가씨 따위야 찾을 수도 없었을 테지만 달리 방법이 없었다. 가만히 저 자리에 앉아서 술을 마시다가는 시도 때도 없이 떠오르는 그녀가 더더욱 생각이 날 것임이 분명하기 때문이었다.

"혼자 오셨나요?"

"네."

늘씬한 여자가 서빙을 왔다. 그런데 왠지 여자의 표정이 나를 비웃는 것만 같다. 여자는 소소한 늙은 늑대 한 마리가 손님으로 왔구나 하는 표정으로 메뉴판을 놓고 간다. 아니, 던지고 간다. 핫바지같이 생긴 놈이 포장마차도 아니고 칵테일 바에 그것도 혼자 왔다고 무시하는 것은 아닐까. 갑자기 부아가 치밀었다. 그럼에도, 배알을 부리지 못한 나 자신이 한심스럽기 그지없었다. 이건 뭐, 당장에라도 나의 명함을 내밀고만 싶다. 나, 네가 생각하는 것처럼 한심한 백수가 아니라 꽤 잘나가는 잡지사의 연예부 기자라고. 발만 넓을 뿐만 아니라 네가 그렇게도 보고 싶어 안달이 나있을지 모를 연예인과 친분이 아주 두터울지도 모르는 사람이라고….

나는 영 찝찌레한 표정으로 칵테일 바의 메뉴판을 펼쳤다. 건조무미했던 간판처럼 역시나 메뉴판도 설렁했다. 그래도 허울만 근사한 다른 술집 메뉴판보다는 훨씬 보기가 좋았다. 메뉴판에 깨알 같은 글씨가 냉소적인 분위기로 찬찬히 배열되어 있었다. 나는 손을 들어 종업원을 불렀다.

"여기요!"

저 멀리서 휴대전화를 만지작거리던 여자가 '네' 하는 소리와 함께 하이힐을 딸각거리며 이쪽으로 걸어왔다. 나는 속으로 맥주 한 병과 과일을 시켜야지라는 생각을 하며 메뉴판을 덮을 찰나 영어로 된 두 개의 단어가 눈에 들어왔다. black russian(블랙 러시안).

문득 또 그녀의 생각이 났다. 그날 그녀도 블랙 러시안을 들이켜고 있었다. 생전 술을 단 한 번도 마셔보지 못한 사람처럼 마시고, 마시고 또 마셔대었다. 다색(茶色)의 블랙 러시안은 그녀의 분홍빛 입술에 닿아 투명하게도 일그러지고 있었다.

"주문하시겠어요, 손님?"

여자는 예의 능글맞은 표정으로 나에게 주문을 권고하고 있었다. 필시 여자는 아직도 나를 백수에다 애인 하나 없는 무뢰한으로 생각하고 있을지도 몰랐다. 관계없었다. 오늘 이곳에서 근사한 애인이 생길지는 아무도 모르는 일이었으니까. 나는 여자를 똑바로 바라보며 손가락으로 메뉴판의 병맥주를 가리켰다. 그리고 말했다.

"블랙 러시안으로 주세요."

잠시 미친 모양이다. 여자는 고개를 갸우뚱거리며 나의 언행 불일치를 작은 수첩에다 기록했다. 검은색 머리를 흩날리며 걸어가는 여자의 뒷모습에서 그녀의 뒤태를 느꼈다. 오늘은 참으로 이상한 날임에 틀림이 없다. 모든 것에서 그녀, 제니의 향기가 난다.

잠시 후 여자가 가져온 블랙 러시안 한 모금을 입술에 적셨다. 심심했다. 나는 외투의 안주머니에 손을 넣어 휴대전화를 꺼내었다. 「메뉴」 - 「전화번호 찾기」 - 「전체검색」. 그리고 휴대전화의 버튼을 무수히도 딸깍대었다. 버튼은 다다닥다다닥 소리를 내며 많은 페이지를 넘겼지만 그중 내 마음을 이끄는 숫자의 배열은 단 하나도 없었다. 글쎄, 과연 그것이 정녕 내 마음이 그들을 원하지 않아서였을까, 아니면 그 번호가 나를 원하지 않아서였을까. 정답은 나도 모른다. 오로지 지금 내가 아는 것은 나의 간장(肝臟)이 더욱 취하고 싶어 한다는 것일 뿐.

나는 휴대전화를 다시 안주머니에 집어넣으며 작은 유리컵에 담긴 다색의 음료를 꿀꺽 들이켜고는 여자를 불러 블랙 러시안 한잔을 더 청했다. 그리고 휴대전화의 전화번호부는 영 미덥지가 않았기에 왼쪽 주머니에 있던 작은 명함 케이스를 꺼내었다. 그리고 한 장, 한 장 찬찬히 들여다보았다. 타인의 명함은 마치 경력사원으로 대기업에 제출하려는 사람의 이력서 모음과도 같다. 이제껏 살아오면서 남에게 자랑하고 싶었던 이력을 여백이 비좁도록 써 붙여놓은 탄탄한 이력서 같은 것 말이다. 무조건 휘황찬란해야 하고 무엇이든 많이 써 붙여놓아야 속 시원하게 느끼는 것은, 건물의 간판이나 사람의 명함이나 진배없었다. 하지만, 그들의 실상을 알고 보면 사실 쥐뿔도 없다. 자신의 본허울이 남보다 못하다는 것을 알기에 혹여나 그것이 까발려질까 봐서 허울 좋은 이력서로 포장하는 것일 뿐이다. 물론 나의 명함도 예외는 아니다. 나 역시 좀 더 멋진 사람으로 비치고 싶기에 있어 보이는 단어란 단어는 모조리 촘촘하게 배열을 해놓고 모르는 사람에게 위세를 부리는 것일 뿐이다. 그래. 사실은 나도 못났고, 너도 못났다. 우리 모두가 못났다. 하지만, 사회생활을 하면서 못났다는 사실을 인정할 수는 없다. 안 그래도 서로 까뭉개지 못해 안달이 난 사람 사이에서 나마저 내가 못났다는 사실을 인정해 버린다면 도대체 얼마나 많은 사람들이 나를 무시하고 경멸하려 들텐가. 지구 위에는 열등감으로 똘똘 뭉친 정신병자들로 그득하다. 물론, 가장 먼저 최세길. 나를 비롯하여….

나는 손짓으로 여자를 불렀다. 그리고 세 번째로 블랙 러시안을 주문했다. 그다지 술이 강한 편도 아니었건만 아직은 약간의 알근함도 없었다. 혼자 마시는 술이라 그런지 오히려 정신이 맑아지면서 그녀의 생각만이 또렷해진다.

그녀는 힘이 든다고 했다. 그리고 자신이 얼마나 힘이 드는지 당신은 아느냐고 물었다. 나는 아무런 대답도 않은 채 열심히 그녀의 말을 받아 적고 있었다. 그녀는 그 사람이 지금 곁에 있다면 그의 손을 잡고서 자신이 현재 얼마나 괴롭고 마음이 아픈지를 알려주고 싶다고 했다. 한참을 횡수설거하던 그녀는 이윽고 내 손목을 잡고는 2차선을 달리는 승용차의 운전석에 앉은 남자가 콧노래를 흥얼거리며 던지는 담배꽁초를 본 적이 있느냐고 물었다. 나는 얼빠진 표정으로 그녀가 잡은 손목의 감촉만을 느끼고 있었다. 그런 나를 의식하지 않은 채 그녀는 말했다. '그게 바로 나인 것 같아요. 언젠가 뒤따르는 자동차가 나를 산산이 지르밟고 말겠죠. 흔적 하나 남기지 않고….'

나는 아무런 말도 하지 않았다. 그때부터 그녀 또한 그 사람의 이름을 입에 올리지 않았다. 물론 나 또한 그 이름이 나오지 않기를 원했다. 하지만, 굳이 말을 하지 않아도 그녀가 누구를 떠올리고 있는지는 알 수 있었다. 나의 묵언은 말하지 않아도 다 안다는 무언의 표현이었다. 내 생각을 아는지 모르는지 그녀는 몽롱한 눈빛으로 나를 쳐다보았다. 나는 그제야 수첩을 집어넣을 수밖에 없었다. 그녀의 진심에 직업정신조차 잊고 그녀에게 동정을 표하기로 만든 것이다. 그녀는 내가 수첩을 안주머니에 넣는 것을 보자 미소를 지으며 말했다. '그럴 필요 없어요. 어차피 기사는 나가게 될 것이니까요.' 나는 마땅한 대답을 찾지 못하고 테이블에 시선을 고정한 채 마른침만 삼켰다. 그녀는 또다시 말했다. '괜찮아요. 나, 어차피 기사를 내고자 당신을 부른 거니까….'

나는 그녀의 심중소회(心中所懷) 가 궁금했다. 그런 내 마음을 꿰뚫은 양, 그녀는 그때부터 다시 그 사람에 대해서 말하기 시작했다. 그녀가 사랑하는 사람은 예술을 사랑한다고 했다. 미친 듯이 예술에 몰두한다고 말했다. 음악과 시, 영화에 빠져 그녀에게는 눈길조차 주지 않는다고 말했다. 그런 그 사람이 그녀는 원망스럽다고도 했다. 그러나 하나도 슬프지 않은 영화를 보며 눈물 흘리는 그의 감성에 도저히 무릿매를 던질 수는 없다고 했다. 그는 참으로 외로운 사람이라고 했다. 겉으로 보이는 모습과는 달리 늘 외로운 허수아비를 가슴에 키우고 있다고 말했다. 한데 그는 절대로 먼저 손을 내밀지 않는다고 했다. 그리고 손을 내밀어도 절대로 잡혀주지 않는다고 불평했다….

그녀는 한참을 그에 대해서 지저귀다가 이윽고 촉촉한 눈빛으로 나를 빤히 바라보았다. 나는 그때 시나브로 그녀의 심연 속으로 뛰어들고 있던 것인지도 몰랐다. 그녀는 나지막한 목소리로 나에게 말했다.

"도와…, 주실 거죠?"

나의 머리는 어떻게 대답을 해야 좋을지 몰라서 망설였지만, 그보다 더 재바른 목소리는 또 다른 지랄 병신굿을 하고 있었다.

"저도…. 예술은 좋아합니다."

"블랙 러시안 한잔 더 주세요."

아직 정신이 말짱했다. 여자는 벌써 네 번째 블랙 러시안을 배달하고 있었다. 나는 또 그녀를 닮은 여자의 뒷모습을 바라보았다. 여자가 입구에 있는 계산대의 안쪽으로 들어가는 순간까지도 눈을 떼지 못했다. 그런 나의 시선을 여자는 알아채지 못했다. 다행이었다. 만일 여자가 심상치 않은 나의 눈길을 의식하고 뒤를 돌아보았다면 나는 아마도 별 볼일 없는 백수에 애인 없는 무뢰한에다가 '변태'라는 새로운 단어의 조합까지 보태어 낙인찍힐지도 모르는 일이었으니까. 여자의 딸각거리는 하이힐 소리가 나의 청각에서 희미하게 사라질 즈음 칵테일 바의 출입문이 사르르 열렸다. 나는 새로운 손님이 오나 보다 하고 눈길을 스쳐 블랙 러시안의 유리잔을 잡아 입술로 가져다 대려고 하였으나, 내 몸의 시도는 도저히 주인의 뜻을 따라와 주지 않았다. 그 이유는 바로 나의 시선을 사로잡은 저 낯선 '천사'에 있었다.

정말이었다. 나는 마치 검은색 천사를 보는 듯했다. 칵테일 바의 출입문을 스르르 밀고 들어오는 그녀는 날개만 없었지 늘씬하고도 아름다운 한 마리의 검은 천사와도 같았다. 빛깔이 하얀 옥(玉) 같은 피부에 허리까지 내려오는 치렁치렁한 검은색 머리. 허벅지가 훤히 드러나는 검은색 짧은 치마에 발목을 감싸는 검은색 부츠. 게다가 장신의 늘씬한 체형에 단추를 채우지 않고 걸쳐 입은 검은색 외투가 살짝살짝 흔들리는 덕분에 짐작할 수 있을 그녀의 몸매는 과히 훌륭함 그 자체였다. 만일 내가 매니지먼트 관계자였다면 혹, 연예인 할 생각이 없느냐고 꾀어봄직 할 정도의 외모를 가진 여성이었던 것이다. 아니면, 현재 무명 탤런트로 활동하는 사람이었는데 나의 눈이 누비하여 알아보지 못하는 것일 수도. 아무튼 그녀는 사람의 시선이 한눈에 보이는 홀의 중앙, 즉 바텐더를 마주하고 앉았다. 그녀가 앉은 자리는 바로 내가 맨 처음 앉았다가 제니를 떠올리고는 홀연히 배척하고 말았던 바로 그 자리였다. 바에 들어오자마자 맨 구석빼기를 찾았던 누비한 나와는 달리 자신감에 차있던 그녀 덕분에 나는 45° 각도로 그녀의 몸매가 보이는 이 좌석에서 마음껏 그녀의 각선미를 감상할 수가 있었다. 나는 그녀의 껍데기를 한참 감상하면서 얼른 블랙 러시안을 비웠고 유리잔이 비자마자 큰소리로 종업원을 불렀다.

"여기, 한잔 더 주세요!"

아니, 사실은 블랙 러시안을 부르고 싶었던 것이 아니라 미려한 그녀의 시선을 불렀다는 것이 더 맞는 답일 것 같았다. 옳지, 나의 목소리에 그녀가 이쪽을 돌아본다. 그녀의 큼지막한 눈과 나의 눈이 손뼉을 친다. 결과란 것은 과정이 성교(性交)할 때 탄생하는 쾌락(快樂)이었으니, 좋은 싫든 그녀와의 눈 맞춤은 쾌락의 필수 항목이었을 터! 검은 천사는 나의 미간을 수 초간 바라보더니 다시금 고개를 돌렸다. 성공은 성공이었다. 가린스러운 성공. 아니다. 고무적으로 생각해보자. 그녀의 뇌리

에 나라는 즉, 칵테일 바에 혼자 앉아 있는 외로운 한 남자를 새기는 것
에는 일단 멋지게 성공한 셈이었다. 자, 이제 다음에는 어떻게 해야 하
지? 먼저 화장실에 가서 나의 몰골을 점검해 볼까? 그리고 그 다음에는
조금 촌스러울지는 모르겠지만, 종업원을 불러 칵테일 한잔을 그녀에
게 전달을 해주는 것이 좋을까? 그리고 그 다음에 이 잔을 들고 스리슬
쩍 그녀의 옆자리에 앉아 말을 걸어 볼까? 혹시라도 내가 말을 건 순간
에 체구가 듬직한 그녀의 남자 친구가 출입구의 문을 열고 들어와 상대
적으로 좀팽이처럼 보이는 나를 한 손에 쥐고는 바닥에 내팽개치는 것
은 아닐까? 그래, 땅바닥에 구르는 것까지는 좋다. 한데 나의 검은색 천
사에게 그런 쪽팔리는 모습을 자유자재로 보여주기에는 여간 곤란한
것이 아니었다. 나는 머리카락을 쥐어뜯으며 고민을 하고 있었는데 순간
테이블에 비치는 조명이 조금 어두워지는 듯했다. 의아함에 고개를 살
짝 들어보니, 맙소사! 검은색 천사가 자신의 잔을 들고 내 앞에 앉는 것
이 아니겠는가?

“혼자 오셨어요?”

“아, 네. 그럼요. 당연히 혼자 오고 말고요. 제 주제에….”

아차, 내 입이 또 병신굿을 해버리고 말았다. 이놈아, 제발 말을 하기
전에 뇌의 허락을 좀 받으라는 말이다! 그녀는 살짝 미소를 지으며 검
은색 외투를 벗기 시작했다. 외투를 벗자 몸에 착 달라붙는 검은색 셔
츠가 풍만한 가슴과 잘록한 허리를 자랑하기 시작했다. 나는 멍하니 그
녀의 몸매를 바라보며 속으로 생각했다. ‘더 벗어도 괜찮아….’ 이런, 젠
장. 내가 지금 무슨 생각을 하는 거지? 나는 고개를 찔레찔레 흔들며 다
시 그녀를 쳐다보았다.

“후후. 귀여우시네요. 저도 혼자 왔는데. 그럼 함께 이야기나 나누지

않으실래요?"

검은색 천사! 내가 애칭 하나는 정말 기똥차게 지었다! 진정 그녀는 나의 천사임에 틀림이 없다고 생각을 했다. 적어도, 그때는 말이다….

자신의 직업을 팔 년차 회사원이라고 밝힌 그녀는 뜻밖에도 담담한 태도였다. 혼자 술을 마시는 남자에게 먼저 대시하는 여자치고 담담하지 않은 여자가 어디 있겠느냐마는 그녀의 느낌은 무언가 남달랐다. 자신감에 차있고 확연한 설득을 할 줄 아는 힘 같은 것이 눈빛에 가득 찬 듯한 느낌이었다.

"제 이름은 '썬'이에요. 그쪽은요?"

"아, 이름이 외자시군요? 네, 저는 최…, 잠시 만요. 제 명함이….”

습관적으로 명함을 찾으려 안주머니를 뒤지던 오른손이 멈칫했다. 만일 그녀도 아니, 썬도 나와 같이 명함을 명함이 아닌 가식적인 이력서로 생각하면 어쩌지? 순간의 망설임에 눈알이 어지러워졌다.

"왜요? 명함이 아까우세요? 후후."

그녀가 시원스레 웃으며 나의 손을 가리켰다. 다행히 명함에 대한 거부감은 없는 사람인 듯싶었다. 나는 다시 명함을 꺼내려고 했다. 한데 또 불현듯 이상한 생각이 들었다. 만일, 이 여자가 기자에 대해 좋지 않은 인식을 가진 사람이라면 어쩌지? 만약 나의 직업이 기자인 것을 알고는 '나는 공산당이 싫어요!' 하듯이 '나는 기자가 정말 싫어요!' 하며 테이블을 뛰쳐나가면 어쩌나? 왜 진즉에 나는 한 번에 여자를 사로잡을 만큼의 귀티 나는 직업을 가지지 못했을까? 아니, 설마. 아무렴 기자가 어때서! 요즘같이 청년 실업이 파다한 시점에서 직업이 있는 것만으로도 감지덕지해야지. 나는 명함 케이스를 펼쳤다. 문득 또 희한한 생각이 스쳐지나갔다. 만일 이 여자가 천사가 아니라면 어쩌지? 오늘은 아마도 좋은 밤이 될지도 모르는데 이 바닥에서 조금은 이름이 알려진 나에게 나중에라도 해코지하려 한다면 어떻게 하지? 세상에 별스러운 생각이 다 들었다. 왜 이렇게 괴이한 느낌이 자꾸만 드는 것일까? 그녀는 명함을 꺼내는 나의 손을 선연한 눈빛으로 바라보고 있었다. 그래, 저렇게나 아름다운 여자가…. 미인은 절대로 내 기대를 저버릴 리가 없다. 나는 그녀에 대한 좋지 않은 예상을 돌리려 노력하면서 나는 명함 케이스에서 명함 한 장을 꺼내어 그녀의 손에 쥐여 주었다.

"변호사세요? 김인철 변호사?"

하릴없었다. 기자의 감(感)을 무시해서는 안 된다. 나, 최세길 기자 가로되, 그녀는 검은 '천사'가 될 수도 있었지만 '검은' 천사가 될 수도 있다는 사실을 잊지 말아야 했다. 남자가 무조건적인 짐승이라면, 여자는 자고로 조심해서 나쁠 것이 없는 동물이니까.

"인철 씨는 이혼 전문 변호사시네요. 그렇담 이혼에 대해서는 완벽하게 아시겠네요?"

그나저나 인철이 이 자식은 하고많은 변호사 직함 중에 '이혼 전문' 변호사라는 직함을 가질 것은 또 뭐람.

"어쨌든 당신 대단하네요. 이거, 제 직업이 조금 부끄러워지는 걸요?"

"하하. 대단하긴요, 뭘."

나는 머리를 긁적거리며 멋쩍은 듯 웃어넘겼다. 가짜배기 직함이었지만 사실 뿌듯하기도 했다. 기자라는 직함보다 변호사라는 직함이 더욱 멋스럽게 느껴지는 것은 사실이었으니까. 나는 웬만하면 그녀가 이 바의 종업원이 들을 수 있도록 좀 더 큰 목소리로 나의 직함을 밝혀주기를 바랐다.

"아니에요. 정말 대단하세요. 저도 어릴 때에는 법조인이 되는 것이 꿈이었는걸요. 물론 살다 보니 다른 꿈이 생기기는 했지만…."

꿈이라는 단어를 입에 올리는 사람치고 그녀의 표정이 조금 흐려졌다. 나는 분위기를 바꾸려 밝은 목소리로 그녀에게 말했다.

"오늘은 좋은 인연이 될 것 같은 사람을 만나 그런지 별로 취하지가 않는군요. 우리, 한잔 더 할까요?"

나는 술을 더 시키고는 그녀에게 '한번 털고 올게요.' 하는 경악실색할 문장을 내뱉고는 화장실로 도망쳐 왔다. 그리고 화장실 안에서 한동안 머리를 쥐어뜯었다. 하여튼 이 못난 혓바닥은 진선진미한 여성 앞에서는 항상 고심사단하고야 마는 것이었다. 나는 소변을 보고 나서 손을 씻으며 거울을 보았다. 썩 잘생긴 얼굴은 아니었지만 나름의 자신은 있었다. 오늘 밤을 흐지부지하게 넘기지는 않을 것이라는 자신. 한데, 변호사를 사칭하다가 큰일이 나는 것은 아니겠지? 설마 나의 교우(膠友)께서 나를 배신하기야 하겠는가? 또 자기를 사칭하고 다녔느냐면서 욕이야 좀 먹겠지만 말이다.

"우리 건배할까요?"

화장실을 다녀온 나에게 그녀가 말했다. 이렇게 시원시원한 여자. 정말이지 나는 오늘 행운아였다. 넘어오지도 않을 남자에 속병을 앓는 제니 같은 여자보다 이렇게 술 잘 마시는 여자가 훨씬 화끈한 매력을 가지고 있다는 것을 알아야만 한다. 물론, 술만 잘 마셔서는 안 된다. 최대한 빨리 취해주는 것이 여자의 가장 큰 매력이니 말이다. 그나저나 나도 술이 센 편은 아니었는지라, 갑자기 취기가 오르는 듯 순간 알딸딸해져 옴을 느꼈다. 이런, 벌써 취하면 안 되는데…. 이 여자는 당연지사 거뜬해 보이는 데 정말이지 큰일이었다.

"하하. 왜 이러죠? 갑자기 취기가 오르는데. 죄송해요. 저는 조금 쉬었다 마시도록 할게요. 이런. 이렇게 아름다운 숙녀 분을 모시고 제가 먼저 나가떨어질 수는 없죠. 조금 쉬었다가 마시면 괜찮을 겁니다. 이해해 주실 거죠? 하하하."

내가 들어도 몸서리쳐질 나의 애교였건만 그녀는 놀라지도 않고 더욱이 생긋이 미소까지 지으며 팔짱을 낀 채 테이블 위에 팔을 올렸다. 그리고는 서서히 내 앞으로 상체를 들이밀고는 말했다.

"그럼…. 우리 함께 쉬러 가는 것은 어떨까요?"

나는 순간 아무런 말도 하지 못했다. 이 여자, 정말이지 화끈했다! 한데 취기 때문인지 자꾸만 머리가 어지러웠다. 그러나 테이블의 반 이상을 넘어온 그녀의 상체를 보건대, 화장실을 가기 전까지는 분명히 세 개가 풀려 있던 그녀의 셔츠 단추가 지금은 네 개까지 풀린 것을 확인하지 못할 정도로 어지럽지는 않았다. 네 개씩이나 풀린 셔츠의 단추들 사이로 그녀의 앞가슴이 훤히 들여다보이며 그들의 관능미가 나의 입을 막지 않았다면 나는 다시금 병신굿을 해버릴지도 몰랐다. 그 당시 빌어먹을 내 입술은 '할렐루야!'라는 문장을 내보내도 될지를 뇌에 허락받고 있었던 것이다.

평상시에는 휘황한 불빛 따위를 절대로 달가워하지 않던 나였건만 오늘만큼은 이 불빛이 진정 은하수처럼 느껴졌기에 그녀와 나는 은하수 위를 걷는 한 쌍의 견우와 직녀가 될 수가 있었다. 아무리 생각해 보아도 오늘은 떨어져 있던 직녀를 만나는 일 년 중의 단 하루가 아닐까 싶기도 했다. 불쌍한 견우. 삼백일 하고도 육십 사 일을 홀아비로 지내야 하는 불쌍한 견우…. 하지만, 나는 그와는 다를 것이다! 절대로 나의 직녀를 놓치는 어리보기가 되지는 않을 것이라는 맹세를 하늘에 대고 굳게 쳐 대었다.

"우리 저기로 갈까요?"

그녀의 손가락이 이끄는 곳으로 시선을 향해보니 형형색색의 불빛이 껌벅거리는 러브호텔의 간판이 보였다. 또다시 머리가 지끈거렸다. 하필 이렇게 황홀한 순간에….

"맥주나 좀 사갈까요?"

시원스런 그녀의 성격에 나는 머리가 아프다는 사실 따위는 뒤로하고 그저 러브호텔의 간판과 속도를 맞추어 두 눈만 껌벅거릴 뿐이었다.

"안 믿기겠지만 나 사실 처음 본 사람과 이런 곳에 오는 것은 정말이지, '처음'이에요."

러브호텔 304호에 들어오면서 그녀가 한 말이었다.

"글쎄, 처음이란 것. 그런 것은 그다지 중요하지 않은 사실 아닌가?"

방에 들어오자 긴장이 풀렸는지 나도 모르게 반말이 튀어나왔다. 하지만, 그녀는 그런 것에 크게 신경을 쓰지 않는지 외투를 벗어 옷걸이에 걸며 덤덤히 말을 이었다.

"그래요. 처음이란 것. 사실 중요하지 않죠. 다만, 중요한 것은….'

그녀는 말끝을 흐렸다.

"중요한 것은?"

"중요한 것은 내가 아니라 상대방이죠. 나에게는 처음이냐 아니냐가 중요하지 않은 사실이지만 상대방은 달라요. 나의 과거는 쉽게 용서를 해도 상대방의 과거는 용서를 못 하잖아요, 그렇죠?"

"하하. 일리가 있군 그래. 그럼 썬 씨도 내가 처음인지 아닌지가 궁금하고 신경이 쓰이고 그러나요?"

“글쎄요. 인철 씨가 먼저 씻고 오신다면 대답해 드리기로 하죠.”

맞다! 나는 지금 ‘세길’ 씨가 아니라 ‘인철’ 씨였다. 그 사실을 까맣게 잊고 있던 터라 하마터면 ‘네?’하고 반문을 할 뻔했다. 나는 가까스로 입을 틀어막고는 그대로 욕실로 들어왔다. 샤워기를 틀고 웃통을 벗고 나니 다시금 머리가 깨질 것 같았다. 샤워기의 꼭지를 찬물로 돌리고 그대로 몸을 적셨다.

생각하건대 오늘은 참으로 신비로운 하루였다. 너무나 먼 마치 환상 같은 여자인 제니의 아픔이 자꾸만 생각이 나 술을 좀 마시면 잊힐까 했지만, 오히려 술을 마시면서 그녀의 생각이 더욱 들었고, 그 와중에 뜻밖에도 나의 이상형에 가까운 완벽한 여자가 나타나 내가 꾀어내도 모자를 판에 스스로 나를 이곳, 천국까지 안내해 주었다. 혹시 제니가 보내준 천사는 아니었을까. 나는 샤워를 하는 지금까지도 그녀를 검은색 천사라고 칭하고 있었다. 외모도 연염할 뿐더러 하는 짓까지도 미쁜 천사. 갑자기 취기가 올라 얼토당토아니한 소리를 떠지껄이던 나를 따뜻하게 품어준 그녀. 될 수만 있다면 오늘뿐 아니라 꾸준히 좋은 인연이 되도록 노력하고 싶다. 원 나잇 스탠드(one night stand)의 파트너에게 구태여 ‘처음’이라는 것을 강조했던 그녀 또한 나와 같은 생각을 하고 있었던 탓은 아니었을까. 다행히 찬물로 샤워를 했더니 취기가 조금 가시는 듯했고 두통도 덜 했다.

나는 서둘러 샤워를 끝내고 밖으로 나왔다. 멀찌감치 창가에 선 그녀의 뒤태가 나의 시선을 맞았다. 그녀는 뒤를 돌아선 채로 창밖의 불빛을 바라보는 듯했다. 그녀의 몸에 착 달라붙어 있는 검은색 셔츠와 짧은 치마는 여전히 나의 가슴을 뛰게 하였다.

“뭐해요?”

나는 최대한 자상한 말투로 그녀를 불러 세웠다. 그녀는 천천히 뒤를 돌아보았다. 얼굴에는 함함한 미소가 그득했다. 그녀의 손에는 맥주 한 캔이 들려져 있었다. 그리고 희한하게도 양손에 검은색 장갑을 끼고는 나에게 말했다.

"다 씻었어요?"

"네…. 그런데 갑자기 장갑은 왜? 하하, 손 시려요?"

나는 대답을 하며 그녀를 향해 웃어 보였다. 사실 장갑 따위는 중요하지 않았다. 발가락을 만지면 흥분하는 여자도 있다던데 뭐, 장갑을 껴야만 흥분하는가 보지. 차라리 심심한 여자들보다는 맛있겠다. 나는 그녀를 머리끝부터 발끝까지 훑어보았다. 물론 여자를 위아래로 훑는다는 것은 예의에 어긋나는 일이 명백하였으나, 지금 우리가 여기까지 함께 온 이상 이 여자가 위아래는 물론이었거니와 육체의 모든 것을 나에게 맡긴다는 의견으로 받아들이는 것이 더 큰 예의임이 확실했다.

"그럼 시원하게 맥주 한 모금 하세요."

그녀는 나의 음흉주머니 같은 눈길에도 개의치 않고 맥주를 권했다. 물론 나쁘지 않았다. 샤워 후의 시원한 맥주 한잔. 정말이지 이 여자! 진정한 삶의 행복이 무엇인가를 아는 여자임이 분명했다. 나는 그녀가 미리 따 놓은 맥주를 꿀꺽꿀꺽 들이켰다.

"아이고 시원하다. 이거 오늘 썬 씨 덕분에 호강하는 걸요? 샤워 후의 캔 맥주 한 모금. 한여름에 공원에서 돗자리를 펼쳐놓고 먹는 치킨과 맥주만큼이나 환상적이죠. 썬 씨도 그런 거 좋아하시죠?"

나는 그녀의 입에서 당연히 '네.'라는 대답이 나올 것이라고 예상했고, 만일 그녀가 '네.'라며 나의 마음을 적확하게 읽어준다면 '그럼, 오는 여름에는 우리 꼭 함께 공원에 가서 치킨을 먹읍시다.'라고 대시할 작정이었다. 그리하여 그녀로 하여금 무심결일지언정 미래에 대한 확답을 받고 싶었던 것이다. 한데 그녀의 입에서 나온 말은 생뚱맞기가 그지없었다.

"우리 음악 들을까요?"

그녀는 다짜고짜 음악을 듣자고 하더니 갑자기 자신의 휴대전화를 꺼내어 버튼을 꼭꼭 누르고 있었다. 아마도 그녀는 음악을 무진장 좋아하는 사람이었거나 아니면 조금은 어색하고 부끄러울지도 모르는 지금의 상황을 조금이라도 달래고자 마지막으로 선택한 수단일지도 몰랐다. 글쎄, 처음 본 남자에게 먼저 대시를 할 정도로 자신감에 차있는 여자가 과연 도착지에 이르러서야 자괴지심(自愧之心)을 가질지는 미지수였다. 그리고 그녀가 낀 저 장갑처럼 완성도가 있는 꽃잠을 위하여 취택한 소도구였을지도 모르는 일이었다. 만일 내 생각이 맞는다면 저 여자는 검은색 장갑만큼이나 참으로 독특한 성적 취향을 가진 여자인 것이 분명했다.

잠시 후 그녀의 휴대전화에서는 귀에 익은 댄스음악이 흘러나왔다. 바로 제니의 음악이었다. 제니의 시끄러운 음악이 방안을 가득 메우자 나는 또다시 머리가 지끈거리기 시작했다. 오늘은 도통 맥주가 맞지 않는 날인가 보다.

"저, 썬 씨? 소리 좀 낮춰 주실래요? 지금 머리가…."

그녀는 입가에 섬뜩한 미소를 번졌다. 무언가 불길한 느낌이 들었다. 그녀는 나를 비웃기라도 한다는 듯이 음량을 높이며 더욱 큰 소리로 물었다.

"왜요, 인철 씨? 머리가 아프신가요?"

그녀가 목소리를 높이자 마치 누군가가 작은 망치로 머리를 쿵쿵 내려치는 것만 같았다.

"아…, 하하. 네. 머리가 쿵쿵 울리는 것 같아서요. 잠시만 소리 좀 낮춰주세요."

뱃멀미를 하는 듯 내장이 울렁거렸다. 젠장, 갑자기 맥주를 마셔서 그런가? 도대체 왜 이러지? 나는 머리를 감싸며 그녀를 쳐다보았다. 그녀가 둘이 되었다가 셋이 되었다. 그리고 다시 검은색 천사로 돌아왔다. 그녀는 여전히 빙글빙글 웃으며 말했다.

"그래요? 후후. 좋아요. 그럼 소리를 낮추어 드리죠. 그런데 인철 씨. 뭐 하나 궁금한 것이 있는데…. 물어봐도 될까요?"

나는 어지럼증이 하도 심하여 그만 침대에 털썩하고 주저앉아 버렸다. 나는 양손으로 관자놀이를 꾹 누른 채로 그녀를 올려다보았다. 그녀는 빙글거리며 휴대전화를 닫음과 동시에 맥주를 한 모금 마셨다. 순간 소음이 사라지면서 방 안은 음음적막해졌다. 그녀는 돌연 표독스러운 표정을 짓고는 나에게 말했다.

"그럼 승낙한 것으로 알고 질문할게요. 최세길 기자. 당신은 좋아하는 연예인이 있나요?"

'음…. 가만있자. 좋아하는 연예인? 그야, 뭐 너무 많아서 탈이지…. 그런데, 응? 잠깐! 뭐, 뭐라고? 최, 세, 길 기자? 난 당신에게 나의 이름을 가르쳐 준 적이 없는데? 그렇다면…. 그렇다면, 저 여자는 처음부터 나를 알고 있었다는 말? 그것도 내가 누구인지, 나의 직업이 무엇인지까지 여자는 처음부터 알고 있었다는 얘긴가?'

나는 그녀에게 따지고 싶은 말이 많았지만 어찌 된 영문인지 입 밖으로 튀어나오지를 않았다. 나는 말을 내뱉으려고 전력을 다했다.

"어, 어버버버…."

"어버버버? 후후. 왜? 그새 혀가 굳기라고 하셨나? 왜 대답을 못하시지?"

그녀는 여전히 빙글거리며 자신의 가방에서 무언가를 찾고 있었다.

"세길 씨, 잠깐 기다려 볼래? 나 당신에게 보여줄 사람이 하나 있거든. 누가 당신을 무지하게 보고 싶어 하더란 말이지…."

그녀는 연방 가방을 뒤적거리더니 곧 자그마한 사각형의 납작한 물체를 하나 꺼내어 들었다.

"찾았다! 바로 이 사람이야."

나는 그녀가 흔드는 물체를 보려고 애썼다. 그것은 바로….

"그래, 맞아! 제니야! 영원한 국민 천사, 제니! 너의 그 얼토당토않은 기사로 손해를 입은 우리 제니가 여기 함께 왔어. 당신이 너무나도 보고 싶다고 하더란 말이지. 그런데 우리 제니가 당신을 보면 얼마나 마음이 아프겠니? 그래서 내가 대신 왔지. 제니, 이 쌍년의 마음을 대신 위로해 주고자…. 바로 너 같은 후레자식 때문이야. 네놈 때문에 우리가 얼마나 아파했을지, 너는 짐작이라도 할 수가 있었겠니? 나의 그 사람을 위해서라도 너 따위는 사라져야 해."

"아, 아, 이이이…."

나는 아니라고 말하고 있었다. 그 기사는 분명히 제니의 의도 아래에 암묵적으로 이루어진 일종의 '쇼'였다. 그리고 이 여자는 정상이 아닌 것이 명백했다. 나는 그녀가 이성을 더 잃어가기 전에 어서 어떠한 변명이라도 해야 했다. 한데, 제길. 도저히 움직일 수가 없다. 이제는 혀만 움직이지 않는 것이 아니라 손가락 하나조차 꼼짝할 수가 없었다. 맥주에 약을 탄 것이 분명했다. 그러고 보니 아까 칵테일 바에서 내가 잠깐 화장실에 다녀온 순간부터 머리가 지끈거렸었다. 젠장 할…, 왜 진작 알아채지 못했을까. 그녀는 검은 천사가 맞았다. 블랙 엔젤(Black Angel). 아름답고 요염한 외모로 인간을 유혹하는 악마. 나는 재빨리 온몸 이곳저곳에 힘을 주어 보았지만 내 부름에 대답하는 근육은 단 하나도 없었다. 나의 입에서는 계속 '어버버' 하는 소리만 나올 뿐이었다. 움직이려 애를 쓰면 애를 쓸수록 살짝 벌어진 나의 입술 사이에서는 애먼 타액만이 춤사위를 이룰 뿐이었다.

"힘들지? 그럼…. 내가 도와줄게."

그녀는 진정 안타깝다는 표정을 한 채로 슬그머니 다가왔다. 나는 눈알을 부라렸다. 아니, 그랬던 것 같다…. 그리고 뒤로 주춤주춤 물러났다. 아니…, 그랬던 것 같다…. 그녀에게서 멀리 달아나고 있었다. 그것도, 그랬던 것 같다. 더는 기억할 수 없었다. 아마도 끝이 다가오는 것 같았다. '도대체 내가 무엇을 잘못했기에 이런 벌을 받아야 하는 거지?' 하지만, 이제는 그런 생각도 또렷하지 않았다. 나에 대한 자책감도, 제니에 대한 원망도, 점점 다가오는 검은 장갑처럼…, 흐릿해지고 있었다.

그녀는 굳어버린 내 몸뚱이를 휙 하며 뒤로 밀었다. 나는 의식이 없는 종이 인형처럼 침대 위로 쓰러졌다. 그녀는 그런 나를 향해 배시시 웃더니 제니의 시디를 땅바닥에 던졌다. 그리고 마치 발로 비벼 밟는 것처럼 비비적거리는 소리가 희미하게 들려왔다. 상황이 마음먹은 대로 되지 않았는지 그녀는 시디를 다시 들고 한참을 바라보더니 시디 재킷을 빼버리곤 투명한 시디 케이스를 양손으로 쪼개었다. 그리고 그녀는 우연히 뾰족한 모양으로 갈려진 시디 케이스의 한쪽 면을 가지고 내 쪽으로 스멀스멀 기어왔다. 그녀는 나의 몸뚱이 위에 올라탔다. 한 시간 전만 해도 내가 절실하게 바라왔던 장면이었지만 절대로 이런 과정을 원하지는 않았다. 그녀는 검은색 장갑을 낀 왼손으로 나의 오른쪽 어깨를 누르

고, 시디 케이스 뿌다구니를 오른손에 들고는 그것을 나의 눈앞에 가져
다 대었다. 참으로 다행인 것은 그때 즈음 나의 의식이 굳어감과 동시에
모든 세포도 정신을 잃어갔다는 것이었다. 이승에서 점점 멀어지는 나
의 의식 덕분에 플라스틱의 뿌다구니가 내 목을 깊게 관통하는 것이 그
다지 괴롭지만은 않았다. 그저 마취를 한 다음에 맹장 수술을 받는 것
쯤으로 생각하려 했다. 아니, 맹장 수술은 너무 괴로운 상상일지도 몰랐
다. 깨어나서 다시금 행복하게 살 수 있다는 희망이 존재했으니까. 나는
그저…. 마취를 하고…, 목을 후비어 파는 수술을 받되…, 앞으로 영원
히 깨어나지는 못할 것이다. 에루화, 오늘은 참으로 운수가 좋은 날이로
구나! 그럼, 굿-바이, 이놈의 우만한 세상아…!

헤라 (Hera)

의식이 사라지면서 아주 어릴 적에 읽었던 그리스 로마 신화의 한 등장인물이 생각났다. 그리스 최고의 여신이자, 질투의 여신이기도 한 '헤라' 여신…. 그래, 헤라. 그녀는 진정, 헤라였다.

골똘히 생각에 잠기고 있었다. 이중인격자. 그렇게 사근사근한 목소리로 본성을 감추고 대중을 속이며 살았다니. 한데, 문제는 그러한 모습까지 진정한 예술가로 나에게 느껴지고 있었다는 것이다. 그래, 진짜 예술가면 저 정도의 성질 머리는 가지고 있어야지. 그래야만 이 바닥에서 오래도록 살아남을 수 있지…. 복수를 결심하고 자행했던 일에, 생각지도 못한 욕설에 따귀까지 맞은 내가 아직도 그를 두둔하는 모습이 역겨웠다. 나는, 그를 탓하지 못했다. 정상이 아닌 사람은 그가 아니라 나였다는 것을 확연히 느끼고 있었기 때문이다. 역시, 내가 했던 행동이 올바른 선택이 아니었나? 그를 생각하는 마음이 너무나도 컸던 탓에 일반 사람은 생각지도 못할 미친 선택을 하고 만 것이었나? 더구나 나는 일반인이 아닌데. 선택받은 사람인데. 하늘이 선택한 대스타인데. 아, 모르겠다. 모르겠다. 모르겠다! 오늘따라 생각이 복잡하다. 나는 이제 어떻게 해야 좋은 것일까….

거실 한가득히 들이붓는 댄스음악조차 처연하게 느껴진다. 슬프다. 그 사람을 가지지 못한 나란 사람이 슬픈 것이 아니라, 모질게도 나를 버린 그 사람을 지금도 못내 원하고 마는 내가 슬픈 것이다. 보통은 한 명에서 두 명 정도의 경쟁자가 있는 사랑을 하겠지만, 나의 경쟁자는 이 세상에 그를 아는 거의 모든 여자다. 아니, 혹은 남자일 수도 있겠지. 나는 수많은 사람과 싸워 그를 쟁취해야 한다. 아니, 수많은 사람과 싸워 이겨도 그를 쟁취할 수 없을지도 모른다. 그것보다 더욱 슬픈 사실은 절대로 쟁취할 수 없는 사람이라는 것을 알면서도 이 싸움을 멈출 수 없다는 것이다. 이대로…, 나의 사랑은 끝이 나는 것일까….

술이 고파 온다. 아니, 술을 마실 시간이 되었다. 스캔들 기사 이후에 도통 잠을 이룰 수가 없다. 그래서 선택한 숙면의 희생양은, 바로 술. 요즘 들어 부쩍 왜소해진 나에게 술은 노상 다정한 친구가 되어준다. 이럴 때 제 몸을 양껏 희생해주는 친구는 이놈들밖에 없다. 찬장을 떡 하니 차지한 위스키 한 병을 꺼내왔다. 이것 역시 이름 모를 나의 팬이 준 선물 중의 하나이다. 그들은 항상 나에게 무엇이든 주고 싶어 한다. 자신의 사비를 소비해 나에게 선물을 준다고 한들 나는 당시를 제외하고서는 기억할 수 없다. 하루에도 수십 통의 편지와 수십 개의 선물을 받는 나에게 일일이 당신을 기억해 달라는 것은 한국의 대스타인 나, 제니에 대한 엄연한 실례였다.

나는 위스키와 유리잔, 얼음을 꺼냈다. 얼음을 몇 개 담은 유리잔에 위스키를 반 정도 부었다. 유리잔을 몇 번 흔든 후 한 모금 마셨다. 심란한 마음이 조금이라도 가시기를 원했지만 아직은 변함이 없다. 나는 유리잔을 한꺼번에 들이키고는 얼음을 아지작아지작 씹어대었다. 그리고 다시 술을 따르는 것이 귀찮아 그대로 위스키 병을 들고는 소파에 몸을 파묻었다. 다리를 탁자 위에 올리는 순간 발에 무언가가 스쳤다. '뭐지?' 상자였다. 편지 상자. 나는 생각했다. 왜 이걸 아직도 버리지 않았을까. 며칠 전 분명히 매니저에게 이 편지 더미를 한데 잘 모은 후 모조리 찢어 발기어 쓰레기봉투에 담고서는 당신네 집 근처에 아무도 안볼 때 갖다 버리라고 했었는데. 하루에도 몇 겹씩 쌓이는 이 많은 편지를 모아 둘 수도 없고, 그렇다고 우리 집 근처에 아무렇게나 버리는 것은 쓰레기봉 투조차도 파헤치는 나의 극성 팬 때문에 절대로 할 수 없는 행동이었다. 만일 내가 이 편지를 찢어 버렸다는 것이 인터넷의 게시판에 올라간다 면 갈기갈기 조각낸 종잇조각보다 수십 배는 많아질 안티 팬의 등쌀에 나는 아마 누군가처럼 자살을 선택해 버릴지도 모를 일이었다.

그래, 가만 생각해 보니 바로 그날, 그 사람은 팬에 대해 물었다. '그대 는 그대의 팬에 대해 어떻게 생각하죠?' 쳇, 곱살한 얼굴의 흉특한 마음 을 가진 사내…. 사실 그때 나는 마음속으로 비웃었다. 그리고 지금 역 시 웃음이 나올 수밖에 없다. 참나, 팬을 어떻게 생각하긴? 그야 당연히 고맙지. 고마운 사람들이지. 좋아해 주는 것도 고마운데, 나에게 미쳐서 는 돈 쓰지, 마음 쓰지, 시간 쓰지. 그것도 모자라 나와 결혼을 하겠다는 것을 인생의 목표로 잡은 아이놈으로 팬클럽은 북새통을 이루지. 어떻 게 고맙다는 말을 하지 않을 수가 있겠는가? 후후. 나는 위스키 병을 들 고는 꿀꺽꿀꺽 알코올을 섭취했다. 슬슬 기분이 좋아지고 있었다. 나는 상자를 밖으로 꺼내었다. 그리고 그 안에서 가장 눈에 띄는 분홍색의 편지 하나를 꺼내었다. 분홍색의 편지 봉투를 열자 역시 분홍색의 편지 지가 나왔다. 거, 취향 한번 촌스럽기 그지없군.

사랑하는 제니 누나♡ 안녕하세요?

생일 축하드려요. 누나의 스물세 번째 생일을 조금이나마 가까이에서 축하하고 싶어 저는 오늘도 서울을 향합니다. 꼭 누나의 얼굴을 보고 올 수 있었으면 좋겠네요. 이 머나먼 곳에서 서울까지 올라갔는데 얼굴도 못 보고 그냥 내려오게 된다면 정말 속상할 것 같아요.

.

.

.

잠들기 전 하루에 한 번씩 누나의 행복을 위해 기도를 드린답니다. 누나가 바라고 이루어내고 싶은 일들, 두려워 마시고 모두 도전해 보세요. 저의 기도가 항상 누나를 응원해 드릴 거니까요. 언제나 저는 누나의 좋은 팬이 될게요. 하늘이 무너져도 배신하지 않을 겁니다. 아직 잊지 않으셨죠? 저는 영원히 제니 누나의 편이라는 거! 누나의 높은 꿈이 모두 이루어지기를 바랍니다. 항상 무지하게 행복하세요! 다시 한번 생일 축하합니다. 누나를 낳아주신 부모님과 항상 누나를 응원해주시는 가족들에도 대신 감사하다고 전해주세요. 사랑해요. 제니 누나!

대구에서 이세형 드림.

P.S 언젠가 제 인생에 대박이 나면, 꼭 누나에게 강남에 있는 100평짜리 아파트를 사드릴게요.^^

헤라(Hera)

후후. 강남에 있는 100평짜리 아파트? 절로 웃음이 난다. 글쎄, 귀엽긴 한데, 네가 정말 그 정도의 능력이 생긴다면 과연 그때는 내가 눈에 들어오기나 하겠니. 나는 편지를 짓이겨 다시 상자에 던져 넣었다. 저런 팬은 부지기수다. 내가 나의 팬을 마음에 담지 않은 것은 약 삼 년 전쯤부터였다.

예전의 기획사와 재계약을 하지 않고 스카이하이 기획사로 넘어왔을 때 항간에는 스카이하이에서 제시한 거대한 계약금 때문에 자신을 키워준 기획사를 배신했다는 소문이 나돌았다. 물론, 소문으로만 일축할 수 없는 재정적인 문제가 있는 것도 사실이었고, 스카이하이에 존재하는 엄연한 나의 사랑, 다니엘이 있었던 것도 나만 아는 사실이었다. 결국에 나는 무명의 나를 발탁한 기획사와 이별을 결정했다. 그들과 정이 없던 것은 아니었으나 사실 그 회사는 나를 더 크게 키워줄 여력이 되지 않았다. 나는 화려하게 비상하고 싶었다. 내가 이렇게 크기까지 얼마나 많은 고통을 겪어야 했는데, 그 기획사에서 얼마나 많은 접대와 향락에 몸을 썩혀야 했는데… 나는 그곳에 더는 머무르고 싶지 않았다. 그래서 스카이하이의 뒷배를 믿었고, 그 증거로 그들의 넉넉한 계약금을 더 믿었다. 그리고 그 중심에는 언제나 다니엘이 존재했다.

그런 나에게, 팬이라면 당연지사 무한의 응원을 보내야 함이 마땅했다. 그들은 나, 즉 제니라는 영주에 예속된 농노였을 뿐이며 큐피드의 화살을 맞고 맨 처음 나라는 여자에게 내리꽂힌 사랑의 포로였으니 말이다. 하지만 그들은 냉철했다. 그들은 인터넷이라는 추한 익명의 바다에서 눈에 칼을 세우고는 자판을 두드려대었다. 나는 그들이 던진 무형의 무기(武器)에서 방패 하나 없이 상처를 만끽해야만 했다. 무수한 악성 댓글에서 헤어 나올 수가 없어 그 당시에는 아예 집에서 컴퓨터를 치워버릴 정도였다. 그리고 첫 방송이 있던 날, 그룹 안겔루스 시절부터, 아니 안겔루스가 데뷔하기 전 연습생이던 시절부터, 나를 응원하고 따라주던 낯익은 나의 팬이…. 모 신인 그룹의 팬 석에 앉아 큰소리로 그들을 응원하는 것을 나는 보고야 말았다.

그때는 그것이 참으로 큰 충격이 아닐 수 없었다. 물론 선택권은 그들에게 있다. 사랑의 크기에서 그들보다 내가 더 우월하다고 느꼈던 것은 나의 편견이 낳은 또 다른 오만이 아닐 수가 없었다. 하지만, 그때 본 그들은 마치 '철새' 같았다. 철을 따라 이리저리 옮겨 다니며 사는 철새족. 무조건 나를 기다려 줄 것이라고 기대를 했던 나 자신이 참으로 원망스럽고 소소하게만 느껴졌다. 나는 그들에게 보란 듯이 '국민 천사'라는 타이틀을 얻고 싶었다. 그래서 죽을힘을 다해 열심히 살았다. 무대면 무대, 예능이면 예능. 오직 브라운관에 비칠 수만 있다면 또 다시 몸이라도 팔 수 있었다. 나를 본 관계자들은 혀를 내두를 정도였으니 말이다. 정말이지 내가 다시 그 시절로 돌아간다 해도 그렇게 치열하게 살아갈 수는 없을 것 같았다. 그리하여 내가 출연하는 프로그램에 '국내 최고의 여가수'라는 자막이 뜰 때쯤에는 나의 팬이 다른 누구의 팬 석에 앉는지를 일일이 확인할 수가 없을 정도로 대중의 사랑을 받고 있었다. 그러나 결국…. 나는 마음을 잃고 말았다. 괜스레 엄한 사랑을 줘 받자 서로에게 남는 것은 상처뿐이다. 그저 서로 즐기면 되는 것이다. 그들은 나에게서 대리만족을 얻고, 나는 그들에게서 경제적인 흡족을 얻고. 한마디로 우리는 상부상조(相扶相助)하는 관계. 우리는, 거기서 그쳐야만 한다.

위스키를 꿀꺽덕꿀꺽덕 삼켰다. 세상을 모르던 시절부터 바쁘게 살아온지라 이렇게 아무런 일도 하지 않는 시간이 가장 지겹고 갑갑했다. 나는 거실에 있는 컴퓨터를 켰다. 컴퓨터를 켜고 난 후 내가 제일 먼저 하는 일은 바로 나의 미니 홈페이지(mini homepage)에 접속을 하는 일이다. 이곳은 나의 단절된 문화생활을 누릴 수 있는 유일한 장소이자 티끌 세상과의 소통이며 침체한 나의 육신을 위로받는 곳이기도 하지만, 불굴의 악성 댓글자에 의해 삶에 대한 의욕을 더욱 강하게 아니 더욱 독하게 마음먹기도 하는 곳이기도 하다.

나는 늘 그래 왔듯 맨 처음으로 로그인(login)을 한다. 익숙한 손놀림. 그리고 투데이 숫자를 확인한다. 1825. 시계를 본다. 새벽 한 시 삼십 분. 자정 이후 총 1825명이 나의 홈페이지를 방문했다는 뜻이다. 다니엘과의 스캔들 이후 늘 내 홈피는 이렇게 북적인다. 좋은 현상일까? 잠시 생각에 잠기다가 방명록 확인. 대부분이 '사랑해요!' 아니면 '힘내세요!'라는 응원 글이다. 모두 낯에 익은 이름들. 낯익은 팬임이 틀림없다. 그리고 이제 안다. 칭찬 글이나 응원 글은…, 쓰는 사람만 쓴다는 것을. 고마운데, 고맙긴 한데. 정말이지 고맙지 않은 것은 아닌데…. 사실상 그들의 칭찬은 하도 많이 들어서인가 이제는 그저 그럴 뿐이다. 웬만큼 감동적이지 않은 글이고서야 조금은 시시하게 느껴지고 마는 것은 절대로 내가 오만무례하기 때문이 아니다. 팬도 뉴 페이스의 스타를 원하는 것처럼 나도 뉴 팬을 원하는 것뿐이니까.

몇몇 글을 읽어본 뒤 방명록의 페이지를 조금만 넘기면 아무리 내공이 굳건한 나로서도 여전히 눈에 거슬리는 악성 댓글이 곳곳에 도사리고 있다. 내용의 대부분은 '죽어라!'이다. 하하. 이런, 미친놈. 죽긴 내가 왜 죽어? 그렇게 남을 죽이고 싶거들랑 너 자신이나 죽여라. 나는 네 뜻에 반하여, 천년만년 벽에 똥칠할 때까지 살란다. 그리고는 사진첩과 게

시판의 댓글 확인. 이곳이 바로 호의적 댓글의 선구자인 선플러와, 악의적 댓글의 주동자인 악플러 간의 제3차 세계대전이 일어나는 역사적인 장소이다. 이곳의 댓글을 죽 읽다 보면 헛웃음이 절로 나온다. 어떠한 상황이냐 하면 바로 이렇다. 나의 사진과 글을 게시하면 아래로 호의적인 댓글이 쭉 달린다. 그러면 그 사이사이로 꼭 하나씩은 악성 댓글이 달린다. 그럼 그 악성 댓글 아래로 나의 수호천사, 선플러들이 호통질을 하기 시작한다. 그런즉 보통의 악플러는 꼬리를 내리기 마련인데 불굴의 의지를 갖춘 대한민국의 악플러는 선플러의 호통바람을 거센 의지로 이겨내며 더욱 독한 악성 댓글을 용기 있게 뿜어내고는 한다. 바야흐로 전쟁의 시발점이다. 누구의 승리로 끝이 날까? 물론 승리자는 없다. 그리고 패배자 또한 없다. 전쟁이 늘 그렇듯 남는 것은 패잔병뿐. 그러니까 제3차 세계대전인 게지. 가끔은 외국인도 영어나 일본어로 합세하고는 하니까 세계대전이 맞다. 그렇다면, 패잔병의 주인공은? 그렇다. 바로 나다. 내 홈페이지에서, 내 사진이나 내 글로 싸움을 하는 이들의 주제가 바로 '나' 인만큼 피해자도 나다. 위로해 주어도 소용없다. 연예인이란 형벌을 가진 죄수 번호 1989. 그리고 그녀의 이름은 제니.

불쌍한 나는 온라인에서는 늘 죄수복을 입은 채 마지막으로 쪽지와 메일을 확인한다. 쪽지 327통. 읽어도, 읽어도 끝없이 쌓여가는 나의 받은 쪽지함. 그리고 메일은…. 클릭을 안 한 지가 오래. 숫자가 높을수록 나에 대한 관심을 나타내는 대중들의 수치도 높다는 이야기이겠지만 그중에는 자신의 영리를 위한 각종 홍보를 하는 사람의 숫자도 무시할 수는 없다. 자신의 사이버 쇼핑몰이나 자신의 미니 홈페이지를 클릭하게 하려는 사람의 좋지 못한 의도. 하긴 먹고는 살아야 하니까, 이해는 해주겠는데 왜 하필 남의 개인 홈페이지에 와서 이 난리람? 아무튼, 더

보기 싫으니까 홍보 글은 삭제하도록 하자.

그러고도 간혹 시간이 남을 때는 일촌의 업데이트 현황 확인. 나의 일촌 중 가장 자랑스러운 이는 바로 그 사람, 다니엘이다. 같은 기획사 식구였기에 가능했던 일촌. 여기서 내가 말하는 일촌이란, 미니 홈페이지를 이용하는 사람 간에 서로 친구를 맺는 일이다. 요즘엔 자신의 '사촌' 얼굴은 몰라도 '일촌'이라면 그들의 아바타가 입은 옷까지도 외우고들 산다지 않은가. 정말이지 헛헛하지 않을 수가 없다.

다니엘의 미니 홈페이지에 들어가 보았다. 그를 닮아 온통 검은색인 배경 화면. 그리고 배경음악. 존 덴버(John Denver)의 렛 잇 비(Let It Be). 무슨 뜻일까? 자신을 좀 내버려 두라는 뜻인가? 후후. 이것 또한 '신종(新種) 병(病)'이 아닐 수 없다. 말이나 글로 심중소회를 간파하지 않고, 그저 아바타의 상태나 이모티콘의 표정, 또는 배경음악으로 상대방의 마음속 이야기를 잡아내려 하는 것. 무릇 나 뿐만은 아니다. 자신의 마음을 대변하는 이모티콘 한두 개쯤은 마치 '애완 그림'처럼 키우고 있으니 말이다. 뭐, 사는데 그다지 관계없으니 심각하게 고민할 필요는 없다. 복잡한 말이나 글 따위보다 훨씬 단순해서, 좋으면 좋았지 나쁠 일은 없지 않은가. 아마도 몇 십 년 뒤면 세상은 더욱 단순해질지 모른다. 우리는 세종대왕님께서 창제하신 빛나는 한글 따위, 지금의 독도처럼 냅다 일본에 팔아 버리고 올망졸망 그려진 카드 몇 십 장만을 들고 세상을 누빌지도 모른다. 생각해 보니 몇 십 장도 필요 없겠다. 그저 웃는 모습, 우는 모습, 화난 모습. 이 석 장의 카드만 있으면 온종일 소통할 수가 있다. 상대방의 말을 듣기보다는 내 말을 들어 달라는 사람으로 떡을 치니 말이다. 그러고 보니 미래에는 웃을 일도 없지 싶다. 웃는 모습의 카드는 빼야지. 웃는 모습 대신에 상대방을 칼로 찌르는 모습, 뭐 이린 것을 추가해야 하지는 않을까? 날이 갈수록 웃는 날은 줄어들고 해를 끼치는 날만이 늘어가니 말이다.

벌써 위스키가 바닥을 보인다. 양이 줄어갈수록 기분은 좋아진다. 렛 잇 비. 음(音)도 좋고 악(樂)도 좋다. 하지만, 그를 생각하면 다시금 혼란스럽다. 그의 홈페이지는 글을 올릴 공간이 없다. 그는 방명록도, 게시판도 허락하지 않는다. 모두 닫힌 상태이다. 쪽지 역시 받지 않는다. 그럼에도, 나는 그의 홈페이지에 들어간다. 마치 헤어진 남자친구를 잊지 못하는 스토커같이 말이다. 그의 투데이 수는 벌써 3,650. 나의 경쟁자가 될지도 모를 사람이 모두 3,650명. 답답하다. 나는 위스키 병의 마지막에 깔린 술마저 비워 버렸다.

나는 그들에게 또 무언가를 보여주고 싶었다. 나는 너희와는 달라. 암, 다르고말고. 그래서 '일촌 평'을 쓰기로 마음먹었다. 일촌만이 할 수 있는 이야기. 뭐 좀 있어 보이는 그런 거? 기획사에서 잠재웠음에도 그와의 스캔들이 '자작(自作)'이라는 사실이 이미 누리꾼에게 거론되고 있었기 때문에 나의 이미지는 걷잡을 수 없이 망가졌다. 그래, 대중은 나의 실체를 아는데 나만 나를 모르는 건지도 몰라. 기왕지사 해보고 싶은 것은 다 해보자! 일단 결심을 하게 되면 실행은 가차 없어야 한다. 그것이 인생의 진리다.

「오빠는 언제나 나에게 큰 힘이 되네요. 고마워요. 그리고 사랑해요….」

규칙은 깨라고 있는 것이며, 사고는 치라고 있는 법! 이후의 파장이 얼마나 크게 와 닿을지는 아무도 몰랐다. 알기도 싫었다. 술기운이 오른

헤라(Hera)

다. 잠이나 자고 싶었다. 휴대전화의 시계를 보았다. 새벽 세 시. 휴대전화는 시간을 볼 때 외에는 애물단지다. 속세에 저당 잡힌 단신(單身)의 흉물. 이까짓 것 없어도 나는 충분히 행복할 수가 있다. 나의 자유를 방해하는 필요악(必要惡). 나는 고민하지 않고 휴대전화를 꺼 버리기로 한다.

슬슬 잠이 온다. 한데 침실까지 가기도 귀찮다. 그저 소파로 걸어가 축 늘어진 몸을 그대로 맡긴다. 눈이 감긴다. 찬양하라, 가련한 숙면의 희생양이여!

"딩동! 딩동!"

뭐지? 초인종인가…. 그럼 매니저? 지금이 몇 시인데? 휴대전화를 열어본다. 꺼져 있다. 벽시계를 본다. 아직 새벽 다섯 시도 되지 않은 시각. 왠지 모르게 휴대전화의 전원을 켜면 부재중 전화와 쌓인 문자 메시지에 모처럼의 평화가 분산될지도 몰랐다. 그렇다면, 지금 내가 할 수 있는 일은 과연 무엇이란 말인가? 그리고 대체…. 누가 이렇게 이른 시각에 초인종을 눌러대는 것인가? 술에 취해 제집인 줄 알고 엄한 벨을 누르는 불청객이겠지. 에라, 모르겠다. 귀를 틀어막고 잠이나 계속 자야지….

"딩동! 딩동! 딩동!"

아, 시끄러워…. 도대체 이 아파트의 경비는 뭘 하는 거야? 이따위 주정뱅이 하나 건사하지 못하고? 저런 사람 때문에 나, 천하의 제니가 잠을 설쳐서야 하겠는가. 안 되겠군, 내일은 매니저를 시켜 경비에게 단단히 주의라도 줘야겠어. 그건 그렇고 저 사람, 도대체 누구지?

"딩동! 딩동! 딩동! 딩동! 딩동!"

혹시 내가 아는 사람인가? 아니면 내가 모르는 무슨 큰일이라도 일어
난 건가? 이거, 매니저에게 전화라도 해봐야 하나…. 새벽 다섯 시. 그리
고 어두운 내 집 거실에 홀로 환하게 빛나는 컴퓨터의 바탕 화면. 왠지
모를 위한 분위기…. 혹시…, 괴한의 침입인가? 당대 최고의 여가수 납
치 사건?

"……."

갔나? 갔어? 휴…. 갔나 보다. 괜히 놀랐군. 하긴, 괴한이었다면 소리
소문 없이 문을 따지 멀쩡히 초인종을 누르겠어? 요즘 들어 술을 많이
마셨더니 내가 좀 나약해지긴 했나 보다. 머리가 지끈거린다. 좀 더 자야
겠어. 그래, 그러고 보니 내가 왜 멀쩡한 침실을 놓아두고 추운 거실에
서 잠을 자는 것이지? 이렇게 쌀쌀한 거실의 소파에서 잠을 청할 게 아
니라 따뜻한 침실로 들어가야겠다. 나는 얼른 몸을 일으켰다. 목도 컬컬
하고 온몸이 찌뿌드드한 것이 감기가 오려나 보다. 뭐, 한숨 푹 자고 나
면 괜찮아지겠지. 모처럼 스케줄도 없는데 말이다.

침실로 들어가려고 하자 유독 번쩍이며 빛나는 컴퓨터의 모니터 불빛
이 눈에 띈다. 그래, 끄고 자야지. 나는 컴퓨터의 전원을 끄려고 의자에
앉았다. 가만, 내가 잠들기 전에 다니엘의 홈페이지에다 무슨 짓을 한
것 같은데…, 도대체 뭐지? 그래, 맞다! 일촌 평. 대관절 내가 무슨 짓을
한 거야? 이런 미친…. 급작스럽게 후회가 밀려온다. 제길, 또 박 이사에
게 한 소리 듣겠군. 거기다 나의 미니 홈페이지는 보지 않아도 뻔하다.
무수하게 쌓인 방명록과 쪽지. 바로 나의 팬이 보낸 나에 대한 실망감
가득한 글, 그리고 그 사람의 팬이 보낸 협박 가득한 글. 당분간 쪽지를
받지 말아야겠다. 그리고 방명록도 닫아 놓아야지….

나는 미니 홈페이지에 접속하려고 인터넷의 창을 켰다. 인터넷 폴더

헤라(Hera)

335

를 더블 클릭함과 동시에 나타나는 포털 사이트. 나는 별 신경을 쓰지 않고 즐겨찾기에 있을 미니 홈페이지를 클릭하려고 했다. 그 순간…. 엇, 이게 뭐지? 실시간 검색어에 떠있는 저 단어. '기자 모텔 살인', 그리고. '…제니?' 아니, 저게 도대체 무슨 소리지? 나는 불현듯 스치는 불안감을 안고 본능적으로 글귀를 클릭했다.

지난 15일 서울 홍대 근처의 모 러브호텔에서 유명 잡지의 연예부 기자인 최00 기자가 변사체로 발견되어 큰 충격을 주고 있다. 목에 시디 조각이 꽂힌 채 피를 흘리며 쓰러져 숨진 이를 오후 2시경 모텔 주인이 발견했다. 최 씨가 숨진 모텔의 주인 전 모(60)씨는 이날 오후 2시경 투숙한 남녀가 퇴실 시간이 다 되도록 인기척이 없는 것에 의구심을 품고 방문을 열고 들어갔다가 이를 발견했다. 전날 남녀가 함께 투숙을 했으나 현장에 여자는 없었고 투숙한 남자의 옆에는 인기가수 제니의 시디 조각이 널려 있었다고 한다.

더욱이 놀라운 것은 살해를 당한 남자는 바로 몇 일전 인기 가수 제니의 스캔들 기사를 지면에 내었던 기자로 밝혀진 것이다. 그리고 경찰 측은 자세한 내막은 부검을 통해 알아보아야 한다고 전했지만, 함께 투숙을 했던 내연녀가 현장에 없었다는 점, 그리고 목에 조각난 제니의 시디 조각이 꽂혀 있었다는 점으로 스캔들 당사자의 팬이 벌인 어이없는 복수극이 아닐까 하고 입을 모았다.

함께 투숙을 했다고 하던 여자는 이미 종적을 감춰 용의자 1순위로 꼽힌 상태이다. 이 같은 비극적인 사망 사건은 풀리지 않는 의혹만을 남긴 채 끝을 맺어서는 안 된다. 이른 시간 안에 용의자가 검거되어 자세한 내막을 풀고 고인의 억울한 발자취를 달래주어야만 할 것이다.

나는 그만 정신이 혼미해지고 말았다. 도대체 왜 이런…. 이 사람은 바로 나의 스캔들을 만천하에 공개했던 최세길 기자임에 틀림이 없었다. 그런데 그 사람이 죽어? 그것도 목에 나의 시디 조각을 꽂은 채 살해를 당해? 세상에 어떻게 이런 일이 있을 수가 있다는 말인가…. 나는 인터넷 기사를 닫고는 흐느낄 수밖에 없었다. 나에게 이런 일이 일어날 줄이야. 이 기사대로라면 정말 나와 그 사람의 스캔들에 실망을 한 팬이 벌인 짓이라는 말밖에는 되지 않는다. 그렇다면, 나나 다니엘에게 협박해야지 왜 죄 없는 최세길에게 이런 짓을…. 아니야, 아닐 거야…. 분명히 잘못된 기사일 거야. 그래, 이건 오보야. 오보가 틀림없어….

아니다. 그래도 사실 확인이 필요했다. 나는 얼른 휴대전화를 켰다. 이 순간 휴대전화는 나의 자유를 억압하는 은빛 쇠고랑이 아니라 오로지 절망의 나락에서 어쩔 줄 몰라 하던 나에게 하늘이 내려준 구원의 썩은 밧줄이었다.

부재중 전화 17통, 매니저, 매니저, 매니저, 박재현 이사, 박재현 이사, 매니저, 매니저…. 문자 메시지 11통.

「어디야?」, 「전화는 왜 꺼놨어?」, 「이거 보는 즉시 전화해.」,

「치명타야. 막을 틈도 없이 기사가 나갔어.」, 「빨리 연락해.」….

할 말이 없었다. 눈앞이 캄캄해진다. 이제 어떻게 해야 하나. 스캔들에 살인사건에. 하릴없이 운명의 파도에 휘말리는 것만 같다. 순간 휴대전화의 벨이 울린다. "폴 인 러브, 폴 인 러브… 사랑에 빠지고 만 거야…." 나의 노래가 휴대전화에서 흘러나온다. 과연 다시 이 노래를 부를 수 있을까? 순간 모든 것을 포기하고 싶어졌다.

"여보세요?"

"제니? 야! 너 지금 어디야?"

익숙한 목소리와 말투, 언제나 한결같이 찐득거리는…. 발신번호를 확인할 필요도 없이 그가 박재현 이사라는 것을 알 수 있었다.

"집인데요."

"그런데 뭐 한다고 휴대전화를 꺼놓은 거야? 내가 얼마나 걱정을 한 줄 알아?"

걱정 따위…. 웃기지도 않는다. 내가 걱정되는 것이 아니라 나로 말미암아 당신이 벌어들일 그 수익이 걱정되는 거겠지. 진짜 당신이 걱정되는 사람은 그 사람 하나밖에 없을 거면서…. 자나 깨나 다니엘, 다니엘. 당신에겐 늘 다니엘뿐이지. 후후. 그건 마치 나 같군….

"죄송해요. 하도 피곤해서 그냥 잠들었는데. 배터리가 나갔나 보군요. 그런데 어쩐 일로 저에게 직접 전화를 하신 거죠? 나는 다니엘도 아니잖아요?"

"다니엘? 너 지금 무슨 소리를 하는 거야? 정신 차려! 그건 그렇고, 지금 기사는 봤어?"

"기사요? 무슨 기사요?"

"모텔 살인사건 기사 말이야. 저번에 너 자작 스캔들 냈던 그 기자. 죽었어! 죽었다고!"

"그래요? 그런데 그게 나와 무슨 상관이 있다는 거죠?"

나는 애써 심드렁한 투로 말했다. 왜냐하면, 나와는 전혀 관계가 없는 일이어야 했었으니까….

"그런데 그 사람이 살해를 당할 때 목에 네 시디 조각이 꽂혀 있었나 봐. 이거 기자들이 잘못 엮으면 네 음반에도 치명타가 되겠는 걸?"

"아, 그러니까 그게 나와 무슨 상관이냐고요!"

나는 결국 목소리를 높이고 말았다.

"물론 너와 직접적인 관련이 있는 것은 아니지…. 하지만, 진짜 너나 다니엘에게 미친 정신 나간 광팬이 그랬을 수도 있다는 말이다. 그렇게 되면 너희 둘의 이미지에도 큰 타격이 있을 수가 있고…."

효과 만점. 박 이사의 목소리가 점점 수그러진다.

"어떻게 그게 우리 팬이 한 짓이라고 명확하게 결론 내릴 수가 있는 거죠? 나는 절대로, 절대로! 인정할 수 없어요. 그 일은 나와 우리 팬과는 아무런 관계가 없는 일이니까. 이사님이 알아서 하세요! 나는 이 일에 대해서 아무것도 모르는 걸로 할래요."

"그래, 그러자고. 기사가 더 번지는 것은 우리가 막을 테니까, 너도 당분간은 조용히 있어. 또 저번처럼 사고 치지 말고! 알았어? 최대한 집에 틀어박혀 있어. 오후에 집으로 들를 테니까, 무조건 쥐죽은 듯 얌전히 있어! 알겠지?"

지랄 발광 네굽질. 짜증이 난다. 내가 무슨 똥오줌도 못 가리는 강아지 새끼인가? 하긴…. 그럴지도 모르지. 술김에 그 사람 미니 홈페이지에 쓸데없는 짓이나 하고. 정말 똥오줌 못 가리는 강아지인지도 모른다. 그러니, 제발 그 사람이 나를 좀 사육해 주었으면 싶다.

후유. 또 술이 고픈 걸 보니 영락없는 주정꾼이 되었나 보다. 또 찬장에서 위스키 한 병 꺼냈다. 안주나 얼음 따위도 필요 없다. 나는 뚜껑을 열고 그 독한 술을 꿀꺽꿀꺽 잘도 삼켰다. 속이 쓰라려 온다. 속과 함께 마음도 아파져 온다. 그리고 눈물도 난다. 제길, 인생길을 잘 걸어가다가 마치 낭떠러지에 안착한 기분이다. 말 그대로 안착. 불행히도 낭떠러지가 부담스럽지 않고 편한 느낌이다. 더는 떨어질 곳도 없는 밑바닥이어서, 그런가?

“괜찮아. 구름이면 어떻고 낭떠러지면 어떠하랴. 이미 인생의 정점을 즐긴 나인데…”

이런 말을 내뱉는 내 목구멍이 다랍다. 나는 위스키를 목구멍에다가 콸콸 퍼부었다. 다라움이여, 씻겨라, 씻겨라, 씻겨라….

그 순간, “딩동! 딩동! 딩동!”

또 시작이다. 방금 살인 기사를 보았던 터라 두려움이 앞선다. 그런데 도대체…. 누굴까?

“딩동! 딩동! 딩동! 딩동! 딩동!”

나는 거실 한가운데 소리를 죽인 채 붙박이장처럼 굳어갔다.

“딩동! 딩동! 제니 언니! 안 계세요? 저 팬인데요! 언니, 문 좀 열어주세요!”

문틈으로 가녀린 소녀의 목소리가 흘러들어 왔다. 나는 위스키 병을 들고 현관으로 갔다. 그리고 인터폰을 보았다. 교복을 입고 검은색 머리를 양 갈래로 땋은 예쁘장한 여고생이었다. 여고생은 밖이 몹시도 추웠는지 목도리를 두르고 가슴에는 크고 기다란 선물을 안고 있었다.

“휴….”

입에서 가느다란 한숨이 새어 나왔다. 아니, 한숨이 아니라 긴장을 유괴한 나의 두려움의 마지막 목소리였다. 나는 인터폰을 들고는 여고생에게 말했다.

“누구세요?”

그 여고생은 눈을 크게 뜨며 말했다.

“어. 언니? 제니 언니! 저 언니 팬 카페 회원인 ‘헤라’예요! 기억 안 나세요? 저번에 제 글에 댓글도 달아주셨잖아요! 모르시겠어요?”

“아…. 내가 그랬나요? 기억은 잘 나지 않지만…. 그런데 이렇게 이른 시간에 웬일이죠?”

“언니가 너무 걱정되어서 학교에 가기 전에 한번 와 봤어요. 잠깐만 문 좀 열어주시면 안 되나요? 언니 드리려고 선물도 가지고 왔는데…. 선물만 전해 드리고 금방 갈게요.”

팬? 헤라? 선물? 그래. 뭐, 여고생 팬이라는데 별일이야 있겠어?

“그럼 잠시만 기다려요.”

나는 위스키를 식탁 위에 올려두고 방으로 들어가 대충 손에 잡힌 모자를 눌러쓰고는 문을 열었다. 문밖에는 교복을 입은 여고생이 여전히 서 있었다. 키가 늘씬하고 예쁘장하게 생긴 아이였다. 그 아이는 검은색 목도리와 검은색 장갑을 끼고 있었다.

“고맙습니다.”

아이는 참으로 이상하게도 나의 팬이라면서 나를 보는 얼굴이 비교적 차분하고 평온했다. 다른 아이들처럼 소리를 지르거나 수다스럽지도 않았다.

“들어와요. 날씨가 상당히 춥나 봐요? 목도리와 장갑으로 완벽히 무장을 했네.”

아이는 거실로 들어왔지만, 여전히 말이 없었다. 의이스러웠지만 좋아하는 연예인을 가까이하는 것이 처음이라 긴장되어 그럴 것으로 생각됐다.

“외투랑 목도리 벗고 거기 소파에서 몸 좀 녹여요. 언니가 코코아 타 줄 테니까.”

나는 식탁 위의 위스키를 찬장 위에 올려놓고는 나를 보고자 추위에 떨었을 소녀를 위해 물을 끓였다. 팬 카페의 회원이라고 했으니 나의 이 따스한 행동을 인터넷에 올리겠지? 그럼 나는 하나의 팬도 소중하게 여기는 멋진 연예인으로 온라인에 소개되는 것이고. 아차! 그렇다고 수만 명의 팬이 내 집에 몰려오는 것은 아닐까? 그건 그렇고, 저 아이는 내 집을 어떻게 알아냈던 것일까?

"그런데 집은 어떻게 알았어요?"

나는 물이 끓는 동안 소녀의 곁으로 가서 질문했다. 소녀는 다소곳하게 소파에 앉은 채로 나를 올려다보며 말했다.

"인터넷으로 알았어요."

"인터넷? 후후. 거기에 내 집의 위치도 나와 있나요?"

"물론이죠. 인터넷에는 없는 게 없잖아요? 조금만 주의를 기울이면 집 주소 정도야 쉽게 알아낼 수가 있죠."

소녀는 주야장천 오연한 태도로 말을 이어나갔다. 나의 팬인지조차 의심스러울 정도로 구태의연했다. 나는 소녀의 가까이에 가서 눈을 쳐다보며 말했다.

"그래요, 거기까지는 좋아요. 그런데 절대로 내 집 주소를 인터넷에 올리거나 그러면 안 되는 거 알죠? 다른 팬이 모두 찾아와서 문 열어달라고 그러면 언니가 조금 곤란해지거든요?"

"네, 알겠어요. 그렇게 할게요. 그런데 언니. 혹시 술 마셨어요? 언니에게서 술 냄새가 진동하네요?"

뜨끔하다. 이 녀석…. 아무리 그래도 그런 말을 면전에 대고 하다니. 여간내기가 아닌 걸? 그런데 이 아이 아까부터 무언가가 이상하다. 소녀라고 하기에는 조금 나이가 들어 보인다. 가까이서 보니 그런 느낌이 더욱 확연히 들었다. 물이 다 끓으면 빨리 이 아이에게 코코아를 먹이고 내보내야겠다. 나는 아무렇지 않은 듯 말을 이었다.

"아, 술이요? 어제 회사 회식이 있었어요. 그래서 어쩔 수 없이 마시게 되었죠. 술 냄새, 많이 나나요?”

“회사 회식이요? 그럼…. 그 자리에 다니엘도 있었나요?”

“네?”

깜짝 놀라고 말았다. 다니엘…? 나의 팬이라면서 왜 그게 궁금한 거야? 왠지 이 아이, 느낌이 좋지 않다. 아…, 그냥 없는 척했을 걸…. 하지만, 이 모든 건 과거지사.

“아…, 아니요. 없었어요. 그는…, 자리에 없었어요.”

나는 떨리는 목소리로 대답했다. 소녀는 여전히 나를 향해 번뜩이는 눈초리를 쏘아대었지만 나는 눈빛을 마주하지 못하고 고개를 떨어뜨렸다. 그때였다.

“삐리릭, 삐리릭.”

주전자의 외침이었다. 주전자는 나로 하여금 물이 다 끓었으니 얼른 코코아를 대접하고 소녀를 밖으로 내보내라고 소리치고 있었다. 한데 오늘따라 그 소리조차 음산하게 들려왔다.

“잠깐만요.”

그리고 나는 얼른 주방으로 달려갔다. 코코아 분말을 담은 머그잔에 뜨거운 물을 부었다. 긴 숟가락으로 뜨거운 코코아차를 휘휘 저으며 생각했다. ‘이걸 건네면서 곧 스케줄이 있으니까 얼른 가라고 말해야겠다. 그나저나 저 아이, 선물은 왜 주지 않는 거지? 아무튼, 이제 내가 할 도리는 다했다. 아이가 코코아차를 다 마실 때까지 옆에서 지켜보며 빨리 가라는 무언의 압박감을 주어야겠다. 그러려면 제일 먼저 머그잔을 건네며 어머, 곧 학교 갈 시간이네? 이거 마시고 얼른 가 봐요, 지각하겠네. 그리고 이제 언니도 스케줄을 가봐야 하거든요? 알겠죠? 라고 해야겠다. 그럼 이 아이도, 네 알겠어요. 감사합니다. 하며 머그잔을 건네받겠지. 그리고 언니, 이거 선물인데요. 할 것이고. 그럼 나는 그 선물을 받으며…. 참, 그런데 저 아이, 왜 아직 검은색 장갑은 벗지 않는 거야? 외투며 목도리는 벗었는데 장갑은 도대체 왜 안 벗는 거지? 그렇게도 손이 시리나? 하여튼 이상한 점투성이인 아이다. 얼른 내보내야지….' 라며 나는 머그잔을 들고 뒤를 돌아서는데….

"헉!"

그리고 뒤를 잇는 소리. '쨍그랑!'

"앗 뜨거워! 아유, 깜짝이야! 그렇게 슬그머니 언니 뒤로 와 있으면 어떻게 해요? 놀랐잖아! 아, 컵도 떨어뜨렸네, 이걸 어째!"

소파에 앉아 있어야 할 아이가 어느새 바로 내 뒤에 와서 음흉한 미소를 짓고 있었던 것이다. 적어도 내가 볼 때는 음흉한 미소임이 틀림없었다. 나는 이미지 관리는커녕 놀란 가슴조차 진정시키지 못한 채 버럭 짜증을 내었다. 아이는 아랑곳하지 않고 빙글빙글 쪼개며 나에게 말했다.

"괜찮아요, 제니 씨. 코코아차는 별로 좋아하지 않으니까."

뭐? 제니 씨? 나는 깨진 컵 조각을 주우러 쪼그리고 앉았다가 의외의 소리에 놀라 고개를 들었다.

"너, 방금 '제니 씨?'라고 했니?"

"그래요."

"그, 그래요?"

"그럼 언제까지 언니라고 불러야 하나? 아니, 제니 씨가 나보다 한참이나 어린데 끝까지 꼬박꼬박 존대를 받길 원하는 건가?"

아니, 이 여자가! 나는 얼른 일어나려고 했다. 앗…! 그러나…, 도저히. 도저히, 일어날 수가 없었다.

"헉…."

돌차간에 어깨에 꽂힌 주사기. 소녀. 아니, 여자의 오른손에 언젠가부터 들려져 있던 주사기가 지금은 나의 오른쪽 어깨에 꽂혀 파르르 떨리고 있었다.

"이, 이건…."

"동물성 마취제야. 이제 곧 네 몸은 돌처럼 굳어갈 거야. 안심해. 큰 아픔은 없을 테니까."

"도대체…. 왜, 나에게…."

"도대체 왜 너에게 이런 짓을 하는 거냐고? 이 바보야. 그건 네가 더 잘 알잖아. 스캔들? 웃기고 있네? 다니엘이 너 같은 년을 봐주기나 할 것 같아?"

"그럼…, 그 스캔들, 스캔들 때문에…."

"아니. 당연히 그 스캔들은 기자의 오보일 것으로 생각했어. 설마 여가수가 제 입으로 거짓을 꾸며내기야 했겠어? 당연히 오보이지. 아무렴, 오보이고야 말고."

"그럼…. 그렇다면…."

"응. 그래서 오보를 낸 기자는 내 손으로 벌을 주었지."

'아, 최세길 기자….'

나는 눈물을 흘리며 쪼그린 자세 그대로 옆으로 쿵 하고 쓰려졌다.

"궁금한 것은 끝까지 이야기를 해 주어야겠지? 그런데 내가 왜 너에게 왔느냐고? 잘 생각해봐. 왜 너를 찾아왔는지. 기억 안 나? 네가 다니엘의 홈피에 했던 짓을? '고마워요. 그리고 사랑해요?' 쿡쿡. 미친 거지? 사랑해? 누가, 누구를? 네가, 우리 다니엘을? 웃기지 마. 너, 더는 다니엘에게 꼬리를 흔들지 못하게 해 주겠어. 너 때문에 나의 사랑이 울고 있잖아. 암, 그래선 안 되지…. 다니엘은 너 따위와는 달라. 그는 고결한 남자야. 너처럼 함부로덤부로 몸을 굴리는 천한 년이랑은 비교도 될 수 없는 사람이란 말이지. 그래서 이제 다시는 네가 다니엘에게 붙지 못하도록 내가 선물을 가지고 왔어. 기대해.”

여자가 들고 온 선물을 뒤적이는 모습이 희미하게 느껴진다. 포장을 뜯은 상자 속에서 꺼낸 것은 다름 아닌 다니엘의 콘서트 포스터. 그녀는 콘서트 포스터를 내 앞으로 들고 왔다. 그리고 한쪽 모서리를 뾰족하게 한 뒤 그것을 둘둘 말기 시작했다. 잠시 후 탄탄하게 말려진 포스터는 날카로운 원뿔 모양의 병기(兵器)가 되었다. 그녀는 말했다.

“너 따위는 사라져야 해. 착한 우리 다니엘이 너에게 선물로 주라고 하더군. 부디 잘 가라.”

여전히 담담한 표정의 그녀는 양손에 쥐어진 원뿔체를 순식간에 나의 목 가죽을 비집고 쑤셔 넣었다. 의식이 사라지면서 아주 어릴 적에 읽었던 그리스 로마 신화의 한 등장인물이 생각났다. 그리스 최고의 여신이자, 질투의 여신이기도 한 ‘헤라’ 여신…. 그래, 헤라. 그녀는 진정, 헤라였다.

전 (前)

당신의 그림자와 함께 살던 나는 지금이 낮인지, 밤인지, 비가 오는지, 바람이 부는지조차 몰랐던 것이다. 이 모든 게 저주였다. 당신이란 사람, 그 헤어 나올 수 없는 저주. 나는 구두를 신은 채로 다시 방에 들어와 그 사람과 함께 찍은 사진 앨범을 꺼내었다. 그리고 당신의 사진이란 사진은 모조리 조각내었다. 목을 자르고 팔을 자르고 다리를 잘라 난자했다. 그것은 살고 싶다는 나의 마지막 발악이었다.

상쾌한 아침이라고 하기에는 영 찌뿌듯하게만 느껴지는 햇살이 방 안을 완만히 비추고 있었다. 오랜만에 햇살을 보고자 집 안의 재색 커튼을 모두 걷고 잠들었던 것이다. 분명히 햇살은 구름보다 더욱 크고 추대 받아야 할 존재임이 분명한데도 그는 잿빛 구름 하나를 물러서게 하지 못하고 그의 그늘에 가려 만인의 부름을 받을 제 빛조차 숨기고 있었던 것이다. 물론 햇살이 나의 이야기를 듣고 있을 리가 만무하겠지만 나는 사실 그런 햇살조차 탓하지 못하고 있었다. 아니, 탓하기는커녕 내 몸조차 양껏 가누지를 못했다는 사실에 분통을 터뜨렸다고 하는 것이 옳았다. 왜냐하면, 나는 오만상을 찌푸려가며 그것도 겨우 비틀비틀하여 몸을 일으킬 수 있었기 때문이다. 젊디젊은 몸뚱이가 그깟 술기운 하나를 이겨내지 못한다는 생각이 드니 절로 제길… 이라는 말이 흘러나왔다. 그래도 아침인데, 괜한 욕설을 내뱉었다가는 나의 하루 일과 역시 손쉽게 그르칠까 봐서 입을 다물고 말았다. 상체를 일으키

"

자마자 머리가 깨질 것처럼 쑤셔왔다. 아마도 누군가가 나의 뇌하수체에서 작은 굴착기로 삽질을 해대는 것 같았다. 그래도 견뎌야만 했다. 아무리 솜씨 좋은 도둑일지라도 간밤에 그것도 아무도 몰래 집에 들어와서는 굴착기를 머리통에 쑤셔 박을 놈은 없었을 테니 말이다. 어서 욕실로 가고 싶다. 우당탕. 나의 발에 걸린 위스키 병들이 볼링공처럼 쓰러졌다.

"제길!"

결국, 내뱉고 말았다. 언제나 알코올의 명령은 이성적인 사고를 거치지 않은 행동만을 지지했다. 괜찮다. 그래도 스트라이크다. 과연 이 상황을 좋아해야 하나, 싫어해야 하나….

제법 큰 소리가 났음에도 여전히 술병을 세울 수 있을 만큼 정신이 온전하게 돌아오지는 않았다. 저도 밤새 서 있느라 무던히 힘들었을 텐데 잠시간 누워있는 것도 괜찮겠지. 나는 피식 거리며 욕실로 향했다. 습관처럼 불을 켜고 속옷을 내리고 변기 위에 걸터앉았다. 쪼르르. 시냇물이 바위에 부딪히듯 맑은 오줌 줄기가 시멘트를 돌진한다. 가만히 들어보니 별로 맑은 것 같지도 않다. 왜일까, 뜨듯한 오줌 줄기처럼 무언가 아침이 섭섭하게 느껴지는 이유는. 물론 그 이유는 누구보다 내가 잘 알고 있었다. 매일 아침을 함께해오던 그 사람의 모닝콜 벨 소리가 없음이었다. 나의 연인이 나를 위해 만들어 준 음악…. 물론 휴대전화기에서 음악을 삭제하지는 않았다. 버릴 수 없었음이 더욱 옳은 표현이었을 게다. 그의 음악을 담은 휴대전화는 여전히 나의 침대 위에 놓여 있었고, 그의 음악 파일 중 단 하나도 사라진 것은 없었다. 단지 부서졌을 뿐이었다. 단단한 벽에 던져 전화기를 부셔놓지 않았다면, 매일 아침 흘러나오는 모닝콜에 난 또다시 울고 말았을 것이다.

쪼르륵 소리가 방울방울 사라질 즈음 나는 물을 내리고 속옷을 추어 올렸다. 그리고 습관처럼 세면대를 향했다. 수도꼭지를 열어 쏴 하고 쏟아지는 물줄기를 잠시간 바라보다가 손을 가져다 대었다. 차다. 그래도 나는 손을 빼지 않았다. 마디마디가 으스러질 것 같았다. 손은 점점 굳어갔지만, 정신은 서서히 돌아오고 있었다. 하지만, 정신을 차리지 않는 편이 나을지도 몰랐다. 지금 사는 것을, 과연 사는 것이라 칭할 수 있을까…. 나는 고개를 들어 거울을 보았다. 순간 "악!" 하는 괴성을 지르고 말았다. 거울 안에는 핏기 없는 괴물이 노려보고 있었던 것이다. 놀란 마음에 나는 "누구야!" 하고 크게 소리를 질렀다. 그러자 그와 동시에 거울 속의 괴물도 나를 향해 '누구야!' 하며 되물어 왔다. 나는 괴물을 향해 한쪽 손을 뻗었다. 그러자 그 괴물도 반대쪽 손을 뻗어 나를 향해 다가왔다. 그랬다. 괴물이 아닌 나 자신이었던 것이다.

아무렇지도 않다고 말하고 싶었다. 그러나 아무렇지 않은 척한다고 해서 진정으로 아무렇지 않는 것은 아니다. 그 사람을 보지 않은 시간은 나에게 있어서 암흑과도 같았다. 순간순간 가슴 한쪽이 찌릿하고 마치 매캐한 가스를 마신 듯 머리가 어지러웠다. 아무리 씻어도 씻겨 내려가지 않는 담배냄새에 절여진 사람처럼 나에게 있어 개운함이란 찾아볼 수 없었다. 보지 않고 생각하지 않으면 잊히는 것이라 믿었다. 마치 인생이라는 거대한 요리에 소금이 빠진 듯 민숭민숭했고, 아쉬움에 익숙해 혼이 나간 반편이처럼 마구잡이로 거리를 헤매고 다녔지만, 그것 역시 다니엘을 끊은 금단 증상일 뿐이었다. 단지 병이라고 생각하기에는 나는 이미 중환자였다. 어떠한 음악도 영화도 흥미 거리도, 금연 보조제나 녹차 사탕일 뿐 마약, 당사자가 되어 주지는 못했다. 그리고 그것이 곧 끝일 줄만 알았다. 언젠가 지독한 마약을 끊어내면 먼 훗날 좋은 추억으로 남을 수 있을 줄로만 알았다.

전(前)

349

집착을 하는 순간 그것이 집착이라는 것을 깨닫는다고 해서 죽을 정도로 괴롭거나 자신이 미워지리라고 생각하는 사람이 있다면 그것은 큰 오산이리라. 왜냐하면, 집착은 집착이 아니라 사랑임이 분명하다고 우겨줄 수 있는 열정이란 놈을 남겨두기 때문이다. 물론, 그것이 유달리 집착일지 사랑일지를 따지려 들거나 파악하려는 시도도 나에게는 없었다. 그 사람 외에는 모두가 무의미하다는 것을 또 한 번 느꼈으니까. 무의미하게 만드는 것은 바로 그 사람이 남기고 간 흔적들이다. 그가 잡아준 손, 그가 건넨 말, 그가 기억하는 나의 모습. 영원히 사라지지 않을 태양열보다 큰 에너지가 되어 나를 다시금 이끌었다.

끝이라고 생각한 후 바로 그것들을 모두 집착이라고 단정 짓기에는 내게도 상처가 너무 컸다. 그래서 나는 추억이라고 이름 붙였다. 바로 나 자신이 다치지 않기 위해서. 그러나 시간이 지날수록 추억이 추억 그대로의 이름이 아닌 집착의 기억으로 변모해 내 뒤를 따르고 있었다. 집착의 그림자는 생각보다 많았다. 휴대전화, 하얀색 원피스, 빨간색 스포츠카, 그와의 사진. 그리고 하릴없이 그것들을 피하려고 들어간 편의점에서 흘러나오는 그 사람의 음악까지…. 피할 수 있는 곳은 없었다. 하물며 그와 아무런 관계도 없는 노숙자의 오른손에 꼭 쥐인 꽁초 연기에서조차 그의 모습이 보이고 있었다. 더는 존재하지 않아야 할 추억이 못내 아쉬움으로 뭉글거린다는 것을 그리움이 눈치 챈 이상, 그것들은 이미 추억이 될 수 없었다. 지나쳤을 때 떠오른 추억이 도저히 아름다울 수 없다는 것은 확실한 집착임을 증명하는 명제임이 틀림없었으니까.

얼어붙어 나가떨어지려던 오른손에 이제는 아무런 통증도 느낄 수 없었다. 벌써 잘린 채로 세면대를 배회하는 것일까. 나는 고개를 숙여 세면대를 보았다. 물은 여전히 세차게 흘러나왔고 다행히도 손은 나의 몸뚱이에 연결되어 있었다. 물에 담겨 있지 않은 왼손과 오른손을 비교해 보았다. 한 놈은 발그스름한 미소를 지으며 온전한 모습을 취하고 있었지만 한 놈은 허여멀쑥한 눈을 희번덕거리며 정신병자처럼 이지러지고 있었다. 젠장, 세상 참 불공평하다는 말은 진정 명언이었다.

나는 오랜만에 외출하고 싶은 마음이 들어 장장 두 시간에 걸친 화장을 하고, 한 시간에 걸쳐 옷을 입고, 옷에 맞는 구두를 고르기 위해 삼십 분이나 고민을 한 후에야 집을 나섰다. 그리고 비로소 나는 알게 되었다. 어두컴컴한 하늘에서 하염없이 비가 내리고 있었다는 사실을…. 당신의 그림자와 함께 살던 나는 지금이 낮인지, 밤인지, 비가 오는지, 바람이 부는지조차 몰랐던 것이다. 이 모든 게 저주였다. 당신이란 사람, 그 헤어 나올 수 없는 저주. 나는 구두를 신은 채로 다시 방에 들어와 그 사람과 함께 찍은 사진 앨범을 꺼내었다. 그리고 당신의 사진이란 사진은 모조리 조각내었다. 목을 자르고 팔을 자르고 다리를 잘라 난자했다. 그것은 살고 싶다는 나의 마지막 발악이었다. 나는 난자당한 당신의 조각들을 공중에 흩뿌리며 소리쳤다. 제발, 제발 나를 좀 살게 해 줘!

"음…, 가만 보자. 책, 가방, 공책, 연필, 사인펜, 지우개, 칼, 자…. 더 필요한 것은 없나? 야, 곰! 그렇게 멀뚱거리고 있지만 말고, 너도 좀 생각을 해 봐! 이게 다 네가 써야 할 물건인데…. 아, 맞다! 곰, 우리 새 달력도 하나 사자! 내년에 써야 할 달력이 하나도 없어."

"근데, 현. 어째 네가 더 신이 나 보인다?"

"그렇게 보이냐? 후후, 뭐 굳이 나쁠 것도 없지."

"솔직히 말해! 너 나 공부시킨다고 오늘 학원 등록해 준 게 정녕 신나는 일이냐, 아니면 내일, 즉 다니엘의 크리스마스 콘서트에 가는 것이 더 신나는 일이냐?"

"아…, 그건 글쎄…. 흠흠, 우…, 우리 아이스크림이나 먹을까?"

"에이그, 말 더듬는 것 좀 봐라. 됐어! 한겨울에 얼어 죽으려고 작정했냐? 아이스크림은 무슨….."

"우와, 곰! 너 웬일이냐? 먹을 걸 다 마다하고? 드디어 곰이 아닌 사람이 된 게냐?"

"야, 내가 언제 또 먹을 걸 다 마다했다고 그러냐? 난, 그저 아이스크림 말고 딴 거 먹자는 얘기였지. 히히."

"자식, 그럼 그렇지…."

잠시 후, 그 둘은 붕어빵 한 봉지를 손에 들고 길을 걷고 있었다.

"맞다! 곰, 이거 잠깐 들고 있어봐."

현은 들고 있던 문구류를 곰에게 건네었다.

"왜?"

"아까 산 사인펜이 무리 없이 잘 나오나 보려고."

현은 새로 산 사인펜으로 새로 산 달력에 무언가를 적고 있었다.

"뭐 하는 거야? 아까 사인펜 잘 나오는 걸로 고르고 골라서 산 거잖아. 설마 너 지금 새 달력에다 다니엘 생일을 제일 먼저 표시하려고 그러는 거냐? 내년에도 어김없이 이 짓거리를 하려고? 하, 참! 대단하다. 진정한 케이오 승(KO 勝)이다. 짱이다. 네가 짱 먹어라!"

"하하. 고맙다, 꼬맹이."

나란히 홍대를 걷는 그들은 적잖이 다정해 보였다.

"저기 다니엘 있네."

곰이 멀뚱멀뚱한 표정으로 말했다.

"뭐, 정말이냐? 너 구라면 죽는다!"

"아니야, 저기. 진짜 있잖아!"

현은 곰이 가리키는 방향으로 눈알을 부라렸다.

2011 다니엘 크리스마스 콘서트.

일시 : 2011년 12월 24일. PM 6:00.

장소 : 하늘 체육관.

"앗, 포스터다!"

현은 벽보판을 향해 부리나케 뛰어가더니 콘서트 포스터를 떼어내기 시작했다. 엉기적거리며 뒤따라온 곰은 벽보 주위를 장식한 수많은 공연 포스터를 보며 말했다.

"와, 연말이라 그런지 공연도 대목이구나. 관람자 처지에서도 마치 뷔페식당에서 가장 먼저 무엇을 먹어야 할지를 고민하는 것처럼이나 어려운 선택이야. 가만 생각해보면 이렇게 쉽게 연예인을 보는 방법도 있는데 왜 너같이 어려운 길을 가는지 도통 모르겠다는 말씀이지."

현은 조심스럽게 포스터의 귀퉁이를 막 떼어내며 대답했다.

"아니야, 스타는 공기야. 이렇게 우리 주위에 널린 것처럼 보이지만 손에 잡히지는 않아. 아무리 잡아보려 노력해도…."

"그렇담, 네 말대로 어차피 잡히지도 않을 사람인데, 그 공연이 나중에 인터넷에 영상으로 올라오면 그때 보면 되지 않냐? 꼭 비싼 돈을 주고 직접 가야 하는 거야?"

"오빠를 느끼기에 브라운관은 너무 작으니까."

순간, 직하는 소리와 함께 포스터의 귀퉁이가 살짝 찢어졌다.

"앗! 어떻게 해! 네가 말 걸어서 포스터가 찢어졌잖아!"

곰은 궁상맞은 현의 모습을 보고 있자니 부아가 치밀었다.

"젠장, 꿈지럭대지 말고 그냥 잡아 뜯어!"

곰이 포스터의 귀퉁이를 잡고 확 잡아당김과 동시에 포스터는 처절한 비명을 질렀다.

"부지직!"

섣부른 곰의 선택에 그만 다니엘의 정수리가 쪼개진 것이다. 현은 가만히 굳은 채로 잠시간 다니엘의 정수리를 바라보더니 오른손을 가슴에 대며 말했다.

"너, 혹시 심장이 너무 아파서 손바닥으로 네 심장을 꽉 눌러본 적이 있니? 지금 내 오른손이 그 짓을 하고 있어…."

결국 곰은 신촌까지 걸어가서 다니엘의 콘서트 포스터를 떼어와야만 했다.

"왜 웃냐?"

버스 안, 뒷좌석에 나란히 탄 곰이 현을 보며 물었다. 현의 손에는 곰의 학원 준비물이, 곰의 손에는 다니엘의 콘서트 포스터가 들려있었다.

"응? 내가 웃었어?"

"그래, 너 가만 보면 가끔 미친 사람처럼 혼자 헤벌쭉하고 웃을 때가 잦아. 처음엔 나의 착각인 줄로만 알았는데 지금 보니 그게 아닌 것 같아. 봐, 지금도 너는 웃고 있잖아. 그것도 아주 환한 표정으로…. 그런데 전혀 우스워 보이지가 않아. 오히려 예전보다 행복해 보이면 보였지. 부럽다, 정말. 나도 학원에 다니면 너처럼 웃으며 살 수 있을까? 혹, 따돌림을 당해서 '진피아들'처럼 되는 것은 아닐까? 막소리로, 지금처럼 살면 이 바닥에서 꽤 잘나가는 기술자로 전업할 수도 있을 텐데…."

"곰, 너 혹시 곤충 전시회 가 본 적 있어?"

"엥? 곤충 전시회? 웬, 곤충 전시회? 나야…, 당연히 가 본 적 없지.

"나, 아주 예전에 곤충 전시회에 한 번 가 본 적이 있어. 경찰을 피해서 달아나다가 우연히 전시관에 들어가게 되었는데, 거기에서 마르티아 부엉이 나비를 보게 되었단다."

"마, 마르, 마르 뭔 부엉이?"

"부엉이가 아니고 나비. 마치 부엉이처럼 생긴 나비인데, 음…. 왜, 그 이름이 붙었느냐 하면 겉모습은 영락없는 부엉이기 때문이지. 아마도 그는 거친 생태계에서 살아남고자 부엉이의 문양을 띠게 되었을 거야. 그런 것을 보호색이라고 한단다."

"또, 코 큰 소리! 그래서 부엉이가 뭐가 어쨌는데? 아니, 나비가…."

"만일 우리가 마르티아 부엉이 나비에게 '너는 누구냐?'라고 물어본다면, 아마도 자신을 나비라고 소개하겠지만, 실제로 그는 부엉이의 일생을 살아갈 거야. 진짜 나비임에도 가짜 부엉이의 모습…. 평생을 나비도 아닌, 부엉이도 아닌 곤충으로 살아가는 거야. 그리고는 천적에게 자신을 지키는 수단이므로 어쩔 수 없다는 변명을 늘어놓을지도 모르지."

"네 말을 듣고 보니, 걔들 좀 불쌍하게 느껴진다."

"그런데 상황을 바꾸어 보면, 그는 평생을 나비로도 살고, 부엉이로도 살 수 있는 거야. 그렇잖아, 생각해 봐. 나비 친구들에게는 엄연한 나비이므로, 나비로 봐 달라면 되는 거고, 천적들에게는 나, 부엉이요, 하면서 건드리지 말라는 무언의 경고를 보내면 되는 거잖아. 어때, 이젠 하나도 불쌍하지 않지? 너도 마찬가지야. 만일 친구들이 너를 따돌리거나, 못살게 군다면 야코죽지 말고 네 주특기인 껄렁함을 이용해 그들을 다 제압하란 말이야! 그리고 사회에서의 좋지 않은 기억을 지우고 싶을 때는 다시금 학생으로 돌아가 열심히 공부하면 되고…. 안 그러냐?”

“그렇네…, 넌 정말…. 넌 정말, 대단해. 너는 정말로 포스트잇 같은 사람이야.”

“포스트잇? 왜? 그게 어떤데?”

“어디든지, 무슨 내용이든지…. 완전히 잘 갖다 붙이잖아. 포스트잇처럼.”

“뭐라고? 기껏 좋은 말 해 줬더니, 에잇!”

“히히히! 앗, 아야!”

악의 없는 그들의 토닥거림. 남들의 시선에 있어서, 버스의 유리창에 비친 그들은 마치 친남매와도 진배없었다.

한동안, 대한민국은 떠들썩했다. 물론 다니엘의 콘서트가 코앞에 있는 오늘을 기점으로 보면 아주 먼 이야기라고 할 수도 있다. 불과 한 달밖에는 되지 않았지만. 우리 백의민족의 냄비근성으로 보았을 때 한 달은 꽤 긴 시간인 것이다. 누가 자살을 하든, 어느 유명인이 살해를 당하든, 울며불며 난리를 치다가도 언제 그랬느냐는 듯 곧 사그라지니 말이다. 한민족이 즐겨 먹는 음식 중 도대체 어떠한 음식에 까마귀 고기가 섞여 있는지는 알다가도 모를 일이었다.

여하튼지 같은 까마귀 고기를 섭취하는 나, 이정석 역시도 범인의 윤곽을 잡으려는 수사기관의 통보에 몇 번이나 출석해야만 했다. 물론, 피의자가 아니라 참고인 자격이었다. 하지만 인기가수 다니엘의 매니저이자, 스카이하이 기획사의 매니저인 나로서도 도움이 될 만한 진실은 없었다. 단지, 다니엘의 팬 중 광팬을 추려달라는 터무니없는 부탁에 고개를 갸우뚱거릴 뿐이었다. 그 많은 팬, 그 많은 군중을 어떻게 일일이 기억하느냐 말이다. 물론 가장 먼저 뇌리에 스친 사람은 잿빛사랑의 회장인 소희였지만, 그 아이는 절대로 그럴 아이가 아니었다. 아니, 아…, 아닐 것이다. 그래…. 사실은 나 또한 아무것도 확신할 수 없었다. 수사기관 측 말대로, 모든 상황은 열려 있었으니까.

너무도 흉흉한 세상이다. 제길, 흉흉하다 못해 소름이 끼칠 정도였다. 다니엘과의 열애를 기사화한 최세길 기자, 변사체로 발견. 그리고 그의 살해 현장에 남은 제니의 시디. 용의자가 제니의 팬으로 의심받았으나 연이은 제니의 죽음. 그 역시, 타살. 다니엘의 팬으로 용의자 압축. 과연, 압축이 맞기나 한 것일까. 그의 팬은 어림잡아 50만 명이 넘는데….

대중은 모르는 사실이지만 그들의 현장에서는 더 팬(The Fan)이라는 돋움체의 검은 글씨가 쓰인 쪽지가 한 장씩 남아있었다고 한다. 기사가 나가지 않았던 이유는 우리 회사 측에서 곧 있을 다니엘의 콘서트에 지장을 준다는 이유에서 전력을 다해 막았기 때문이다. 어쨌건, 그리하여 검찰은 다니엘이의 광팬이 벌인 짓이라고 단정하는 듯했다. 그런데 진짜 광팬이 범인이었다면 과연 그렇게 자신의 흔적을 그 자리에 남기려고 했을까? 혹시, 수사에 혼선을 빚으려는 범인의 계획은 아니었을까? 만일 나 같으면 혹시라도 뒤를 밟힐까 봐서라도 절대로 그딴 단서 따위는 남기지 않았을 텐데. 생각해 보라! 현장에 지문은커녕, 털끝 하나 남기지 않을 만큼 철두철미한 성격의 범인인데 더 팬이라는 단어를, 그것도 자필로 떡 하니 써 붙여놓고 사라졌다는 게 말이나 되는 일인가를. 아무튼, 대가리 굴리는 꼴 하며…. 그런 쪽으로만 수사하니, 여전히 범인의 윤곽도 잡지 못하는 수밖에. '짬'짤한 것만 좋아하는 '새'끼들…. 아이고, 이러면 안 되지. 이제 진짜 무서운 세상이 도래할 텐데 이런 생각은 꿈에서라도 해서는 안 되지!

전(前)

고개를 설레설레 흔드는 이정석의 옆으로 무언가가 꿈틀꿈틀한다. 이정석은 이불을 확 들쳐 올렸다. 그 무언가는 바로 발가벗은 채 잠든 서연수였다. '휴' 하는 한숨을 쉬며 이불을 내려놓는 이정석의 손목에는 여전히 금팔찌가 희번덕거리고 있었다. 연수는 겉보기와 마찬가지로 참으로 돈이 많은 아가씨였다. 못 벌어도 한 달에 이정석의 열 곱절은 더 벌어들이고 있었다. 이렇게 어여쁘고 돈이 많고 씀씀이가 헤픈 여자가 바로 이정석의 이상형이었다. 단지, 직업이 조금 아쉬웠을 뿐….

연수는 예뻤을 뿐 아니라 성격도 착했으며 봉사정신까지 투철했다. 그러했기에 연수는 압구정의 초호화 술집에서 꾸준히 자원 봉사를 할 수가 있었는데 그것이 때로는 미안하기도 했다. 거기서 몸을 파는지, 사는지 나로서는 알 수 없었고 또 알아야 할 필요도 없었다. 내 임무는 그저 다니엘의 소식과 그에 합당하는 대가를 서로 교환하는 데 일조를 하는 것. 내가 열심히 협조하면 협조할수록 그녀 또한 오늘처럼 나를 위한 봉사를 아끼지 않는다는 것. 내일 있을 다니엘의 콘서트 뒤풀이의 참석을 핑계 삼아 그녀를 불러낸 것은 절…, 절대로 아니었다. 그냥 우리는 서로 고마우면 고마웠지 그다지 미안해야 할 관계는 아니라는 것만 밝혀두기로 하자.

그런데도 지금 내가 그녀에게 미안하다고밖에 할 수 없는 이유는 바로…. 그래, 솔직하게 말하자면 바로 내가 약간의 연기를 한 탓이다. 사실 다니엘에게 전해 주라던 고액의 수표는 내가 중간에서 날름 훔쳐 먹은 게 사실이고, 그에 대한 다니엘의 감사 편지 역시 실은 나의 필체였다. 또한 시디에 사인을 열 장만 받아달라고 했을 때, 그 사인 역시도 다니엘의 탈을 쓴 나의 흔적이었다. 물론 연수는 추호 의심의 여지조차 두지 않았고, 소중히 다니엘의 흔적들을 보관했다. 단지 잠깐이라도 다니엘을 만나게 해주면 안 되겠느냐는 그녀의 요청에 나날이 늘어가는 나의 거짓말이 도대체 언제까지 빛을 발할 수 있을지가 정말이지 의문이었다. 그런데 혹시…. 혹시, 연수가 그 범인은 아닐까? 세상에…, 설마. 워낙에 죄를 많이 짓다 보니 이젠 별것이 다 걱정이 되는군. 하하하.

사실일지도 몰랐다. 다니엘이 유명한 대학을 나왔기에 곰에게 학교를 강요하는 것인지도…. 혹은, 현이 배우지 못한 탓에 곰에게 배움을 미루고 있을 수도 있었다. 당장 현이 할 수 없었던, 아니 하지 않았던 일을 곰이 대신 해주기를 바라는 것인지도. 사실 이제 그런 것은 중요하지 않았다. 다만 왠지 모르게 뿌듯하고 자랑스러운 마음만은 감출 수가 없었다. 곤히 잠든 곰의 얼굴을 바라보며 현은 슬그니 미소를 지었다.

「B구역 스탠딩 좌석 1번.」

현은 내일 있을 다니엘의 크리스마스 콘서트의 티켓을 손에 꼭 쥐었다. 얼마나 힘들게 얻은 표인지 모른다. 두 달 전, 인터넷 종합 쇼핑몰에 다니엘의 콘서트 티켓 예매가 시작되던 그날, 현은 전국에만 오십 만에 육박하는 경쟁자를 제치고자 빠르기로 소문난 피시방을 찾아 두 시간 전부터 대기하고 있었다. 티켓의 판매가 시작되던 3시 정각에 휴대전화의 알람까지 맞춰놓고는 빌고 또 빌었다. '제발, 성공하게 해주세요. 제발, 앞자리에서 오빠의 얼굴을 보게 해주세요.'라고…. 간절한 그녀의 바람을 신께서 어여쁘게 보셨는지 현은 기적적으로 스탠딩 좌석, 그것도 1번을 잡아챌 수 있었던 것이다. 1번이란, 한마디로 콘서트 시작 전, 그녀가 맨 처음으로 공연장을 입장할 수가 있을 것이라는 말이었다.

현은 내일 군화를 신을 때 끈을 단단히 조여 매어야겠다고 생각했다. 그뿐 아니라 가장 편한 옷을 미리 골라놓기도 해야 했다. 일단, 입장이 시작되면 자리를 놓치지 않도록 공연장 안으로 내달려야 했고, 그의 열광적인 공연을 보는 동안 주위 사람과의 몸싸움에서 이겨야만 했고, 사진을 찍거나 하이힐로 발등을 내리찍는 사람의 살짝 부족한 개념을 광란(狂亂)을 빙자하여 광파(廣播)하여야 했기 때문이다.

내일의 주인공은 진소위 현이어야만 했다. 티켓팅부터 입장, 그리고 공연 관람 준비까지…. 현이 노력하지 않은 분야는 없었다. 모든 경쟁에서 이기고자 현은 남들보다 더한 땀방울을 흘렸다. 그리고 이겼다. 경쟁에서 승리했다. 하릴없이 이 세상을 살아가는 사람은 누구나 경쟁을 한다. 살아남으려면, 그리고 살아가려면….

사실 우리는 태어날 때부터 경쟁했다. 아빠에게서 엄마로 들어갈 때의 여정도 분명히 힘들고 치열했을 것이다. 단지 기억나지 않을 뿐. 그렇게 태어나 소꿉놀이의 역할 분담, 초등학교의 육상경기, 중·고등학교에서의 학업경쟁, 졸업 후 취업난까지. 모두 이렇게 경쟁을 하며 산다. 사회는 각박한 곳이니까…. 팬질 역시 마찬가지다. 이것 또한 경쟁이다. 이 바닥에서 영원한 동지는 없다. 사랑하는 자신의 스타를 가까이 보고 싶은 마음, 볼 수만 있다면 더욱 예쁘게 보이려는 마음, 될 수만 있다면 그를 혼자 차지해 버리고픈 마음….

현은 곧 그를 만날 것이라는 생각을 하니 설레는 마음을 주체할 수가 없었다. 그러지 않으려고 굳이 애를 써보기도 했지만 자기도 모르게 비시시 웃음이 나는 이유는 바로 현의 삶을 지탱해 준 그와의 추억 때문이었다. 누군가에는 보잘것없을 추억이겠지만, 아마도 추억의 주인인 현만이 간직할 수 있었던 추억이었겠지만…. 소중한 현의 추억은 하나, 그리고 둘씩 주마등처럼 스쳐 지나간다. 부디 혼자만의 추억이 아니었기를. 그대도 살면서 언뜻 생각하기에 행복의 미소를 지을 수 있을 정도의 추억은 되어 주기를….

어쩌면 이미 그 사람의 삶에 상실되어 버린 추억일지 몰라도 현은 행복했다. 받는 것 없이 주는 것만으로도 행복한 사랑. 그 사람이 없는 곳에서도 다시금 그런 사랑을 할 수 있을까? 아니, 이 사랑은 오직 그대를 위한 것이었다. 그대가 있어 가능했고 그대였기에 줄 수 있는 사랑이었다. 현의 마음이 백(百)이라면 그 백을 모두 주어도 아깝지 않을, 오히려 덜어내지 못함에 자신을 채찍질하는, 그것이 바로 그 사람을 향한 현의 진심이었다.

나는 물었다.
'당신, 뉴욕에 가지 않을래?'
그는 대답했다.
'……'
점 여섯 개.
그것이 그의 대답이었다.
우리, 한 일 년쯤 뉴욕에 가서 살다 오자. 당신 뉴욕 좋아하잖아. 나는 항공사를 관두고 당신은 음악을 쉬면서 그리 짧지도, 길지도 않은 시간. 우리 함께 보내며 과거를 반성하고, 현재를 고민하며, 미래를 계획하자. 혹시 모르잖아, 당신에게 더 좋은 미래의 영감이 떠오를지는. 우리 정말 뉴욕에 가게 되면, 언제쯤 가서 언제쯤 올까? 일 년이란 시간은 적당한 것일까? 간다면 뉴욕 어디쯤 머무르는 게 좋겠니? 어떤 곳을 좋아해? 뉴욕에 도착하면 가장 먼저 무엇을 먹을까? 우리 둘만의 시간, 무엇

전(前)

하며 지내지? 어떻게 보낼까? 그런데 혹, 뉴욕에서도 우리를 알아보는
사람이 많으면 어쩌지? 그래서 당신과 나와의 관계가 한국 언론에 대서
특필되면 어쩌나? 혹시, 뉴욕 말고 다른 곳을 생각해 본 적은 없어? 당
신의 마음을 앗아간 곳이 있다면 뉴욕이 아니라도 좋아….

　…라는 소소한 질문을 했다 하더라도, 오직 그의 대답은 점 여섯 개
로 표현되었을 것이다….

　짐 정리를 모두 끝냈다. 나는 마지막으로 편지를 썼다. 검은색 편지지
에 검은색 봉투. 그 사람이 나에게 미쳤던 것처럼 나도 그 사람이 미치
는 색깔을 선택했다.

당신에게.

편지, 오랜만이다. 그렇지? 어때, 지내는 것은 좀 괜찮아?

**나는 매일, 온종일, 공기처럼 불가피하게 들이마셔야만 했던 당신의
목소리, 당신의 음악을 재생하기가 이제 조금은 불편해졌어. 그것은
당신을 향한 어떠한 배반도, 반항도 아니야. 다만, 이어폰으로 당신이
흘러나왔을 때 내가 느낄 낯선 의식 때문이었지. 예전처럼 나의 영혼
을 다독여 줄 정다운 당신이 아니라, 새로운 연인을 향한 세레나데를
느낄지도 모른다는 의심 같은 거….**

**생각해보면 예전이 참 좋았던 것 같아. 남의 눈치를 보지 않고도 마
음껏 당신의 공연을 즐길 수가 있었잖아…. 점점 다른 팬의 눈에 띌까
봐서 그러지 못하게 되었지만. 그런데 지금은 당신의 팬을 조심하던
그 옛날조차 너무도 그리워….**

**이런 말, 지금껏 민망해서 하지 못했었는데. 나, 이제는 할 수 있을 것
같아. 내 마음속에서 당신만 커온 것이 아니라는 걸…. 내 꿈도 함께**

키워온 거야. 당신과 함께하는 미래라는 내 꿈. 그런데 이젠, 꿈이든 당신이든 모조리 산산조각이 나 버렸어…. 나에게 남은 것은 아무것도 없어. 하루하루 숨을 쉴 이유가 사라져 버렸지. 동시에 지구에서 '썬'이라는 여자도 그 흔적이 사라져 버렸어.

다니엘, 나 정말 당신이 많이 보고 싶어. 지금 내 눈앞에 있었으면 좋겠다. 당신의 그 큰 손을 만지며 내가 얼마나 힘들어했는지 이야기를 해주고 싶어. 그리고 항상 내가 최고라던, 그대는 할 수 있다며 언제나 내 편이 되어 주던, 당신의 다정한 목소리가 듣고 싶다. 우리 멀리 떨어져 있어도 항상 함께 하자던, 비록 지금은 거짓이 되어버린 당신의 인자한 목소리가 못내 아쉽다. 난 참 바보였어. 당신의 말을 진실로도, 거짓으로도 만들 수 있는 이가 다름 아닌 나였었는데…. 세상나 홀로 떨어질 바보 같은 짓을 내가 하고 있었던 거야. 당신은 언제나 나의 편이었는데, 지금은 다른 이의 든든한 수호천사로 남아 살아가겠지. 내가 결국 손을 내밀어도 당신은 나의 손을 볼 수조차 없겠지. 그리고 이 모든 것이 내가 저지른 실수의 대가겠지….

미안해, 다니엘. 나 지금 마음이 달아나고 있어. 서둘러 돌아서며 흔적조차 남기지 않으려 한다. 마지막 인사도 들을 수 없도록…. 그저 어떠한 추억도 남기지 못하게 기억을 지우라 손짓한다. 이 순간, 나는 문득 뒤돌아가는 마음의 표정이 보고 싶어졌어. 그도 지금 나만큼이나 헝클어져 있을까….

다니엘, 나는 당신을 믿어. 당신도 나를 믿지? 우리 이제 바보처럼 후회하는 짓은 하지 말자. 부디 우리의 구 년 추억을 배반하는 일 따위는 없도록 하자. 다니엘, 부디 나의 선택을 따라….

전(前)

아마도 사춘기가 다시 오려나 보다. 걸핏하면 눈물이 흐른다. 그것도 숨을 쉬듯 자연스럽게…. 결국 편지지에 눈물자국을 남기고 말았다. 들키고 싶지는 않았는데. 마음이 따뜻한 사람이었기에 혹시나 온다 하여도 그것이 사랑이 아닌 동정일까 봐서 못내 기분이 처처해지고 말았다.

편지를 접어 봉투에 넣었다. 이제 진짜 끝인가?

아니다. 그래, 생각해 보니…. 마지막으로 선물을 전해야 할 사람이 하나 있었다. 이미 나와 그와의 사랑을 다 알고 있었으면서도 보호라는 명목 아래 자꾸만 가로막던 그 사람…. 많은 사람들 앞에서 노상 거친 쇳소리를 지르며 우리를 조종하려던 그 사람…. 타인 앞에서는 관심 없는 척하면서 내가 그와 함께 있을 때는 항상 방해만을 생각했던 그 사람…. 아니, 늘 우리 곁에서 끼어들 건수만 찾던 그 사람…. 불곰처럼 우락부락한 성격의 소유자, 한결같이 찐득거리는 목소리와 말투…. 그 사람, 그 사람! 그래, 바로 그 사람!

크리스마스 콘서트

제 공연을 보러 와 주신 분께 보답하는 의미로 저 또한 오늘 무대에서 죽을 각오
로 노래하겠습니다. 하늘도 축복한 화이트 크리스마스에, 다들 구급차에 한번 실
려 나가 봅시다. 제가 여러분을 죽여 드릴게요!

"곰아, 다녀올게!"

녀석, 자느라고 대답이 없다. 현은 방 안으로 들어가 이불을 곰의 목
까지 끌어당겨 주었다. 그리고 자신의 스타일을 대변한 큼직한 가방에
소지품을 챙겨 넣고는 집을 나섰다. 드디어 당일이다. 이 순간 현의 심장
은 신문고(申聞鼓)가 되었다. '쿵쾅쿵쾅!' 오랜 짝사랑에 절여진 그리움
의 세포가 원통한 사연을 한데 담아 현의 심장을 향해 사정없이 북채를
두드려대고 있었던 것이다.

하도 긴장이 되던 터라 목이 말라왔다. 현은 주위를 둘러보았다. 맞은
편 도로 가에 편의점이 있었다. 현은 횡단보도 앞에 섰다. 규모가 작은
횡단보도였다. 현은 반대편의 신호등을 노려보았다. 횡단보도에서는 행
인 몇 명이 무단횡단을 시도하고 있었다. 그들을 향해 현의 시선이 날카
롭게 꽂히고 있었다. 현의 회색 빛깔 눈동자에 그녀 특유의 공허하면서
도 매서운 기운들이 가득 차오르기 시작했다. 그들은 법규를 어기면서

도 내 나라에서 왜 내 마음대로 행동하지 못하게 하느냐는 듯 당당하고 거리낌이 없어 보였다. 오히려 그들의 행보에 놀란 경적을 소음 공해인 양 손가락질 해대는 것이다.

현은 다시금 공허의 수렁으로 빠져들었다. 참으로 더러운 세상. 질서를 지키며 녹색 등을 기다리는 자신이 오히려 더 병신이 되는 지랄 맞은 세상이었다. 그리고 그런 세상에서 자신이 살아가고 있다. 욕하면서도 변화시키지 못하고 그저 순응하며 살아내야만 한다. 또한, 누가 더 잘 순응하느냐에 따라 인생의 승패가 좌우되고 있다. 이런 세상에서 살아남기 위해서도 현에게는 그 사람이 필요했다. 현은 입을 열어 노래를 불렀다.

"일생에 단 한 번도 일어날 수 없는, 한밤중의 달콤한 꿈속에서나 가능한, 바보 같은 사랑에 나 너무 깊이 빠져 버렸네요. 그대는 너무 먼데. 너무 멀리 있는데…."

행인 몇이 발걸음을 멈추고 현을 쳐다보았다. 현은 의식하지 않고 더 큰 목소리로 노래를 불렀다.

"가끔 보면 그댈 향한 내 사랑이 너무 커서 내가 한없이 가여울 때가 있어요. 그대는 너무 먼데. 너무 멀리 있는데…."

행인 중에는 현을 향해 손가락을 곧추세우고 머리 옆을 뱅글뱅글 돌리는 이도 있었다. 미친 여자라는 뜻이었다. 그러나 현은 눈도 깜박이지 않았다. 오히려 사람들이 쳐다볼수록 더욱 강렬하고도 매서운 기가 소용돌이치는 것 같았다.

"따르릉, 따르르릉…."

녹색의 불이 점등되었다. 현은 여전히 노래를 흥얼거리며 횡단보도를 건넜다.

"어서 오세요! 정성을 다하겠습니다, ABC 편의점입니다!"

현이 들어간 편의점에는 삼십 대 초반의 점원이 큰 목소리로 인사를 하며 손님을 맞아 주고 있었다. 그의 가슴팍에는 '친절봉사'라는 배지가 달려져 있었다. 현은 점원의 '친절봉사' 배지를 곁눈질로 보고는 피식하고 웃으며 음료 코너 앞에 섰다. 갖가지 화려한 색채와 다양한 디자인의 음료가 널려 있다. 현은 M 상표의 오렌지 주스를 손에 쥐었다. 원래 현은 시거나 단맛을 좋아하지 않았지만, 그 상표의 오렌지 주스를 고를 수밖에 없었다. 그 이유는 다니엘이 M 상표의 오렌지 주스를 좋아하기 때문이었다. 그 사람이 좋아하는 음료수를 마시고, 그 사람이 좋아하는 음악을 듣고, 그 사람이 좋아하는 향수를 뿌리고…. 바로 그것이 그를 향한 현의 사랑의 표현법이었다.

"1,300 원입니…, 어? 혹시?"

현은 고개를 들어 점원을 얼굴을 보았다.

"네, 왜요?"

"우리 어디선가 본 적이 있는 게…. 이상하다…, 처음 뵙는데 굉장히 낯이 익네요."

"그래요? 후후….”

현은 가벼운 미소를 지어 보였다.

"혹시…. 가수…;는 아니죠? 하하하! 죄송합니다, 손님. 어디선가 본 분 같아서요, 잠시 헷갈렸나 봐요. 제가 직장을 관두고 편의점을 차린 지 얼마 되지 않아서, 요즘 워낙에 정신이 없어요. 하하하."

현은 점원에게 돈을 건네며 밝게 웃었다.

"아저씨. 정신이 없는 게 아니라, 못 알아보는 게 당연한 거예요. 봐요, 이젠 제가 반말을 안 하잖아요? 열심히 고치고 있는 중이거든요,

후후후."

　점원은 멍한 표정으로 현을 바라보았고, 잠시 후 그의 동공이 커질 무렵 현은 미소와 함께 눈인사를 하고는 뒤돌아섰다. 점원이 "어, 어! 맞다!"라고 외치는 순간, 편의점을 나서던 현은 문을 열고 들어오던 중년의 아주머니와 어깨를 나란히 스치었다. 역시 어디선가 본 듯 낯이 익은 얼굴의 아주머니는 명품의 가방을 어깨에 메고 있었다. 급하게 무언가를 사려던지 가방의 입구는 미처 끌러지지 못한 채 만개해 있었다. 현은 무의식적으로 가방 속을 들여다보았다. 마치 '나 여기 있소.' 하듯 두툼한 지갑이 현을 향해 관능적인 웃음을 짓고 있었다. 현과 명품 가방을 멘 아주머니가 아주 천천히 스쳐가고 있었다. 현은 반사적으로 오른손을 움직였다. 상황은 아주 느렸지만, 현의 오른손은 빨랐다. 순간, 그 사람의 목소리가 들리는 듯했다. '항상 좋은 것만을 생각해요. 포기하지 말고 당신의 길을 찾도록 해요. 자신의 인생은 오로지 자신의 것이니까…' 아무도 눈치 채지 못했지만, 현의 오른손이 잠시 멈칫거렸다. 지갑은, '오직 너만은 이루지 못 할 거야. 누가 뭐래도 너는 하찮은 소매치기에 불과하지…' 라며 현을 자극하고 있었다. 현은 싱긋이 미소를 지으며 지갑에 윙크를 했다. 그리고 지갑은커녕 아주머니의 옷깃도 건드리지 않은 채 편의점의 유리문을 열어젖뜨렸다. 밖은 어느새 하얀 맨 눈송이가 나풀거리고 있었다. 현은 문을 닫기 직전, 편의점 안을 들여다보며 밝게 웃음과 함께 큰 소리로 외쳤다.

　"아, 맞다! 아저씨! 전 가수가 아니라요, 가수를 사랑하는 사람이에요!"

　한편, 명품 가방을 멘 아주머니는 진열대에서 물건을 고르며 연방 고개를 갸우뚱거리고 있었다.

"이상하다. 저 여자, 어디서 본 듯한데…. 도대체 어디서 봤더라?"

화이트 크리스마스. 하늘에 사는 천사마저도 지구에 사는 동료, 다니엘의 크리스마스 콘서트를 축하하려고 축전을 벌이고 있다. 그들마저도 그 사람의 콘서트를 기다리는 눈치였다. 이 순간만은 그것이 차가운 얼음 조각도, 흰 먼지 뭉치도 아니었다. 오직 그를 향한 눈 꽃송이였다. 현은 하늘을 향해 손바닥을 내밀었다. 현의 손바닥 위에 하얀색 별사탕이 쌓이고 있었다. 사뿐히 내려앉는 이도 있었고, 종속되기 싫다며 튕겨나가는 이도 있었다. 손바닥은 구경도 못하고 땅바닥으로 곤두박질치는 이도 있었고, 간절한 눈빛으로 스치는 이도 있었다. 현은 취한 듯 별사탕을 바라보았다. 손바닥 위에 정착한 별사탕이 서서히 녹아내리고 있었다. 빼죽빼죽 했던 외모가 점점 동그랗게 바뀌고 차갑고 강했던 온도도 따뜻함에 소멸하여 갔다. 마치 자신을 보는 듯했다. 현도 변해가고 있었다. 규칙, 도덕, 법 등 세상 그 누구의 충고도 받아들이지 않던 현이 그 사람으로 말미암아 서서히 변해가는 것이다. 싫지 않았다. 오히려 겉모습이 변해 갈수록 마음이 더 따스해져 옴을 느꼈으니까. 이제 그 사람 이외에도 현, 자신만의 꿈을 꿀 수 있을지도 몰랐다. 구원…. 그 사람의 목소리가 불구덩이 속, 현에게 구원의 밧줄을 내려주고 있었다.

현의 눈앞에 하늘 체육관이 점점 모습을 드러내고 있었다. 왁자지껄하며 몰려 있는 군중의 모습이 보인다. 체육관을 들어서자 건물의 옆면을 가득 메운 다니엘의 콘서트 홍보 사진이 현을 맞이했다. 팬은 화보 같은 다니엘의 대형 사진을 카메라에 담고자 쉴 새 없이 셔터를 눌러대었다. 그러나 현은 꼼짝도 하지 않고 그를 바라보기만 했다. 나타나기만 했다 하면 대한민국을 떠들썩하게 하는 사람, 손짓 하나 몸짓 하나에 대중을 웃고 울게 만드는 사람, 시도하는 모든 일이 역사에 남을 사람, 그럼에도 쉬지 않고 새로운 역사를 만들어 가는 사람…. 그를 떠올릴 때마다 현은 비참하고 초라해졌다. 다니엘이라는 큰 산 앞에서 현은 너무나도 하찮은 몸뚱이일 뿐이었다. 그리고 그런 다니엘이 내려준 구원의 밧줄은 너무도 짧았다. 하늘은 현의 마음을 알기라도 한다는 듯 더욱 굵은 눈송이를 뿌려대기 시작했다.

'그래, 추워라. 더더욱 추워져라. 기왕에 추운 것 조금만 더 추워져서 이 세상을 모조리 얼려 버려라. 내 노랗고 긴 머리카락이 얼어버릴 만큼 모든 것이 추워서, 이 내 마음속 열정까지 남김없이 꽁꽁 얼어붙어 버려라….'

이정석에게 장미꽃을 한 다발 사오라고 시킨 박재현 이사는 꽃다발을 받자마자 주차장에 세워둔 자신의 승용차로 갔다. 그는 자신의 차 앞에서 새빨간 장미의 자태를 바라보며 흡족한 미소를 지었다.

"그래, 장미가 이 정도는 색깔은 되어야 장미꽃이라 할 수 있지. 그런데 저번에는 어떤 팬이 다니엘에게 빨간색 장미꽃을 선물해 줬다던데…, 감히 누구야? 빨간색 장미는 오직 나와 그만의 사랑의 소통인데. 도대체 어느 누가 우리 사이를 질투하는 거지? 하하하. 그럼 뭘 해? 우리 다니엘은 장미를 보자마자 오직 나만을 떠올릴 텐데."

박재현 이사는 자신의 검은색 승용차의 보조석에 꽃다발을 넣어 두며 주머니에서 무언가를 꺼내었다. 짙은 바다색의 리본이 달린 손바닥만 한 작은 상자였다. 박재현 이사는 상자의 뚜껑을 열었다. 그 안에는 특별 주문을 하여 제작한 '블루 토파즈' 목걸이가 담겨 있었다. 바로 그에게 줄 크리스마스 선물이었다. 굳이 블루 토파즈여야만 했던 것은 그것이 바로 그의 탄생석이었기 때문이다. 고대로부터 아름다움과 건강을 지켜주는 돌로 존중되었던 토파즈는 그를 닮아 해사한 바다색을 이루고 있었다. 기원전 1세기에 테오도르 실크스가 쓴 글에 의하면 홍해에 사라팬트라는 섬에 토파즈의 산지가 있었다고 한다. 이집트 왕의 명령으로 주민들이 토파즈를 채굴하였는데 12세기경에는 토파즈를 고급 와인에 담가두고 잠자기 전에 그 돌로 눈을 문지르면 시력이 좋아진다고 믿었다. 또한, 동양에서는 토파즈를 건강의 돌이라 일컬었는데 토파즈를 가루로 만들어 와인에 넣어 마시면 천식, 불면증, 화상, 출혈증이 치료된다고 믿었으며 악몽을 쫓는다고 여겼다. 박재현 이사는 콘서트 뒤풀이가 끝나고 다니엘의 집에서 함께 와인을 마시며 사랑을 속삭일 생각을 하니 절로 웃음이 나오고 있었다. 자신이 이렇듯 사랑을 주니 다니엘 또한 굳이 이 돌로 눈을 문지르거나 갈아서 마시지 않아도 건강을 지킬 수 있으리라는 생각이 들기도 했다.

한편, 토파즈는 벽개가 완전하므로 충격을 받으면 쉽게 깨질 수가 있었다. 박재현 이사는 토파즈의 바다색도, 예민하기 그지없는 여성성도 그와 무척이나 닮았다는 생각하며 지그시 웃었다. 박재현 이사는 상자의 뚜껑을 닫으며 손목시계를 보았다. 콘서트의 시작이 한 시간도 채 남지 않았다. 슬슬 관객이 입장할 시간이 되었다. 박재현 이사는 빨리 들어가서 다니엘을 챙겨야겠다는 생각을 하며 보석 상자를 장미꽃다발 옆에 두고 차 문을 닫았다. 그때였다.

"안녕하세요, 박재현 이사님? 이건 제가 이사님께 드리는 마지막 선물이에요."

박재현 이사는 뒤를 돌아보았다. 그곳에는 눈같이 하얀 피부에 허리까지 내려오는 검은색 머리카락을 가진, 큰 키와 날씬한 몸매를 지닌 그녀가, 환하게 웃으며 박재현 이사에게 드링크제 한 병을 내밀고 있었다.

"오빠, 정녕 그 옷을 입으시려거든 단추는 꼭 푸셔야 해요. 그게 더 관객에게 호응이 좋다니까요, 네? 제발, 좀 제 말을 들으세요."

코디네이터와 다니엘의 논쟁이 계속되었다. 다니엘은 코디네이터의 손목을 탁 치며 언성을 높였다.

"씨발, 스타일 강요하지 말랬지! 나는 음악을 하려고 연예인이 된 것이지, 연예인이 되려고 음악을 한 것이 아니야. 이딴 식으로 뮤지션의 자존심을 짓밟을래?"

코디네이터는 한숨을 쉬며 양손을 하늘로 들어 보였다.

"휴. 알겠어요. 정 그러시다면 오빠 마음대로 하세요. 전 다음 의상이나 확인하러 갈래요."

"야!"

다니엘은 뒤돌아 가는 그녀를 불러 세웠다.

"너, 감히 내 앞에서 한숨 쉰 거냐?"

다니엘의 물음에 코디네이터는 대답을 찾지 못하고 주뼛거렸다.

"뭔가를 대단히 착각하는 모양인데, 정신 똑바로 차려! 넌 내 개 밥그릇에 불과해. 물론 주인은 나고. 내가 만일 너에게 밥을 주지 않는다면, 너는 꼼짝없이 굶어 죽게 되는 거야. 그러니 조금이라도 모자란 판단 따위는 하지 않는 것이 좋아. 알겠냐?"

코디네이터는 하릴없이 '죄송합니다.'라는 말을 던지고 대기실을 나올 수밖에 없었다. 생각할수록 기분이 나빴다. 그녀는 갖은 인상을 구기며 구시렁대었다.

"흥! 더러워서 젠장. 저따위 사이코 같은 인간을 보려고 밖에서 줄 선

팬들이 다 불쌍하다! 저런 인간을 브라운관에서 하도 포장을 해대니까, 대중은 하릴없이 속는 거야. 뭐, 저놈만 그런가? 모두가 제 앞에서 굽실거리니까, 다들 세상에서 자기가 가장 잘난 줄로만 알지. 연예인들, 좀 당해봐야 해. 얼마나 많은 사람이 자기 옆에서 도움을 주는지, 얼마나 과분한 사랑을 받고 있는지. 알아야만 해! 특히 저런 새끼는 더더군다나, 꼭!"

욕설을 내뱉으며 지나가는 코디네이터를 스치며 한편으로 이정석 이 걸어오고 있었다. 다니엘이 있는 대기실을 향하여 발걸음을 재촉하는 이정석의 품 안에는 큰 상자를 들려 있었는데, 상자 안에는 다니엘의 팬에게 받아온 각종 선물이 담겨져 있었다. 각양각색의 빛깔과 모양의 선물 사이로 검은색 편지 봉투 하나가 눈에 띄게 불룩 솟아나와 있었다.

그랬다. 현은 지금도 느끼고 있었다. 줄이 없는 번지점프에 서서 아래로 곤두박질치기 십 초 전처럼 심장이 펄떡펄떡 살아 전두엽에서 발바닥까지 뛰어다닌다는 것을 진즉에 느끼고 있었던 것이다. 한데 그저 입술을 굳게 다물고 오른손으로 심장을 쓰다듬어주기만 할 뿐 금요일 밤 클럽 파티의 힙합 음악처럼 둥둥 거리는 심장의 비트를 멈출 재간은 없었다. 콘서트가 시작되기 전 관객의 입장이 거의 끝나가고 있었다. 약 십 분 후에 콘서트가 시작될 것이다. 맨 처음으로 입장하여 무대에서 가장 가까운 자리를 차지하고 있던 현은 옆과 뒤의 수많은 사람과 자리싸움을 하고 있었다. 그를 1cm라도 앞에서 보려는 팬의 혈투. 참으로 숨 막히고도 간절한 전쟁이었다.

순간이 아닌, 이 기나긴 전투에서 오직 현이 할 수 있는 일은 포기도 돌진도 아니었다. 그저 순응하는 것뿐. 그 사람이 원하지 않는 일은 하지 않고, 그 사람이 좋다고 하는 일만 골라서 하는, 팬으로밖에 남을 수 없는 애달픈 전투. 이 전투는 비단 현 혼자만 하는 것이 아닐 터였다. 여기 모인 대다수 사람, 그리고 개인사 때문에 오지 못한 더 수많을 사람. 그들은 마치 연인이 될 수 없기에 그렇다고 그 사람과의 헤어짐은 더더욱 용납할 수 없었기에, 마지못해 그저 좋은 친구로만 남으라는 것과 마찬가지의 대답을 간직하고 있었다. 그러면서 호시탐탐 기회를 노리겠지. 그들은 어떻게 하면 좀 더 다가갈 수 있을까 하며 작은 구멍만을 노리고 있겠지.

드디어 공연장 내의 불이 모두 꺼졌다. 관객은 '와 아아!' 하며 손뼉을 치기 시작했다. 현은 자신이 정신을 놓을 것이라 예상했지만, 오히려 결과는 정반대였다. 더욱 또렷해지고 있었다. 그러나 여전히 오른손으로는 가슴을 움켜쥘 수밖에 없었다. 진정 심장이 집을 나갈 것 같은 예감이 들었기 때문이다. 현은 맑은 정신으로 가슴을 달래주었지만 멋모르는 심장은 결국 출가(出家)를 허락해달라는 요청을 하기에 이르렀다.

그러던 순간 막이 열리고 '두둥둥' 하는 소리와 함께 밴드의 연주가 시작되었다. 관객은 비명을 지르며 환호했다. 현의 심장은 출가를 허락받기도 전에, 액체질소의 용기에 뛰어든 것과 같이 급속도로 동결되어 갔다. 이윽고 자욱한 안개가 깔리더니 저 멀리 무대 아래서 다니엘이 서서히 올라오고 있었다. 그는 마이크를 들고 나지막한 목소리로 멘트를 하며 무대 중앙으로 걸어 나왔다. 검은색 선글라스와 검은색 정장을 입은 그의 모습은 바로 신 중의 최고의 신, 제우스의 환생이었다!

"나는 죽어 있습니다. 마지막으로 이 비트라는 강물 위에 나의 혼이라는 종이배를 띄워 흘려보내려 합니다. 나의 플로우는 그대로 그대에

게 전달됩니다. 그대가 나의 종이배를 손에 쥐는 순간, 나는 드디어 살
아 숨을 쉽니다."

그림자처럼 나를 따라다니는 그들. 불면, 고독, 그리고 자해.

그대란 태양을 중심으로 빙글빙글 돌기만 하는 행성 같은 내가 불쌍해.

아마도 영원히, 세상에 파괴되는 그날까지. 언제까지나 슬플 그 이름.

'평행'하다는 것….

무대 뒤로는 커다란 전광판에 노래의 제목과 가사가 표시되고 있었
다. 그러나 현은 전광판을 보지 않고도 가사를 따라 부르며 음악에 심
취하고 있었다. 그의 빛나는 얼굴과, 아름다운 목소리와, 빠져드는 몸짓
에…. 그 사람은 영혼을 노래하고, 현은 그 영혼을 받아들였다. 그 사람
은 영혼을 영원히 노래하고, 현은 그 영혼을 영원히 받아들인다.

"2011 다니엘 크리스마스 콘서트에 이렇게나 많이 와주셔서 진심으
로 감사합니다. 안 그래도 불경기라 크리스마스 콘서트라는 타이틀 자
체가 이 바닥에서는 경쟁이 치열하기로 유명한데…. 저, 다니엘을 보
러 와 주신 그대들께 정말이지 감동하였어요. 크리스마스는 진짜 중요
한 날이잖아요? 일 년에 단 한 번밖에 없는 날인데. 물론 삼백육십오 일
이 모두 다 하루씩밖에 없는 날이기는 하지만요, 특별히 크리스마스는
거의 연인과 함께하는 날이잖아요. 여기 오신 분은 모두 연인이 계신가
요? 연인과 함께 오신 분 손 한번 들어보세요. 이야, 꽤 많이 오셨네? 그
럼 손 안 드신 분은 모두 솔로라는 말씀인가요? 하하, 괜찮아요, 그게
뭐 어때서요? 저도 연인이 없는데…. 좋습니다! 그럼, 우리 솔로 그대들

께는 오늘 하루 저, 다니엘이 연인이 되어 드릴게요. 이제 저는 의자왕이 된 건가요? 하하하, 어쨌든 제 공연을 보러 와 주신 분께 보답하는 의미로 저 또한 오늘 무대에서 죽을 각오로 노래하겠습니다. 하늘도 축복한 화이트 크리스마스에, 다들 구급차에 한번 실려 나가 봅시다. 제가 여러분을 죽여 드릴게요!"

"꺄아아! 다니엘! 다니엘!"

공연장에 모인 몇 만 명의 팬을 모두 살해하겠다고 말하는 살해 예정자 다니엘에게, 피해 예정자 관객은 타도나 비난은커녕, 눈물을 흘리며 제발 그렇게만 해달라고 애원하고 있었다.

더는 사랑을 새기지 않아. 진정 나를 찾은 듯.

아니, 그건 사랑도 아니었지. 병적인 집착에 가까웠던 지난날들.

너의 그 알량했던 몇 마디에 미친 듯 몰두하고 발광했던 불쌍했을 내 심장.

아무리 씻어내고 벗겨 내도 떨어지지 않던 진득한 괴로움 이젠 모두 추억이란 유리병 안에.

절대 깨어지지 않을 내 유리는 모두 한데 모아 벽장 안에 가두어야지.

조각난 외로움의 찌꺼기조차도 다신 꺼내지 않을 곳으로 영원히 너를 묻어둬야지.

잘 가란 인사조차 않을, 독한 너를 이제 나는 없앤다.

그가 만들어 낸 강렬한 비트가 심장을 아무리 방망이질 해대어도 현의 가슴은 허했다. 진심으로 사랑했기에 가슴이 허전한가 보다. 온몸에 장기가 사라진 듯, 뼈가 녹아내린 듯, 피가 말라버린 듯. 그리하여 마른

가죽만 남아 있는 듯….

따뜻한 커피를 마시는데도 자꾸만 가슴이 시려요. 왜 우리는 함께 하

지 못하는 건가요.

나 진정 그대 것인데, 그대 또한 나를 아는데…,

왜 우리는 함께 할 수가 없는 거죠.

세상 모두가 그댈 원하고 기다려도 그댄 결국 내 것일 수밖에 없는데,

왜 지금 그댄 내 곁에 없는 건가요. 이렇게나 사랑하는데. 이렇게나 원

하는데.

그대는 왜 그리 먼 곳에 있나요. 그대 항상 내 손에 닿지 않아도

난 느낄 수 있어요.

그대의 향기는 영원히 나와 함께 할 거니까. 내가 그대를 가질 거니까.

그대는 곧 나니까….

내가 미운 가요. 내가 싫은 거죠. 그렇죠. 왜 그댄 지금 나를 보면서도

웃어주지 않는 거죠.

사라질까요. 그대의 눈앞에서 없어져 주면 되는 거죠. 그런 거죠.

아예 그대의 숨결조차 닿지 않게 세상 저 밖으로

떠나버리면 되는 거죠.

난 괜찮아요. 그럴 수 있어요. 그대만 원한다면….

나 같은 건 흔적조차 남기지 않고 세상을 등져줄게요. 그대를 위해서.

그러니 말해 봐요. 그대 지금 내가 꼴 보기 싫은 거죠. 그런 건가요.

솔직히 말해 봐요.

그럴 수 있잖아요. 나는 다 이해해요. 그 누구도 아닌 바로 그대니까

요….

현과 그는 같지 않다. 분명히 다른 사람이었다. 성별도, 이름도, 태어난 시일도, 직업도, 살아온 환경도…. 모두가 다른 두 인격체였다. 한데 어쩜 이렇게 현의 마음을 속속들이 표현한 가사를 쓸 수가 있는 걸까. 놀라웠다. 겪으면 겪을수록 놀라운 사람이었다. 지금 현의 생각을 그는 너무도 잘, 그리고 자세히 노래한다. 그는 가사뿐 아니라 음악을 표현함에서도 가슴이 저릿저릿할 만큼 관객의 감성을 후벼 파고 있었다.

그런 사람에게서 눈을 뗄 수 없음은 어쩌면 당연한 일이었다. 얼마나 고대하고 기다려온 그의 공연이었는데…. 현은 잠시도 눈을 떼기 싫었다. 한데 그를 계속 보고 있자니 평생 움직이지 못할 돌이 될까 봐서 다른 무언가를 하고 싶었다. 예컨대 물을 마시거나 몸을 움직이거나 하여 그에게 취하는 것에서 조금이라도 벗어나고 싶었는데 그렇게 사소한 움직임에도 현은 공포를 느끼고 있었다. 만일 그렇게 하다가, 그 사람이 현 앞에 없을지도 모를 가까울 미래에, 물을 마시거나 몸을 움직일 때처럼 사소한 순간에도 그가 보고 싶어질 것을 예지할 수 있었기 때문이다. 마치 진수성찬을 앞에 두고도 배가 부른 탓에 음식을 마다하면, 무지 배가 고픈 순간에 그 마다했던 진수성찬이 떠올라 위장이 더 애원하고 마는 것처럼….

"그대들은 어때요? 믿나요? 나는 다행히도 돈의 노예가 되는 인생은 살지 않을 수 있었지만, 어느 날 눈을 떠보니 불행히도 꿈의 노예가 되어 있었어요. 한데 저는 죽을 때까지 꿈의 노예로 살 것입니다. 물론 당장은 돈이 없어 자신의 삶이 비루하다고 느껴진다 하더라도 끝까지 믿으세요. 신은 우리에게 부유함이란 단어를 가르쳐 주시지는 않았지만, 절망이란 단어 또한 가르쳐주신 적이 없습니다. 그대가 포기하지 않는 한 세상은 모두 그대의 것입니다. 믿고, 믿고, 또 믿으세요. 언젠가 꿈은 이루어집니다. 한 치 앞도 모르는 세상, 쪽박을 찰 수도, 대박이 날 수도 있지만. 여러분! 우리는 끝까지 해냅시다. 인생 한 방! 모 아니면 도! 까짓것 한 번 사는 인생, 기차게 살아봅시다. 우린 아직 젊습니다!"

내가 선택한 이 길이 마치 벼랑 끝에 내몰린 하이에나의

절규 같을지라도

나는 절대 후회하지 않으리….

깊은 산 속 암흑에 휩싸인 동굴 안에서 한 치의 불빛을 찾아 두 눈을

감아버릴지라도

나는 정녕 이 길을 택할 수 있다.

가는 길이 길인지, 강인지, 늪인지 도무지 마지막이 보이지 않아도,

저 푸른 달빛이 이 못난이를 위로해 주리다.

단 하나, 내가 두려운 것은

아무도 모를 하수구 구멍 안에서 신음하는 밑바닥보다 더 깊을

밑바닥의 내가 아니라,

끝내 포기하지 못하고 끝끝내 누런 들판의 허수아비가 되어버릴

것 같은

나의 자화상 때문이다.

쓰잘머리 없는 고민 하나가 오늘도 힘에 겨운 묘목을 심게 한다.

차라리 바퀴벌레가 될 것을….

인간이 가지는, 인간만이 가질 수 있는, 희망.

그 희망이란 놈이 내 뿜는 황금빛 후광이야말로 진정한 고문이다.

알면서도, 예술이란 작자의 마루타가 되어 살기를 나는 갈망한다.

그리고 그 삶을 다시금 갈구한다….

현은 가만히 읊조렸다. '꿈이 있으면 뭘 해… 언제나 그대는 내 심장을 멀리 하는데…. 내가 부르지 않는 한 그대가 스스로 내 가슴에 뛰어들어 온 적은 없는데. 예전에도 그랬고, 지금도 그러하며, 아마 미래에도 그대는 오지 않을 텐데….'

"믿어요! 우리는 악마를 두려워하잖아요? 그런데 악마가 가장 두려워하는 게 뭔지 알아요? 바로 믿음이에요. 자신을 향한 믿음. 왜냐하면 악마는 우리 마음속 두려움을 먹고 살아가거든요. 악마의 은신처는 바로 우리의 마음이랍니다. 하지만 너무 염려하지는 말아요. 우리의 마음속엔 악마도 살고 천사도 살거든요. 그래서 우린 때론 악했다가 또 선해지기도 하죠. 난 다만 내 마음속 악마보다 천사가 더 강했으면 합니다. 악마가 더 힘이 세어진다면 나는 아마 검은 날개를 펴고 순수한 내 사랑마저 강탈당할지도 모르니까 말이에요."

Death! 모든 것의 한계점. 이젠 걷잡을 수 없이 깊고 깊은 나락의 암흑으로 빠져드는 크나큰 외로움. 그리고 그 끝에 안주하는 절망의 샘. 후회란 망각의 신이 미처 준비하지 못한 자책의 선물. 나약한 인간일수록 더욱더 쉽게 빠져드는 탐욕의 늪 구덩이. 그 속에서 본 진심 어린 그녀의 영혼. 하릴없이 악마의 꾐에 빠져 들이키는 생명수. 검은 발푸르기스 산의 혼돈 속 메아리. 그것은 가치 없는 자들의 뒤늦은 발악. 저주 섞인 함성에 묻힌 기억 속 그림자. 가리어진 발끝 속삭임에 속아 영혼을 저당 잡힌 무지한 젊은이들. 죄악의 구렁텅이에 거친 숨

몰아쉬며 면죄부를 집어삼킨 거짓 성직자. 가식과 폐단으로 얼룩진 부귀의 껍데기. 썩어빠진 심장과 맞바꾼 비열한 양피지 조각.

외로운 지도자를 조심할 것. 그는 진실을 삼키고 어둠을 토해내며 그릇된 세 치 혀로 국민의 순결을 빼앗는다. 황금빛 띤 모래알의 비밀. 얇은 종이 한 장에 동맥을 끊어 바치는 악마의 저지레. 투명한 현명함은 어릿광대를 비웃지만, 만인의 정당한 어리석음조차 무시해버리는 맑은 의지. 피투성이 되어 소리치는 진리의 거센소리. 눈 감고 귀 닫은 채 그레트헨, 그녀를 버린다. 진실 된 사랑이야말로 하늘을 이어주는 유일한 통로. 진정한 깨달음. 교육된 이성이 아닌 뜨거운 심장의 정직한 기도. 고통은 한순간이며 의지는 영원하다. 모든 것은 스스로의 선택. 죽음, 그것은 새로운 삶의 시작. 마지막을 알리는 하늘의 나팔소리. 지금은 모두의 현명함이 필요한 때. 사랑, 때로는 그것이 전부가 되어야만 한다. 그리고 그 반대편엔 언제나 어둠 속에서 빛나는 현란한 검은 눈의 소리 없는 유혹. 그는 늘 그대 뒤에 서서 그대의 작은 허점을 노린다. 그대의 피 한 방울조차 소중히 여겨 쓰레기 같은 사탕발림에 소중한 영혼을 더럽히지 않기를….

끊임없이 지속할 고전의 가르침. 불면증의 유산임이 틀림없다. 그리고 나는 지금 그것을 즐기는 바. 인생을 요리하는 중이다….

현은 눈물을 흘리고 말았다. 슬픔도 아닌, 애절함도 아닌 감동의 눈물이었다. 이것은 현의 마음속 악마가 흘리는 눈물일 게다. 그리고 다니엘이라는 천사가 그 눈물을 닦아주고 있었다. 괜찮다, 괜찮아진다…. 그래, 이로써 완전히 치유되었다. 이제 더 이상 악마는 울지 않는다. 천사의 도움을 받아 더 강한 악마로 승급될 것이다.

"그대들, 나도 사람이죠? 그렇죠? 시간이 지나면서 하릴없이 늙어가는 사람이겠죠? '변했다!'는 말은 그리 나쁜 말이 아닐지도 몰라요. 우리, 함께 변해가지 않을래요? 나의 겉모습이 변해가듯 그대들의 겉모습도 변해가고, 우리의 겉모습이 늙어가듯 그대들의 겉모습도 닮아가고…. 함께 나이를 먹으며 호흡해 간다는 것, 그것이 늘 제가 열망하는 그대의 모습이자 저의 바람입니다. 잿빛사랑! 변하지 않을 거죠? 우리, 십 년 뒤에도 여기 이 자리에서 함께 얼굴 보는 것 맞죠? 변하지 않을 거라고 맹세하는 사람, 손들어 보세요!"

현은 팔이 떨어지라 흔들어 보였다.

"우리 팬, 함께 인간 세상의 지도를 밝혀 나갑시다. 물론, 우리가 힘들여 밝힌다 하더라도 상류사회, 즉 화교계의 사람처럼 누구나 다 멋들어지게 살 수 없는 것은 사실이겠지요. 하지만, 저는 소외당하는 사람을 위해서라도 마지막 작품, 백조의 노래를 띄우겠습니다. 절대로 검은 백조의 노래는 부르지 않겠습니다. 저에게 여러분이 있다면 다시 한 번, 인간 영혼을 새롭게 밝힐 수가 있을 거예요. 마지막 필름의 사운드트랙처럼 영원한 아침을 만끽하고자 저의 한 부분의 조각들을 여러분께 바치겠습니다. 제 사랑의 절규가 들리시나요? 여기 계신 분, 당신의 조각들도 저에게 주세요. 저는 그대들의 혼을 담아, 인간 영혼을 새롭게 섞어 밝혀 나가겠습니다. 이, 피날레를 저와 함께 하시죠. 우리 죽을 때까지 서사시에 만취해 봅시다! 알겠죠, 그대들? 난 내가 한 약속을 지키고자 최선을 다 할 겁니다!"

현은 가슴이 벅차오르는 것을 느끼고 있었다. 그래. 맞다. 혼자만의 생각이 아니었다. 그도 함께 하고 싶어 했다. 비록, 자신의 얼굴은 몰라도, 자신의 이름은 몰라도. 설마 잠시간 알았다 하더라도 곧 잊히고 말겠지만, 그 역시도 영원을 그리고 있었다. 그 역시도 팬과의 꿈을 그리고 있었다.

"그런 나의 팬을 위해 마지막으로 부릅니다. 저의 데뷔 앨범의 히든 트랙이었던, 제목은 '더 팬'."

쉽사리 사그라지는 맥주 거품처럼

당신을 향한 내 마음의 깊이도 금방 사라져 버렸으면 좋겠어요.

누구나 아주 어렸을 적 한 번 정도는 꿈꿔온,

파랑새를 좇는 일처럼….

일생에 단 한 번도 일어날 수 없는, 한밤중의 달콤한 꿈속에서나

가능한,

바보 같은 사랑에 나 너무 깊이 빠져버렸네요.

그대는 너무 먼데. 너무 멀리 있는데….

가끔 보면 그댈 향한 내 사랑이 너무 커서 내가 한없이

가여울 때가 있어요.

그대는 너무 먼데. 너무 멀리 있는데….

더 팬…. 무대 위에서 영혼을 쥐어짜 내는 저 남자…. 갖고 싶다. 갖고 싶다. 갖고 싶다. 정녕 저 남자가 내 것일 수는 없을까…. 현은 그가 뿜어내는 목소리와 몸짓의 황홀경에 몸조차 제대로 가누지 못하고 지지대를 꽉 붙잡았다. 다니엘은 노래를 부르며 무대를 배회하고 있었다. 제발 나를 좀 쳐다봐 줄 수는 없겠니? 그대의 눈빛 하나하나에 나는 오늘도 꿈을 꾼단다…. 그러나 그는 현을 쳐다봐 주기는커녕 오히려 저 멀리 있는 객석으로 가서 가까이 있는 관객의 손을 잡아주었다. 희망, 그것은

나에겐 고문…, 이루지 못할 꿈…. 이제는 절망인가…. 다니엘은 여전히 노래하며 무대를 거닐다, 후렴구 부분이 오자 현의 앞으로 다가왔다. 마지막으로 샘솟아라, 희망의 물줄기야…. 그는 손가락으로 현을 가리켰다. 그리고 한쪽 눈을 살짝 감았다가 뜨고는 입술을 동그랗게 모아 내밀었다. 순간, 현은 태양의 흑점과 마주한 듯했다. 세상에 현이라는 미생물이 삭아 없어지고 있었다. '정녕 내 숨결이 맞았군요….' 바란다, 바라고 있다! 그대에게 무언가를 바라는 팬이 되고 싶지는 않았지만, 그대가 바라봐 줄 때마다 한없이 바라고 또 바라게 된다. '언제나 거기에 머물러 있을 거죠? 언제나 그대로일 거죠? 내가 오빠에게 가는 날까지 오빠는 나를 기다려주는 거죠?'

언제나 대중은 그에 대해서 말이 많았다. 팬 카페에 올라오는 글을 읽어봐도 늘 그랬다. 그의 몸짓 하나, 손짓 하나, 표정 하나에 의미부여를 하곤 했다. 그러나 현은 달랐다. 아니, 다르다고 생각했다. 그렇게 믿어 의심치 않았다. 하지만, 지금 현은 그들과 하나도 다를 것이 없는 존재였다. 오히려 그 사람이 해준 표현에 많은, 더 많은 의미부여를 하고 있었다. 왜 그랬을까, 도대체 왜 자신의 앞에서 그러한 행동을 한 것일까, 오직 자신을 향한 그 윙크의 의미는 무엇이었을까…. '그대를 가질 수 없다는 게 나의 현실이라면 세상에서 그대를 지워버리고 싶다는 이기심도 어쩌면 이해할 수 있을 것 같다….'

집착을 하는 것이 두려운 것이 아니다. 집착을 하고 있음에 느끼는 감정이 집착이 아닌 사랑인 것이 무서운 것이다. 그들은 진정 사랑을 하고 있다. 조금은 느려도, 조금은 아파도 분명히 사랑하고 있다. 단지 두려운 것은, 사랑을 그만두었을 때 자신의 아름다운 사랑이 추억이 아니라, 남들에게 손가락질을 받기에 마땅한 집착이라는 것. 그리고 그것을 깨달는 순간 그들은 점차 두려워지게 되는 것이다. 또한, 세상만사 깨지고 부서져도 절대 변치 않으리라 맹세하던, 자신의 가슴속에 돌덩이처럼 그 존재를 확고히 하던, 그 집착 같은 사랑이 나간 자리를 무(無)라는 존재가 대신할 때면, 드디어 '아, 나의 판단이 틀렸었구나.' 하는 아쉬움이 생긴다. 끝이다. 이제 더는 갈 곳이 없어지는 거다. 그렇게 되지 않으려면, 과연 집착을 금하는 방법밖에는 없을까…. 아니다, 방법은 있다. 있고야 말고. 그 방법은…, 절대 집착을 끝내지 않으면 되는 것이다. 조금은 위험한 방법이라 하더라도…. 살기 위해서는 어쩔 수 없다. 그렇지 않은가? 우리는, 영원히 사랑하면 된다. 우리는 영원히, 집착이 아닌 사랑을 하면 된다. 그리고 영원히 그 집착을, 사랑이라 믿으며 살아가면 된다.

후(後)

다니엘, 나는 당신을 믿어. 당신도 나를 믿지? 우리 이제 바보처럼 후회하는 짓은 하지 말자. 부디 우리의 구 년 추억을 배반하지는 일 따위는 없도록 하자. 다니엘, 부디 나의 선택을 따라주길….

"잿빛사랑? 흥! 아무리 다니엘이 좋다고 한들 팬클럽 이름치고는 너무 휘휘해."

팬클럽에서 보낸 화환에는 '우리가 지켜보고 있다! 잿빛사랑 '이라는 유머러스한 문구가 적혀 있었다. 박재현 이사는 코웃음을 치며 몇 십 개의 화환을 지나쳐 주차장으로 향했다. 다니엘에게 선물로 주고자 미리 감춰두었던 토파즈 목걸이와 장미 꽃다발을 꺼내고자 함이었다.

콘서트는 이미 막바지를 치닫고 있었다. 큐시트에 준비되어 있던 순서는 모두 끝이 났고 다니엘은 앙코르 공연 중이었다. 원래 앙코르곡을 세 곡까지 예상했는데, 다니엘은 이미 공연장 안에서 다섯 번째 앙코르곡을 시작하고 있었던 것이다.

"쯧쯧. 못 말리는 팬 사랑에, 못 말리는 공연 중독."

박재현 이사는 혀를 끌끌 차며 주차장에 도착했다. 공연장 안의 함성으로 승용차와 밴이 다 흔들릴 지경이었다. 박재현 이사는 승용차의 문을 열어 운전석에 올랐다. 보조석에 안착한 장미꽃은 여전히 그 싱싱한 모습을 유지하고 있었다. 박 이사는 주머니 속 토파즈 목걸이를 다시 한 번 매만져 유무를 확인하고는 장미꽃다발을 손에 들고 자리에서 일어났다. 그때 마침, '톡' 하는 소리와 함께 무언가가 시트 아래로 굴러 떨어지는 소리가 났다.

"이게 뭐지?"

박재현 이사는 소리가 난 곳을 향해 눈길을 돌렸다. 아까 검은색 옷을 입은 그녀가 주고 간 드링크제였다.

"안녕하세요, 박재현 이사님? 이건 제가 이사님께 드리는 마지막 선물이에요."

"마지막 선물?"

"네, 이사님. 마지막으로 드리는 선물이에요."

박재현 이사는 날카로운 눈초리로 다시 한 번 그녀를 내리훑었었다. 상당히 예쁜 얼굴이었다. 다니엘만큼이나 하얀 얼굴에 삼단 같은 검은색 머리카락을 치렁치렁하게 늘어뜨린 여자는, 검은색 긴 외투와 검은색 목도리로 몸을 가리고는 있었지만, 키도 크고 호리호리한 것이 남자깨나 홀렸을 상이었다.

"난 처음 보는 얼굴인 것 같은데, 혹시 나를 아쇼?"

"어머? 저를 기억 못 하시네요? 이거…, 무지 섭섭한 걸요?"

'누구지? 혹시 우리 회사의 연습생이었거나, 아니면 내가 예전에 오디션을 본 사람 중의 하나였던가?' 박재현 이사는 기억을 더듬어 보았지만, 도저히 알아낼 수 없었다. 그녀는 그런 것쯤이야 크게 관계가 없다는 듯 선드러지는 미소를 지으며 다시 드링크제를 내밀었다.

"이사님, 항상 수고하신다고 오는 길에 사왔어요. 드시고 힘내세요."

후(後)

박재현 이사는 드링크제를 받았다. 그러나 여전히 독사눈은 풀지 않았다. 검은색 긴 생머리의 그녀는 생긋 웃으며 박재현 이사에게 말했다.

"그런데 이사님. 혹시 다니엘 씨와 사귄다는 소문이 있던데…. 사실이 아니죠? 그저 뜬소문일 뿐인 거죠?"

박재현 이사는 움찔하더니 큰소리로 윽박질렀다.

"아, 어느 개새끼가 그딴 허튼소릴 해?"

그녀의 큰 눈이 더욱 휘둥그레졌다. 박재현 이사는 순간, 인터넷의 막장 게시판을 도배할 누리꾼의 키보드 질이 떠올랐다. 박재현 이사는 목소리를 한 톤 낮춘 후 조심스럽게 말했다.

"흠흠…. 어디서 그런 소릴 들었는지는 모르겠지만, 아니야. 절대로 아니야. 어떻게 그런 일이 있을 수가 있겠어?"

저도 모르게 벌겋게 달아오른 박재현 이사의 얼굴을 보며 그녀는 잠시 눈을 번뜩거렸지만 이내 눈빛을 풀고는 다정스레 말했다.

"후후. 그럼 됐어요. 사실 전 잿빛사랑의 회원이거든요. 저도 헛소문이리라 생각했어요. 아무튼, 이거 드시고 힘내세요. 그리고 다니엘 씨에게도 모쪼록 공연 잘하시라고 전해주시고요. 그럼 저는 이만 입장해야 할 시간이라서…. 부디 안녕히."

박재현 이사는 그녀의 뒷모습과 그녀가 건넨 드링크제를 유심히 살펴보았고, 무언가를 발견한 듯 특유의 쇳소리로 거칠게 그녀를 불러 세웠다.

"이봐, 아가씨! 잠깐만! 거기, 서!"

검은 머리카락의 그녀는 잠시 움찔하더니 천천히 뒤를 돌아보았다. 그녀의 표정에 당황함이 역력했다. 박재현 이사는 그녀에게 다다가 표독스러운 눈빛으로 쏘아보더니 안주머니에서 명함을 꺼내며 말했다.

“이거, 내 명함인데. 혹시 연예인 할 생각 있으면 이쪽으로 연락해. 연예인 따라다닐 생각만 하지 말고, 자네가 한번 도전해 보란 말이야. 혹시 알아? 다니엘처럼 세계적인 스타가 될 수 있을지?”

. 그녀는 생긋뱅긋 미소 짓더니 박재현 이사에게 윙크를 해보이고는 유유히 주차장을 빠져나갔다. 박재현 이사 또한 피식 거리며 자신의 차로 가서 드링크제를 아무렇게나 던져놓고는 문을 쾅 닫고 공연장으로 향했던 것이다.

“흥! 잿빛사랑, 좋아하네. 그래 봤자 팬 나부랭이지, 뭐.”

박재현 이사는 시트 아래에 떨어진 드링크제를 집어 들었다.

“그런데 왜 마지막으로 드리는 선물이랬지? 이제 팬클럽 탈퇴한다는 소린가? 그 외모, 썩히기는 좀 아까웠는데…. 연락처라도 받아놓을 걸 그랬나?”

박재현 이사는 공연장 안의 관객의 함성을 들으며 앙코르곡의 마지막 후렴구를 부르는 것이라 확신했다. 다니엘에게 수고했다며 이 드링크제를 전할까? 아니, 혹시 아무나 준 것을 우리 다니엘이 잘못 먹고 탈이라도 나면 어떻게 해. 그리고 일단 중요한 것은 그녀가 다니엘에게 주라는 선물이 아닌, 박재현 이사에게 주고자 한 선물이라는 것이다. 그래, 선물. 이제껏 소속 가수에게만 줄기차게 들어오던 그 선물을 그도 가끔은 부러운 눈으로 바라본 적이 있었다. 도화살(桃花煞)이 끼었나, 자신은 가만히 있는데 죽지 못해 들러붙는 팬을 보며 타고났을지도 모르는 그들의 인기 사주를 사실 마음속으로 부러워해 본 적도 많았던 것이다.

다른 것을 떠나, 박재현 이사는 지금 목이 너무도 말라왔다. 그는 모든 생각을 채운 채 드링크제의 뚜껑을 열고는 그대로 음료를 원샷 했다. 그런데 맛이 좀 찝찌름했다. 드링크제라면 분명히 시큼털털한 맛이 나

후(後)

야 했을 텐데, 이것은 시큼털털 정도가 아니라 거의 쓴맛에 가까운 것 같았다. '이게 이런 원래 이런 맛이 아니었을 텐데….' 박재현 이사는 룸 램프 켜고는 드링크제를 이저리 비춰보았다. 순간 박재현 이사의 머리를 번뜩 스치는 생각이 있었다. '내가 뚜껑을 따는 데 그리 많은 힘을 주었던가?' 그의 눈에 드링크제의 뚜껑에 작게 쓰인 글씨가 마치 돋보기를 쓴 것처럼 두드러졌다. 'The Fan.'

"더 팬. 더, 팬? 더 팬… 더 팬!"

박재현 이사는 드링크제를 무릎에 떨어뜨렸다. '더 팬.' 최세길 기자와 제니의 살해 현장에 남아있던 검은색 돋움체 글귀…. '처음부터 무언가가 이상하다고 느꼈는데, 왜 진작 눈치 채지 못했지? 아, 이런 젠장할….'

그녀. 그래, 왠지. 왠지, 처음부터 느낌이 좋지 않았다. 그녀. 그리고 눈빛. 무섭도록 이상했던 예감은 바로, 그녀의 눈빛에 있었다. 마치 회색 콘택트렌즈를 낀 것 같이 이국적인 눈빛. 공허한 눈에 매서운 기운으로 가득 차 있는 맹수 같은 독기. 십 대인지, 이십 대인지 모를 무표정. 아무리 눈웃음쳐도 절대로 드러내지 않은 속내. 냉소적이고 무덤덤한 포커페이스. 그리고 그녀에게 휘몰아치던 휘휘한 기운….

박재현 이사는 무엇인가가 완전히 잘못 되어가고 있다는 것을 깨달았다. 그리고 그것을 느끼던 순간, 불덩어리와 같은 뜨거운 기운이 내장으로부터 식도를 향해 올라오는 것을 느꼈다.

"헉!"

그의 흰자위에 시뻘건 핏줄이 그어지기 시작했다. 박재현 이사는 타들어가는 가슴패기를 붙잡고는 외쳤다.

"크어어억! 누가 나 좀 도와줘!"

박재현 이사는 차창을 벅벅 긁어대었다. 하지만, 공연장 안에서 나오는 터져 나오는 함성으로 그의 절규는 무참히도 짓밟히고 있었다. 박재현 이사는 뜨거운 불로 만든 얼음덩이를 삼킨 듯 아무런 말도, 생각도 할 수 없었다. 연방 양손으로 가슴패기와 목구멍을 붙잡으며 꺽꺽댈 뿐이었다. 그는 결국 보조석에 놓인 장미꽃다발을 머리로 짓갈기며 고꾸라졌다. 사정없이 뒤집힌 눈알과 함께 그의 몸도 뒤집힌 채로 서서히 굳어가고 있었다. 한데, 그의 마지막이 오기 오 초 전쯤 딱 하나 드는 생각이 있었다. 과연, 그녀는 왜 더 팬이라는 흔적을 남겼을까? 충분히 완전 범죄를 할 수도 있었을 텐데⋯. 그렇다면, 혹시⋯. 혹시, 그렇게라도, 다니엘에게 자신의 존재를 알리고 싶어서? 만일, 만일 그게 사실이라면, 잿빛사랑⋯. 이, 씨발 연놈들. 기다려라, 내가 귀신이 되어서라도 너희를 모조리 죽여 버릴 테니까!

이슥토록 늘어지게 잠을 자던 곰은 밀려드는 허기 덕분에 간신히 눈을 뜰 수 있었다. 곰은 눈을 비비며 몸을 일으켰다. 사방이 깜깜한 어둠이었다.

"현이 누나는 아직도 안 들어온 건가?"

곰은 중얼거리며 거실로 나가 전등 스위치를 켰다. 번쩍, 번쩍, 번쩍, 화르륵! 그러자 낯익은 거실의 광경이 눈앞에 펼쳐졌다.

"째깍, 째깍."

오늘따라 유난히도 크게 들리는 탁상시계의 초침 소리. 거실 한쪽 벽면에 그득한 재색의 커튼. 다 말라죽은 생화의 시체가 볼품없이 놓인 와인 바, 그리고 벽걸이 텔레비전. 또 그 옆을 장식한 크리스털 소재의 한 쌍의 물고기 모양 조각상. 만약에 자신마저 이 집에 존재하지 않았다면

후(後)

391

참으로 우울한 공간이 아닐 수 없었다.

곰은 거실 한 편에 놓인 책 가지를 들추었다. 내일 아침부터 현이 등록해준 학원에 가야 했기에 예습도 할 겸 들여다보기로 한 것이다. 자신보다 더욱 들떠서 준비물을 챙기고 또 챙겼던 현을 위해서라도 곰은 이제부터 열심히 살기로 마음먹었다. 그런데 아무리 공부가 좋다고 한들 공복에는 어떠한 지식도 들어갈 턱이 없었다. 배움도 좋았지만, 우선은 무언가를 좀 먹어야 했다. 뱃속에 사는 거지가 아까부터 식량을 달라고 아우성을 쳐대었다. 곰은 라면이라도 끓일까 하며 주방을 뒤적이기 시작했다. 그런데 아무리 찾아봐도 라면이 없었다. '혹, 떨어졌나? 앗, 안 돼! 라면은 나의 주식물인데….' 곰은 고픈 배를 움켜쥐고는 베란다로 나가고자 거실의 한쪽 벽면을 차지한 재색의 커튼을 '확'하고 제쳤다. 도시의 불빛이 창문을 뚫고 그를 비추었다. 곰은 베란다에 가득 쌓인 많은 상자 중, 혹시 라면 상자가 있나 싶어 이것저것을 뒤적질하다 웬 검은색 상자를 발견하였다.

"엥, 이게 뭐지? 이 안에 먹을 거라도 들어 있는 겐가?"

곰은 얼른 상자를 열었다. 상자의 뚜껑에는 검은색 돋움체로 'The Fan'이라는 글씨가 적혀 있었지만, 영어를 전혀 읽지 못하는 곰은 그 단어를 알아볼 수가 없었다.

「사람의 마음만큼 이기적인 게 또 있을까. 나쁜 것은 다 잊고 좋은 것만을 기억하려는 이 마음…. 한데 이 간사함 덕분에 우리는 내일도 울지 않고 살아가는 거겠지. 거부하면 거부할수록 다가오는 내 안의 작은 악마와도 같이….」

곰은 현의 필체로 쓰인 작은 메모를 읽고는 피식 피식 웃었다. '아니, 이 누나가 글도 쓸 줄 안단 말이야? 말만 잘하는 줄 알았는데…. 뭐, 지금 보니 제법 잘 쓰는군. 음…, 아냐, 아냐. 솜씨 있어! 일단, 요건 인정!' 곰은 현의 글귀에 호기심이 일어 상자를 두루 살펴보았다. 상자의 맨 위에는 여러 가지 모양의 가발이 들어 있었다. 그 중 유난히 검은색 가발이 많았는데 개 중에는 부피가 꽤 두툼한 것으로 보아 상당히 긴 머리의 가발도 있는 듯했다. 검은색의 자질구레한 물건 중 장갑도 몇 짝이 들어 있었다. 그 중 하나는 미심쩍은 얼룩이 묻어 있었지만, 곰은 장갑을 지나쳐 상자의 바닥을 헤집어 보았다. 디자인이 예쁜 교복이 한 벌 있었다. 곰은 교복을 보며, '이 누나가 학교를 제대로 다니지 못해 추억하려고 산 것이구나….' 라는 안타까운 생각을 했다. 그런데 무언가가 조금 수상쩍었다. 교복 역시에도 이상한 얼룩이 묻어 있었던 것이다 불현듯 알 수 없는 불안감이 엄습하고 있었다. 곰은 교복을 바닥에 활짝 펴 보았다. 흰 와이셔츠의 깃에 빨간 자국이 묻어 있었다. 곰은 코를 가져다 대어 냄새를 맡아 보았다. 언젠가 자신의 왼쪽 눈자위에서 흘러내리던 냄새와 똑같았다. 그것은 바로 피비린내였다.

곰은 멍하니 허공을 바라보았다. 과연 내가 하는 생각이 현실에서 일어날 수 있는 일 일지에 대한 생각을 하는 듯했다. 아니겠지. 그래, 아닐 거야. 곰은 손을 덜덜 떨며 교복을 추스르고 다시 상자에 넣어두려 했다. 순간 가발 뭉치 사이로 손바닥만 한 검은색 공책이 삐죽이 서 있는 것이 보였다. 곰은 애써 보지 않으려 했지만, 공책에서 왠지 모를 음습한 기운을 느끼고는 천천히 그것을 펼치기 시작했다.

후(後)

1. 선물 .

내 마음. 크리스털 물고기 모양 조각상. 책. 인형. 향수. 화장품. 음식.
옷. 편지. 빨간색 장미꽃. 따뜻한 음료수. 그리고 단죄….

곰은 '단죄'라는 단어에 주목했다.

2. 블랙리스트(blacklist).

곰은 '블랙리스트'라는 것이 무엇을 뜻하는 것인지는 몰랐다. 하지만,
다음에 늘어선 글귀로 말미암아 대충 짐작할 수 있을듯했다.

첫 번째. 최세길. - 나이 35세. 잡지사『테라』의 연예부 10년차 기자.
차량 K 자동차의 와인 빛깔 S 차량. 차량 번호
8548.
두 번째. 제니.   - 나이 23세. 스카이하이 기획사의 소속 가수.
주소 서울시 강남구 도곡 2동….
세 번째. 박재현. - 나이 40세. 스카이하이 기획사의 대표 이사.

곰은 최근에 각종 언론을 장식했던 일련의 사건들을 떠올리며 입술
을 꽉 깨물었다. 그리고…,

네 번째. 썬   - 나이 33세. 다니엘의 연인….

순간, 곰은 이상한 점을 발견할 수 있었다. 블랙리스트라고 쓰인 총

네 명의 명단 중에 마지막의 썬 이라는 이름에는 이유를 알 수 없는 빨간 줄이 그어져 있었던 것이다. 그리고 그 옆에는 역시 빨간 글씨로 작게 메모가 되어 있었다.

썬. 너는 나를 모르지만, 나는 너를 알아⋯. 나의 진실 되고도 순수한 사랑을 대중의 하릴없는 죄악으로만 치부한다면 그 죄악, 모조리 너에게 돌려주겠어. 알량한 너의 그 사랑을 뿌리째 뽑아 버리겠어⋯.

곰은 자리를 박차고 일어났다. 더는 참을 수가 없었다. 구역질이 나려 했다. 비록 나이는 어렸지만, 수첩의 내용이 무엇을 말하는 것인지 파악하지 못할 정도로 어리지는 않았다. 역겹고도 가련했다. '이 누나⋯. 너무도 위험한 길을 가고 있다. 어서 말려야 한다. 더 늦기 전에⋯. 자칫 잘못하면 죄 없는 사람이 모든 것을 뒤집어쓸 수도 있어!' 그러나 휴대전화가 없는 현을 떠올리며 곰은 안절부절못했다.
"그래, 포스터!"
곰은 재빨리 거실로 뛰어가 벽에 붙은 다니엘의 콘서트 포스터를 확인했다.

2011 다니엘 크리스마스 콘서트.

일시 : 2011년 12월 24일. PM 6:00.

장소 : 하늘 체육관.

글귀를 인지하자마자, 곰은 외투를 집고는 밖으로 뛰어나갔다. 곰의 풀쩍거림에 검은색 공책의 장은 미처 여며지지 못한 채로 바닥에 너부

러졌다. 곰은 밖을 나서며 현관을 쾅 소리가 나게끔 닫았다. 세차게 닫
히는 현관의 기세에 열린 베란다 문틈으로 한줄기의 바람이 불어왔다.
바람에 의해 공책의 얇은 종이가 한들한들 떨리다가 결국 한 장이 넘어
갔다. 뒷장에는 곰이 보지 못했던, 미처 볼 수 없었던 다음 글귀가 적혀
있었다.

네 번째. 썬 – 나이 33세. 다니엘의 연인.

…이라고 믿는 심각한 연애 망상 환자.
- 연애 망상 즉, '드 크레람볼트 증후군(De Clerambault's
Syndrome)'은 '정신병적 열애(psychose passionalle)'로
알려진 병으로 일반적으로 여성에게 나타난다. 어떤 남자(거의 혹은
접촉한 적이 없는 사람)가 자기를 사랑한다는 망상적 신념을 갖고
있으며 선택된 남자는 만날 수 없는 사람이다. 주로 자신보다 능력이
있고, 잘생긴 사람이 자신을 좋아해 줬으면 하는 마음에서 생기는 일
종의 정신병이며, 망상적 신념이 환자의 정신세계를 지배한다. 이 증
후군은 다른 정신병 일부로 나타난 것이 아니다. DSM-IV는 이 증상
을 '망상 장애'로 정의하고 있다. 이 증상은 만성으로 발전하는 경향
이 있으며 항정신병 약물이 잘 듣지 않기 때문에 치료가 매우 어렵다.
(수십 년간 여러 가지 치료법을 써봤지만, 효과가 없었고 전기충
격 요법도 소용이 없었다고 한다.) 한 마디로, '내가 그 사람을 좋아
하는 것'이 아니라, '그 사람이 나를 좋아한다.'라고 생각하고 혼자 망
상과 착각 속에 사로잡혀 집착하게 되는 것. 한번 망상에 사로잡힌 환
자에게 논리적이거나 이성적인 설명은 통하지 않는다. 망상은 분명히

병적인 증상이다. 그러나 환자의 처지에서 보면 그것은 자신의 인격적 균형을 유지하기 위한 하나의 보호색일 수도 있다. 정신과 치료가 어려운 점도 바로 그 때문이다. 어린 여학생 중에는 자신이 좋아하고 동경하는 유명한 가수나 탤런트가 자기를 좋아한다고 믿는 때도 있는데 이러한 경우도 드 크레람볼트 증후군이라 할 수 있다….

"야, 최진경! 너 왜 이렇게 전화를 늦게 받아? 누구냐고? 야, 네 휴대전화는 발신 번호도 안 뜨냐? 나, 선희야, 선희. 고선희! 어디긴 어디야. 출근하는 중이지. 출근 시간이라 그런지 차가 하도 막혀서 도로가 주차장이다, 주차장. 헤헤, 괜찮아, 이어폰 꽂고 통화하는 거라 운전에는 지장 없어. 응, 처음에는 난 줄 몰랐다고? 헤헤. 술 때문이지 뭐. 어제도 동창회 갔다가 술을 하도 과하게 마셔서 지금은 완전히 목에서 쇳소리가 난다? 맞다! 그건 그렇고, 야! 너 왜 어제 동창 모임에 안 나왔어? 뭐? 회사에서 잘린 게 쪽팔려서 동창을 못 보겠다고? 야, 쪽팔리긴…. 우리 사이에 쪽팔릴 게 뭐가 있다고 그러냐? 스카이하이, 그딴 회사 잘 때려치운 거야! 만일 내 상사가 박재현 같은 놈팡이였다면 난 진즉에 때려치웠다. 친구야, 그런 걸로 꿀리지 마. 당당해지란 말이야. 생각만 해도 화딱지가 난다. 스카이하이처럼 돼먹지 않은 회사는 잊어버려! 뭐, 일자리? 야, 세상은 넓고 할 일은 많다, 이런 말도 모르냐? 너무 걱정하지 마. 다 잘 될 거야. 아 맞다! 스카이하이 이야기를 하니까 생각나네. 야, 그 선배 있잖아! 왜 내가 저번에 말했던. 있잖아, 우리 항공사에 근무하는 오 년차 선배! 그래, 그 다니엘이랑 사귄다고 생각하는 연애 망상에 걸린 썬이라는 선배! 기억나지? 야, 그 선배 사표 냈다? 응, 진짜야. 사표 낸 지는 한 달 정도 되었는데, 뭐라더라…. 애인이랑 뉴욕에

후(後)

를 간다던가? 킥킥. 그래, 아직도 정신을 못 차린 거지. 완전히 또라이라
니까? 몇 년 전에 어떤 스토커가 다니엘의 집 현관에 혈서를 써 붙여 놓
았다는 기사가 나왔을 때만 해도 난 그 스토커가 나의 동료일 줄이야
상상도 하지 못했어. 그런데 팬 사이에서는 이미 아주 유명한 스토커라
며? 그뿐 아니라, 다니엘까지 익히 아는 정신병자라면, 스토커치곤 꽤
성공했다, 야. 킥킥, 구 년 동안 스카이하이 기획사의 홈페이지에서 다니
엘의 미니 홈페이지까지, 그 여자의 흔적이 없는 곳이 없었다는 걸 보면
정말 대단한 여자임이 틀림없어. 하긴, 그 선배 원래 국제선 객실 승무원
으로 입사했었는데 다니엘 보러 다니려고, 지상직으로 근무를 바꾼 거
래. 정말 미친 거 아니냐? 남들은 코피 터지게 경쟁해서 겨우 들어가는
항공사 객실 승무원 자리를 마다하고 말이야⋯. 젠장, 나는 객실 승무
원으로 비행하는 것이 나의 꿈인데⋯. 아무튼지, 그렇게 똑똑한 선배가
왜 저 모양이 되었을까? 가만 보면 좀 불쌍하기도 해⋯. 그런데 그것도
다 이유가 있긴 있었더라고. 입사할 즈음 친구들이랑 생전 처음 클럽에
갔었는데, 그때 초짜인 티를 팍팍 냈나 봐. 그래서 모두가 보는 앞에
서 디제이에게 망신살을 당하고 있었는데, 그걸 다니엘이 제지시켜준 일
이 있었다나 봐. 뭐, 물론 자기는 다니엘이었다고 하지만, 그건 봐야 아
는 거고⋯. 아무튼, 그때 자기에게 아무런 관심도 없던 다니엘에게 꽂혀
서는 지금까지 헤어 나오지 못했던 거지. 어이구, 똑똑한 여자가 더 하다
니까. 하긴, 똑똑하면 뭘 해. 뚱뚱하고 못생기고 능력도 개뿔 없으면서.
그딴 여자가 어떻게 항공사 공채에 합격할 수 있었는지 몰라? 혹시 뒷배
가 있었나? 그래도 일단 승무원이 되었으면 살 빼고 관리해서 다들 예
뻐지는데 지독하게 안 예뻐지는 여자는 그 선배가 처음이었어. 사실 그
선배, 내가 옆에서 살살거리며 예쁘다, 피부 좋다, 멋있다, 막 그러면 얼

굴이 새빨개진다? 킥킥, 진짜인 줄 아는 거지. 야, 너무 웃기지 않냐? 재 있잖아. 야, 너무하긴 뭘 너무해? 너도 그런 짓 좋아했잖아. 예전에 우 리, 학창시절에 못생기고 좀 모자란 애들한테 예쁘다고 칭찬해주면 자 신은 그게 진짜인 줄 알고 빙그레 웃는 거. 킥킥, 그러고 너 음료수에 가 래 뱉어서 걔들한테 주고 그랬던 거 기억나? 킥킥. 야, 우리 이러다가 진 짜 벌 받는 거 아니야? 뭐? 아, 이 모든 것을 다 어떻게 알았느냐고? 나 도 문득 그때가 생각난다. 한, 일 년 전쯤 회사 화장실에서 볼일 보고 있 었는데 밖에서 썬 선배 통화하는 소리가 들리는 거야. 뭐, 1위가 어쩌고, 팬클럽 회원이 어쩌고, 하여튼 좀 별스럽다 생각하고 말았는데, 설사가 났는지 삼십 분 정도 뒤에 또 배가 살살 아픈 거야. 그래서 다시 그 화장 실로 들어갔더니 아, 글쎄 세면대 위에 그 선배의 일기장이 놓여 있더라 고. 아무나 보라 이거였겠지. 만일 그때 일기장을 본 사람이 내가 아니 라 다른 사람이었더라면 아마도 꼼짝없이 속았겠지? 너에게 그 스토커 에 대한 이야기를 듣지 않았다면, 나 역시도 그 여자가 숨겨둔 다니엘의 진짜 애인인 줄로만 알았을 거야. 그런데 지금 가만히 생각해보면, 그 선 배 일기장을 화장실에 두고 간 것도 일부러 그런 것 같아. 그렇게 소중 한 일기장을 아무 데나 두고 다닐 리가 없잖아? 한마디로 자기가 다니 엘과 진짜 연인이라고, 다니엘이 자길 주야장천 따라다니는 거라고 소 문내고 싶었던 거지. 휴, 다니엘의 막내 코디네이터였던 네가 없었다면 나도 이 모든 진실을 전혀 눈치 챌 수가 없었을 거야. 너도 기억나지? 왜, 네가 말해줬었잖아. 다니엘을 구 년 동안 진득하게 스토킹해온 '박 선' 이라는 여자가 있었다고. 원래 이름은 선이었는데, 다니엘이 자신을 연 인이라 믿는 감정을 넘어, 태양처럼 의지할 것이라고 착각해 '썬'이라고 개명까지 했다고…. 어쩌나 철두철미한 여자인지…. 그 일기장? 당연히

후(後)

전부 기억하고 있지. 완전히 소설 한 편을 써놨던데? 다니엘이 자길 위하여 노래를 만드는 것은 물론이며, 자신과 그의 사진을 합성해 붙여놓고는 같이 찍은 사진이라고 적어놓질 않나, 그 사람이 자신의 검은 머리카락을 좋아한다고 생각해 구 년 동안 단 한 번도 머리를 자른 적이 없었다질 않나. 이제껏 그가 보낸 문자는 모두 자기가 자기에게 보냈을 것은 당연하고…. 더 웃긴 게, 그 여자 피해망상도 있었다는 거야. 글쎄, 그것도 일기장을 보고 알았다니까? 아주 상세히 적혀 있더라고. 다니엘의 팬에게 항상 시달리고 있다며…. 가장 대박이었던 건 바로 그 고양이 사건! 그래, 그거 실제로 있었던 일이라니까. 덩그러니 목이 잘린 그 끔찍한 고양이 사진을 일기장에 붙여놓고 있었어, 완전히 또라이에 미친년이지. 그건 어떻게 알았느냐고? 그 밑에 선배를 죽이려 한다는 팬이 직접 썼다는 그 종이, 그것도 붙여놨었는데, 그거 썬 선배의 필체였어. 아니야, 확실해. 그 선배 특유의 글씨체가 있는데, 똑같았어. 한마디로 제가 고양이 죽이고, 쪽지 쓰고, 택배 보내고, 아주 개지랄을 한 거지. 아니, 당연히 그럴 수 있는 여자야. 그때뿐 아니라, 제가 직접 자기한테 꽃 배달시켜놓고 모른 척 잡아떼었던 거 생각하면…. 킥킥, 지금도 웃음이 나온다. 아마 그 선배는 아직 모를 거야, 그때 우리 동기들이 얼마나 킥킥거리고 있었는지. '어머! 선배, 좋겠어요! 너무 부러워요!' 하면서 그 선배의 흐뭇한 표정을 구경하는 게 너무 웃겨서 다 같이 화장실로 몰려가 배를 잡고는 대략 한 시간은 웃었을 게다. 그래도 그런 강한 사람이 회사까지 그만둔 건 구 년 만에 처음으로 제니라는 가수와의 스캔들 때문인지도 몰라. 솔직히 그때는 좀 안 돼 보이긴 하더라. 마치 세상이 무너진 표정을 하고 있더라고…. 소문에는 회사 관두고 거의 매일 술에 절어 살았다던데. 혹, 저러다 자살이라도 하는 건 아닌지 몰라? 야, 나도 나름 노력은 했어. 둘의 관계를 다 아는 척 떠본 적도 있었고, 인제 그만 정신 차리라는 의미에서 끝내라는 언질도 줬었고. 다른 사람 앞에서는 티를 안 냈지만, 둘이 있을 때는 잔소리도 해봤고, 후배로서 좀 못됐지만 땍땍거리기도 해 봤지…. 어휴, 근데 뭘 어쩌겠니? 죽어도 그런 삶을 살겠다는데. 아, 참! 진짜 황당한 게 뭔 줄 알아? 어제 저녁에 썬 선배에게서 메일이 왔더라고. 회사에 제출할 리포트가 있어서 술에 취해 곤죽인 정신으로 겨우 컴퓨터를 켰는데, 킥킥. 그 선배 메일 확인하고 그만 웃겨서 술이 다 깰 정도였다니까? 아, 진짜야. 궁금하지? 안 그래도 회사 동료들한테 소문내려고 출력해왔는데, 한번 읽어볼까? 제목이 뭐더라? 잠깐만. 아, 찾았다! 제목이 '마지막 선물.'이야. 읽어 볼게, 잘 들어 봐.

순간이 전부를 지배할 때도 있었다…. 순간의 혐오스런 좌절이 자살을 불러일으킬 만큼 최악의 상황을 연출하는 때가 있었다는 말이다. 온몸에 덕지덕지 붙어 앉은 우울함의 땟물이 한잔의 생수조차 위로할 수 없는 때가 되었을 때, 비로소 나는 미래에 대한 두려움을 느낄 수가 있었다.

올해, 2011년의 새해가 밝았을 때, 나는 진정 끝내려고 했다. 정말 잊으려고 했다. 그리고 한동안 잘 참아왔다. 이젠 진정 홀로 선 줄 알았는데…. 아니더라. 잊히기는커녕 그리움의 상처마저 스스로 아물어 외로움을 낯익게 만들더라. 이젠. 그 사람이 나의 버릇이 되어 버린 거야….

선희야. 나, 잡고 싶다. 손에 쥐고 싶어.

절대 손에 잡히지 않을, 너무도 간절한, '제발'이란 단어조차….

들었냐? 야, 너도 웃기지? 킥킥, 난 지금 봐도 웃겨서 눈물이 다 난다. 이거, 이거! 완전히 미친년이야. 확실해. 킥킥, 일른 회사 가서 동료들한테 한 장씩 돌려야겠다. 킥킥, 오늘 점심때에 꽤 맛있게 씹을 수 있는 반찬이 생긴 셈인 걸? 야, 그런데 그 다니엘이라는 가수, 왜 몇 년씩이나 애인이 없는 거야? 혹시 고자니? 에이, 그럼 실망인데…. 킥킥, 아니면 진짜 소문대로 호모야? 야, 말해 봐! 너는 알 거 아니야. 나 진짜 소문 안 낼게. 그래도 일 년 가까이 그의 막내 코디네이터로 일했으면 알 거 아니야. 그래도 몰라? 에휴…. 그래, 막내가 뭘 알겠냐? 이거 하라면 이거 하고, 저거 하라면 저거 해야지. 근데 그 다니엘이란 사람도 정말 골 때리겠다. 인기 많은 것도 좋지만, 너무 많아도 탈이야. 뭐, 이런 미친 사람이 그 여자 한둘이겠어? 아마, 썬 선배 정도면 아주 양호한 정신병자일지도 몰라. 우리가 모르는, 더 상태 곤란한 여자가 있을지도…. 안 그러냐? 어, 떠들다 보니 벌써 회사 주차장이네. 이거 시간이 이렇게나 되었나? 그래, 그럼 우리 자세한 이야기는 다음에 만나서 하기로 하자. 그럼 진경아, 푹 쉬어!"

…다니엘, 나는 당신을 믿어. 당신도 나를 믿지? 우리 이제 바보처럼 후회하는 짓은 하지 말자. 부디 우리의 구 년 추억을 배반하지는 일 따위는 없도록 하자. 다니엘, 부디 나의 선택을 따라주길….

마지막이야. 이제 진정 끝이야. 더는 이런 부탁하지 않을 게. 다니엘. 나, 여기서 기다려. 편지 안에 동봉한 뉴욕행 비행기 티켓…. 우리 함께 가자. 넌, 내가 필요해. 그 사실은 너도 인정하고 있잖아? 그리고 나도 깨달았어. 나 역시 네가 필요하다는 사실을….

너의 썬으로부터.

"이 여자, 또 시작이군. 한동안 잠잠하더니…."

다니엘이 검은색 편지를 구깃구깃 짓이겨서 쓰레기통에 내던지고 있었다. 편지를 버리는 다니엘을 보고 이정석이 놀라서 물었다.

"다니엘 씨도 간혹 편지를 버리기도 하는군요? 아무리 연애 망상 증증에 시달리는 팬이라 하더라도 오직 다니엘 씨만은 영웅일 줄 알았는데…. 아니, 적어도 팬에게는…."

다니엘은 해맑게 웃으며 말했다.

"이봐, 정식 씨. 누구나 영웅일 필요는 없어요. 영웅이 나쁘다는 것이 아니라, 꼭 영웅이 아니더라도 괜찮다는 거죠. 오히려 악한 자가 세상을 이루는 중요한 요소가 될 수도 있는 거예요. 영웅과 악당은 백지 한 장 차이이니까. 인간을 향해서 있다면 그는 영웅이고, 인간을 뒤돌아서 있다면 그는 악당일 테니까. 하지만 영웅이 될 수 없다는 이유로 굳이 악당을 자처하지는 않아도 돼요. 물론, 나는 영웅도 악당도 아닌 그냥 다니엘일 뿐이지만. 단지, 현재는 이 검은색 편지에서 뒤돌아 있으니 이 편지에게만은 악당으로 존재하겠죠? 안 그래요? 하하. 자, 슬슬 뒷정리하고 뒤풀이 갑시다! 그런데 재현이 형은 어디 있지? 항상 콘서트를 마치고 무대에서 내려오면 나에게 빨간 장미를 선물하곤 했었는데…. 오늘은 뭔가 좀 아쉽군. 정식 씨, 형한테 전화 한 번 해 봐요."

현은 콘서트가 끝난 후, 택시를 타고 다니엘을 태운 밴을 따라 뒤풀이 장소까지 따라가고 싶었지만, 아까 현을 콕 찍어 윙크하고 입술을 내밀던 그의 모습이 떠올라 정녕 그리할 수가 없었다. 그 사람이 싫어할지도 모르는 일은 죽어도 할 수가 없었던 것이다. 오직 현이 할 수 있는 일은 가방에서 엠피스리 플레이어와 마스크를 꺼내어 착용하는 일이었다. 현

후(後)

403

은 이어폰을 귀에 꽂고 마스크를 끼고 나서 엠피스리 플레이어를 재생시켰다. 신성한 그의 공연을 관람한 직후였기에 이 신성한 귀로부터 세상 모든 소리를 막고 오직 그대만 들을 것이라는 현의 맹세이자, 그 사람의 창작물에 대해 어떠한 잔소리도 하지 않을 것이며 그 사람의 앞을 가로막는 그 무엇도 되지 않을 것이라는 현의 다짐이었다. 만일 이러한 현의 결심에 반하여 그 사람의 앞을 가로막는 누군가가 있다면 현은 기필코 단죄하리라 결심했다. 여태껏 그래 왔던 것처럼….

현은 자신의 소지품 즉, 검은색 옷가지와 검은색 목도리, 길고 검은 가발이 든 예의 큼직한 가방을 들고는 크리스마스의 복잡한 도로를 걷고 있었다. 근처의 벤치에 한 우산을 쓰고 나란히 앉은 연인이 보였다. 그들은 한겨울의 추위에도 연연하지 않고 서로 체온이 녹을까 봐 외투를 여며주고 있었다. 현은 부러운 듯 그들을 바라보았다. 크리스마스를 맞이하여 화려한 옷을 입고 파티에 가지 않아도, 값비싼 호화 레스토랑을 예약하지 않아도 그들은 진정으로 행복해 보였다. 과연 현에게도 저런 평범한 행복이 올까…. 아니, 그리고 그리다 보면 언젠가는 그러한 행복도 행운처럼 다가올지도 모른다. 꿈이 아니다. 더는 꿈이 아님을 안다. 돌이킬 수 없다. 집착이어도 좋다. 그러한 집착에 현은 오늘을 살 수 있었으니까…. 그러나 겨울인 탓인지, 오늘만큼은 가슴이 시릴 만큼 집착조차 그리움이었다.

현이 다시 앞을 바라보며 발길을 재촉하자, 저 멀리서 누가 헉헉거리며 뛰어오는 것이 보였다. 곰이었다. 곰은 현을 향해 뛰어오며 무어라고 외치는 것 같았다. 현은 놀라운 마음에 서둘러 엠피스리 플레이어를 끄고 마스크를 벗었다.

"어? 곰! 네가 여기 웬일이야?"

곰은 미처 숨을 가다듬지도 못하고 거친 목소리로 현에게 내뱉었다.

"현 이제 그만해! 더는 너를 망치지는 마. 질투란, 그 사람 옆의 그녀를 찔러 죽이는 것이 아니라, 그를 찔러 그녀를 아프게 하는 거래. 무슨 말인지 알겠어? 네가 움직이면, 결국엔 너의 그 사람이 다쳐!"

현은 생긋이 웃으며 말했다.

"너, 이 자식. 악몽이라도 꿨니? 갑자기 생뚱맞게 그게 무슨 소리야? 요거, 요거! 너 누나 보고 싶어서 일부러 마중 나온 거지? 그래 놓고는 민망하니까 허튼소리를 하는 게지? 아무리 그래도 그렇지, 옷이 이게 뭐야. 눈까지 오는 이 추운 날씨에…. 하마터면 감기 걸리겠다."

현은 자신의 큼직한 가방에서 검은색 목도리를 꺼내어 곰의 목에 걸어주었다. 곰은 갑자기 어깨를 떨며 흐느끼기 시작했다.

"흑흑…. 나, 다 알아. 다 알아버렸어…. 누나, 이제 나한테 숨기지 않아도 돼…."

순간 현의 눈빛이 예전처럼 공허해졌다. 현은 허공을 바라보며 말했다.

"아마도 내 영혼에 종양이 생겼나 봐. 몸은 아무렇지도 않은데, 자꾸만 아프데. 자꾸만 어딘가가 아파져 온 데. 그거 아마 불치병이지? 그렇지?"

곰은 계속 흐느끼다가 결국엔 엉엉하며 울어대었다. 현은 곰의 앞에 쪼그리고 앉더니 곰의 눈물을 닦아주며 말했다.

"나도 병인 걸 알아. 그런데 마음이 원해서 이젠 어쩔 수 없어. 아무리 영혼이 아프다고 해도, 나는 내가 원했던 그 길로 갈 수밖에는 없다. 머리도 알고 손발도 알지만 이젠 어찌할 도리가 없어. 아무리 말려도 돌아갈 수 없는 거야. 내 마음이 너무나도 원하기 때문에…."

후(後)

곰은 현의 팔을 잡아 흔들어 울음 섞인 목소리로 외쳤다.

"그래도 그만해! 돌이킬 수는 없지만 그만둘 수는 있잖아. 누나! 만일 누나가 잘못되면 나도 없는 거야. 나도…. 나도, 이제 누나 따라갈 거야."

현은 자리에서 일어섰다. 그리고 예전의 싸늘하고 냉소적인 얼굴빛으로 점점 변해갔다.

"곰, 나도 네가 다치는 것은 원하지 않아. 그런데 아직은 멈출 수가 없어. 나도, 너도, 그도…. 모두가 다치기 전에 마지막으로 해야 할 일이 남았거든…."

뉴욕행 비행기의 이륙을 앞두고 있었다. 지금은 퍼스트 클래스의 좌석 등받이에 몸을 기대고 누워 창밖을 바라보고 있었다. 꿈을 꾸었다. 그대가 내 옆에 있었다. 나는 그를 다니엘이라 불렀다. 그리고 고개를 돌려 그를 보았다. 아니다, 그는 다니엘이 아니었다…. 나는 그가 다니엘이 아니란 것을 알면서도 끝까지 그를 다니엘이라고 불렀다. 그는 결국 나를 외면했다. 그리고 그 끝이 어떻게 되는지도 알 수 없었다. 왜냐하면, 흐지부지하게 돌아선 그의 뒷모습, 그것이 꿈의 마지막이었던 것이다.

나는 애애처처한 눈빛으로 내 옆의 빈 의자를 바라보았다. 마치 누군가 앉아 있는 듯 보여서이다. 나는 자세히 보려고 흐릿해진 눈동자에 힘을 주었다. 그러나 역시, 아니었다. 그 자리엔 아무도 없었다.

'끝끝내'아니었다. '끝내'도 아니고, 끝끝내…. 참으로 비참한 단어, 끝끝내…. 그래, 그 단어보다도 더욱 비참하도록 끝끝내 나는…. 아닌가 보다. 정말 끝끝내….

언젠가 잘 기억이 나지 않는 시점의 어느 날에, 만원 버스 안에서 어느 노랑머리 아가씨의 발을 밟아 많은 승객 앞에서 곤욕을 치러야만 했던 순진한 여대생은 지금 항공사의 객실 승무원의 체험 캠프를 경험하고 있었다. 승무원이 꿈이던 그녀는 어느 좋은 기회를 틈 타, 교육을 받을 수가 있었다. '비상착륙 훈련복을 입고 승무원 체험교실의 첫날을 경험한 순간이 바로 엊그제인 것 같은데, 벌써 교육 만기 하루를 앞두고 있다니….' 그녀는 싱긋이 웃었다. 그녀는 지금 자신감을 느끼고 꿈을 향해 나아가 자신이 꿈꾸던 삶을 살고자 전력을 기울이는 중이었다. 그런즉, 꿈의 과정 그 대단원을 장식할 퍼스트 클래스의 좌석에 앉는 경험을 마지막으로 하고자 그녀는 교관 몰래 살짝 이곳에 살짝 들어온 것이다. 퍼스트 클래스는 객실 승무원 중에서도 가장 경력이 오래되고 노련한 승무원만이 투입되는 최고의 객실이었기에, 아마도 생애 처음이자 마지막일지 모를 퍼스트 클래스의 좌석에 앉아 보는 행위는 대단한 영광이 아닐 수가 없었다. 물론, 최우수 훈련생으로 선발되어 모형 비행기를 선물 받으려면 절대로 교관에게 걸리는 일 따위는 없어야 할 것이었다. 여전히 순박한 눈망울과 소심한 성격의 그녀는 객실에 들어서자마자 '앗, 깜짝이야!' 하며 놀라고 말았다. 그녀 외에는 아무도 없을 줄 알았던 퍼스트 클래스 객실에는 웬 긴 생머리의 여자 손님이 앉아 있었던 것이다. 그녀는 실망하여 돌아가야겠다는 생각을 하고는 뒤를 돌아서려 할 때, 무언가 이상한 움직임을 목격했다. 가위였다. 손님이 가위를 들고 무언가를 자르고 있었다. 그녀는 그만 불길한 예감이 들어 조심스레 손님 가까이 걸어갔다.

여자 손님은 눈을 꼭 감고는 커닿고 투박하게 생긴 가위를 오른손에 들고, 자신의 긴 머리카락을 왼손에 쥐고는 한 번에 잘라내었다. 그녀는 속으로 헉하고 놀랐다. '혹, 실연이라도 당한 건가?' 그녀는 평정심을 잃지 않고자 숨을 고르게 내쉬며 여자 손님의 곁으로 다가섰다. 한데 가까이에서 보니, 여자 손님의 눈에서는 하염없이 눈물이 흐르고 있었다. 너무도 많은 눈물이 흘러내려 옷에까지 뚝뚝 떨어지고 있었다. 아니, 가만 보니 짐작도 하지 못할 정도의 많은 양의 눈물로, 손님의 검은색 치마가 축축이 젖어 있을 정도였다.

그녀는 그러한 손님이 안타까운 마음에 무언가라도 도움이 될 만한 말을 해주고 싶었다. 그러나 곧 머지않아 마음을 고쳐먹고 말았다. 괜히 나서서 좋은 말을 해주려다가 당사자보다 더 험한 꼴을 보게 되었던, 과거의 어느 만원 버스 안 명품 가방을 지닌 한 아주머니가 떠올랐기 때문이다. 그녀는 조심스레 뒤를 돌아서 비행기 객실을 나왔다.

에필로그 (epilogue)

화려함으로 무장했던 남자는 밤이 지나 새벽이 다가올 무렵까지 반복해서 춤을
추고 또 노래를 부른다. 아무도 봐주는 사람이 없어 무척이나 쓸쓸했을 허공을
향해서 말이다.

정말 간절해 본 적이 있는가? 한 사람을 사랑하고
사랑하다 못해 그 사랑이 식도를 졸라매어 목숨이 다한다 할지라도 멈
추지 못할 만큼 간절하게 사랑해 본 적이 있느냐는 말이다. 차라리 죽음
에 이르러도 안 될 것이라면 쉽사리는 아닐지언정 고개는 돌리겠다마는,
뜻을 이룰 수 있는 것도 아니고 분명히 그도 인정하고 있음에도 절대 그
이상이 될 수 없는, 그러한 비현실적이고도 헛된 희망임을 잘 알면서도
간절히 목메어 보는, 그리하여 그 끝이 죽음에 다다를 것이라 할지라도
목에 멘 끈을 풀 수 없는, 그러한 독한 사랑을 그대는 해 본 적이 있는가.
분명히 이건 아니라고 그만 멈추라고 머리는 흔들어 대면서도 시선은 그
사람의 사진에서 떼어낼 수 없는 그런 병신 같은 사랑에 눈물 흘려본 적
이 있는가. 사진 속에서 그대를 보는 그 사람의 눈빛을 감히 거역할 수
없어 몇 시간이고 며칠이고 그 사람의 사진을 놓지 못하는 아픔에, 피맺
힌 울분을 입에서 토해내어 본 적이 있는가. 언제나 그대의 것일 것만 같

던 그의 미소가 곧 다른 이를 향했던 것이라는 피고름의 사실에, 송곳으로 제 살갗을 긁어내어 그 사람의 행복마저 거짓으로 만들어내려는 아픔을 두고도, 결국 터뜨려낼 수 없는 현실에 두 무릎을 꿇고 양 주먹에 생채기가 날만큼 그대의 무릎을 박살내어 온몸에 피멍을 만들어 낸 적이 있는가. 그 사람의 행복을 저주하고 싶지만 차마 그럴 용기도 없는 그대를 알기에 그저 제 몸만 병신으로 만들고 결국에는 그것마저 행복하다며 얼쯤얼쯤 읊조리는 그대의 모습을 깨진 거울로 바라보며 희미하게 웃는 얼굴에 만족한 적이 있는가. 그리고 그 모든 것이 사랑이라고 자신을 위로하며 달래어 본 적이 그대에게는 한 번이라도 존재했던가.

아무 소리도 들리지 않는다. 잿빛 공간. 이곳은 바로 당신이 경험 한 고독지옥(孤獨地獄)이다. 핏빛도 아닌 잿빛의 고름이 터져 나오는 이곳의 방문이 스르르 열린다. 역시 불조차 켜지 않는 그녀 —이제 그대들은 그가 '그'인지 '그녀'인지는 이미 잘 알고 있을 테니 단정 지어 '그녀'라고 한다.— 는 익숙한 태도로 의자에 앉아 컴퓨터의 전원 버튼을 누른다. 그녀는 팬 카페에 접속한다. 아이디 'The Fan(더 팬)'을 입력하고 엔터키를 누른다. 그녀는 팬 카페의 자료실에서 '2011 다니엘 콘서트'라는 제목의 영상을 재생했다. 영상을 모두 감상한 그녀는 천천히 스크롤바를 내렸다. 역시나 몇 백 개의 댓글이 달렸다. 한데 이번에 그녀는 댓글을 하나도 읽지 않았다. 그녀는 키보드 위에 손을 올리고 댓글을 쓰기 시작했다.

「그리움의 서사시가 해일이 되어 현실이란 작은 도시를 범한다. 과연, 살아남을 수가 있을까. 큰 버팀목을 잡지 않고 있어도 되는 것일까.

　모두 더 높은 곳을 향해 미친 듯이 달려갈 때 그대는 잡은 지팡이마저

도 놓으려 한다. 그렇게 혈혈단신(孑孑單身)으로 저 파도 속을 뛰어

들려 도움닫기를 한다….」

　그녀는 엔터키를 눌렀다. 그러고 나서 수초를 멍하니 있던 그녀는 다시 스크롤바를 위로 올려 그 영상을 재생했다.

　일생에 단 한 번도 일어날 수 없는, 한밤중의 달콤한 꿈속에서나

가능한,

바보 같은 사랑에 나 너무 깊이 빠져버렸네요.

그대는 너무 먼데. 너무 멀리 있는데….

가끔 보면 그댈 향한 내 사랑이 너무 커서 내가 한없이

가여울 때가 있어요.

그대는 너무 먼데. 너무 멀리 있는데….

　"째깍, 째깍, 째깍, 째깍, 째깍, 째깍, 째깍, 째깍, 째깍…."

　시간이 간다. 시간은 쉬지 않고 흘러간다. 그리고 이곳은 역시 고독지옥이다. 영상 안의 남자는 여전히 노래를 부르며 춤을 추고 있다. 그 역시 자신 앞에 있는 사람이 누구인지, 얼마나 많은 사람이 자신을 보고 있는지 전혀 알아채지 못한 채 여전히 다섯 명 남짓한 댄서와 손발을 맞추기에 급급하다. 화려함으로 무장했던 남자는 밤이 지나 새벽이 다가올 무렵까지 반복해서 춤을 추고 또 노래를 부른다. 아무도 봐주는 사람이 없어 무척이나 쓸쓸했을 허공을 향해서 말이다.

에필로그(epilogue)

411

부록(附錄) - 인터뷰이(interviewee)

믿음이란 사랑보다도 가식적이지 않으며 오로지 희생의 일방통행로이기 때문이다. 그러니 대답도 필요 없다. 이 믿음의 도로는 오직 한 방향으로만 다닐 수 있기에 돌아오는 답도 없다. 그렇기에 오히려 더 순수할 수 있다. 어떠한 조건도 답변도 바라지 않기에 나의 믿음이란 때 묻지 않을 수가 있는 것이다.

"자신할 수 있었다. 적어도 나는. 천사만큼 순수하고 깨끗한 존재는 아니라 할지라도 저러한 족속들처럼 더럽게 자신의 사랑을 속이지는 않는 것이라고 말이다. 나는 그저 팬으로 남을 것이라 마음을 먹는다. 아니, 굳이 마음을 먹을 필요도 없다. 하루에도 몇 백 번, 몇 천 번씩 생각을 하니 말이다. 나는 스스로 순수하다고 생각한다. 그저 기도만 할 뿐, 바라는 것은 아니라고 자신을 위로한다. 그것이…, 다른 팬과는 판이한 나만의 순박한 사랑이다.

믿음. 오직 믿음이었다. 그에 대한 사랑은 오로지 믿음이라고 생각한다. 믿음이란 사랑보다도 가식적이지 않으며 오로지 희생의 일방통행로이기 때문이다. 그러니 대답도 필요 없다. 이 믿음의 도로는 오직 한 방향으로만 다닐 수 있기에 돌아오는 답도 없다. 그렇기에 오히려 더 순수할 수 있다. 어떠한 조건도 답변도 바라지 않기에 나의 믿음이란 때 묻지 않을 수가 있는 것이다.

조건이 없다. 그래서 믿음이란 단어가 좋다. 굳이 교회나 성당, 절에 가서 지급하지 않아도 신은 늘 응답을 하신다. 단, 응답하지 않으신다 해서 토를 달아서는 안 된다. 그 이유는 스스로들 안다. 바람이 순수하지 않거나 어떠한 조건을 달 경우, 혹은 진실 되지 않아서이다. 진심을 잘 표현하지 못해도 좋다. 그저 잘할 수 있게 도와달라고 마음을 다하면 절대로 거절하지는 않으신다. 다음은 나의 문제이다. 죽어도 그것밖에 길이 없을 때면 믿음은 이루어지기 마련이다. 그러나 아무런 조건 없이 믿음만 다한다는 것은 어려운 일이다. 그리고 서로 그렇게 믿을 수 있는 사람을 만나기도 어렵다. 세상에는 갖은 유혹이 있지만, 그 유혹이 태산의 높이만큼 높거나 사자의 발톱만큼 사납지는 않다. 작은 선인장의 가시에 찔린 것처럼 보잘것없지만 믿는 만큼 그 아픔은 더욱 클 수도 있다. 서로 믿는 사람을 만나기도 어려운 일이나, 가장 어려운 일은 그 서로가, 서로가 아닌 혼자일 경우이다. 혼자만 그 사람을 믿고 혼자만 그 사람에게 바란다. 그래서 어렵다. 사람은 신이 아니므로 응답을 해주지 않기 때문이다. 응답은커녕 눈길조차 없는 그 사람을 믿는 것만큼이나 힘든 사랑은 없다.

그것은 참으로 외롭고도 힘겨운 길이다. 그대는 아는가? 세상에는 그러한 사랑을 하는 사람이 참으로 많다는 것을. '많이 힘드니?' 하며 손뼉을 쳐줄 수도 없다. 세상은 늘 철저하게 그들을 무시하기 때문이다. 아직 어리다거나 모자란다고 머리를 쥐어박기도 한다. 그러면서 '네가 이상한 거야.', '나는 너 같지 않아.', '나는 너 같은 사랑을 해본 적도 없거니와 앞으로도 그러한 빌어먹을 사랑 따위는 하지 않을 거야.'라고 말한다. 그러면 나는 조용히 대답한다. '나도 이러려고 시작한 것은 아니야. 그저…. 나도 모르는 사이에 이렇게 빠진 것뿐이야. 이제는 나도 행복하

고 싶어. 그런데 네가 보는 이 모든 비루함이 나에게는 결국 유일한 행
복이 되어 버렸어…' 라고."

나는팬이다
Fan

열정적인 아름다움.

그러한 수식어는 오직 다니엘을
위해서만 존재했다.
아름답다는 네 글자가 완벽하게
부분집합이 될 수 있는
전체집합은 오직 다니엘
한 사람밖에는 없다.